U0896387

曾昭岷　曹濟平
王兆鵬　劉尊明　編撰

全唐五代詞

下

中華書局

全唐五代詞正編卷四　敦煌詞

敦煌曲子詞，原爲唐五代宋初寫本，大約在北宋前期，與其他寫卷、文書等一起被封藏於敦煌莫高窟石室内。二十世紀初敦煌藏經洞被偶然打開後，洞中所藏寫本曲子詞連同其它寫本書籍等先後流散於世界各地，又陸續被抄寫、攝影、影印回國，公諸於世。其中斯坦因所得者，今藏於倫敦英國圖書館；伯希和所得者，今藏於巴黎法國國家圖書館；俄國人奥里敦保等所得者，今藏於俄羅斯聖彼得堡；此外還有少量敦煌寫卷流散於日本等國，所餘部分寫卷收藏於我國北京圖書館。在這些敦煌寫卷中，有現存最早之曲子詞集《雲謡集雜曲子》，還有一些抄寫相對集中的曲子詞作品，多數作品則雜抄散見於各種寫卷之中。

本編敦煌曲子詞，以已經發現、公佈和著録之敦煌寫本原卷爲底本；見諸多種寫卷者，則選取一種原卷爲底本；原卷失傳或未予公佈者，則選取今人較早之著録本爲底本。首先校録《雲謡集雜曲子》，共三十首，前十八首以斯一四四一卷（斯坦因編號之寫卷，簡稱斯卷）爲底本，後十二首以伯二八三八卷（伯希和編號之寫卷，簡稱伯卷）爲底本；然後校録其它寫卷作品，以斯卷爲先，伯卷其次，皆依斯、伯二氏原編號爲序；最後校録聖彼得堡等所藏其它寫卷。包括《雲謡集雜曲子》三十首在内，凡據斯卷校録九十一首，據伯卷校録八十四首，據列一四六五號（孟列夫等《蘇聯科學院亞洲民族研究所藏敦煌漢文寫本注記目録》編號）校録一首；另外，據王國維《敦煌發見唐朝之通俗詩及通俗小説》（簡稱王校）校録三首，據羅振玉《貞松堂藏西陲秘籍叢殘》影印圖片（貞松堂藏本）校録一首，據羅振玉《敦煌零拾》（羅書）校録四首，據趙尊嶽《唐人寫本曲子》（趙本）校録二首，據周紹良《補敦煌曲子詞》（周校）校録十三首，總計一百九十九首。

除用各原卷作校勘外，參校今人主要校録本及校勘成果有：劉復《敦煌掇瑣》（劉書），朱祖謀《彊村叢書》本《雲謡集雜曲子》（叢書本）及其所引董康校（董校）、况周頤校（况校），《彊村遺書》本《雲謡集雜曲子》（遺書本）及其所引楊鐵夫校（楊校）、龍沐勛校（龍校），况周頤《蕙風詞話》（况本），周泳先《敦煌詞掇》（周本），冒廣生《新斠雲謡集雜曲子》（冒斠），唐圭璋《雲謡集雜曲子校釋》（唐校），王重民《敦煌曲子詞集》（王集）及其所引劉盼遂校（劉校）、孫貫文校（孫校），任二北《敦煌曲校録》（校録），蔣禮鴻《敦煌曲子詞集校議》（蔣議），饒宗頤《敦煌曲》（饒編），《敦煌曲訂補》（饒補），潘重規《敦煌雲謡集新書》（新書），沈英名《敦煌雲謡集新校訂》（新校訂），林玫儀《敦煌曲子詞斠證初編》（林編），任半塘《敦煌歌辭總編》

（總編），黄征《〈敦煌歌辭總編〉校釋商榷》（商榷），項楚《〈敦煌歌辭總編〉匡補》（匡補）。

雲謡集雜曲子

鳳歸雲　閨怨〔一〕

征夫數載，萍寄他邦。去便無消息，累换星霜。月下愁聽砧杵，擬塞鴈行〔二〕。孤眠鸞帳裏，枉勞魂夢〔三〕，夜夜飛颺。　想君薄行〔四〕，更不思量。誰爲傳書與，表妾衷腸。倚牖無言垂血淚，闇祝三光。萬般無那處〔五〕，一爐香盡，又更添香。

〔一〕此首調下原題「閨」字；次首辭前原題「又怨」，「又」乃承前指調名，「怨」與前首所題「閨」字連合，即「閨怨」，爲二首共有之題，乃書手一題分寫所致。

〔二〕月下二句：上句，唐校、總編校作「月下愁聽砧杵起」，校「擬」作「起」。下句，况校、叢書本校作「擬塞雁□行」，總編校作「塞雁南行」，商榷校作「塞雁行」，以「擬」爲衍字删之。

〔三〕枉：原寫作「往」，從諸校本改。

〔四〕行：况校、唐校作「倖」。

〔五〕　那：伯二八三八卷寫「郍」，即「那」俗字，通「奈」。

又　閨怨〔一〕

渌窗獨坐〔二〕，修得爲君書〔三〕。征衣裁縫了，遠寄邊隅〔四〕。想得爲君貪苦戰，不憚崎嶇〔五〕。終朝沙磧裏〔六〕，止憑三尺〔七〕，勇戰奸愚。　豈知紅臉〔八〕，淚滴如珠〔九〕。枉把金釵卜〔一〇〕，卦卦皆虛。魂夢天涯無暫歇，枕上長噓〔一一〕。待公卿迴故日，容顔憔悴，彼此何如。

〔一〕　此首接前首抄寫，空一格，題「又怨」。「又」乃承前指調名，「怨」與前首調下所題「閨」字連屬，爲一題分寫。

〔二〕　渌：通「緑」。

〔三〕　修得句：伯二八三八卷作「修得君書」。

〔四〕　隅：原寫作「虞」，從唐校改。

〔五〕　憚：原寫作「旦」，從董校改。　崎嶇：原寫作「崎駈」，從董校改。

〔六〕　終：原寫作「中」。　裏：原寫作「里」。

〔七〕　止：原寫似「山」，蔣議以爲「止」字之誤，兹從校訂。「止」同「只」。伯二八三八卷寫作「已」。

〔八〕　臉：原寫作「瞼」，即「臉」字形訛。

〔九〕　滴：原寫作「的」。

〔一〇〕枉：原寫作「往」。

〔一一〕噓：原寫作「虛」，從諸校本改。

又

幸因今日，得睹嬌娥。眉如初月，目引横波。素胸未消殘雪，透輕羅。〔□□□□□〕〔一〕，朱含碎玉，雲髻婆娑。　東鄰有女，相料實難過。羅衣掩袂，行步逶迤。逢人問語羞無力，態嬌多。錦衣公子見，垂鞭立馬，腸斷知麽〔二〕。

〔一〕原卷無空缺，况校補五空圍作一句，諸校本並從，據補。

〔二〕麽：原寫作「磨」。

又

兒家本是，累代簪纓〔一〕。父兄皆是〔二〕，佐國良臣。幼年生於閨閣，洞房深。訓習禮儀足，三從四德，針指分明。　娉得良人，爲國遠長征。争名定難，未有歸程。徒勞公子肝腸斷，謾生心。妾身如松栢，守志强過，魯女堅貞〔三〕。

〔一〕纓：原寫作「纓」。

〔二〕皆是：原寫作「皆事」，從諸校本改。

〔三〕魯女：原寫似「曾父」，況校、冒斠校作「曾女」，蔣議以爲應作「魯女」，指魯秋胡妻，據改。

天仙子

鷰語啼時三月半。煙蘸柳條金線亂。五陵原上有仙娥，攜謌扇。香爛漫。留住九華雲一片〔一〕。　犀玉滿頭花滿面。負妾一雙偷淚眼。淚珠若得似珍珠〔二〕，拈不散。知何限。串向紅絲應百萬。

〔一〕華：原寫作「蕐」乃唐人俗書。

〔二〕珍珠：羅書、王集校作「真珠」。

又〔一〕

鷰語鸎啼驚教夢〔二〕。羞見鸞臺雙舞鳳。天仙別後信難通，無人問〔三〕，花滿洞。休把同心千遍弄。　叵耐不知何處去。正時花開誰是主〔四〕。滿樓明月夜三更，無人語。淚如雨。便是思君腸斷處。

〔一〕此首與前首句式相同，惟下片換韻。諸校本皆依原卷及前首訂作雙疊體一首，惟校録、總編以上下片用韻不同，分作單片體二首。

〔二〕教：况校作「覺」。

〔三〕問：冒斠、林编、總编皆校作「共」，新校訂作「閧」。

〔四〕正時：况校校作「正是」，校録校作「正值」。

竹枝子〔一〕

羅幌塵生〔二〕，帡幃悄悄〔三〕，笙簧無緒理〔四〕，恨小郎遊蕩經年。不施紅粉鏡臺前。只是焚香禱祝天。　垂珠淚滴，點點滴成班〔五〕。待伊來敬共伊言〔六〕。須改往來段却顛〔七〕。

〔一〕此調載《教坊記》「曲名」表，向不見傳辭，敦煌寫卷所載此首及下首乃僅見者。二首皆爲雜言體，與唐五代流行之七言四句體《竹枝》辭頗異。此首與下首句式篇制相異，下首爲規範之雙疊體，此首疑有脱誤，或爲别體。

〔二〕幌：原誤寫作「愰」。

〔三〕帡幃：原誤寫作「併愇」。

〔四〕笙簧：原寫作「笙篁」，從董校改。

〔五〕垂珠二句：原寫作「垂珠淚的點點的成班」。叢書本朱校疑「垂珠」上有誤，龍校疑「淚的」下脱「羅裳裏」三字」，冒斛、校録移上片次句與此句相連，作「帲幃悄悄垂珠淚，□□□□□，點點滴成斑」；蔣議校作「□□□□□□，□□垂珠淚，點點滴成斑」；王集、饒編校作「垂珠淚、滴點點，滴成斑」。案「班」通「斑」。

〔六〕敬：羅書校作空圍，校録校作「即」，總編校作「際」。

〔七〕往：總編校作「狂」。段：原寫「叚」，即「段」字俗寫，「段」通「斷」。冒斛校作「假」，唐校校作「斷」。

又

高捲朱簾垂玉牖。公子王孫女。顏容二八小娘〔一〕。滿頭珠翠影争光。百步惟聞蘭麝香〔二〕。口含紅豆相思語。幾度遥相許。修書傳与蕭娘〔三〕。儻若有意嫁潘郎。休遣潘郎争斷腸。

〔一〕顏：原寫作「傾」，從羅書校改。

〔二〕蘭：原寫作「攔」。

〔三〕蕭娘：原寫作「蕭郎」，叢書本朱校、唐校疑爲「蕭娘」之誤，據改。

洞仙歌〔一〕

華燭光輝。深下帲幃〔二〕。恨征人久鎮邊夷。酒醒後多風醋。少年夫壻。向淥窗下左偎右倚〔三〕。擬鋪鴛被。把人尤泥。　須索琵琶重理〔四〕。曲中彈到，想夫憐處。轉相愛幾多恩意〔五〕。却再敘衷鴛衾枕〔六〕，願長与今宵相似〔七〕。

〔一〕此調載《教坊記》「曲名」表，唐五代向不見傳辭，敦煌寫卷所載此首及下首乃僅見者。

〔二〕帡幃：原寫作「帡愇」。

〔三〕左偎：原寫作「佐猥」。

〔四〕琵琶：原寫作「瑟琶」，從龍校改。　重：原寫作「從」，從况校改。

〔五〕恩意：原寫作「思意」，從龍校改。

〔六〕却再句：原卷「衷」下一字似「克」或「充」字，意難通，或爲「衷」字之衍誤；「再敘」原寫作「在緒」，况校疑作「再絮」。冒斠校作「却再絮文鴛衾枕」；饒編校作「却再敘衷曲鴛衾枕」。兹從新書、林編校訂。

〔七〕今：原寫作「金」。

又

悲鴈隨陽。解引秋光。寒蛩響夜夜堪傷。淚珠串滴〔一〕，旋流枕上。無計恨征人，争向金風漂蕩〔二〕。擣衣嘹亮〔三〕。　懶寄迴文先往。戰袍待纑，絮重更薰香〔四〕。慇懃憑驛使追訪。願四塞來朝明帝，令戎客休施流浪〔五〕。

〔一〕滴：原寫作「的」。

〔二〕無計二句：冒鶡校作「無計恨、征人争向」，以此句爲上片結句，以「金風漂蕩」作换頭；唐校則以「争向金風漂蕩」作上片結句。

〔三〕擣：原寫作「禱」。　嘹：原寫作「寮」。

〔四〕戰袍二句：冒鶡、唐校校作「戰袍待穩絮，重更薰香」。　穩：原寫作「穏」，從饒編校改。

〔五〕令戎客：羅書校作「令夫壻」，冒鶡校作「令我客」，總編校作「令戍客」。

破陣子〔一〕

蓮臉柳眉休韻〔二〕，青絲罷攏雲〔三〕。煖日和風花戴媚〔四〕，畫閣雕樑鷰語新。捲簾恨去人。

寂寞長垂珠淚，焚香禱盡靈神。應是瀟湘紅粉繼，不念當初羅帳恩〔五〕。抛兒虚度春。

〔一〕此調載《教坊記》「曲名」表，又見南唐李煜詞。敦煌寫卷所載四首，與李煜所作格調大致相同。

〔二〕蓮：原寫作「連」。　休韻：校録校作「羞暈」，唐校校作「休暈」。

〔三〕攏：原寫作「籠」，從饒編校改。

〔四〕戴媚：唐校校作「帶媚」。

〔五〕恩：原寫作「思」。

又

日煖風輕佳景〔一〕，流鶯似問人。正時越溪花捧艷〔二〕，獨隔千山與萬津。單于迷虜塵〔三〕。雪落亭梅愁地〔四〕，香檀枉注詞脣〔五〕。蘭徑萋萋芳草緑〔六〕，紅臉可知珠淚頻。魚牋豈易呈。

〔一〕佳：原寫作「住」。
〔二〕正時：董校校作「正是」。
〔三〕虜：原寫作「慮」，從董校校改。
〔四〕亭梅：原寫作「停梅」，總編校作「梅庭」。兹從唐校校改。
〔五〕枉：原寫作「往」。
〔六〕蘭徑：原寫作「攔徑」，兹從新書、林編校改。

又

風送征軒迢遞，參差千里餘。目斷粧樓相憶苦，魚鴈百水鱗蹟疏〔一〕。和愁封去書〔二〕。春色可堪孤枕，心焦夢斷□初〔三〕。早晚三邊無事了，香被重眠比目魚〔四〕。雙眉應自舒。

〔一〕百水：冒斠校作「由來」，唐校校作「南來」，總編校作「山川」。商榷校「百」爲「趏」字之省，「趏」同「驀」。

蹟：原寫作「積」，從饒編校改。

〔二〕封：原寫作「風」。

〔三〕心焦句：諸校本多於「初」上補一空圍，總編校補「更」字。

〔四〕比目魚：原寫作「比翼魚」，從諸校本改。

又

年少征夫堪恨，從軍千里餘〔一〕。爲愛功名千里去〔二〕，携劍彎弓沙磧邊。抛人如斷絃。

迢遞可知閨閤，吞聲忍淚孤眠。春去春來庭樹老，早晚王師歸却還。免交心怨天〔三〕。

〔一〕從軍句：羅書校作「書名年復年」，不知何據；冒斠校作「從軍千里□□」；新校訂校作「從軍千里間」；林編疑「千里餘」三字涉上首而誤，原作當爲「從軍□□年」。

〔二〕爲愛句：羅書校作「爲覓封侯酬壯志」，不知何據。

〔三〕交：通「教」。

浣溪沙〔一〕

孋景紅顏越衆希〔二〕。素胸蓮臉柳眉低。擬笑千花羞不坼〔三〕，懶芳菲〔四〕。

□□□□□□□，□□□□□□□〔五〕。偏引五陵思懇切〔六〕，要君知。

〔一〕此調原寫「涣沙溪」。《教坊記》「曲名」表載《浣溪沙》，又敦煌寫卷斯二六〇七、伯三一二八、三八二一、四六九二卷所載此調之作，皆題《浣溪沙》。兹據改。

〔二〕孋景：林編校作「麗影」。

〔三〕擬笑：總編校作「一笑」。

〔四〕非：原寫作「非」。

〔五〕□□二句：原脱，從校録校補。

〔六〕偏：原寫作「篇」，從羅書校改。

又

髻綰湘雲淡淡粧。早春花向臉邊芳。玉腕慢從羅袖出〔一〕，捧盃觴。纖手令行匀翠柳〔二〕，素咽謌發遶凋樑。但是五陵争忍得，不疏狂。

〔一〕　袖：原寫作「抽」。

〔二〕　令行：「行」字原草寫，又似「分」字，王集、饒編校作「令分」。

柳青娘〔一〕

青絲髻綰臉邊芳。淡紅衫子掩素胸〔二〕。出門斜撚同心弄，意恛惶。故使横波認玉郎〔三〕。叵耐不知何處去，交人幾度掛羅裳。待得歸來須共語，情轉傷。斷却粧樓〔伴小娘〕〔四〕。

〔一〕　此調載《教坊記》「曲名」表，唐五代兩宋皆不見傳辭，敦煌寫卷所載此首及下首，乃僅見之作。

〔二〕　素：況校疑作「酥」。

〔三〕　故使：原寫作「固使」，從諸校本改。　玉郎：原寫作「王郎」，據下首「只問玉郎何處去」句意改。

〔四〕　伴小娘：原卷末三字被墨污染，略可辨認「伴」字輪廓及「娘」字右部。兹據羅書校補。

又

碧羅冠子結初成。肉紅衫子石榴裙〔一〕。故着胭脂輕輕染〔二〕，淡施檀色注謌脣。含情喚小鸎〔三〕。　只問玉郎何處去，纔言不覺到朱門。扶入錦□□□□，□慇懃〔四〕。因何辜負少年人〔五〕。

以上十八首斯一四四一卷

〔一〕石榴：原寫作「石磂」。

〔二〕故：原寫作「固」。　胭：原寫作「烟」。

〔三〕含情句：冒鼾、總編校作「□□含情喚小鶯」。

〔四〕扶入二句：原卷「錦」字以下殘損，約缺五字，諸校本並補五空圍，兹從校補。

〔五〕原卷於此首下空一格，寫有《傾盃樂》調名，然未抄辭文，可見原卷未抄完。

傾盃樂

憶昔笄年。未省離閤〔一〕，生長深閨苑〔二〕。閑凭着繡床，時拈金針〔三〕，擬貌舞鳳飛鸞〔四〕。對粧臺重整嬌姿面。知身貌筭料〔五〕，豈交人見。又被良媒，苦出言詞相誘訟〔六〕。每道説水際鴦鸞〔七〕，惟指樑間雙鷰。被父母將兒疋配，便認多生宿姻眷。一旦娉得狂夫〔八〕，攻書業抛妾求名宦〔九〕。縱然選得〔一〇〕，一時朝要，榮華争穩便。

〔一〕未省離閤：冒鼾校作「未曾離閤」，唐校校作「未曾離過」，楊校疑「閤」乃「合」之誤。

〔二〕苑：原寫作「菀」，從龍校校改。

〔三〕金針：新書、林編校作「金綫」。

〔四〕擬貌：唐校校作「擬描」。

〔五〕 知：林編校作「自」，商榷以爲乃「奴」字形訛。

〔六〕 訞：校録校作「炫」，總編校作「衒」。

〔七〕 際：原寫作「濟」。

〔八〕 旦：原寫作「但」。 娉：冒斠校作「嫁」。

〔九〕 攻：原寫作「功」。

〔一〇〕 縱然：原寫作「衆然」。

又

窈窕逶迤，貌超傾國應難比〔一〕。渾身掛綺羅裝束〔二〕，未省從天得知〔三〕。臉如花自然多嬌媚。翠柳畫娥眉〔四〕，橫波如同秋水。裙生石榴〔五〕，血染羅衫子。觀艷頻語軟言輕〔六〕，玉釵墜素綰烏雲髻〔七〕。年二八久鎮香閨〔八〕，愛引猧兒鸚鵡戲〔九〕。十指如玉如葱，銀蘇體雪透羅裳裏〔一〇〕。堪娉與公子王孫，五陵年少風流壻。

〔一〕 貌超句：冒斠校作「體貌超羣，傾國應難比」，林編校作「□貌超□，傾國應難比」。 應難：原寫作「難應」，從諸校本改。

〔二〕 渾身句：冒斠校作「渾身□掛，綺羅裝束」，總編校作「渾身掛綺羅，裝束□□」。

〔三〕知：冒鄴、林編校作「至」。

〔四〕娥眉：同「蛾眉」。

〔五〕生：冒鄴校作「上」。　榴：原寫作「磂」。

〔六〕軟：原寫似「載」字，從楊校校改。

〔七〕墜：總編校作「綴」。

〔八〕鎮：原寫似「偵」，冒鄴校作「鎖」。兹從林編校訂。

〔九〕鸚鵡戲：原寫作「鸚鵡鉞」，從諸校本改。

〔一〇〕銀：唐校作「凝」。　蘇：通「酥」。

内家嬌〔一〕

絲碧羅冠，搔頭墜髻鬟〔二〕，寶裝玉鳳金蟬〔三〕。輕輕傅粉〔四〕，深深長畫眉渌〔五〕，雪散胸前。嫩臉紅脣，眼如刀割〔六〕，口似朱丹〔七〕。渾身掛異種羅裳，更薰龍腦香煙〔八〕。　屐子齒高〔九〕，慵移步兩足恐行難。天然有靈性，不娉凡〔間〕〔一〇〕。交招事無不會〔一一〕，解烹水銀，鍊玉燒金〔一二〕，别盡謌篇。除非却應奉君王，時人未可趨顔。

〔一〕此調不載《教坊記》「曲名」表，唐五代傳辭亦僅見敦煌寫卷所載此首及下首，皆爲長調，與宋代柳永等人同調之作篇制句法大體相近。

〔二〕搔頭墜髻䯻：遺書本從楊校校作「搔頭墜䯻」，唐校校作「搔頭墜髻」。

〔三〕裝：林編、總編校作「妝」。

〔四〕傅粉：原寫作「浮粉」，總編校作「敷粉」。茲從王集校改。

〔五〕渌：通「緑」。

〔六〕眼：原寫作「明」，據下首「兩眼如刀」句改。

〔七〕朱丹：原寫作「珠丹」，茲從龍校改。

〔八〕煙：原寫作「熛」，從諸校本改。

〔九〕屐子：原卷「子」下有「豈」字，從龍校删。

〔一〇〕不娉凡間：原卷無「間」字，「凡」下接寫「交」字。冒斠校作「不嫁凡夫」。茲從新書、總編於「凡」下補「間」字，以「交」字屬下句。

〔一一〕交招句：冒斠校作「招□□□，事無不會」，唐校校作「招事無不會解」，王集校作「招事無不會」。

〔一二〕鍊：原寫作「練」。

又　御製林鍾商内家嬌〔一〕

兩眼如刀，渾身似玉，風流第一佳人〔二〕。及時衣着，梳頭京樣〔三〕，素質艷𡣚情春〔四〕。善別宮商，能調絲竹，歌令尖新。任從説洛浦陽臺，謾將比並無因〔五〕。　半含嬌態，逶迤緩步出閨門〔六〕。搔頭重慵憹不插〔七〕，只把同心〔八〕，千遍撚弄，來往中庭。應是降王母仙宮〔九〕，凡間略現容真。

〔一〕　原卷無題，據伯三二五一卷補。伯三二五一卷原題「御制臨鍾商内家嬌」，「臨」即「林」音訛，「商」、「嬌」皆俗寫。驗之北宋柳永《樂章集》之《内家嬌》，其宮調亦屬林鍾商。所謂「御製」者，饒編考訂可能爲後唐莊宗李存勖所作，總編則考訂爲唐玄宗製曲，内廷樂工作辭。

〔二〕　佳：原訛作「住」，據伯三二五一卷改。

〔三〕　京樣：伯三二五一卷寫作「京儀」。

〔四〕　素質艷𡣚情春：林編、總編校作「素質艷麗青春」。

〔五〕　謾：伯三二五一卷寫作「慢」。

〔六〕　緩：原寫作「換」，從諸校本改。　門：原寫作「幃」，失韻，據伯三二五一卷改。

〔七〕　搔頭句：冒斠校作「搔頭□重，慵蒠不插，□□□□」，總編校作「搔頭重慵惚不插，□□□□□□□」。　慵憹不插：伯三二五一卷寫作「慵慊不擺」。

〔八〕把：伯三二五一卷寫作「抱」。

〔九〕應是句：伯三二五一卷寫作「應長降王奴仙宫」。

拜新月〔一〕

蕩子他州去，已經新歲未還歸。堪恨情如水，到處輒狂迷。不思家國，花下遥指祝神明〔二〕。直至于今，抛妾獨守空閨。　上有穹蒼在，三光也合遥知。倚觧幃坐〔三〕，淚流點滴〔四〕，金粟羅衣〔五〕。自嗟薄命，緣業至於斯〔六〕。乞求待見面，誓不辜伊。

〔一〕此調載《教坊記》「曲名」表。冒斠謂此調若以聲響求之，即《安公子》。

〔二〕神明：冒斠校作「神祇」，以「祇」字叶韻。

〔三〕觧幃：原寫作「拼𢂲」。

〔四〕滴：原寫作「的」。

〔五〕金粟：原寫作「金栗」，林編校作「金縷」。

〔六〕斯：原寫作「思」，從諸校本改。

又

國泰時清晏，咸賀朝列多賢士。播得羣臣美〔一〕。卿感同如魚水〔二〕。況當秋景，蓂葉初敷卉〔三〕。向登新樓上〔四〕，仰望蟾色光翅〔五〕。迴顧遇玉兔影媚〔六〕。明鏡匣參差斜墜。澄波美〔七〕。猶怯怕銜半鈎耳〔八〕。萬家向月下，祝告深深跪。願皇壽千千，歲登寶位〔九〕。

〔一〕羣臣：商榷校作「君臣」。
〔二〕感：原寫作「敢」，從新書校改。
〔三〕蓂：新書校作「萱」。
〔四〕向：校録校作「同」。
〔五〕光翅：唐校校作「光遲」，饒編校作「光起」。
〔六〕迴顧句：唐校校作「顧遇玉兔影媚」，總編校作「迴顧玉兔影媚」。
〔七〕美：原寫作「善」，從龍校校改。
〔八〕猶：原寫作「由」。　銜：原寫作「衝」。
〔九〕寶：原重寫，當衍一字，從諸校本删。

抛毬樂

珠淚紛紛濕綺羅〔一〕。少年公子負恩多〔二〕。當初姊姊分明道，莫把真心過與他。子細思量着，淡薄知聞解好麽〔三〕。

〔一〕紛紛：原寫作「芬芬」。

〔二〕負恩：原寫作「負思」。

〔三〕麽：原寫作「磨」。

又

寶髻釵横墜鬢斜〔一〕。殊容絶勝上陽家。蛾眉不掃天生渌，蟬臉能匀似朝霞〔二〕。無端略入後園看，羞煞庭中數樹花〔三〕。

〔一〕墜：總編校作「綴」。

〔二〕蟬臉：遺書本、總編校作「蓮臉」。朝霞：原寫作「朝遐」，遺書本、林編校作「早霞」。

〔三〕庭：原寫作「亭」，從校録、林編改。

魚歌子〔一〕

睹顔多，思夢悮。花枝一見恨無門路。心哽噎〔二〕，淚如雨。見便不能移步。　五陵兒，戀嬌態女。莫阻來情從過與〔三〕。暢平生，兩風醋。若得丘山不負。

〔一〕此調載《教坊記》「曲名」表。《花間集》所載此調之作皆題《漁歌子》。遺書本從龍校校作《漁歌子》。

〔二〕心：校録、林編校作「聲」。

〔三〕來：校録、林編校作「兩」。

又

洞房深，空悄悄。虚把身心生寂寞〔一〕，待來時，須祈禱。休戀狂花年少。　淡匀粧，固施妙〔二〕。只爲五陵正渺渺。胸上雪，從君咬。恐犯千金買笑〔三〕。

〔一〕虚把：王集、總編校作「虚抱」。

〔二〕固施妙：遺書本、校録校作「周旋妙」，饒編校作「固思妙」，總編校作「周旋少」。

〔三〕恐犯：龍校、冒斠校作「恐把」，唐校校作「空把」。

喜秋天〔一〕

潘郎妄語多〔二〕，夜夜道來過。賺妾更深獨弄琴〔三〕，彈盡相思破〔四〕。　寂寂更深坐〔五〕，淚滴濃煙翠〔六〕。何處貪懽醉不歸，羞向鴛衾睡〔七〕。

〔一〕此調載《教坊記》「曲名」表，唐五代傳辭僅見敦煌寫卷所載此首及下首。原卷所載凡八十八字，連寫無間，不分首。遺書本始分作雙疊體二首，諸校本並從；惟校録、總編以上下片用韻不同，分作單片體四首。

〔二〕妄：原寫作「忘」，從楊校校改。

〔三〕賺：原寫作「湛」，從楊校校改。

〔四〕彈：原寫作「撣」。

〔五〕更深坐：總編校作「坐更深」。

〔六〕滴：原寫作「的」。　煙：原寫作「熛」。

〔七〕鴛衾：原寫作「鴦衾」。

又

芳林玉露催〔一〕，花藥金風觸。永夜嚴霜萬草衰，擣練千聲促〔二〕。　誰家臺榭菊〔三〕，嘹亮

宫商足〔四〕。每恨朝愁不忍聞〔五〕，早晚離塵土〔六〕。　以上十二首伯二八三八卷

〔一〕催：校録校作「摧」。

〔二〕擣：原寫作「禱」。

〔三〕樹：原寫作「謝」。　菊：楊校疑作「曲」，校録校作「間」，總編校作「深」。

〔四〕嘹亮：原寫作「撩亮」。

〔五〕每：楊校疑作「夜」，唐校作「暮」。

〔六〕土：總編校作「俗」。

【考辨】

以上三十首，前十八首原載斯一四四一卷，其中《鳳歸雲》前二首並載伯二八三八卷；後十二首原載伯二八三八卷，其中《内家嬌》第二首又載伯三二五一卷。原卷於開篇並題「雲謡集雜曲子共三十首」。既稱「集」，且以「雲謡」爲名，又標示「雜曲子」性質，且達「共三十首」之數量，其爲曲子詞之選集，用爲歌唱之脚本，已昭然可見。伯二八三八卷所載十四首，抄寫於唐僖宗中和四年（八八四）《破除曆》背後，其同面之上文所寫者，爲金山天子之《雜齋文式》。金山天子與朱梁一代相始終，故諸家訂該集寫卷時代在朱梁末季，約公元九二二年前後，已比《花間集》之結集早十八年左右。至於編集時代，自然略早於寫卷時代，或推測在唐末，不無可能。至於作辭時代，諸家考訂或盛唐，或

晚唐五代，各有偏欹。考集中所用十三調名，除《内家嬌》外，皆見諸《教坊記》「曲名」表，則其依調作詞，在開元、天寶以來至編集之前，均有可能，當非一時一地所作。至於集名，原卷並題「云謡」，董康校「云」爲「雲」字之省，諸校本並從。任二北考「雲謡」之取義，乃用《列子》所載王母於瑶池宴上爲穆王謡之事典，後借指歌曲或歌唱。惟林編考斯、伯二卷三十首中「雲」字皆不省寫，謂無獨省「雲謡」一字之理，主從原卷作「云謡」。至於「共三十首」之數，諸家皆爲信守，惟任二北訂爲三十三首，乃將《天仙子》次首破爲二首，將《喜秋天》二首分作四首，皆因雙疊體换韻之故，且以此指認原卷「共三十首」之題記不實。按民間製作，於雙疊體换韻，非無可能，以上二調三首既皆如此，知非偶然，亦難指認皆爲書手抄寫所誤。

散見各卷曲子詞

失調名〔一〕

十年五歲相看過。爲道木蘭花一朵〔二〕。九天遠地覓將來〔三〕，移將後院深處坐〔四〕。又見胡蝶千千箇〔五〕。由住尖良不敢坐〔六〕。傍人不乃苦項須〔七〕，恐怕春風斬斷我。

〔一〕　原卷未題調名，然於正文前兩次題寫「曲子名」三字，應屬曲子詞性質。諸本未録。總編收入，以辭爲七言八句體，内容乃賦咏木蘭花，故擬補《木蘭花》爲調。兹以「失調名」署之。

〔二〕道：總編校作「愛」。　朵：原作「墮」。

〔三〕遠：原作「願」，從總編校改。

〔四〕移：原作「餘」，從總編校改。　院：原作「遠」，從總編校改。

〔五〕胡蝶：原卷「蝶」字潦草不清，據總編校補。

〔六〕尖：總編校作「安」。　坐：總編校作「做」。

〔七〕乃：總編校作「必」。　項：總編校作「相」。

失調名〔一〕

□我一身却〔二〕，自家一身當。千萬努力歸明王〔三〕。憶着吐蕃通信上〔四〕。　以上二首斯三二九卷

〔一〕此首與前首同卷而單獨抄寫，正文前未題調名，而於末尾題「曲子名一首」，當屬曲子詞性質。諸本未録，總編以「失調名」收入，而疑爲《南歌子》之調。

〔二〕□：原卷僅殘存右部「包」字，或爲「抛」字之訛，兹姑作空圍。

〔三〕努：原作「怒」。

〔四〕 憶着句：總編於「信」字斷句，以「上」屬下句，「上」下補四空圍。案原卷於「上」下無殘損或空闕，接書「曲子名一首」五字，似乎詞文已抄畢。兹姑依原卷。

蘇莫遮　五臺山曲子六首〔一〕

大聖堂，非凡地。左右龍盤〔二〕，爲有臺相倚〔三〕。嶺岫嵯峨朝聖地〔四〕。花木芬芳，菩薩多靈異。　面慈悲，心歡喜。西國真僧〔五〕，遠遠來瞻禮〔六〕。瑞彩時時簾下起〔七〕。福祚當今〔八〕，萬古千秋歲。

〔一〕 此調載《教坊記》「曲名」表。原卷標示「第一」、「第二」等序號，與斯六五三七卷所載《鬥百草》諸調大曲詞同一體例。原卷以小圓圈標示句讀。　五臺山曲子六首：斯二〇八〇卷、伯三三六〇卷均題作「大唐五臺曲子五首寄在蘇莫遮」。「寄在」乃依調之意；各卷既皆稱「曲子」，據知大曲亦屬「曲子」範疇。　原作實爲六首。

〔二〕 龍盤：斯二九八五卷作「龍磻」，伯三三六〇卷作「盤龍」。

〔三〕 爲：斯二九八五卷作「焉」，伯卷作「唯」。

〔四〕 聖地：斯二九八五卷作「戍已」，伯卷作「霧起」。

〔五〕 西國：斯二九八五卷作「印玉」。　真：伯卷作「神」。

〔六〕 遠遠：斯二九八五卷作「往往」。　瞻：伯卷誤作「贍」。

〔七〕簾：伯卷作「巖」。

〔八〕當今：斯二〇八〇卷、二九八五卷、伯卷並作「唐川」。

第一〔一〕

上中臺，盤道遠。萬仞迢迢〔二〕，髣髴過天半〔三〕。寶石巉巖光燦爛。瑞草名花〔四〕，似錦堪遊翫。　玉華池〔五〕，金沙畔〔六〕。冰窟千年，到者身心戰〔七〕。合掌望空重發願〔八〕。五色祥雲，一日三迴現。

〔一〕原卷於第一首未標序號，於第二首起至第六首分別標「第一」至「第五」之序號，各卷皆如此。惟五臺排列之順序略有不同，此卷原以中、東、北、西、南爲序；伯三三六〇卷則以東、北、中、西、南爲序；斯二〇八〇卷殘存中間四首，順序與伯卷同；斯二九八五卷殘存三首，以北、東二首爲先，後接「大聖堂」一首；斯四〇一二卷僅存「上南臺」一首。

〔二〕迢迢：斯二〇八〇卷、伯卷作「逍迢」。

〔三〕過：伯卷作「迴」。

〔四〕瑞：斯二〇八〇卷、伯卷作「異」。

〔五〕玉華：原寫作「玉花」，據斯二〇八〇卷改。

〔六〕畔：伯卷作「泮」，斯二〇八〇卷作「伴」。

〔七〕戰：伯卷作「顫」。

〔八〕合掌望空：斯二〇八〇卷、伯卷作「禮拜虔誠」。

第二

上東臺，過北斗。望見扶桑，海畔龍神鬪〔一〕。雨雹相和驚林藪〔二〕。霧卷雲收，現化千般有。吉祥鳴，師子吼，聞者狐疑〔三〕，便往那邊走〔四〕。纔念文殊三五口〔五〕。大聖慈悲，方便來相救〔六〕。

〔一〕「望見」二句：斯二〇八〇卷、伯卷作「霧卷雲收，化現千般有」，與下文重複，當爲書手衍誤。　扶：原作「浮」。　畔：原作「伴」。

〔二〕雨雹句：原作「雨雪相和更霖藪」，據斯二〇八〇、二九八五卷及伯卷校改。

〔三〕狐疑：原作「狐宜」，斯二〇八〇卷作「猢疑」。據斯二九八五卷改。

〔四〕便往句：伯卷及斯二〇八〇卷作「怕網羅煙走」，斯二九八五卷作「怕往羅筵走」。「那邊」、「羅煙」、「羅筵」皆指東臺十四靈跡之一的那羅延窟，蓋音譯之訛轉。

〔五〕三五口：斯二〇八〇卷、伯卷作「三兩口」。

〔六〕來相：斯二〇八〇、二九八五卷、伯卷作「潛身」。

第三

上北臺，登險道〔一〕。石逕崚嶒〔二〕，緩步行多少〔三〕。遍地名花微耎草〔四〕。定水潛流，一日三迴到〔五〕。　駱駝崖〔六〕，風裊裊〔七〕。往來巡遊，須是身心好。羅漢巖前觀渿河〔八〕，不敢久停〔九〕，爲有神龍懆〔一〇〕。

〔一〕險：原作「嶮」，據斯二〇八〇、二九八五卷校改。

〔二〕崚嶒：原作「愣層」；伯卷、斯二〇八〇卷作「崚層」。兹據諸校本改。

〔三〕緩：原寫作「换」，斯二〇八〇卷、伯卷作「踐」。兹據斯二九八五卷改。

〔四〕名花微耎：斯二〇八〇卷、伯卷作「莓苔異軟」。斯二九八五卷作「莓苔唯軟」。

〔五〕日：原寫作「里」，據斯二〇八〇卷改。　迴：伯卷作「過」。

〔六〕崖：原作「焉」，伯卷作「嗎」。兹據總編校改。

〔七〕裊裊：原作「眇眇」，據斯二〇八〇、二九八五卷及伯卷校改。

〔八〕巖前：斯二〇八〇卷、伯卷作「巖頂」，斯二九八五卷作「嵒頭」。　渿河：原作「奈好」，據斯二〇八〇卷、伯卷改。

〔九〕敢：斯二〇八〇卷、伯卷作「得」。

〔一〇〕爲：斯二〇八〇卷作「唯」。　懆：原作「操」，校録、饒編校作「滐」。兹據總編校改。

第四

上西臺，真聖境。阿耨池邊，好似金橋影〔一〕。兩道圓光明似鏡。一朵香山，崒屼堪吟詠。　師子蹤，深印定。功德泉中〔二〕，甘露常清浄。菩薩行時龍衆請。居士談揚，爲有天人聽〔三〕。

〔一〕似：斯二〇八〇卷、伯卷作「是」。

〔二〕功德泉中：斯二〇八〇卷、伯卷作「八德池邊」。

〔三〕爲：伯卷作「唯」。

第五

上南臺，林嶺別。浄境孤高〔一〕，巖下觀星月。遠眺遐方情思悦〔二〕。或聽神鐘〔三〕，感愧捻香爇〔四〕。　蜀錦花〔五〕，銀絲結。供養諸天，菡萏無人折〔六〕。慚愧塵勞罪消滅〔七〕。福壽延年〔八〕，爲見真菩薩〔九〕。　以上六首斯四六七卷

〔一〕净：原作「媚」，據伯卷校改。

〔二〕眺：原訛「跳」，據伯卷校改。　遐：斯四〇一二卷作「霞」。　情思：伯卷作「思情」。

〔三〕或：原作「不」，據伯卷校改。

〔四〕愧：原作「責」，據伯卷校改。

〔五〕蜀：斯四〇一二卷作「熟」。

〔六〕無人折：伯卷作「人間徹」。

〔七〕慚愧句：伯卷作「往日塵勞今消滅」。

〔八〕年：伯卷作「長」。

〔九〕見：斯四〇一二卷作「禮」。

喜秋天〔一〕

〔一更〕每年七月七〔二〕。此時壽夫日〔三〕。在處敷陳結交伴〔四〕。獻供數千般。　今晨連天暮〔五〕。一心待織女。忽若今夜降凡間。乞取一教言。

〔一〕此首以下凡五首，原題「曲子喜秋天」，内容乃詠七夕風俗人情，形式則用五更遞轉之方式組織成套。饒編仍用原題，以爲「此當爲《五更轉》之一格，而調寄《喜秋天》者」；總編則以《五更轉》爲調名，而謂「格調乃雙重結構：以兩片體之《喜秋天》調，演成《五更轉》全套之形式」。按此套五首作品，既題曰「曲子喜秋天」，自當用《喜秋天》調歌唱；考五首除第二首有脱漏、及第二至第四首首句各多出標示更次之二字外，其句式正與《雲謡集》所載《喜秋天》調相同，作「五五七五」句式之雙片體，惟用韵有所變化；五更聯轉乃其外在之結構形式，因詠七夕情事，故借用五更之時間順序以爲組織貫串，並非標示其内在的音樂屬性及曲調名稱。總編以《五更轉》爲其調名，不妥。

〔二〕一更：原無，總編據文意及結構補，姑從。

〔三〕壽夫：原寫作「受夫」，總編作「受□」。兹從饒編校改。

〔四〕陳：原寫作「塵」，總編作「座」。兹從饒編校改。　伴：總編校作「□」。

〔五〕今晨句：總編校作「□晨達天暮」。

其二

二更仰面碧霄天。參次衆星〔前〕〔一〕。月明遍周旋〔二〕。□□□□〔三〕。　竿會甚北斗〔四〕。漸覺更星流〔五〕。　月落西山覞星流〔六〕。　將謂是牽牛〔七〕。

〔一〕前：原無，饒編疑脱，兹據總編補。

〔二〕月明句：原作「月明遍周放」，饒編校「放」爲「旋」；總編校作「月明夜□□周旋」。按此句或脱二字。

〔三〕□□句：饒編校作「筭甚會北斗」。按此句當屬下片，此處或脱一句，姑從總編補五空圍。

〔四〕筭會句：總編校作「會甚□北斗」。　筭：同「算」。

〔五〕流：總編校作「候」。

〔六〕月：原作「日」，從總編校改。　覩：總編校作「欸」。

〔七〕按此首下片，總編謂與第三首下片錯簡，故將二首下片互移。

其三

三更女伴近綵樓。頂禮不曾休。佛前燈暗更添油。禮拜再三候〔一〕。　諸女綵樓畔〔二〕，燒取玉爐烟。不知牽牛在那邊。望作眼睛穿〔三〕。

〔一〕候：原草寫，總編校作「求」。

〔二〕諸：原寫似「楨」，饒編校作「煩」。茲從總編校改。　畔：原作「伴」，從總編校改。

〔三〕作：總編校作「得」。

其四

四更緩步出門廳〔一〕。直是到街庭〔二〕。今夜斗末見流星〔三〕。奔逐向前迎。　此時難將見〔四〕。發却千般願。無福之人莫怨天。皆是少因緣〔五〕。

〔一〕緩步：原寫作「換步」。　廳：原寫作「聽」，從饒編校改。

〔二〕是：總編作「走」。

〔三〕斗末：原寫作「斗木」，從饒編校改。

〔四〕難：總編作「爲」。

〔五〕少：原寫作「上」，從總編校改。

其五

五更敷設了〔一〕，取分總交收〔二〕。五個姮娥結高樓〔三〕。那邊見牽牛〔四〕。　看看東方動。來把秦箏弄〔五〕。黃針撥鏡再梳頭〔六〕。看看到來秋〔七〕。

以上五首斯一四九七卷

〔一〕五更句：總編作「五更敷設了□□」。

〔二〕取分：總編校作「處分」。

〔三〕高：原寫作「交」，總編校作「綵」。茲從饒編校改。

〔四〕邊：原寫作「件」，總編校作「個」。案第三首「不知牽牛在那邊」句，「邊」原寫作「件」，旁注「邊」，因據改。匡補以爲「件」乃「伴」字形誤，「那伴」即「那畔」，意同「那邊」。

〔五〕弄：原寫作「筭」，從饒編校改。

〔六〕針：原寫作「丁」，從總編校改。

〔七〕看看：總編校作「遥遥」。

失調名〔一〕

□臺□化絶勝□〔二〕（下缺）

往復任君多征使（下缺）

願年年生居定昭〔三〕（下缺）

□千如日月詔無已〔四〕（下缺）

〔一〕此首抄録於卷首，前無調名，辭凡四行，皆位於卷子上部，下半空闕，上半亦有數字殘缺不清。考斯二六〇七卷乃曲子詞之專卷，凡抄録曲子詞數十首，調名相同者，皆用「同前」、「又同」、「又同前」標示，此四行及下三行殘辭下即空格題寫「同前」字樣，據知此七行殘辭應屬曲子詞範圍，姑以「失調名」屬之。此七行殘辭諸本皆未録，饒編依原卷式樣録爲一首，歸入「失調名」一類；總編則分作「失調名」二首，前四行爲一首，後三行爲一首。兹姑從之。此首總編訂爲七言四句體，恐難成立，兹從原卷寫録。

〔二〕臺：原卷殘存左半部，略可辨認，兹據饒編、總編補全。

〔三〕　昭：總編校作「照」。

〔四〕　詔：總編校作「照」。

失調名〔一〕

四海征弊惜天雨降〔二〕(下缺)

唐堯鴻恩四補海内樂〔三〕(下缺)

陣雲收(下缺)

〔一〕　此三行殘辭緊接前四行殘辭抄録，前無調名，姑以「失調名」屬之。觀原卷所録諸詞，每首約占二行、三行或四行之篇幅，饒編以此三行殘辭與前四行殘辭録爲一首，恐篇幅過長；兹依總編以此三行殘辭録爲一首。

〔二〕　「四海」一行：總編校作「四海征□，喜天雨降」二句，以「弊」字訛，故以空圍代之，校「惜」作「喜」。

〔三〕　「唐堯」一行：總編校訂爲：「□□□□。□□唐堯。鴻恩四溥。海内樂無憂。」

失調名　般涉〔一〕

國泰人安静風沙〔二〕。向秀(下缺)地種(下缺)鬧任舡車〔三〕。聽海鸞，坐金牙。提胡蘆帝薩金沙。長垂羅袖拂煙霞。齊拍手，賀我當今家。

〔一〕此首緊接前首抄寫，於前首「陣雲收」句下空二格，題「同前般涉」四字。四字居此行中上部，其下空缺無文。「同前」乃承前指稱調名，唯前首殘缺失調，兹亦同前以「失調名」屬之。「般涉」之「涉」字，原卷殘存左部及右上部，兹從王集校訂。王集、饒編皆以「般涉」二字入正文，不妥。考原卷抄寫規則，凡調名、題記與正文之間，皆留有空格，「般涉」既與「同前」二字連寫，當非正文，且原卷調名、題記在前行中部者，正文往往另行頂頭抄寫。兹從總編以「般涉」二字指宫調名。

〔二〕國泰句：原卷另行頂頭抄寫，當爲起句。王集、總編皆於「静」字斷句，以「風沙」二字屬下句。

〔三〕向秀句：原卷「秀」字下約缺八字；「種」字下約缺三字；「閙」上一字殘損難辨。總編校作「風沙向秀□。□□□□□。□地種□□。□宫閙。任船車」。

贊普子〔一〕

本是蕃家將〔二〕，年年在草頭〔三〕。夏月披氈帳〔四〕，冬天掛皮裘。

語即令人難會，朝朝牧馬在荒丘。若不爲抛沙塞〔五〕，無因拜玉樓〔六〕。

〔一〕此首接前首抄寫，空二格，題「同前」二字，另行頂頭抄寫正文。然前首已失調名，且此首與前首句法頗異，「同前」二字，或爲書手誤題。兹從王集、校録考補調名作《贊普子》。調名見諸《教坊記》「曲名」表。《花間集》載毛文錫《贊浦子》一首，句式格律與此首大體相同。

〔二〕將：原寫作「帳」，從校録校改。

〔三〕草：原卷稍模糊，略可辨認；總編校作空圍。

〔四〕夏月：王集、校録校作「夏日」。　帳：原寫作「悵」。

〔五〕爲：原寫作「謂」，從王集校改。

〔六〕無因：原寫作「無恩」，從校録校改。

失調名〔一〕

与君別後，何日再相逢。關山阻隔信難通。情恨切，氣填胸〔二〕。連襟淚落重重。　世通榮貴壽如松〔三〕。寒雁來過附書蹤〔四〕。謂君憔悴損形容。交兒淚落千重。

〔一〕此首接前首抄寫，另行頂頭題寫「同前」二字，下空一格，接寫正文。前首已據諸本補題《贊普子》調名，惟此首句式與前首相去甚遠，難爲同調，「同前」二字，或出書手誤題。姑作「失調名」。總編擬調名作《再相逢》。

〔二〕填：原寫作「田」。

〔三〕壽：原寫作「受」。

〔四〕蹤：原寫作「縱」。

西江月〔一〕

女伴同尋煙水。今宵江月分明。舵頭無力别一舡横〔二〕。波面微風闇起。　撥棹乘舡無定止〔三〕。拜詞處處聞聲〔四〕。連天紅浪浸秋星〔五〕。誤入蓼花叢裏〔六〕。

〔一〕此首接前首抄寫，空一格，題《西江月》，另行頂頭抄寫正文。

〔二〕舵：原寫作「駄」，王集、饒編校作「柁」。兹從校録校改。　别：總編作衍字删之。

〔三〕撥：原寫作「嬾」，從校録校改。　無定止：原作「無定拜正」，「拜」與「正」字右旁中間有「√」號以示倒文，「正」字失韻，從校録校改。

〔四〕拜詞：校録校作「漁歌」，總編校作「楚詞」。　聞：原作「闇」，兹從諸本校改。

〔五〕紅浪：總編校作「江浪」。

〔六〕誤：原寫作「悟」。

又〔一〕

浩渺天涯無際〔二〕。旅人舡薄孤洲〔三〕。團團明月照江樓。遠望荻花風起〔四〕。　東去不迴千萬里。乘舡正值高秋〔五〕。此時變作望鄉愁。一夜苦吟雲〔水〕〔六〕。

〔一〕此首接前首抄寫，空二格，題「又同一首」。

〔二〕浩：原寫作「皓」。 際：原寫作「濟」。

〔三〕旅：原寫作「吕」。 洲：原寫作「舟」。 薄：饒編校作「泊」。

〔四〕荻：原寫作「秋」，從校録校改。

〔五〕正值：原寫作「整置」。

〔六〕苦吟：原寫作「若吟」。 水：原脱，從校録校補。

又〔一〕

雲散金波初吐〔二〕。煙迷沙渚沈沈〔三〕。棹歌驚起亂棲禽〔四〕。女伴各歸南浦〔五〕。　舡押波光摇艣〔六〕。野歡不覺更深〔七〕。楚詞哀怨出江心〔八〕。正值明月當南午〔九〕。

〔一〕此首原卷並非緊接前二首抄寫，而是隔數首後抄寫，原題「又西江月」。兹以同卷同調，故並録於前二首之下。

〔二〕金波：校録校作「金烏」。

〔三〕渚：原寫作「煑」。

〔四〕棲：原寫作「西」。

〔五〕浦：原寫作「補」。

〔六〕押：饒編校作「狎」，總編校作「壓」。　摇艣：原寫作「遥野虜」，王集校作「摇艣」，以「野」屬下句，總編校作「摇夜艣」。

〔七〕野歡：總編校作「貪歡」；饒編以「虜」屬此句，校作「攄歡」；林編校作「娱歡」。

〔八〕楚詞：校録校作「楚歌」。

〔九〕正值：原寫作「整置」。

浣溪沙〔一〕

五兩竿頭風欲平〔二〕。張帆舉棹覺舡行〔三〕。柔艣不施停却棹〔四〕，是舡行〔五〕。　滿眼風波多陜汋〔六〕，看山恰似走來迎。子細看山山不動〔七〕，是舡行。

〔一〕此首原卷接《西江月》第二首後抄録，調名題爲《浪濤沙》。又見伯三一二八、三一五五卷，前卷題「又同前」，前首題「曲子浪濤沙」。按《浪濤（淘）沙》無作「七七七三」兩片體者，此爲《浣溪沙》之一體，乃書手誤題。兹從校録、林編改題調名作《浣溪沙》。

〔二〕兩：原寫作「雨」。伯卷作「里」，當爲「量」之形誤。「量」、「兩」六朝以來常通用。竿：伯三一五五卷作「江」。風欲平：伯三一五五卷作「望水平」。

〔三〕張帆：原作「長帆」，伯三一五五卷作「争范」。舉棹：伯三一五五卷作「才動」。覺舡行：伯三一五五卷作「樂單傾」，義不可解，或爲「覺舡行」三字之音訛；校録改「行」爲「輕」。

〔四〕柔艫：原作「柔虜」，伯三一五五卷作「油路」。不施停却棹：伯三一五五卷作「船停却」，應有脱誤。

〔五〕是船行：伯三一五五卷作「信前逞」，或爲「是船行」之音訛。

〔六〕滿眼風波多陜汋：伯三一二八卷作「滿風沙多殃汋」，伯三一五五卷作「妙妙弘波船占占」，並有脱誤。陜汋：王集作「陜灼」，林編作「峽汋」，總編作「戰灼」。

〔七〕子細：伯三一五五卷作「子姓」。

【考辨】

此首分見於三個寫卷。斯卷最完整；伯三一二八卷略有脱誤，然大體完整，與斯卷所抄爲同一首作品。惟伯三一五五卷異文稍多，饒補以爲乃「同一首而異文耳」；林編則以爲「自其文字觀之，二者或爲聯章或是和韻之作，宜予分列」，故作二首並録。按伯三一五五卷所抄一首與另二卷所抄一首雖有異文，然大體皆音訛或脱誤所致，且内容完全一樣，主要句子皆雷同，應視爲同一首作品，不宜並録。

又〔一〕

八十頽年志不迷。一竿長地坐磻磎〔二〕。釣□□□□□□〔三〕，□時清〔四〕。　直道守池頻負命〔五〕，子鱗何必用東西〔六〕。我不□□□□□，□□□〔七〕。

〔一〕此首接前首抄寫，空二格，題「又一首」，另行頂頭抄寫正文。前首既校訂爲《浣溪沙》調，此則爲同調。原卷略有殘缺，以圓圈標示句讀，句法與《浣溪沙》合。

〔二〕磎：通「溪」。

〔三〕釣□句：原卷「釣」下殘缺，兹從諸校本補六空圍，成七言句。

〔四〕□時清：原卷「時」上殘缺一字，兹從諸校本補一空圍。校録、饒編作「□清時」。

〔五〕守池：總編校作「守遲」；匡補以爲應校作「守雌」。

〔六〕子鱗：匡補以爲應校作「紫鱗」。

〔七〕我不二句：原卷「不」字以下殘缺，兹據諸本補八空圍，斷爲七、三句式。

又〔一〕

浪打輕舡雨打篷〔二〕。遥看篷下有魚翁〔三〕。莎笠不收舡不繫，任西東。　即問魚翁何所有，一壺清酒一竿風〔四〕。山月與鷗長作伴〔五〕，在五湖中〔六〕。

〔一〕此首原卷並非接寫於前首之下，中間相隔數首。其前首題《浣溪沙》，惟字數句法皆不符（詳下文）；此首接寫其下，原題「又同前一首」，以字數句法衡之，正《浣溪沙》調。兹以同卷同調，相續並録。

〔二〕篷：原寫作「蓬」。

〔三〕篷：原卷殘存「辶」旁，王集作空圍，兹據諸本校補。

〔四〕壺：原寫作「臺」。

〔五〕鷗：原寫作「漚」。

〔六〕在五湖中：原寫作「在湖中」，旁補「五」字。

又〔一〕

倦却詩書上釣舡〔二〕。身披莎笠執魚竿。棹向碧波深處去，復幾重灘〔三〕。　不是從前爲釣者，蓋緣時世厭良賢〔四〕。所以將身巖藪下，不朝天。

〔一〕此首接前首抄寫，另行頂頭題「又同前一首」，下空一格，接寫正文。又見伯三一二八卷，題「曲子浣溪沙」。

〔二〕倦：校録校作「捲」。

〔三〕復：伯卷無此字。

〔四〕厭：伯卷作「掩」。

又〔一〕

一隊風去吹黑雲〔二〕。舡車撩亂滿江津〔三〕。浩渺洪波長水面，浪如銀。即問長江來往客，東西南北幾時分。一過交人腸欲斷，謂行人〔四〕。

〔一〕此首接前首抄寫，空一格，題「又同前一首」，另行頂頭抄寫正文。
〔二〕一隊風去：校録校作「一陣風來」；林編、總編並校作「一陣風起」。
〔三〕舡車：王集、校録並校作「船中」。
〔四〕謂：王集引孫校疑作「爲」，總編校作「況」。

菩薩蠻〔一〕

千年鳳闕〔争雄弃〔二〕。何時獻得安邦計。鑾駕在〕三峯〔三〕。天同地不同。宇宙憎〔嫌側〔四〕。今作蒙塵客〔五〕。閫外有忠〕常。思佐聖人〔王〕〔六〕。

〔一〕此首原接《浣溪沙》（八十頹年志不迷）一首後抄寫，另行頂頭題調名，空二格，接抄正文。原卷殘缺頗甚，茲據伯三一二八卷補。原卷以圓圈標示句讀。

〔二〕　雄：林編、總編校作「離」。　弃：校録、饒編校作「異」。

〔三〕　峯：原寫作「逢」，據伯卷改。

〔四〕　憎：伯卷作「增」。

〔五〕　今：伯卷作「金」。

〔六〕　閫外二句：原卷殘存「常思佐聖人」五字，兹據伯卷校補。

又〔一〕

自從鑾駕三峯住。傾心日夜思明主。慣在紫微間。筌〔歌〕不蹔閑〔二〕。　受禄分南北。誰是憂邦國。此度却迴鑾〔三〕。須交社稷〔安〕〔四〕。

〔一〕　此首接前首抄寫，空一格，題「同前」，另行頂頭抄寫正文。案原卷此首後接抄同調二首（「登樓遥望秦宫殿」、「飄颻且在三峯下」），據《中朝故事》、《新五代史》、《唐詩紀事》、《全唐詩》等載録，乃唐昭宗李曄所作，見前録。

〔二〕　歌：原卷殘缺，從校録校補。

〔三〕　此度：王集、饒編校作「此夜」。

〔四〕　安：原缺，從校録、饒編校補。

又〔一〕

常慚血怨居臣下〔二〕。明君巡幸恩霑灑。差匠見修宮〔三〕。竭誠無有終〔四〕。奉國何曾睡。葺治無人醉。剋日却迴歸。願天涯總□〔五〕。

〔一〕此首接唐昭宗李曄二首（見前録）後抄寫，另行頂頭題「又同前一首」，下空一格，接抄正文。

〔二〕怨：總編校作「願」。

〔三〕匠：饒編校作「近」。

〔四〕竭誠：原卷「竭」寫作「謁」，「謁」下一字殘缺不清。王集、校録並校作「謁□」。茲從林編、總編校訂。

〔五〕□：原卷殘缺不清，總編校作「西」。茲姑作空圍。

又〔一〕

御園照照紅絲罷〔二〕。金風墜落霑枝⿰木架〔三〕。柳色政依依〔四〕。玄宮照渌池〔五〕。每思龍鳳闕。惟恨累年劫〔六〕。計日却迴歸。象似南山不動微。

〔一〕此首接前首抄寫，另行頂頭題「同前一首」，下空一格，接抄正文。原卷以圓圈標示句讀。

〔二〕照照：總編校作「點點」。　罷：總編校作「掛」。

〔三〕金風：校録校作「因風」。

〔四〕政：通「正」。

〔五〕照：原卷殘存「昭」字，據諸校本補。

〔六〕劫：原卷殘損，略似「劫」字，王集、林編校作空圍，總編校作「别」。兹從饒編校訂。

失調名〔一〕

良人去住邊庭。三載長征。萬家砧杵擣衣聲〔二〕。坐寒更。添□玉淚〔三〕，嬾頻聽。向深閨，遠聞雁悲鳴。遥望行〔四〕。三春月影照階庭。簾前跪拜，人長命，月長生。

〔一〕此首接前首抄寫，另行頂頭題「浣溪沙」調名，下無空格，接抄正文。惟審其句法格律，實非此調，當爲書手誤題。校録謂此首内容完全爲《望遠行》之本意，而調則似五代顧敻之《臨江仙》；總編則爲之擬調《擣衣聲》。

〔二〕砧：原寫作「拈」。

〔三〕添□：原卷「添」下一字殘缺不清，林編校作「漏垂」。

〔四〕遥望行：總編校作「遥望行人」。

獻忠心〔一〕

自從黄巢作亂，直到今年。傾動遷移每驚天〔二〕。京華飄颻因此荒〔三〕。空有心長思戀明皇〔四〕。願聖明主。久居宫宇。臣等默始有望常殊〔五〕。弓劍更抛涯計會〔六〕。將鑾駕步步却西迴〔七〕。

〔一〕此首接「又西江月」（雲散金波初吐）一首下抄寫，空一格，題調名，另行頂頭抄寫正文。原卷以圓圈標示句讀，其句法韵脚與伯二五〇六卷所載同調二首不同。

〔二〕傾：原寫作「頃」。

〔三〕京華句：總編校作「京華飄颻，因此荒□」。

〔四〕空有句：蔣議校作「空有心腸，思戀明皇」；總編校作「空有心，長思戀，明皇□」。

〔五〕臣等句：饒編分作四言二句；林編校作「臣等默始有望」；總編校作「臣等默佑，有望□」二句。

〔六〕弓劍句：饒編校以「會」字屬下句；林編校作「常殊弓劍，更抛涯計」；總編校作「常輸弓劍，更抛涯計」。

〔七〕將鑾句：饒編、林編並校作「會將鑾駕，步步却西迴」；總編校作「會將鑾駕，一步步，却西遷」。駕：原誤作「驚」。

宮怨春〔一〕

柳條垂處也〔二〕，喜鵲語零零。焚香啓告訴君情〔三〕。慕得蕭郎好武〔四〕，累歲長征。向沙場裏，掄寶劍〔五〕，定攙槍〔六〕。　去時花欲謝，幾度葉還青。遥思想夜夜到邊庭〔七〕。願天下銷戈鑄戟〔八〕，舜日清平。待功成日〔九〕，麟閣上畫圖形。

〔一〕此首接前首抄寫。原卷題「曲子桊怨春」。總編校作《宮怨春》，蓋「桊」爲「恭」形訛，又由「恭」音轉爲「宮」。此調及辭乃敦煌寫卷所僅見者，既題「曲子」，其性質自明。原卷以圓圈標示句讀。

〔二〕垂處也：總編校作「垂處處」。

〔三〕啓：原作「稽」，俗寫，諸校本多校作「稽首」二字之合體。匡補考「稽」與「啓」同音，「稽告」即「啓告」，兹據改。

訴：原寫作「素」。

〔四〕慕得：原寫作「慕德」。　蕭郎：原作「蕭稂」。

〔五〕掄：原寫作「輪」，王集校作「輪」，兹從林編校改。

〔六〕攙槍：總編校作「欃槍」。

〔七〕思想：原寫作「思相」，校録校作「相思」，兹從王集校改。

〔八〕戈：原寫作「弋」。

〔九〕功成日：王集、校録校作「成功日」。

失調名　御製〔一〕

時清海晏，定風波。恩光六塞，瑞氣遍山坡〔二〕。風調雨順〔三〕，野老行歌。四塞休征罷戰〔四〕，放將士盡迴戈〔五〕。　君臣道泰，禮樂讌中和。此時快活。感恩多。願聖壽萬歲〔六〕，同海嶽山河〔七〕。似生佛向宮殿裏〔八〕，絶勝兜率大羅〔九〕。

〔一〕此首接前首抄寫。另行頂頭題「□製」二字，「製」上一字殘損不清，諸本俱補「御」字，衡之下首亦有「御製曲子」之題，則此二字亦當爲「御製」。惟「御製」二字乃題，非調。王集、總編校訂調作《獻忠心》。兹作「失調名」。原卷以小圓圈標示句讀。

〔二〕坡：總編校作「河」。

〔三〕調：王集校作空圍。

〔四〕塞：原寫作「寒」。

〔五〕士：原寫作「仕」。　戈：原作「弋」。

〔六〕願聖句：「願」下空一格，接寫「聖壽萬歲」；下面「似生佛」一句，「生」下「佛」上亦空一格，皆書寫格式，表示敬重，並非缺字。

〔七〕 海嶽山河：校録校作「山嶽江河」。

〔八〕 似生句：王集、校録並校作「似生佛□，宫殿裏」；總編校作「似生佛□，向宫殿裏」。

〔九〕 勝：原寫作「昇」，從蔣議校改。

失調名 御製曲子〔一〕

百花競發，焕新楊柳垂院光〔二〕。向珠簾□□〔三〕，萬喜含芳。觀園裏青青，山川草木異禎祥。一萬人樂，行歌〔國泰〕時康〔四〕。我□明主〔五〕，□中看景色在邊疆〔六〕。更將新翻御製□□□，□步元戎，千秋萬歲〔七〕，聖祚得遥長〔八〕。知存而治化〔九〕，□□〔堯〕舜禹湯〔一〇〕。

〔一〕 此首接前首抄寫，另行頂頭題「御製曲子」，下空一格，接抄正文。王集、總編並與前首訂作《獻忠心》。兹作「失調名」。原卷用小圓圈標示句讀，殘缺甚多。總編以上首完整，且二首同題「御製」，故視爲同調，而以上首校讀此首。實則二詞雖接書，且同題「御製」云云，然均未寫明調名，揆之敦煌寫卷體例，同調者多注明「又」、或標示「同前」等，可知此二首未必同屬一調。且二首之句法格律等與斯、伯二卷所載《獻忠心》三首亦不能符合，難以訂爲同調。

〔二〕 百花二句：王集校作「百花競發焕新楊，柳院垂光」；饒編校作「百花競發焕新，楊柳垂院光」；總編校作「百花競發焕青陽，柳院重光」。

〔三〕向珠句：原卷「簾」下殘損，玆從諸校本補二空圍。

〔四〕一萬二句：王集校作「一萬人樂，行歌□，□時康」三句；總編校作「萬人樂，行歌□，爾時康」。國泰：原卷殘損，玆從林編校補。

〔五〕我□句：原卷「我」下、「主」下各缺一字，王集、總編並校作「我□明主□」。

〔六〕□中句：原卷「中」上缺一字。看：王集、總編校作空圍。

〔七〕更將三句：原卷「製」下缺數字，玆從王集、總編補四空圍，斷爲三句。

〔八〕聖祚句：原寫作「豊作得姚長」，王集校作「豈得作遥長」。玆從林編、總編校改。

〔九〕知存句：王集、總編並校作「知存而治」，以「化」字屬下句。玆從饒編、林編斷句。

〔一〇〕□□句：原卷「化」下缺損，王集校作「化□□，□舜禹湯」；總編校作「化□□，堯舜禹湯」。玆從林編校補。

臨江仙〔一〕

〔岸闊臨〕江帝宅賒〔二〕。東風吹柳向西斜〔三〕。春光〔催〕綻後園花〔四〕。鶯〔啼鶯語〕〔五〕，遼亂争忍不思家〔六〕。　每恨經年〔離別苦〕〔七〕，縱然抛弃〔生涯〕〔八〕。〔如〕今時世已叅差〔九〕。不如歸去，歸去也，沈醉〔卧煙霞〕〔一〇〕。

〔一〕此首接前首後抄寫，題「曲子臨江仙」，另行抄寫正文。原卷以圓圈標示句讀，惟殘損甚多。又見伯二五〇六卷，抄寫完整，亦用圓圈標示句讀。茲據以校補。

〔二〕岸闊臨：原殘缺，據伯卷補。　帝宅賖：伯卷作「底見沙」。原卷「帝」上空一格，非缺文，乃書寫格式，以示對皇帝之敬重。

〔三〕向：伯卷無。

〔四〕催：原卷殘損不清，伯卷作「摧」，即「催」之訛，茲據校補。

〔五〕鸞：原作「鸚」，據諸校本改。

〔六〕遼亂：同「撩亂」。伯卷作「撩亂」。

〔七〕離別苦：原卷殘損，據伯卷補。

〔八〕縱然：伯卷作「等閑」。　生涯：原缺，據伯卷補。

〔九〕如：原缺，據伯卷補。　已：原寫作「以」，據伯卷改。

〔一〇〕沈：原寫作「枕」，據伯卷改。　卧烟霞：原缺，據伯卷補。

又〔一〕

不處囂塵千万年〔二〕。我於此峒求仙〔三〕。坐□□□□□□〔四〕。行遊策杖，策杖也〔五〕，尋溪聽流泉。　夜深長□□□□，□□□儛於前〔六〕。神方求盡願爲丹〔七〕。□涓登雲，登雲

〔也〕〔八〕，□□□□□〔九〕。

〔一〕此首接前首後抄寫。原卷凡三行，殘留中部，上部及下部並有殘缺，上部每行約殘缺二、三字，下部每行約殘缺四、五字，殘存部分頗整齊。失調名。諸本皆不收録。總編録入，以接寫於前首之後，同卷同面，故仍作《臨江仙》調。按此首與前首原卷皆占三行篇幅，可知字數應大致相等，此其一；此首仍用小圓圈標示句讀，其開頭二句作「七、六」句式，正與《臨江仙》格調相符，此其二；若依原卷行款補出上、下部之缺文，再求全篇句法，亦與該調相合，此其三；原卷「策杖」、「登雲」二句四字皆以重文符號書寫，與前首「歸去也」之作重疊句亦屬同一格調，且重疊位置相同，惟前首僅在下片重疊，此首則上下片皆重疊，此其四；前首内容寫歸隱情思，此首内容寫「求仙」生活，皆與調名本意相關，此其五。由此五點，可證此首確與前首同爲《臨江仙》調。原卷當於頂頭辭前題「同前」二字，蓋因上部殘損而不見。兹姑依原卷體例，承前調題「又」字。

〔二〕万：總編校作「百」。

〔三〕峒：通「洞」。

〔四〕坐□句：原卷「坐」下至「行」上皆殘缺，「坐」下約殘缺四、五字，姑補四空圍，「行」上約殘缺二字，姑補二空圍，連「坐」字正可構成七言一句，與該調句式相符。總編校作「坐□行遊策杖」，於「坐」下「行」上僅補一空圍，與原卷不符，且連屬「行遊策杖」四字爲一句，亦有誤。

〔五〕策杖：原卷二字下分别皆有重文符號，構成重疊句。

〔六〕夜深二句：原卷「長」下至「併」上俱殘缺，「長」字比前行「坐」字位置稍上，其下約缺四、五字，兹姑補五空圍」;「儛」上約缺二字，兹補二空圍。原卷於「儛於前」句讀。將補空計入，「夜深長」至「儛於前」，正可斷爲「七、六」二句，與該調句式相符。此二句總編校作「神方求盡願爲丹，夜深長舞爐前」，與原卷實際不符。

〔七〕神方句：原卷完整，句讀明確，亦與該調句式相符。總編移至下片換頭，無據。

〔八〕□淚句：原卷「淚」字略可辨認，其意不明，「淚」上下或脱一字，兹姑上補一空圍。登雲：原卷二字下皆有重文符號，構成重疊，「雲」下殘缺，兹據上片句法補「也」字。總編校作「□□□□登雲，登雲也」，以求與其所訂上片此二句合，實誤。

〔九〕□□句：原卷「雲」字之重文符號與前行「長」字位置平齊，其下約缺五、六字，上句「雲」下已補一「也」字，兹補五空圍作末句，與該調句法正合。

失調名〔一〕

仕女鸞鳳，齊登金〔二〕。坐逕閑階□□□□□□□□專心〔三〕。懇望轉加新。金絲線，織成鸞□□□□□□□□□得〔四〕，金枝合蟬野馬，競逐紛紜〔五〕。□□□□□□□□□直千金〔六〕。足蜂蘂蘂攢花蒲□□□□□□□□□□〔七〕，直爲無人往，達進入西秦。共練□□□□□□□□□□然織成端疋〔八〕，遣家僮市賣，不□□□□□□□□□□膍每恨織錦紋〔九〕。報仕女，兩兩三三〔一〇〕，□□□□□歸鄰〔一一〕。從此後，更也無人，日夜無效功〔一二〕。

〔一〕此首接前首抄寫，凡八行，僅殘留中部，上下部皆殘缺。詞前題「曲子」二字，「曲」上頂頭部位約殘缺二、三字，原卷或題爲「□□曲子」。「曲子」二字下空一格，抄寫正文。原卷仍用小圓圈標示句讀。諸本皆未校録，饒編僅摹寫原卷附録於後，無校；總編作「失調名」收録，訂爲長調一首，分爲兩片，共一百二十字。按原卷殘辭凡八行，總編補缺文凡二十二空，與原卷行款及篇幅不符。細審原卷行款，每行上部約缺三、四字，下部約缺五、六字，兹補六十空圍，與原文相加，共計一百五十六字。如此長調，在敦煌寫卷中尚屬罕見。然就八行殘辭内容看，似皆反映織錦勞動及織女生活情感，用韻亦大致相同。兹姑訂爲一首。

〔二〕仕女二句：原卷句讀分明。總編校作「仕女鸞凰，齊登金座」。

〔三〕「坐逕」十四字，總編校作「匡閒階□□專心」，於「階」下缺文僅補二空圍，與原卷不符；兹於「階」下補五空圍，「專」上補三空圍。　逕：或爲「近」之訛；兹從饒編校訂。

〔四〕「織成」十三字：原卷「鸞」下殘缺約五字，「得」上約缺四字，兹共補九空圍。原卷於「得」字讀。總編校作「金絲線織成鸞鳳，□□□□」，補空不足，且改原卷句讀。

〔五〕競逐紛紜：原卷作「逕逐分紜」，「紜」字左部殘損。兹從總編校改。

〔六〕「□□」十二字：原卷「紜」下約缺六字，「直」上約缺三字，兹共補九空圍。原卷「直」字略有殘損，於「金」字讀。總編校作「□□□□值千金」，補空不符。

〔七〕「足蜂」十七字：原卷「蒲」下約缺六字，下句首字「直」上約缺四字，兹共補十空圍。原卷「直」字右上角有小圓圈標示句讀。總編校作「足蜂蘂攢花滿，□□□□」，補空不足。

〔八〕「共練」十七字：原卷「練」下約缺六字，「然」上約缺四字，茲共補十空圍。原卷於「疋」字讀。總編校作「共練□□然，織成端疋」，不符。

〔九〕「不□」十七字：原卷「不」下約缺六字，「牕」上約缺四字，茲共補十空圍。原卷於「紋」字斷句。總編校作「不□□□。紗窗每根織錦紋」，不符。

〔一〇〕兩兩三三：原卷「兩」下有重文符號，「三」下殘缺，茲據總編校補。

〔一一〕「□□」七字：原卷「三」下約缺五、六字，茲補五空圍。

〔一二〕無效功：原卷作「舞效功」，茲從總編校改。原卷「功」下約殘缺六、七字，另行頂頭抄「傷蛇曲子」，故「功」字下可能尚有文字。茲姑從總編校訂。

失調名　傷蛇曲子〔一〕

聽説昔時隋侯〔二〕，奉命出使行□□□□□□□□傷〔三〕。臨欲喪。眼中光淚流〔四〕，血染路傍〔五〕。□□□□□□□□開展芝囊〔六〕。取藥封裹，□□□□□□□□□□□□□□□□歸日〔七〕，見一二八童子□□□□□□□□□□□□蛇改易〔八〕，蒙君□□□□□□□□□□□□□□□〔九〕，其蛇晝夜□□□□□□□□□□□□□□堂〔一〇〕。

〔一〕此首接前首抄寫，頂頭題「傷蛇曲子」，略留空隙，接抄正文。「傷蛇」四字乃題，非調。諸本俱不録，總編以「失調名」收之。按原卷既標示「曲子」，性質明確，應予收録。原卷凡六行半，前三行上部較完整，下部殘缺，後三行半僅殘存中部十數字。兹依原卷行款及篇幅，補缺文凡七十七空，與原文相加，共計一百二十三字，屬於長調篇幅。揆之内容及語氣，應爲講唱隋侯以藥救傷蛇故事。開篇以「聽説昔時」之講唱套語領起，次行有「傷」、「血染」之描寫，三行有「取藥封裹」之情節，四行有「歸」、「見」之叙述，五行、六行均重見「蛇」字，七行上部殘損，僅存一字下部之「土」字，其右下以小圓圈標示，其下空二格，題「曲子□□□」，當爲另一首之題或調。可見此六行半百二十餘字之篇幅，當屬同一内容，同一篇章。總編訂爲兩片，補三十五空，與原卷缺文不符。原卷仍以小圓圈標示句讀，兹姑據以校讀。

〔二〕聽説句：原卷於「侯」字讀。總編校作「聽説昔時，隋侯奉命」二句。

〔三〕「奉命」十四字：原卷「行」下殘損，兹補六空；「傷」上殘損，兹補二空。原卷於「傷」字讀。總編校作「出使行□，□□傷」，補空不足。

〔四〕眼中句：總編校作「眼中光」三言句，以「淚流」屬下句。

〔五〕傍：原卷下部殘損，略可辨認，兹從總編校補，且於「傍」字斷句，叶韻。

〔六〕「□□」十二字：原卷「傍」下殘損，兹補六空圍；「開」上殘損，兹補二空圍。總編於「傍」下「開」上僅補一空圍，作「□開展芝囊」，補空不足。

〔七〕「□□」十八字：原卷「裹」下殘缺，兹補九空；「歸」上殘缺，兹補七空。原卷於「日」字讀。總編於「裹」下補六空，於「歸」上補一空，皆不足。

〔八〕「見一」二十一字：原卷「一二」連寫似「三」，旁補「八」字；「童」，原殘存上部，茲從匡補校作「童子」。其餘缺文，共補十二空。總編校作「見玉帝，□□□□，□□□□，□蛇改易」，蓋校「三」爲「玉」，補「帝」字及九空。補空仍不足。

〔九〕「蒙君」十七字：原卷「君」下殘缺，茲補八空；「其」上殘缺，僅見句讀符號，茲補七空。總編校作「蒙君□□□□，□□□□」，補空不足。

〔一〇〕「其蛇」十九字：原卷「夜」下殘缺，茲補八空。堂：原卷僅殘存下部之「土」字，其右下角有句讀符號，茲從總編校補「堂」，叶韻。「堂」上殘缺，茲補六空。總編校作「其蛇晝夜□□，□□□□□堂」，補空不足。

失調名　曲子□□□〔一〕

（上闋）吐萌（下闋）〔二〕

（上闋）日西山（下闋）　以上二十七首斯二六〇七卷

〔一〕此首接前首「傷蛇曲子」抄寫，於前首末句下空二格，題「曲子……」，「子」下一字僅殘存上部兩筆，難以辨補，當爲曲子名稱或題目。原卷僅殘存兩行，可辨認者僅五字。諸本不録，總編以「失調名」收入。按原卷既題「曲子」，性質明確，應予收録。茲姑列爲「失調名」，而以「曲子□□□」爲題。

〔二〕原卷「吐」上一字殘存下部之「山」字，「萌」下二字殘損不清。

別仙子〔一〕

此時模樣〔二〕，筭來是〔三〕，秋天月。無一事，堪惆悵，須圓闕〔四〕。穿窗牖，人寂静，滿面蟾光如雪。照淚痕何似〔五〕，兩眉雙結。曉樓鐘動〔六〕，執纖手〔七〕，看看別。移銀燭，偎身泣〔八〕，聲哽噎。家私事，頻付囑，上馬臨行說〔九〕。長思憶〔一〇〕，莫負少年時節〔一一〕。

〔一〕此調僅見於敦煌寫卷，内容寫男女離別情景，正與調名相符。原卷單行頂頭書寫調名，另行頂頭抄寫正文。又見斯七一一一卷，題「曲子別仙子」。

〔二〕模：原寫作「桙」，從諸校本改。

〔三〕筭：斯七一一一卷作「酸」，蓋同音致訛。「筭」即「算」。

〔四〕須：斯七一一一卷作「隨」。

〔五〕似：斯七一一一卷作「把」。

〔六〕鐘：原寫作「鍾」。

〔七〕執：斯七一一一卷作「握」。

〔八〕偎：原寫作「猥」。

〔九〕上馬：斯七一一一卷作「馬上」。

〔一〇〕 長思憶：斯七一一一卷作「早迴事」。

〔一一〕 少年：斯七一一一卷作「小年」。

菩薩蠻〔一〕

枕前發盡千般願。要休且待青山爛。水面上秤錘浮〔二〕。直待黄河徹底枯。 白日參辰現。北斗迴南面。休即未能休。且待三更見日頭。

〔一〕 此首接抄於前首之後，調名以小字題寫於正文開頭之右旁，當爲補題。

〔二〕 錘：原寫作「搥」。

酒泉子〔一〕

砂多泉頭，伴賊寇槍張怒起，語報恩住裴氏暉威〔二〕（下缺） 以上三首斯四三三二卷

〔一〕 此首接前首抄寫，調名以小字題寫於正文開頭右旁，似爲補寫。原卷下半全缺，上半數句語多難解。兹姑依總編斷句。

〔二〕 語報句：林編於「暉」字斷句，以「威」字屬下句。

謁金門〔一〕

開于闐。綿綾家家總滿〔二〕。奉獻生龍及玉椀〔三〕。將來百姓看。　尚書坐宮殿〔四〕。四塞休征罷戰〔五〕。但阿郎千秋歲，甘州他自離亂。　斯四三五九卷

〔一〕　此首原卷無調名，饒編校作「〈《謁金門》〉《開于闐》」，王集、校録不收此詞，林編、總編俱從饒編補收，並題《謁金門》之調。按之歌詞句式與格律，正與《謁金門》相近，兹姑從諸本補調名。

〔二〕　綿：林編校作「錦」。

〔三〕　獻：原寫作「戲」，從林編校改。　生：林編校作「金」。

〔四〕　尚書句：原寫作「尚書痤宮典」，「宮」字又似「客」字。諸本多校作「尚書座客典」。兹從匡補校訂。

〔五〕　征：原寫作「正」。

失調名〔一〕

莨菪不歸鄉〔二〕。經今半夏薑。去他烏頭了，血滂滂〔三〕。他家附子豪强〔四〕。父母依意美〔五〕，長短桂心〔六〕，日夜思量〔七〕。　斯四五〇八卷

〔一〕　此首原卷失調名。饒編收録，訂爲嵌藥名詞，林編、總編並從録，而以「失調名」署之。

〔二〕莨菪：原寫作「莨蓉」。

〔三〕去他二句：原卷「頭」下之「了」字，乃以淡筆小字添補於旁；滂，原寫作「傍」；「傍」下一字，饒編、林編並校作「了」，總編認作「弓」。此八字，饒編、林編並校作「去他烏頭了血」，以「傍了」二字屬下句；總編校作「去他烏頭了血傍」，以空圍代「傍」下一字，且屬之下句。匡補以爲「傍」乃「滂」之誤，「傍」下一字既非「了」亦非「弓」，乃重文符號。茲從匡補校改與斷句。

〔四〕他家句：饒編校作「傍了家附子豪强」，總編校作「□他家附子豪强」。豪：原寫作「毫」。

〔五〕父母句：總編校作「父母依意美長短」；匡補於「美」下補一空圍。

〔六〕長短：林編、匡補並校作「腸斷」。

〔七〕日夜句：總編校作「桂心日夜思量」；饒編校作「日夜思量砂」，且釋「砂」猶言「煞」，乃曲子尾聲，與《穆護砂》相類。按此首原卷抄兩行，「量」下約有一字之空餘，且「量」字叶韻，不當與「砂」字連屬爲句；「砂」字抄於第三行頂頭，下空約兩格，接抄「歸依佛」等三首佛讚。如此則「砂」字當有三種可能：或爲此首嵌藥名詞之殘文；或爲他首之首句首字；或爲游辭散字。至於饒編釋「砂」爲曲子尾聲，誠然，但「砂」僅能綴於曲調名之尾，未有綴於曲辭之尾以作曲子尾聲者。

婆羅門〔一〕 咏月曲子

望月婆羅門。青霄現金身〔二〕。面帶黑色〔齒如銀〔三〕。處處分身千萬億〕，錫杖撥天門〔四〕。

雙林禮世尊。

〔一〕原題「咏月婆羅門曲子四首」，總編以題有「咏月」二字，且四首又均以「望月」二字開頭，故依《教坊記》以《望月婆羅門》爲調。兹姑以《婆羅門》爲調，而以「咏月曲子」爲題。原卷四首連寫，首與首之間未題「又」等字樣，亦未空格。兹擬補序號，以爲分別。

〔二〕霄：伯二七〇二卷作「簫」。

〔三〕面帶二句：原卷「崗」以下十字殘缺，據伯卷補。　帶：伯卷作「載」。　億：原作「益」，據伯卷校改。

〔四〕撥：原作「鉢」，據伯卷校改。

其二

望月隴西生。光明〔天下行。水精〕宫裏樂轟轟〔一〕，兩邊仙人常瞻仰〔二〕，鸞儛鶴彈筝。鳳凰説法聽。

〔一〕「光明」二句：原卷「天」以下五字殘缺，據伯卷補。　樂：原寫作「落」。

〔二〕常瞻仰：伯卷作「相告」，以下殘缺。

其三

望月曲彎彎。初生似玉環。漸漸團圓在東邊。銀城周迴星流遍。錫杖奪天門〔一〕，明珠四畔懸。

〔一〕門：總編校作「關」。

其四

望月在邊州。江東海北頭。自從親向月中遊。隨佛逍遥登上界〔一〕，端坐寶花樓。千秋以万秋〔二〕。

以上四首斯四五七八卷

〔一〕遥：斯一五八九卷作「垂」。

〔二〕以万：斯一五八九卷作「萬萬」。

山花子〔一〕

去年春日長相對。今年春日千山外。落花流水東西路，難期會。西江水竭南山碎〔二〕。憶得終日心無退〔三〕。當時只合同攜手，悔悔悔〔四〕。

斯五五四〇卷

〔一〕此調載《教坊記》「曲名」表。《花間集》載和凝《山花子》二首，乃「七七七三」句式之兩片體，叶平韻，實與雜言體《浣溪沙》同一格調。又《尊前集》載南唐中主李璟所作《浣溪沙》二首，亦「七七七三」兩片之雜言體，叶平韻，而宋以後各選本或題《攤破浣溪沙》，或題《添字浣溪沙》，或注「一名《山花子》」，或作「《山花子》第二體」。敦煌寫卷載《山花子》獨此一首，句式雖與《浣溪沙》雜言體同，而叶韻不同，即前者叶平韻，此叶仄韻。又《教坊記》「曲名」表既二調並列，則自當有異，敦煌寫卷所載正與崔記相符。至於二調相混，當爲五代以後之事。

〔二〕碎：饒編校作「醉」。

〔三〕得：校録校作「你」。

〔四〕悔悔悔：原寫作「悔、、」，兩點乃重文符號，茲補二「悔」字。王集、總編校作「悔□□」。

望江南〔一〕

邊塞苦，聖上合聞聲。背番歸漢經數歲〔二〕，常聞大國作長城〔三〕。金牓有嘉名〔四〕。　太保化〔五〕，永保更延齡〔六〕。每抱沈機扶社稷〔七〕，壹人有慶万家榮〔八〕。早願拜龍旌。

〔一〕此調載《教坊記》「曲名」表。向謂唐人所作此調皆單片體，宋始有雙疊體，今見敦煌寫卷所載數首，正爲雙疊體。原題「曲子望江南」。

〔二〕番：伯三一二八卷作「蕃」。「番」同「蕃」。

〔三〕常聞：總編校作「當爲」。

〔四〕金牓：原寫作「今牓」。　嘉：原寫作「加」，據伯卷改。

〔五〕保：伯卷作「傅」。

〔六〕保：原寫作「報」，據伯卷改。

〔七〕沈：原寫似「氿」，兹從諸校本改。　機：原卷右邊略有殘損，兹據伯卷校補。

〔八〕壹：伯卷作「一」。

又〔一〕

龍沙塞，遠路隔烽波〔二〕。每恨諸蕃生流滯〔三〕，只緣當路寇讎多〔四〕。抱屈争那何〔五〕。

新恩照〔六〕，聖澤遍天涯。大朝選差中外使〔七〕，今因絶塞漸經過〔八〕。路次〔合〕通和〔九〕。

〔一〕此首接前首抄寫，原題「又」字，乃承前指調名。伯三九一一卷亦抄此詞，題爲「又同前平」，其前首題「望江南平」。

〔二〕遠路：伯二八〇九、三九一一卷並作「路遠」。　烽：伯二八〇九、三一二八、三九一一卷並作「煙」。

〔三〕諸：伯二八〇九、三九一一卷作「六」，伯三一二八卷作「之」。　生：原卷右邊殘損，略可辨認，據伯卷校補。

流：伯卷並作「留」。

〔四〕當路：原寫作「把截」，據伯二八〇九、三九一一卷改。

〔五〕抱屈：伯二八〇九、三九一一卷作「怨屈」。　那：原寫作「郍」。

〔六〕新恩照：伯二八〇九、三九一一卷作「皇恩溥」。

〔七〕選：伯卷並作「宣」。

〔八〕漸：伯卷並作「暫」。　經：伯三一二八卷作「結」。

〔九〕次：伯二八〇九、三九一一卷作逕。　合：原卷殘損不清，據伯卷補。

又〔一〕

曹公德，爲國拓西邊〔二〕。六戎盡來作百姓，壓彈河隴定羌渾〔三〕。〔雄名遠近聞。　盡忠孝，向主立殊勳。靜難論兵扶社稷〔四〕，恒將籌略定妖氛。願万載作人君。〕　以上三首斯五五五六卷

〔一〕此首接前首抄寫，原卷未題調名，據伯三一二八卷，知與前首同調。原卷「雄名」句以下皆殘缺，兹據伯卷補。

〔二〕拓西邊：伯卷作「託西關」。

〔三〕壓彈：原作「押擅」，伯卷作「壓壇」。兹從校録校改。

〔四〕靜：饒編、林編、總編校作「靖」。

失調名〔一〕

塞北征戰幾時休〔二〕。罷風流。汝家夫□□□□〔三〕，荏苒已經秋〔四〕。　寒衣造了無人送，憑□□□書將〔五〕。沙窗孤鴈叫，泣淚數千行。

〔一〕此首原卷凡占三行，三行上部皆殘缺約三至四字。其下首接抄一詞，頂頭題「曲子同前」四字，據知二首乃同調，皆屬曲子詞範疇。唯此首調名殘缺，姑以「失調名」署之。觀此首「塞」字正與下首正文開頭位置平齊，「塞」上約缺四字，原卷當題調名，「塞」字當爲正文開頭。此首及下首王集、校録皆未收録。總編擬調作《定乾坤》。

〔二〕北：原卷草寫，饒編校作「原」，林編校作「外」。兹從總編校訂。

〔三〕汝：林編校作「奴」。「夫」下殘缺約四字，林編校補四空圍；總編校補「壻」及三空圍。

〔四〕荏苒：原寫作「任染」。

〔五〕憑□句：「憑」下約缺三字，饒編校作「□（寄）□」，林編、總編校補二空圍。不足。

失調名〔一〕

報聞寰海聖明君〔二〕。感皇恩。八方無事妖氛净。定乾坤〔三〕。　君臣道泰如魚水，衣永掛長新。道屬輕山岳，千秋與万春。

〔一〕此首接前首抄寫，另行頂頭題「曲子同前」，「曲」字略有殘損。惟前首調名殘缺無考，兹亦以「失調名」署之。總編亦同前擬調《定乾坤》。按二首句式大體相同，惟前首上片末句多二字，下片次句多一字，乃襯字所致。

〔二〕報聞：原寫作「報文」，總編校作「修文」。兹從匡補校改。　寰：原寫作「還」，從諸校本改。

〔三〕妖氛：原寫作「遥分」，從林編校改。　净：總編校作「靖」。

送征衣〔一〕

今世共你如魚水，是前世因緣。兩情准擬過千年。轉轉計較難〔二〕。交汝獨自孤眠。　每見庭前雙飛鷰，他家如自然〔三〕。□□□□到君邊〔四〕。心穿石也穿〔五〕。愁甚不團圓〔六〕。

〔一〕此首原題「曲子送征衣」。調載《教坊記》「曲名」表。唐五代向不見傳詞，僅見於敦煌寫卷。

〔二〕較：原作「教」。

〔三〕如：總編校作「好」。

〔四〕□□句：原卷「到」上殘缺四字，王集、林編校補四空圍，總編校補「夢魂往往」四字。

〔五〕心穿：總編校作「心專」。

〔六〕團圓：原寫作「團緣」。

失調名〔一〕

（上缺）宜美人秋水似天仙〔二〕。紅娘子本住□□□□兒終日遶花間〔三〕。擧頭聚落秋□□□□梅上採蓮船〔四〕。楊柳枝桗墮落西（下缺）〔五〕　以上四首斯五六四三卷

〔一〕此首接前首抄寫，凡三行，上部皆殘缺，調名亦失。饒編、林編以「失調名」收録，總編擬調《紅娘子》。詞中多嵌曲名。

〔二〕宜美句：饒編、總編皆於「宜」字讀，總編於「宜」上補四空圍作五言一句。林編於「宜」上括注「上缺」。案原卷每行上缺約五字，此爲第一行，「宜」上缺文是否皆首句文字，抑含調名或題記在内，難以考斷；「宜」或爲「虞」之音訛，「虞美人」爲調名，則「宜」字亦可能爲首句之首字。　秋：原寫作「修」，從饒編校改。　似：原寫作「以」。

〔三〕「紅娘子」以下：饒編讀作「紅娘子，本住……兒，終日遶花間」，總編校作「紅娘子本住□□，蝶兒終日遶花間」；林編未斷句，於「住」下補四空圍。案原卷「住」下「兒」上應缺五字，林編、總編補空不足。　終：原寫作

「中」。

〔四〕「舉頭」以下：總編校作「舉頭聚落秋□□，悔上採蓮船」，林編未斷句，於「秋」下補三空圍。案原卷「秋」下「悔」上實缺四字，林編、總編補空不足。　梅：饒編校作「每」，總編校作「悔」。　採：原寫作「菜」。

〔五〕「楊柳」以下：饒編作「楊柳枝楪墮，落西……」，林編未斷句，於「西」下括注「下缺」；總編校作「楊柳枝柔，墮落西番」。案「西」字已抵第三行尾端，此字不叶韻，全詞當未完，其下究竟殘缺多少字，尚難確考。

失調名〔一〕

六問枕不平，看似□□□〔二〕。事從後園去〔三〕，後園□□□〔四〕。金釵薄落地，口作臺枝舌〔五〕。羅帶自嫌長〔六〕，自作同心結〔七〕。東□枕不平〔八〕，蓋郎園轉欹〔九〕。君作□□心〔一〇〕，莫聽閑人說。　斯五八五二卷

〔一〕此首原抄單葉紙上，其四邊皆有墨污痕迹，左、右、上三邊皆未污及文字，惟右下角及底邊污染約十字。原卷凡六行，正文抄畢，空一格，題「曲子一本」四字。「一本」或爲「一卷」、「一册」之意，抑爲「一首」之誤，已不得其詳。然既標明「曲子」，則此首當具曲子詞性質。王集以「失調名」收録，未作校讀；校録未收；饒編校作五言四句、五言八句兩首，疑其調爲《生查子》；林編以後八句爲《生查子》一首，以前四句爲《生查子》之下片，補二十空斷爲五言四句作上片。總編以「失調名」收録，訂爲五言十二句一首，姑從之。

〔二〕看似句：「似」下約污損三字，兹補三空圍。

〔三〕事：林編校作「似」，總編校作「君」。

〔四〕後園句：「園」下約污損三字，兹補三空圍。

〔五〕口作句：王集、饒編俱校作「自作壹故舌」，總編校作「自作一股折」。

〔六〕羅：原被墨迹污染下半部，王集校作「罪」，括注「下缺」，饒編校作「羅」。　嫌：原寫作「縑」。

〔七〕結：原寫作「嚛」。

〔八〕東□句：王集於「東」下括注「下缺」，總編校作「所以枕不平」。案原卷「東」字略有污染，其下約污損一字。

〔九〕蓋郎句：總編校作「蓋緣郎轉敧」。

〔一〇〕君作句：原卷「作」下似只污損一字，王集括注「下缺」，諸本俱校補二空圍，姑從。

鄭郎子詞〔一〕

青絲絃〔二〕，揮白玉。宮商角徵羽，五音足。何時得對明主彈〔三〕，一絃彈却天下曲〔四〕。

〔一〕此調及詞僅見於敦煌寫卷。

〔二〕青：原殘缺，伯三二七一卷作「清」，當爲「青」之訛，兹據以校補。

〔三〕明主彈：伯卷作「聖明主」。

〔四〕一絃句：原卷於「絃」下多「賢用」二字，當爲衍字，兹據伯卷删之。

鬭百草詞〔一〕

第一

建士祈長生〔二〕，花林摘浮郎〔三〕。有情離合花，無風獨摇草。喜去喜去覔草〔四〕。色數莫令少〔五〕。

〔一〕此調不載《教坊記》「曲名」表。據《隋書·音樂志》記載，隋煬帝命樂正白明達所造新聲曲有《鬭百草》，又《唐會要》所載太常梨園别教院法曲樂章中亦有此曲，當屬燕樂曲子或大曲性質。唐五代向不見傳辭，宋代用爲詞調。敦煌寫卷所載乃大曲詞一套，凡四首，原接前首抄寫。原卷「鬭」字模糊，據伯三二七一卷校補。此首原卷未題「第一」，後三首則標明「第二」、「第三」、「第四」之序數，據補。

〔二〕士：總編校作「寺」。　祈：原寫作「折」，伯三二七一卷寫作「析」。

〔三〕郎：伯卷作「朗」。

〔四〕喜去：原卷於二字右側標示重文符號，後三首同。　覔：伯卷作「看」。

〔五〕令：原寫作「今」，據伯卷改。

第二

佳麗重明臣〔一〕，争花競鬭新〔二〕。不怕西山白，惟須東海平。喜去喜去〔覓草〕〔三〕，覺走鬭花先〔四〕。

〔一〕明臣：伯三二七一卷作「門臣」，總編校作「名城」。

〔二〕争：總編校作「簪」。

〔三〕覓草：原脱，據第一首、第四首補。

〔四〕走：原殘損，據伯卷校補。

第三

望春希長樂〔一〕，南樓對北華〔二〕。但看結李草〔三〕，何時憐纈花〔四〕。喜去喜去〔覓草〕〔五〕，鬭罷且歸家。

〔一〕樂：原被墨迹污染不清，據伯三二七一卷校補。

〔二〕華：原寫作「莘」，據伯卷改。

〔三〕但：伯卷作「且」。

〔四〕憐：總編校作「染」。纈：原寫作「頡」，饒編校作「擷」。兹從王集、總編校改。
〔五〕覓草：原脱，據第一首、第四首補。

第四

庭前一株花，芬芳獨自好。欲摘問傍人〔一〕，兩兩相捻取〔二〕。喜去喜去覓草，灼灼其花報〔三〕。

〔一〕傍：總編校作「旁」。
〔二〕取：總編校作「笑」。
〔三〕其花：原作「花其」，旁注倒置符號。

阿曹婆詞〔一〕

第一

昨夜春風來入户〔二〕，動如開〔三〕。祇見庭前花欲發，半含咍〔四〕。直爲辭君容貌改〔五〕，征夫鎮在隴西坯〔六〕。正見前庭雙鵲喜〔七〕，君在塞外遠征迴〔八〕。夢先來〔九〕。

〔一〕此調及詞僅見於敦煌寫卷，乃大曲詞一套，凡三首，標示序數。原非緊接《鬭百草詞》後抄寫，其間插《樂世詞》七言八句（見副編）。

〔二〕來入户：總編校作「入户來」，以「來」叶韻。

〔三〕動如開：總編校作「動人懷」。

〔四〕半含咍：饒編校謂「應是『半含胎』」。

〔五〕辭：王集校作「思」。　容：原寫似「客」，據伯三二七一卷改。

〔六〕在：饒編校作「去」。　盃：校録、總編校作「坏」。

〔七〕喜：原寫作「熹」，據伯卷校改。

〔八〕在：原寫作「王」，從諸校本改。

〔九〕夢：原寫作「疊」，據諸本校改。

第二

獨坐幽閨思轉多。意如何。秋夜更長難可度，慢憐他〔一〕。每恨狂夫薄行跡〔二〕，一從征出鎮蹉跎。直与辭君容貌改〔三〕，疆場還道□□□。□□□〔四〕。

〔一〕慢：原寫作「曼」，王集引孫校校作「謾」，饒編校作「漫」。茲從總編校改。

〔二〕薄行：饒編校作「薄倖」。

〔三〕与：王集、總編校作「爲」。　辭：王集、饒編校作「思」。

〔四〕疆場二句：原卷「道」字以下殘缺，據第一首補六空圍，斷作「七、三」二句。

第三

當本衹言三載歸〔一〕。灼灼期。朝暮啼多淹損眼，信（音稀）〔二〕。（妾守）空閨恒獨寢〔三〕，君在塞北亦應知〔四〕。懊惱無知呈肝膽〔五〕，留心會合待明時〔六〕。□□□。

〔一〕衹：伯卷作「期」。

〔二〕音稀：原殘缺，據伯卷補。

〔三〕妾守：原殘缺，據伯卷補。

〔四〕在：原寫作「王」，從諸校本改。

〔五〕無知：饒編校作「無以」，總編校作「無辭」。

〔六〕留心：伯卷作「心留」。　據第一首，此下似缺三言一句，兹據補三空圍。

何滿子詞〔一〕

第一

平夜秋風凜凜高〔二〕。長城俠客逞雄豪〔三〕。手執剛刀利〔如〕雪〔四〕，腰間恒垂可吹毛〔五〕。

〔一〕此調載《教坊記》「曲名」表。辭乃七言體，凡二十八句，一氣連寫，無空缺，亦未標「第一」、「第二」等序號，然據用韻，當分爲四首。諸本俱訂爲大曲詞一套，饒編、總編俱補「第一」至「第四」之序號，兹從之。原卷接《阿曹婆詞》後抄寫。

〔二〕平：總編校作「半」。

〔三〕俠：原寫作「協」，從總編校改。

〔四〕剛：王集、總編校改作「鋼」。如：原脱，據伯三二七一卷補。

〔五〕腰：原寫作「要」。

第二

秋水澄澄深復深。喻如賤妾歲寒心。江頭寂寞無音信，薄暮惟聞黄鳥吟〔一〕。

〔一〕薄：原寫作「博」。　黄：原卷略有殘損，王集校作空圍，校録校作「塞」。

第三〔一〕

城傍獵騎各翩翩。側坐金鞍調馬鞭。胡言漢語真難會，聽取胡歌甚可憐。

〔一〕原卷於此首前插抄五言四句：「明朝遊上苑，火急報春知。花須連夜發，莫待曉風吹。」此乃武則天《臘日宣詔幸上苑》詩，《全唐詩》卷一收録。此處當爲書手衍誤。

第四

金河一去路千千，欲到天邊更有天。馬上不知何處變〔一〕，迴來未半早經年。

〔一〕何處：總編校作「時曆」。

劍器詞〔一〕

第一

皇帝持刀强，一一上秦王。聞賊勇勇勇〔二〕，擬欲向前湯。應手五三箇〔三〕，万人誰敢當。從家緣業重〔四〕，終日事三郎。

〔一〕此調乃唐代有名之舞曲。宋陳暘《樂書》載武則天末年即有「劍器入渾脱」之犯聲。《教坊記》「曲名」表内列《西河劍器》、《劍器子》二調，當即在初唐以來民間舞曲基礎上採製加工而成。敦煌寫卷所載凡三首，標寫「第一」、「第二」、「第三」之序數，當屬大曲詞一套。原卷接《何滿子詞》後抄寫。

〔二〕聞：總編校作「闘」。

〔三〕應手：原寫作「心手」，茲從總編校改。

〔四〕從家：原卷「家」上衍「宅」字。

第二

丈夫氣力全，〔一〕箇擬當千〔二〕。猛氣衝心出，視死亦如眠。彎弓不離手〔三〕，恒日在陣前。譬如鶻打鴈，左右悉皆穿。

〔一〕一：原缺，王集校作空圍，據校録、饒編校補。

〔二〕彎弓：王集、校録校作「率率」，饒編校作「彎彎」。茲從總編校改。

第三

排備白旗僢，先自有由來〔一〕。合如花焰秀，散若電光開。喊聲天地裂〔二〕，騰踏山岳摧〔三〕。

劍器呈多少，渾脱向前來。　以上十五首斯六五三七卷

〔一〕有由來：原作「有來由」，據校録、饒編校改。

〔二〕喊：原作「噉」，據饒編、總編校改。　裂：原作「烈」。

〔三〕岳：原寫作「[illegible]」。

失調名〔一〕

(上缺)褰舊戎裝〔二〕。却着漢衣裳。家住大楊海〔三〕，蠻鸞不會宮商〔四〕。今日得逢明聖主〔五〕，感恩光。

〔一〕此首抄於卷首，上缺，調名無考。諸本俱以「失調名」收録。總編考補調名作《春光好》。原卷以小圓圈標示句讀。

〔二〕諸本俱於開頭注「上缺」，總編校補十二空圍，斷作「三三三七」四句，蓋以《春光好》之句法爲依據。　褰：原寫作「塞」，據林編校改。

〔三〕家住句：總編於「海」下校補一空圍。

〔四〕商：原寫作「適」，據諸本校改。

〔五〕聖：原寫作「[illegible]」，乃武周新字。總編據此訂此詞作於武周後不久。

獻忠心〔一〕

臣遠涉山水〔二〕，來慕當今〔三〕。到丹闕〔四〕，御龍樓〔五〕。弃氈帳與弓劍〔六〕，不歸邊地〔七〕。學唐化，禮儀同〔八〕，沐恩深〔九〕。　見中華好，與舜日同〔一〇〕。垂衣理，教花隆〔一一〕。臣遐方無珎寶〔一二〕，願公千秋住。感皇澤，垂珠淚，獻忠心〔一三〕。

〔一〕此調見於《教坊記》「曲名」表。忠：原卷寫作「中」，斯二六〇七卷載《獻忠心》一首，據改。此首接前首抄寫。

〔二〕涉：原寫作「陟」。

〔三〕慕：原寫作「暮」。

〔四〕丹：原寫作「舟」。

〔五〕御：總編校作「向」。

〔六〕弃氈句：原寫作「弃氈帳。弓與劍不歸邊地」，「弓與」二字右旁有「√」號，表示倒文，兹從校録校改並斷句。

〔七〕地：總編校作「土」。

〔八〕同：原寫作「向」。

〔九〕沐：原寫作「休」。

〔一〇〕與舜句：總編於「同」下校補「欽」字。

〔一一〕教化隆：原寫作「菊花濃」，據總編校改。

〔一二〕遐：原寫作「霞」。

〔一三〕忠：原寫作「中」。

又〔一〕

驀却多少雲水〔二〕，直至如今。陟歷山阻〔三〕，意難任。早晚得到唐國裏〔四〕，朝聖明主。望丹闕，步步淚，滿衣襟。　生死大唐好，喜難任。齊拍手〔五〕，奏鄉音〔六〕。各將向本國裏，呈歌舞。願皇壽，千万歲，獻忠心〔七〕。

〔一〕此首接前首抄寫，另行單題「又」字。

〔二〕驀：原寫作「莫」。

〔三〕陟：王集校作「涉」。

〔四〕早晚：原寫作「早万」，於「万」字旁注「卜」號刪去，接書「晚」字。　國：原寫作「圀」，唐武則天時造字。

〔五〕拍：原寫作「怕」。

〔六〕鄉：原寫作「香」，從林編、總編校改。

〔七〕　忠：原寫作「中」。案此首後原抄《臨江仙》「岸闊臨江底見沙」一首，已見前録斯二六〇七卷。

酒泉子〔一〕

每見惶惶，隊隊雄軍驚御輦。驀街穿巷犯皇宮。祇擬奪九重。　長槍短劍如麻亂。争那失計無投竄。金箱玉印自携將。任他亂芬芳。

以上四首伯二五〇六卷

〔一〕　此首接前首抄寫，另行頂頭題調名，接抄正文。

定西蕃〔一〕

事從星車入塞〔二〕，衝砂磧，冒風寒〔三〕。度千山。　三載方達王命〔四〕，豈辭辛苦艱〔五〕。爲布我皇綸綍，定西蕃〔六〕。

伯二六四一卷

〔一〕　此首原題「曲子一首寄在定西蕃」。「寄在」乃「調寄」或「依……調」之意。此調載《教坊記》「曲名」表，「蕃」作「番」。

〔二〕　事從：林編校作「自從」。

〔三〕　冒：原卷草寫又似「四月」二字，林編校作「四月」。兹從總編校訂。

〔四〕　三載句：原卷於「王命」上約空二格，蓋以表示敬重。

〔五〕辭：原寫作「詞」。

〔六〕蕃：總編校作「番」。案「番」同「蕃」。

思越人〔一〕

一枝花，一盞酒，小□争不□□〔二〕。□□□□終不醉，無花對酒難□〔三〕。　一枝遺□□□□〔四〕，□枝慕我心迷。幾度擬判判不得〔五〕，思量□□□垂〔六〕。

〔一〕此調不載《教坊記》「曲名」表。《花間集》載張泌、孫光憲、鹿虔扆同調之作，句式皆爲「三三六、七六、七六、七六」。此首原卷殘泐頗多，諸本俱依此調及下首句式校訂。

〔二〕小□句：饒編校作「小争不……」。「不」下一字僅殘存上部，似「去」字，總編校作「小争不去□□」。

〔三〕無花句：饒編於「難」下校補二空圍。

〔四〕一枝句：饒編、總編未出「遺」字，總編於「枝」下校補五空圍。

〔五〕判：總編校作「拌」。

〔六〕思量句：饒編校作「思量且……坐」；總編校作「思量且坐□□」。

又〔一〕

美東鄰，多窈窕，繡裙步步輕擡〔二〕。獨向西園尋女伴〔三〕，笑時雙臉蓮開〔四〕。　少年分手低聲問〔五〕，忽忽恨闕良媒〔六〕。怕被顛狂花下惱，牡丹不折先迴。

〔一〕此首接前首抄寫，按句式正與前首所題《思越人》調相符。

〔二〕擡：原作「臺」。

〔三〕西園：原寫作「東薗」，又塗「東」字，改「西」。

〔四〕笑時句：饒編校作「咲小時，雙臉連開」。案原卷先寫「小」，又旁書「咲」，則「小」或爲「咲」字之音訛，而忘注「卜」號刪去。兹據林編、總編刪之。　蓮：原寫作「連」。

〔五〕少年：原寫似「山年」，匡補校作「小年」，即「少年」。林編校作「山前」。　分手：匡補校作「公子」。

〔六〕忽忽：原寫作「忩忩」，林編校作「忿忿」。兹從饒編、總編校訂。

怨春閨〔一〕

好天良夜月，碧霄高掛〔二〕。羞對文鸞，淚濕紅羅帔〔三〕。時歛愁眉，恨君顛罔〔四〕，夜夜歸來，紅燭長流雲榭〔五〕。　夜久更深，羅帳虛薰蘭麝。頻頻出户，迎取嘶嘶馬。含笑闔〔六〕，輕

輕罵。把衣撏撦。叵耐金枝，扶入水精簾下。　以上三首伯二七四八卷

〔一〕此調及此詞皆僅見於敦煌寫卷。原卷既題明調名，又與《思越人》二首同卷相續，當屬曲子詞性質。

〔二〕好天二句：總編校作「好天良夜，□月碧霄高掛」。

〔三〕帊：林編校作「帕」。案「帕」同「帊」。

〔四〕顛罔：原寫作「顛肉」，林編校作「顛妄」。茲從饒編、總編校訂。

〔五〕榭：原寫作「㶅」，林編校作「炧」。茲從饒編校訂。

〔六〕鬩：總編校作「覻」。

擣練子〔一〕

孟姜女，杞梁妻〔二〕。一去燕山更不歸〔三〕。造得寒衣無人送，不免自家送征衣〔四〕。長城路，實難行。乳酪山下雪雰〔雰〕〔五〕。喫酒則爲隔飰病，願身强健早還歸。

〔一〕此調不載《教坊記》「曲名」表。原卷失調名，伯三九一一卷題「孟曲子擣練子平」，「孟」或爲衍字，「平」當標示音調等。茲據以補調名。唐五代罕見此調傳詞，僅《尊前集》載馮延巳一首，別本又作李後主詞，乃「三三、七、七七」句式之單片體。敦煌寫卷所載，原卷抄作二首，皆雙片體。總編分作四首。茲從原卷作二首。

〔二〕杞：原寫作「犯」。　妻：原寫作「清」，據伯三九一一卷校改。

〔三〕燕：原作「煙」。

〔四〕免：原寫似「兑」。

〔五〕乳酪：原寫似「彩酪」，據伯三九一一卷校改。　雰雰：原脱一「雰」字，據伯三九一一卷校補。

又〔一〕

堂前立〔二〕，拜辭娘〔三〕。不覺眼中淚千行〔四〕。勸你耶娘少悵望〔五〕，爲喫他官家重衣粮。

辭父娘了，入妻房〔六〕。莫將生分向耶娘。君去前程但努力〔七〕，不敢放慢向公婆。

〔一〕此首接前首抄寫，原題「同前」。

〔二〕堂：原寫作「當」，據伯三九一一卷改。

〔三〕辭：原寫作「詞」。

〔四〕覺：原寫作「角」。

〔五〕少：原寫作「小」。

〔六〕辭父娘二句：原寫作「詞娘入清房」，伯三九一一卷作「詞父娘了，入妻房」，據改。

〔七〕努力：原寫作「奴力」，據伯三九一一卷改。

望江南〔一〕

娘子麵，磑了再重磨。昨來忙莫行里少〔二〕，蓋緣傍伴迸夫多〔三〕。所以不來過。　莫攀我，攀我太心偏。我是曲江臨池柳，者人折了那人攀。恩愛一時間〔四〕。

〔一〕　原題「望江南平」，接《擣練子》二首後抄寫。原抄作一首，王集、林編皆從原卷録作一首，分爲兩片，饒編、總編皆分作單片二首。案原卷所録此調三首，皆雙疊體，伯三九一一卷所載亦同。茲從原卷録作一首。

〔二〕　莫：伯三九一一卷作「暮」，總編校作「驀」。　里：饒編校作「李」，總編校作「車」。　少：原寫作「小」，據饒編校訂。

〔三〕　伴：總編校作「畔」。　迸夫：林編校作「姘夫」，總編校作「迸數」。

〔四〕　間：原寫作「問」，據伯三九一一卷改。　案此首後原接抄同調「龍沙塞」一首，已見前録斯五五五六卷。

又〔一〕

燉煌郡〔二〕，四面六蕃圍。生靈苦屈青天見，數年路隔失朝儀。目斷望龍墀〔三〕。　新恩降，草木總光暉〔四〕。若不遠仗天威力〔五〕，河湟必恐陷戎夷〔六〕。早晚聖人知〔七〕。

〔一〕　此首接前首抄寫，原題「同」，另行頂頭抄寫正文。

〔二〕郡：伯三一二八卷作「懸」，即「縣」字之訛。

〔三〕目斷句：原作「目斯龍墀」，據伯三九一一卷補「望」字。案「斯」即「斷」字之訛。

〔四〕暉：原略有殘缺，據伯三九一一卷校補。伯三一二八卷作「輝」。

〔五〕仗：原寫作「文」，據伯三一二八卷改。

〔六〕河湟句：原寫作「何隍必陷戎夷」，伯三九一一卷作「河隍必恐陷戎夷」，茲據以改「何隍」作「河湟」，補「恐」字。

〔七〕知：原寫作「和」，據伯三九一一卷改。

酒泉子〔一〕

紅耳薄寒〔二〕。摇頭弄耳擺金轡。曾經數陣戰場寬〔三〕。用勢却還邊〔四〕。　入陣之時，汗流似血〔五〕。齊喊一聲而呼歇〔六〕。但則收陣卷旗旛〔七〕。汗散卸金鞍〔八〕。

〔一〕此首接前首抄寫。原題「酒泉平子」，另行頂頭抄寫正文。伯三九一一卷題「酒泉子平」。

〔二〕紅：原寫似「江」，據伯三九一一卷校改。　薄寒：校録以爲指馬，校作「駮鞠」，饒編校作「騂寒」。

〔三〕曾：原寫作「魯」，據伯三九一一卷改。　場：原寫似「愎」，據伯三九一一卷改。

〔四〕勢：原寫作「㔟」，伯三九一一卷作「㔟」。茲從校録校訂。

〔五〕汗：原寫似「汙」，據伯三九一一卷校訂。

〔六〕齊喊：原寫作「齊諴」，茲從饒編校訂。

〔七〕收：原寫作「投」，據伯三九一一卷改。

〔八〕卸：原寫似「邦」，伯三九一一卷寫作「刼」。王集、校録校作「却」。茲從饒編校訂。

又〔一〕

三尺青蛇，斬新鑄就鋒刃快〔二〕。沙魚裹欛用銀裝〔三〕。寶見七星光〔四〕。　曾經長蛇偃月陣〔五〕。一遍離匣神鬼遁〔六〕。鴻門會上佑明王〔七〕。勝用一條槍。

〔一〕此首接前首抄寫，原題「同前」，下空二格，接抄正文。

〔二〕鑄就：原寫作「注就」。　快：原寫作「𠝹」，王集校作「崩」，饒編、總編校作「剛」。茲從蔣議、林編校訂。

〔三〕裹欛：原寫作「㬉霸」，王集校作「泉霸」。　裝：原寫似「𧜉」，王集校作「輾」。茲從饒編校改。

〔四〕見：饒編、校録校作「現」，王集校作「劍」。　星：原寫作「皇」，從諸校本改。

〔五〕偃月：原寫作「隁日」，據諸本校改。

〔六〕遍：原寫作「遟」，據王集、校録校改。　遁：原卷殘存右部「自」字，左部模糊，王集、校録、饒編皆校作「怕」。茲據林編校改。

〔七〕鴻：原寫似「江」，據諸本校改。

楊柳枝〔一〕

春來春去春復〔春〕〔二〕。寒暑來頻。月生月盡月還新〔三〕。又〔被老催人。只見庭前千歲月，長在常存。不見堂上百年人。盡總化爲塵〕〔四〕。　以上七首伯二八〇九卷

〔一〕此調載《教坊記》「曲名」表。《花間》、《尊前》諸集所載此調之作，有二體：一爲齊言體，七言四句；一爲雜言體，乃於七言句下各增三言一句。敦煌寫卷所載此首，亦爲雜言體，惟七言句下所增各句爲四言、五言，此乃襯字所致。原題「楊柳枝平」，接前首後抄寫。原卷「又」字以下殘缺，兹據趙尊嶽校本補。

〔二〕春來春去：趙本校作「春去春來」。　春復春：原卷「復」下脱「春」字，據趙本校補。

〔三〕月生句：三「月」字，原卷皆寫作「日」，據趙本校改。

〔四〕爲塵：原寫作「爲陳」，校録校作「微塵」。兹從王集、饒編校改。

定風波〔一〕

陰毒傷〔寒〕脉又微〔二〕。四支厥冷厭難醫〔三〕。更遇盲醫與宣瀉。休也。頭面大汗永分離。

時當五六日，頭如針刺汗微微。吐逆黏滑全沉細。胃脉𥉁。斯須兒女獨孤悽〔四〕。

〔一〕此調載《教坊記》「曲名」表。《尊前集》載閻選、李珣、孫光憲諸人同調詞。敦煌寫卷所載此調五首，句式與閻選諸人之作大體相同，惟下片略異。此首及下二首同卷相續，内容乃寫三種傷寒病症。

〔二〕寒：原脱，據下二首首句補。

〔三〕厭：校録校作「懨」，總編校作「最」。兹從饒編校改。　醫：原寫作「依」。

〔四〕斯：原作「思」，據諸本校改。　悽：原寫作「栖」，校録校作「悽」。兹從林編、總編校改。

又〔一〕

夾食傷寒脉沉遲〔二〕。時時寒熱汗微微〔三〕。只爲臟中有結物〔四〕，虚汗出，心脾連胃睡不得〔五〕。　時當八九日，上氣喘粗人不識〔六〕。鼻顫舌焦容□黑〔七〕。明醫識。墮積千金醫不得。

〔一〕此首於前首抄畢，另行頂頭抄寫。原卷雖未題「又」、「同前」等字樣，然分首迹象甚明，内容一致，句法相同，自與前首爲同調。下首同。

〔二〕夾食：原作「頰食」，據校録、林編校改。

〔三〕汗：原寫作「破」，據校録、林編校改。

〔四〕臟：原寫作「蔵」。

〔五〕 心：原寫作「公」。

〔六〕 時當二句：原卷以小字添補於「鼻顫」句右旁。

〔七〕 鼻顫舌焦：原寫作「鼻頭舌摧」，校録校作「身顫舌焦」。兹從總編校改。 容□：原卷「容」下無空缺，王集、饒編校補一空圍，校録、總編校補「顔」字。

又

風濕傷寒脉緊沉。遍身虚汗似湯淋。此是三傷誰識别。情切〔一〕。有風有㞎有食結。

時當五六日，言語惺惺精神出〔二〕。勾當如同强健日。名醫識。喘粗如睡遭沉溺。以上三首伯三〇九三卷

〔一〕 切：王集校作「勸」，校録校作「怯」。

〔二〕 精神：原作「精身」。

失調名〔一〕

一隻銀瓶子〔二〕，兩手拴。携送遠行人〔三〕，福禄安〔四〕。承聞黄河長〔五〕，不信寬。身上渡明官〔六〕，恐怕人〔七〕。 大海蘆花白〔八〕，秋夜長。庭前樹葉黄，旋草霜。門前寒來了，繡襦

襠〔九〕。夫妻在他鄉，淚千行。　伯三一二三卷

〔一〕此首原抄於卷首，字頗小，凡二行。原失調名，以小圓圈標示句讀，每句八字，凡八句。校録以「失調名」收録，分作長短句二首，然斷句定韻多誤；饒編録作一首，按「五、三」句法斷句，林編從之；總編則訂爲「五、三」句式二首，擬調《秋夜長》。按原卷未分首，惟後四句换韻，兹從林編録作一首兩片，以「失調名」署之。

〔二〕一隻句：校録校作「一隻銀瓶□兩手全」。　子：原卷草寫似「止」字，饒編校作「子」。　拴：原寫作「全」，據總編校改。

〔三〕携：原寫作「催」，據總編校改。

〔四〕福禄句：校録校作「弗禄安承問」。　福：原寫作「弗」。

〔五〕承聞句：校録校作「黄河長不清」。　承：林編校作「曾」。

〔六〕身上句：校録校作「覓身上，渡明官」。　官：饒編校作「關」。

〔七〕恐怕句：校録校作「恐怕人大每」，「每」下注「下缺」。　人：總編校作空圍。案「人」字失韻，或爲「天」字之訛。

〔八〕大海句：校録校作「蘆花白」，爲第二首之起句。　大海：原寫作「大每」，總編校作「天暮」，兹據饒編校改。
　蘆：原寫作「爐」。

〔九〕庭前四句：校録校作「庭前樹葉黄。門前寒，旋草霜。來了繡⿰衤盍襠」。　寒：總編校作「客」。

菩薩蠻〔一〕

燉煌古往出神將。感得諸蕃遥欽仰。效節望龍庭。麟臺早有名。　只恨隔蕃部。情懇難申吐。早晚滅狼蕃。一齊拜聖顔。

〔一〕此首原題「曲子菩薩蠻」。

又〔一〕

再安社稷垂衣理。壽同山岳長江水〔二〕。頻見老人星。万方休戰征。　良臣安國部。今喜迴鸞鳳〔三〕。從此後太階清〔四〕。齊欽呼聖明〔五〕。

〔一〕此首接前首抄寫，原題「同前」，不空格即接抄正文。

〔二〕壽：原寫作「受」。

〔三〕今：原寫作「金」。

〔四〕太階：原寫作「太皆」，林編、總編校作「泰階」。兹從王集、饒編校改。

〔五〕欽：疑爲「歡」字草書所訛。　呼：原寫作「乎」，王集校作「酹」，校録校作「主」。　案此首後原接抄同調「千年鳳闕争雄弃」一首、及《浣溪沙》「倦却詩書上釣舡」一首，已見前録斯二六〇七卷。

浣溪沙〔一〕

喜睹華筵戲大賢〔二〕。謌歡共過百千年。長命盃中傾淥醑，滿金缸。　把酒願同山岳固，昔日彭祖等齊年〔三〕。深謝慈憐兼獎飾，獻羌言〔四〕。

〔一〕此首前原抄《浣溪沙》「倦却詩書上釣舡」一首，已見前録斯二六〇七卷，此首接其後抄寫，原題「同前」，兹補出調名。

〔二〕戲：伯四六九二卷作「喜」，饒編校讀作「嬉」；林編、總編校作「獻」。

〔三〕日：伯四六九二卷作「人」。

〔四〕羌：原寫作「羗」，林編從蔣議校作「嘉」。

又〔一〕

好是身霑聖主恩。紫寧初降耀朱門〔二〕。合郡人心銜喜賀〔三〕，拜聖君。　竭節盡忠扶社稷，指山爲誓保乾坤。看着風苗雙旌擁〔四〕，賀明君。

〔一〕此首接前首抄寫，原題「又同前」。

〔二〕寧：校録、總編校作「襴」。　朱：原寫作「珠」。

〔三〕銜：林編、總編校作「咸」。

〔四〕苗：總編校作「前」。

又〔一〕

却掛緑襴用筆章〔二〕。不藉你馬上弄銀槍。罷却龍泉身擐甲〔三〕，斈文章〔四〕。　捻取硯筒濃捻筆〔五〕，疊紙將來書兩行。將向殿前報消息〔六〕，也是爲君王〔七〕。

〔一〕此首原題「曲子浪濤沙」，接前録「浣溪沙」二首後抄寫，按之句式格律，實即《浣溪沙》。

〔二〕掛：原寫作「卦」。　緑襴：原寫作「録蘭」，據校録校改。

〔三〕擐：總編校作「解」。

〔四〕斈：原寫作「斊」，當爲「斈」字形訛。「斈」同「學」。

〔五〕捻：諸本認作「⿰亻念」，校改作「你」，實誤。　濃捻：原寫作「濃念」，諸校本俱校作「儂捻」。

〔六〕消息：原作「逍息」。

〔七〕案此首後原接抄同調「五里竿頭風欲平」一首，已見前録斯二六〇七卷。

又〔一〕

結草城樓不忘恩〔二〕。些些言語莫生嗔。比死共君緣外客，悉安存。　　百鳥相依投林宿〔三〕，道逢枯草再迎春。路上共君先下拜，如若傷蛇口含真〔四〕。

〔一〕此首接前首抄寫，原題「同前」。

〔二〕忘：原寫作「望」。

〔三〕依：原寫作「憶」。　宿：原寫作「肅」。

〔四〕如若：總編校作「遇藥」。　真：饒編校作「珍」。　案此首後原接抄《望江南》四首（「曹公德」、「燉煌縣」、「龍沙塞」、「邊塞苦」），已見前録斯五五五六、伯二八〇九卷。

感皇恩〔一〕

四海天下及諸州。皆言今歲永無憂。長圖歡宴在高樓〔二〕。寰海内〔三〕，束手願歸投。　　朱紫盡風流。殿前卿相對〔四〕，列諸侯〔五〕。叫呼万歲願千秋。皆樂業，鼓腹滿田疇〔六〕。

〔一〕此調載《教坊記》「曲名」表。唐五代向不見傳辭。宋代用爲詞調，有平仄韻二體，句法與五代《小重山》同，向以此調叶仄韻，《小重山》叶平韻爲分別。敦煌寫卷所載四首，句法與宋詞大體相同，而全叶平韻。此二首原題「曲子感皇恩」。

〔二〕圖：原寫作「途」，據校録校改。　宴：原作「晏」，據王集、校録校改。

〔三〕寰：原寫作「還」。

〔四〕相：原寫作「想」。

〔五〕列：原寫作「烈」。

〔六〕鼓：原寫作「固」。

又〔一〕

當今聖壽比南山〔二〕。金枝玉葉竟盡相連〔三〕。百僚卿相列排班〔四〕。呼万歲，盡在玉階前〔五〕。　金殿悦龍顔〔六〕。祥雲駕喜悦，兩盤旋。休將舜日比堯年。人安泰，争似聖明天〔七〕。

以上八首伯三一二八卷

〔一〕此首接前首後抄寫，原題「同前」。

〔二〕壽：原寫作「受」。　比：原作「被」，下片「比堯年」之「比」同，據諸校本改。

〔三〕竟：校録作衍文删之，總編校作「競」，以其下「盡」字作衍文删之。　相：原作「想」。

〔四〕僚：原寫作「尞」。　列：原作「烈」。

〔五〕 階：原寫作「皆」。

〔六〕 金：原寫作「今」。　悦：原作「越」。

〔七〕 争似：總編校作「真是」。

失調名〔一〕

少年夫壻負恩多〔二〕。霜臉上淚痕多〔三〕。千迴去，自消磨〔四〕。羅帶上鸞鳳，擬拆意如何〔五〕。錦帳嵥幃冷落多。何復戀嬌娥〔六〕。迴來直擬苦過磨。思量得還是諺哥哥〔七〕。

〔一〕 此首原失調名。王集、總編考補調名作《臨江仙》；饒編、林編以此首與伯三八三六卷綴合。訂調名爲《更漏子》。案此卷與伯三八三六卷同爲摺裝小册之散葉，字迹亦相同，饒編、林編據此認爲二卷原屬一卷，後脱散爲二，故以二卷綴合。伯三八三六卷《南歌子》「争不交人憶」一首後，另行居中題「曲子更漏子」，下缺，饒編、林編遂以此卷此首與之拼接，訂調爲《更漏子》。惟此卷雖與伯三八三六卷裝訂同，筆迹同，然伯三八三六卷乃二葉爲一對折，此則每六葉爲一對折，此爲小異處；又二卷原或裝訂一册，伯三八三六卷在前，此卷接後，惟彼此是否緊接，其間尚有散失否，難以確考；又此首句式格律與伯三九九四卷所載《更漏長》及《花間》、《尊前》諸集所載《更漏子》不盡相符。至於校録、王集考補《臨江仙》，亦有未合。茲以「失調名」署之。

〔二〕 少年：原寫作「小年」。　負：原寫作「奉」，從林編校改。

〔三〕霜臉：王集、校録校作「□臉」。

〔四〕千迴二句：總編校作「千迴□去自消磨」，蓋依《臨江仙》調校補。

〔五〕拆：原寫作「折」。

〔六〕何復：校録校作「因何復」，蓋補「因」字，以求與《臨江仙》此句字數相合；饒編、總編校作「何處」。

〔七〕思量句：王集校作「思量得，還是□□□」；校録校作「思量□得，還是□□□」；總編校作「思量□得，還是諺哥哥」。案原卷「量」下無空缺；末三字作「諺謌謌」，林編校作「訝歌歌」。「謌謌」乃「歌歌」之累增字，應爲「哥哥」之訛；「諺」，匡補謂同「喭」，亦作「㘖」，極力勸諍貌。

南歌子〔一〕

悔嫁風流壻〔二〕，風流無准憑。攀花折柳得人憎。夜夜歸來沉醉，千聲喚不應。　迴覰簾前月〔三〕，鴛鴦帳裏燈。分明照見負心人。問道些須心事〔四〕，摇頭道不曾。

〔一〕此首原題調名，接前首抄寫。

〔二〕嫁：原寫作「家」。

〔三〕迴：原寫作「迥」。

〔四〕些須：原寫似「与須」，王集校作「與須」。兹從總編校改。

又　獎美人〔一〕

翠柳眉間緑，桃花臉上紅。薄羅衫子掩蘇胸。一段風流難比，像白蓮出水（中）〔二〕。（下缺）

以上三首伯三二三七卷

〔一〕此首接前首抄寫，原題「同前獎美人」。「同前」乃承前指調名；「獎美人」當爲詞題。總編録作單片體一首，實則原卷未抄完，難以認定爲單片體。

〔二〕像白句：原卷止於「水」字，下空缺，兹從總編校補「中」字，叶韻。

浣溪沙〔一〕

一隊風來一隊塵〔二〕。万里迢迢不見人〔三〕。陸上無水受却□〔四〕，使風行〔五〕。　斑山不迭跕烏遠〔六〕，早晚到我本鄉園〔七〕。思憶耶娘長服藥〔八〕，應昏晨〔九〕。　伯三一五五卷

〔一〕此首原卷未題調名，部分字迹較模糊。其前抄「五里江頭望水平」一首，亦未題調名，已見前録斯二六〇七卷，調爲《浣溪沙》，惟異文頗多。此首既接前首後另行抄寫，句式亦相同，當爲同調。

〔二〕隊：林編校作「陣」。　塵：原作「陳」。

〔三〕迢迢：原作「條條」。

〔四〕陸：總編校作「隄」。　受却□：林編校作「受□宿」。

〔五〕行：原寫似「戎」，林編校作「民」，兹從總編校訂。

〔六〕斑山句：總編校作「□山不□□鳥遠」。　跕鳥：原寫作「玷鳥」，兹從林編校改。

〔七〕早晚句：總編校作「□到□大□□□」。　早晚：原寫作「早万」。　本鄉園：原卷模糊，兹從林編校訂。

〔八〕思憶句：原寫作「思億也娘長藥服」，總編校作「□□□□長樂阪」。兹從林編校改。

〔九〕應昏晨：原寫似「應分衣」，總編校作「□□□」。兹從林編校改。

喜秋天〔一〕

廳前夭桃〔柳〕線〔二〕。頻爲送征衣〔三〕，每年差良人見〔四〕（下缺）　伯三一五六卷

〔一〕此首前一行之下端題「喜秋天」三字，當爲此首之調名。惟原卷僅殘存一行三句，其格調句式，難窺全貌。

〔二〕柳：原缺，據總編校補。

〔三〕征衣：原寫作「真衣」，從總編校改。

〔四〕每年：原寫作「年每」，兹從總編校改。

菩薩蠻〔一〕

□□□□□□□。□□□□□□□。□□□□□。□□□□□。　□□□□□。□□相思意。羞着舊羅裳。雙雙金鳳凰。

〔一〕此首抄於卷首，從「相思意」三字起頭，共十三字。下抄題「又」字者四首，按之句法格律，乃《菩薩蠻》調，從知此十三字乃同調之殘文，兹據以補出調名及空缺。原卷以圓圈標示句讀，下同。

又

清明節近千山緑。輕盈士女腰如束。九陌正花芳。少年騎馬郎。　羅衫香袖薄。佯醉拋鞭落。何用更迴頭。謾添春夜愁。

又

朱明時節櫻桃熟〔一〕。卷簾嫩笋初成竹。小玉莫添香。正嫌紅日長。　四支無氣力。鵲語虛消息。愁對牡丹花。不曾君在家。

〔一〕朱明：總編校作「清明」。

又

香銷羅幌堪魂斷〔一〕。唯聞蟋蟀吟相伴。每歲送寒衣。到頭歸不歸。　千行欹枕淚〔二〕。恨别添憔悴。羅帶舊同心。不曾看至今。

〔一〕銷：原寫作「綃」。

〔二〕枕：原寫作「忱」。

又

昨朝爲送行人早。五更未罷金雞叫。相送過鴻粱〔一〕。水聲堪斷腸。　唯愁離别苦〔二〕。努力登長路。住馬處再摇鞭〔三〕。爲傳千万言〔四〕。

以上五首伯三二五一卷

〔一〕鴻粱：校録校作「河粱」，饒編引夏承燾校作「虹粱」。

〔二〕愁：王集、校録校作「念」。

〔三〕住：校録校作「駐」。

〔四〕案此首後接抄「御製林鍾商内家嬌」（「兩眼如刀」）一首，已見前録伯二八三八卷《雲謡集》。

菩薩蠻

自從涉遠爲遊客〔一〕。鄉關迢遞千山隔〔二〕。求官宦一無成〔三〕。操勞不暫停〔四〕。路逢寒食節。處處櫻花發。携酒步金隄〔五〕。望鄉關雙淚垂。

〔一〕爲：原寫作「違」。

〔二〕迢：原寫作「條」。

〔三〕求官宦：王集、總編校作「求宦」，以「官」爲衍字删之。案此句當襯一字。宦：原寫作「官」。

〔四〕操勞：原寫作「摽蒡」。暫停：原寫作「漸亭」。

〔五〕隄：原寫作「瓶」，據校録校改。

又〔一〕

數年孛劍攻書苦〔二〕。也曾鑿壁偷光路〔三〕。塹雪聚飛螢〔四〕。多年事不成〔五〕。每恨無謀識。路遠關山隔。權隱在江河。龍門終一過。

〔一〕此首接前首另行抄寫，原未題「又」、「同前」等字，然按之句法格律，正與前首同調。

〔二〕攻：原寫作「工」。

〔三〕 路：校録、林編校作「露」。

〔四〕 塹雪句：原寫作「壄雪瑕飛熒」，據諸校本改。

〔五〕 多：原寫似「吕」，王集校作「屢」，饒編校作「累」，兹從校録校訂。

謁金門〔一〕

常伏氣〔二〕。住在蓬萊宮裏〔三〕。緑竹桃花碧溪水〔四〕。清齋長晚起〔五〕。　聞道諸仙來至〔六〕。服裏琴書歡喜〔七〕。遠謁金門朝帝美〔八〕。不辭千万里。　以上三首伯三三三三卷

〔一〕 此首接前首後抄寫，原題《謁金門》。伯三八二一卷載「曲子名謁金門」三首，其第一首與此首略有異文，諸本皆認作一首，惟林編分録二首。

〔二〕 常：伯三八二一卷作「長」。

〔三〕 宫：伯三八二一卷作「山」。

〔四〕 緑：原寫作「録」，伯三八二一卷作「緣」，兹據諸校本改。

〔五〕 清齋：伯三八二一卷作「峒中」。　長：伯三八二一卷作「常」。

〔六〕 聞道句：伯三八二一卷作「聞道君王詔旨」。

〔七〕 服裏琴書：原寫作「復菓禽書」，兹據伯三八二一卷校改。

〔八〕遠：伯三八二一卷作「得」。

失調名〔一〕

十四十五上戰場。手執長槍〔二〕。低頭淚落悔喫糧。步步近刀槍。昨夜馬驚轡斷，惆悵無人遮攔〔三〕。險徑〔四〕（下缺）　伯三三六〇卷

〔一〕此首抄於原卷正面之開端部位，凡兩行，未抄完，失調名。校録、林編、總編以「失調名」收録。此卷背面録「大唐五臺曲子五首寄在蘇莫遮」，已見前録斯四六七卷。

〔二〕槍：原寫作「搶」。下同。

〔三〕遮攔：原寫作「遮爛」，總編校作「攔障」。

〔四〕險徑：原草寫，從諸校本校訂。

搗練子〔一〕

雲疑蓋〔二〕，月疑生〔三〕。蒙蒙大綿疑三更〔四〕。面上褐綾紅分散，號咷大哭呼三星〔五〕。

〔一〕此調原題「曲子名目」，林編以爲乃「曲子名某某某」之缺文。原抄於卷背，凡十一行，未分首，以小圓圈標示句讀。林編、總編依句式格律考補調名爲《擣練子》，録作單片體六首。兹從之。

〔二〕蓋：原寫作「盞」，據林編、總編校改。

〔三〕疑：總編校作「已」。

〔四〕蒙蒙句：總編校作「朦朧不眠已三更」。　更：原寫作「耕」。

〔五〕哦：原寫作「姚」。　呼：原作「乎」。

又

對白綿〔一〕，貳丈長。裁衣長來尺上量〔二〕。夜來夢見秋郊水〔三〕，自怕賓身上裁□〔四〕。

〔一〕綿：林編校作「錦」。

〔二〕裁衣句：原寫作「財衣長來尺上良」，總編校作「裁衣長短尺上量」。

〔三〕夜來句：原寫作「也來蒙見秋交水」，饒編校「交」爲「夏」，總編校作「夜來夢見秋交末」。茲從林編校改。

〔四〕自怕句：原寫作「自怕賓身上財」，饒編校「賓」爲「遍」，「財」爲「裁」，總編校作「自怕君身上□□」。茲從林編。按原卷當脱一字，故補一空圍。

又

孟姜女〔一〕，陳杞梁〔二〕。生生激惱小秦王〔三〕。秦王喊俺三邊滯〔四〕，千鄉万里築長城〔五〕。

〔一〕姜：原寫作「薑」。

〔二〕陳：總編校作「秦」。　杞：原寫作「去」。

〔三〕生生句：原寫作「生生𧙗腦小臣王」，總編校作「聲聲懊惱小秦王」。茲從林編校改。

〔四〕秦王：原寫作「神王」，據林總、總編校改。　喊俺：原寫似「敢淹」，總編校作「敢質」。茲從林編校改。

〔五〕千鄉：原寫作「千香」，總編校作「千番」。茲從林編校改。　築長城：原寫作「竹長城」，總編校作「築城長」。

又

長城下，哭聲哀〔一〕。喊俺長城一墮摧〔二〕。里半髑髏千万个〔三〕，十方收骨不空迴〔四〕。

〔一〕哭聲哀：原寫作「哭成愛」，「愛」又似「憂」字，饒編校作「哭成憂」。茲從林編、總編校改。

〔二〕喊俺句：原寫作「敢淹長成一朵摧」，總編校作「感得長城一垛摧」。茲從林編校改。

〔三〕里半句：原寫作「里半瀆樓千万个」，饒編校「瀆」爲「酒」。茲從總編校改。

〔四〕十方句：原寫作「十方獸骨不空迴」，總編校作「十方骸骨不教回」。茲從林編校改。

又

刃掩亮〔一〕，雨蒙蒙〔二〕。十个指頭血沾根〔三〕。青竹干投上玄被子〔四〕，從今以後信和藩〔五〕。

〔一〕掩：原寫似「淹」，林編校作「俺」，總編校作空圍。兹從饒編校改。

〔二〕雨蒙蒙：總編校作「兩拳拳」。

〔三〕十个句：饒編作「十个郎，投血石根」。　指頭：原草寫似「故投」。　沾：原寫作「占」。兹從總編校改。

〔四〕青竹句：原寫作「青筑干投上玄被子」，饒編校作「青竹竿，投上玄被子」，林編校作「青竹竿頭上玄被子」，總編校作「青竹干投上玄背子」。

〔五〕以後：原寫作「与後」。　信和藩：原寫潦草不清，饒編、林編校作「像貎潘」。兹從總編校訂。

又

娘子好，體一言。離別耶娘數拾年〔一〕。早晚到家鄉〔二〕，勒釛鏾〔三〕。月盡日交管黄紙錢〔四〕。少長無月盡日交管黄紙錢〔五〕。　以上六首伯三七一八卷

〔一〕耶娘：原寫「郍娘」，據總編校改。　數拾：總編校作「十數」。

〔二〕早晚：原寫作「早万」。

〔三〕勒釛鏾：原寫作「勒釛散」，總編校作「勤釛鏾」。

〔四〕交管黄紙錢：原寫作「校管黄至前」，末五字同。林編校作「校管簧至前」。兹從總編校改。

〔五〕少長句：總編校作「少長無□□□□，月盡日交管黄紙錢」。案此句「少長無」三字或爲衍字，「月盡」以下八

字與上句構成重疊句。　少：原寫作「小」。

感皇恩〔一〕

四海清平遇有年。黔黎謌聖德〔二〕，樂相傳。修文偃革習農田〔三〕。欽皇化，雨露蓋無邊。瑞氣集諸賢。群僚趨玉砌〔四〕，賀龍顔。磐石永固壽如山〔五〕。梯航路，相問共朝天〔六〕。

〔一〕此調原題「曲子名感皇恩」。

〔二〕黔黎：原寫作「鈐梨」，據諸校本改。

〔三〕革：原寫作「挌」，王集、校録校作「格」，饒編校作「武」。兹從林編、總編校改。

〔四〕僚：原寫作「寮」。

〔五〕磐：原寫作「磻」，據諸校本改。

〔六〕問：總編校作「向」。　共：原寫作「貢」，據諸校本改。

又〔一〕

万邦無事滅戈鋋〔二〕。四夷來稽首，玉階〔前〕〔三〕。龍樓鳳闕著喜雲連〔四〕。人争唱，福祚比金璿。八水對三川。昇平人道泰，帝澤鮮〔五〕。修文罷武競題篇〔六〕。從此後，願皇帝壽如山。

〔一〕此首原題「同前」。

〔二〕滅：諸校本多作「減」。兹從林編校訂。　戈：原寫作「弋」。

〔三〕四夷二句：校録校作「四夷稽首玉階前」。　前：原脱，王集校作空圍，兹據校録校補。

〔四〕龍樓句：饒編校作「龍樓鳳闕著，喜連雲」。總編删「著」字。

〔五〕澤：原寫作「釋」。

〔六〕罷：原寫作「霸」。

蘇莫遮〔一〕

聰明兒，稟天性。莫把潘安，才貌相比並。弓馬學來陣上騁。似虎入丘山，勇猛應難比。

善能歌，打難令。正是聰明，處處皆通閉〔二〕。久後策官應决定。馬上盤槍，□佐當今帝〔三〕。

〔一〕此首及下首接前《感皇恩》二首後抄寫，原題「同前」，然句式格律相異，難爲同調。王集、校録考補調名爲《蘇莫遮》，諸本從之。案《唐會要》卷三三記天寶十三載太樂署「改金風調《蘇莫遮》爲《感皇恩》」，此或爲二調混用之原因。

〔二〕閇：原寫作「閅」，「閇」俗字。王集校作「閑」，總編校作「嫻」。

〔三〕□佐句：原寫作「佐當今帝」，當脱一字。總編校補「輔」字。兹從王集校作空圍。

又〔一〕

聰明兒，無不會。只爲紅鱗，未變歸滄海。幾度龍門點額退〔二〕。所有紅波，渌水歸潭在。擺金鈴，摇玉珮〔三〕。常有堅心，灑雨乾坤内。稍有行雲□頂載〔四〕。猛透强波，直向青雲外〔五〕。

〔一〕此首原題「同前」。

〔二〕龍門：原寫作「龍顔」，於「顔」字右上角補「門」字，則「顔」字當爲誤書。點額：原寫作「點顔」，據校録校改。

〔三〕珮：王集、林編、總編校作「佩」。

〔四〕稍有句：當脱一字，兹從諸校本補一空圍。稍：原寫作「捎」。頂載：總編校作「頂戴」。

〔五〕青：原寫作「清」，據校録、饒編校改。

浣溪沙〔一〕

玉露初垂草木彫〔二〕。鴈飛南去鷰離巢。寸步如同雲水隔，月輪高。 遠客思歸砧杵夜〔三〕，庭前□葉墮銀篠〔四〕。蟋蟀夜鳴階砌下，恨長宵〔五〕。

〔一〕此首原題「曲子名浣溪沙」。接前録《蘇莫遮》二首後抄寫。

〔二〕露：原寫作「雲」，據諸校本改。

〔三〕杵：原寫作「拤」。

〔四〕庭前句：當脱一字，兹據諸校本於「葉」上補一空圍。

〔五〕宵：原寫作「霜」，饒編校作「霄」。兹從王集、校録校改。

又〔一〕

雲掩茅庭書滿床〔二〕。冰川松竹自清凉。幽境不曾凡客到，豈尋常〔三〕。 出入每交猿閉户〔四〕，迴來還伴鶴歸裝〔五〕。夜至碧溪垂釣處〔六〕，月如霜。

〔一〕此首原題「同前」，接前首後抄寫。

〔二〕滿：原寫作「漏」。

〔三〕 豈：原寫作「起」。
〔四〕 閉：原寫作「閇」。
〔五〕 裝：林編校作「莊」。
〔六〕 夜：總編校作「閒」。

又〔一〕

山後開園種藥葵〔二〕。洞前穿作養生池〔三〕。一架嫩藤花簇簇〔四〕，雨微微。　坐聽猿啼吟舊賦〔五〕，行看鶯語念新詩〔六〕。無事却歸書閣内，掩柴扉。

〔一〕 此首原題「同前」，接前首後抄寫。
〔二〕 葵：原寫作「蒸」，據諸校本改。
〔三〕 洞：原寫作「同」，據諸校本改。
〔四〕 嫩藤：原寫作「嬾籐」，校録校作「紫藤」。兹從林編、總編校改。
〔五〕 啼：原寫作「渧」，據諸校本改。
〔六〕 新詩：原作「詩新」，據諸校本改。

又〔一〕

海鷰喧呼别渌波。雙飛迢遰歷山河〔二〕。堅志一心思舊主，壘新窠。出入豈曾忘故室〔三〕，往來未有不經過。辭主南歸聲尚切〔四〕，感恩多〔五〕。

〔一〕此首原題「同前」，接前首後抄寫。

〔二〕遰：原寫作「帶」，據諸校本改。

〔三〕忘：原寫作「望」，據諸校本改。

〔四〕尚：原寫作「上」，校録校作「正」，總編校作「切」。玆從饒編校訂。

〔五〕案此首後原接抄《謁金門》「長伏氣」一首，已見前録伯三三三三卷。

謁金門〔一〕

雲水客。書見十年功積〔二〕。聚盡螢光鑿盡壁〔三〕。不逢青眼識。終日塵驅役飲食。淚珠常滴〔四〕。欲上龍門希借力。莫交重點額。

〔一〕此首原題「同前」，其前首（「長伏氣」）題「曲子名謁金門」，已見前録伯三三三三卷，玆據以補出調名。

〔二〕書見：校録校作「書卷」，林編、總編校作「書劍」。

〔三〕螢：原寫作「榮」，據諸校本改。

〔四〕淚珠句：饒編校謂「淚」字前脱一字，總編校作「□□淚珠常滴」。案敦煌寫卷所載此調，下片次句皆六言，此句或脱二字。兹從原卷。

又〔一〕

仙境美。滿洞桃花渌水。寶殿秦樓霞閣翠。六銖常挂體〔二〕。　悶即天宫遊戲。滿酌瓊漿任醉。誰羨浮生榮與貴。臨迴看即是。

〔一〕此首原題「同前」，接前首後抄寫。

〔二〕六銖：原寫作「緣殊」，饒編校作「緣珠」。兹從校録校改。　挂：原寫作「桂」，兹從饒編校改。

生查子〔一〕

一樹澗生松〔二〕，迴長誰林起〔三〕。勁枝接青霄〔四〕，逸氣遮天地〔五〕。　鬱鬱覆雲霞〔六〕，且擁高峯頂。金殿選忠良，合赴君王意〔七〕。

〔一〕此調載《教坊記》「曲名」表。《花間》、《尊前》諸集載張泌、牛希濟、魏承班、孫光憲諸人之作，皆五言八句體。敦煌寫卷所載二首同。原題「曲子生查子」。

〔二〕澗：原寫作「間」，茲從饒編校改。

〔三〕迴長句：總編校作「迴向長林起」；林編校作「迴長誰林似」。

〔四〕勁枝：原寫作「頸故」，饒編作「勁故」；茲從校録校改。

〔五〕逸氣：原寫作「透氣」，校録、饒編校作「秀氣」，茲從林編校改。

〔六〕鬱鬱句：原卷「覆」上衍「赴」字，茲從諸校本删之。

〔七〕赴：林編從蔣議校作「副」。

又〔一〕

三尺龍泉劍。匣裏無人見〔二〕。落鴈一張弓〔三〕，百隻金花箭。　爲國竭忠貞，苦處曾征戰。未忘立功勳〔四〕，後見君王面。

〔一〕此首原題「同前」，接前首後抄寫。

〔二〕匣：原寫作「俠」，據諸校本改。

〔三〕落鴈句：原寫作「金落鴈一張弓」，諸校本俱以涉下「金」字誤衍；總編校作「一張落雁弓」。

〔四〕未忘：原寫作「未望」，王集、總編校作「先望」；林編校作「來望」。案「望」應爲「忘」之音訛，此例頗多，如前録《浣溪沙》中「結草城樓不望恩」、「出入豈曾望故室」等句，「望」皆爲「忘」字音訛，茲據改。

定風波〔一〕

攻書學劍能幾何〔二〕。争如沙塞騁僂儸。手執六尋槍似鐵〔三〕。明月。龍泉三尺斬新磨〔四〕。堪羨昔時軍伍，謾誇儒士德能康〔五〕。四塞忽聞狼煙起，問儒士，誰人敢去定風波。

〔一〕此首接前録《生查子》二首後抄寫，原題調名《定風波》。

〔二〕攻：原寫作「功」。

〔三〕六尋：總編校作「録沉」。

〔四〕斬：王集、饒編校爲「劍」。

〔五〕謾：原寫作「滿」，據諸校本改。　士：原寫作「仕」，據校録校改。下同。　康：校録校作「多」。

又〔一〕

征後僂儸未是功〔二〕，儒士僂儸轉更加。三尺張良非惡弱〔三〕。謀略。漢興楚滅本由他。項羽翘楚無路〔四〕，酒後難消一曲歌〔五〕。霸王虞姬皆自刎〔六〕。當本。便知儒士定風波。

以上十四首伯三八二一卷

〔一〕此首原題「同前」，接前首後抄寫。

〔二〕征後：校録校作「征戰」，總編校作「征服」。

〔三〕三尺：總編校作「三策」。 非：原寫作「飛」，據諸校本改。 ⿱覀大：原寫「悪」，王集、總編校作「惡」。茲從林編校改。

〔四〕楚：原寫作「攄」，王集、總編校作「據」。茲從林編校改。

〔五〕酒：原寫作「滅」，據諸校本改。

〔六〕王：原寫作「主」，從諸校本改。 姬：原寫作「矩」。 刎：原寫作「别」，據校録、饒編校改。

南歌子〔一〕

夜夜長相憶，知君思我無〔二〕。識時紅褥玉人鋪〔三〕。深夜不來歸舍，薄情是我夫〔四〕。

漫畫眉如柳〔五〕，虛匀臉上蓮〔六〕。知他心在阿誰邊〔七〕。天天天。因何用以偏。

〔一〕此首原題「又同前」，然其前不見調名，兹從校録、林編依句式格律訂補調名爲《南歌子》。此調載《教坊記》「曲名」表。《花間》、《尊前》二集載有温庭筠、張泌、毛熙震、歐陽炯、孫光憲同調詞，温、張、歐所作皆單片體，惟句式略異，一作「五五、五、五三」句式（温），一作「五五、七、六三」句式；毛、孫所作乃「五五、七、六三（或九）」句式之雙疊體。敦煌寫卷所載大致皆爲雙調，惟句式與毛、孫所作略有變化。按此卷原非卷子，乃由面積同大之二紙，齊邊，中摺，刺孔，施線，裝訂成一小册，計有八面，順序抄寫諸詞，顧年久線朽，摺裝散開，成二幅四大面，致使原抄諸詞首尾前後不接，諸家校訂多有銜接錯誤者。此首王集以「失調名」收録，止於「知他」二字，注「下缺」，而以「心在」以下録爲另一首之殘文，注「上缺」；校録則僅録上片爲單片體一首，摒棄「漫畫」至「知他」十二字不録；總編銜接正確，但以用韻不同，分作單片體二首。茲從饒編、林編作雙調一首。

〔二〕知：原寫作「諸」，據校録、饒編校改。

〔三〕識時句：原寫作「職時紅辱五人備」。總編校作「繡幃紅褥玉人舖」；王集、饒編校「五」爲「無」。茲從林編校改。

〔四〕是：原寫作「事」，據諸校本改。

〔五〕漫：原寫作「蠻」，據諸校本改。　如：原寫作「儒」，總編校作「端」。茲從王集、饒編校改。

〔六〕虚匀句：原寫作「虧云劒上連」。王集校「虧」作「虧」。茲從饒編校改。

〔七〕知他句：原卷「在」下有「㫄」字，饒編校作「竝」；蔣議謂爲「放」之俗字，「在㫄」乃「放在」之倒文。茲從總編校作衍字删之。

又〔一〕

楊柳連堤緑，櫻桃向日紅〔二〕。舜吟迎氣陌秋風〔三〕。滿院殘花梜竹〔四〕，暖暖晚簾櫳〔五〕。

荷葉排青沼，雲峯簇碧空〔六〕。舉盃摇扇畫堂中。時聽笙歌消暑，思無窮。

〔一〕此首原題「又同前」，接前首後抄寫。

〔二〕櫻：原寫作「纓」。　日：原寫作「月」。

〔三〕舜：總編作空圍。　氣：王集、校録校作「紫」。　陌：饒編校作「驀」。

〔四〕梜：饒編、林編校作「夾」。

〔五〕暖暖句：總編校作「緩緩脱簾櫳」；林編校作「緩緩挽簾櫳」。兹從饒編校改。　櫳：原寫作「朧」。

〔六〕簇：原寫難辨，校録校作「插」。兹從王集、饒編校訂。

又〔一〕

雪消冰解涷〔二〕，煙凝地發萌。緑楊紅葉兩分明〔三〕。万户千門，春色漸舒榮。　忽覩雙飛鷰〔四〕，時聞百囀鸎〔五〕。日惠處處管絲聲〔六〕。公子王孫賞翫，諸芳情〔七〕。

〔一〕此首接前首後抄寫，原題「又同前」。

〔二〕冰：原寫作「水」。

〔三〕緑：原寫作「録」。　葉：林編、總編校作「藥」。

〔四〕雙：原寫作「䨇」。

〔五〕 囀：原寫作「轉」。　罵：原訛作「駡」。

〔六〕 惠：王集引孫校校作「思」。　絲：校録、林編校作「絃」。

〔七〕 公子二句：王集校作「公子王孫，賞玩諸芳情」，總編校作「公子王孫，賞玩惜芳情」。

又〔一〕

蟬鬢斜影朱簾立〔二〕，情事共誰親。分明面上指痕新。羅帶同心誰綰，甚人踏破裙〔三〕。

因何亂〔四〕，金釵爲甚分。紅粧垂淚憶何君〔五〕。分明殿前實説，莫沉吟。

〔一〕 此首接前首抄寫，原題「又同前」。

〔二〕 影：原寫作「澋」，即「㬄」字草書，「㬄」同「影」。　校録校作「倚」，林編、總編校作「隱」。

〔三〕 破：原寫作「棜」，王集校作「綴」。　兹從校録、林編校改。　下首同。

〔四〕 鬢：原寫作「蠙」。　下首同。

〔五〕 粧：原寫似「注」。　據諸校本改。　下首同。　憶：原寫作「億」。

又〔一〕

蟬鬢自從君去後，無心戀別人。夢中面上指痕新。羅帶同心自綰，被猻兒踏破裙〔二〕。

朱簾亂，金釵舊股分〔三〕。紅粧垂淚哭郎君。妾是南山松栢〔四〕，無心戀別人。

〔一〕此首原題「又同前」，與前首内容相關，前首「問」，此首「答」。

〔二〕猻：原寫作「緣」，據諸校本改。

〔三〕股：原寫作「古」，據諸校本改。

〔四〕妾：原寫作「倿」，王集、校録校作「信」。兹從饒編校改。

又〔一〕

爭不交人憶〔二〕，怕郎心自偏〔三〕。近來聞道不多安〔四〕。夜夜夢㾓倒錯〔五〕，往往到君邊〔六〕。白日長相見，夜頭各自眠。終朝竟日意喧喧〔七〕。願作合縮裙帶〔八〕，長繞在你胸前〔九〕。

以上六首伯三八三六卷

〔一〕此首原題「又同前」。

〔二〕憶：原寫作「億」。

〔三〕偏：原寫作「諞」，據校録、林編校改。

〔四〕聞道：原寫作「旾遂」，王集校作「聞遂」；林編校作「齊道」。兹從校録、饒編校改。

〔五〕夢㾓倒錯：原寫作「夢悟到錯」。總編校作「夢魂間錯」。兹從饒編、林編校改。

〔六〕往往：原寫作「妄妄」，兹從諸本校改。
〔七〕竟日：原寫作「迳日」，總編校作「盡日」。兹從王集校改。　暄暄：王集、林編作「喧喧」，校録、總編校作「懸懸」。
〔八〕綰：原寫作「官」，總編校作「歡」。兹從王集校改。
〔九〕繞：原寫作「鏡」，據諸校本改。

失調名〔一〕

（上缺）羊子遍野巫山〔二〕。醉胡子樓頭飲宴。醉思鄉千日醺醺〔三〕。下水舡盞酌十分。令籌更打江神。　伯三九一一卷

〔一〕此首抄於卷首，原失調名，當非全篇。内容多嵌曲名。其下所抄有「曲子擣練子平」二首、「望江南平」三首、「酒泉子平」一首，皆屬曲子詞，已見前録伯二八〇九卷。此殘篇當同屬曲子詞性質。兹據諸本以「失調名」收録。
〔二〕巫：原寫作「巠」，據諸校本改。
〔三〕醺醺：原寫作「勳勳」，據諸校本改。

菩薩蠻〔一〕

霏霏點點迴塘雨〔二〕。雙雙隻隻鴛鴦語。灼灼野花香。依依金柳黄〔三〕。　盈盈江上女。兩兩溪邊舞。皎皎綺羅光。輕輕雲粉粧。

〔一〕此首前原抄《更漏長》(「三十六宮秋夜」、「金鴨香」)、《菩薩蠻》(「紅鑪暖閣佳人睡」)三首，第二首又載《花間集》，乃温庭筠所作，第一首、第三首又載《尊前集》，乃歐陽炯所作，已見前録。此首接《菩薩蠻》一首後抄寫，未題調名，按之句式格律，正與前首同調，兹據補調名。

〔二〕塘：原寫作「瑭」。

〔三〕柳：校録校作「縷」。

虞美人〔一〕

東風吹綻海棠開。香榭滿樓臺〔二〕。香和紅艷一堆堆。又被美人和枝折，墜金釵〔三〕。　金釵釵上綴芳菲。海棠花一枝。剛被蝴蝶遶人飛。拂下深深紅蘂落，污奴衣。以上二首伯三九九四卷

〔一〕此調原題「魚美人」。《教坊記》「曲名」表載《虞美人》，則《魚美人》當爲《虞美人》之訛，校録據改，從之。原卷

抄作一首，總編以其上下片各叶一平韻，析作單片二首。實則《花間》、《尊前》、《陽春》諸集所載此調之作，皆雙疊體，且顧敻「觸簾風送景陽鐘」一首，亦爲上下片各叶一平韻。

〔二〕樹：總編校作「廝」。

〔三〕墜金釵：總編校作「綴金釵」。

鵲踏枝〔一〕

獨坐更深人寂寂。憶戀家鄉，路遠關山隔〔二〕。寒鴈飛來無消息〔三〕。交兒牽斷心腸憶。

仰告三光珠淚滴〔四〕。交他耶孃〔五〕，甚處傳書覓。自嘆宿緣作他邦客。辜負尊親虛勞力。

伯四〇一七卷

〔一〕此首原題「曲子鵲踏枝」。

〔二〕戀：總編校作「念」。　關山隔：原寫作「隔關山」，旁標倒置符號，據改。

〔三〕消息：原寫作「息消」。

〔四〕珠淚滴：原寫作「殊淚滴」，據諸校本改。

〔五〕耶：原寫作「耶」。

望遠行〔一〕

年少將軍佐聖朝。爲國掃蕩狂妖〔二〕。彎弓如月射雙鵰。馬蹄到處盡雲消〔三〕。休寰海〔四〕，罷槍刀。銀鸞駕走上超霄〔五〕。行人南北盡歌謡。莫把堯舜比今朝〔六〕。伯四六九二卷

〔一〕此首原題「曲子望遠行」，以小圓圈標示句讀。

〔二〕狂：原寫作「匡」，據諸校本改。

〔三〕馬蹄到處：原寫作「馬到蹄處」，「蹄」字右上角注「✓」符號以示倒文，據改。 盡雲消：原寫作「盡雲宵」，總編校作「陣雲消」。

〔四〕寰：原寫作「還」，據諸校本改。

〔五〕銀鸞句：王集校作「銀鸞駕□上超霄」；校録校作「銀鸞駕□上連霄」；總編校作「迎鸞駕上超霄」。

〔六〕比：原寫作「彼」。 案此首後原接抄《浣溪沙》「喜覩華筵喜大賢」一首，已見前録伯三一二八卷。

還京樂〔一〕

知道鍾馗猛勇〔二〕，世間專〔三〕。能翻海，解移山〔四〕。捉鬼不曾閑〔五〕。見我手中寶劍〔六〕，利

新磨〔七〕。斫妖魅〔八〕，去邪魔〔九〕。見鬼了，血泍波〔一〇〕。者鬼意如何〔一一〕。爭敢接來過〔一二〕。小鬼咨言大哥〔一三〕。審須聽（下缺）〔一四〕　列一四六五卷

〔一〕此首原題「曲子還京洛」。《教坊記》「曲名」表載《還京樂》，此首「洛」當爲「樂」之音訛，茲據改。按此首饒編依原卷摹寫，認作「降魔之歌辭」，總編分作四首，入「道家」類。既題爲「曲子」，當屬曲子詞性質。惟原卷抄寫格式特别，且末尾有殘缺，究屬一首，抑爲數首，諸家校録有異。茲姑從林編録作一首。

〔二〕知道句：原寫作「知道終駈孟勇」，爲一行，頂頭書寫；饒編校作「知道終驅猛勇」；林編校作「知道鍾馗」，以「猛勇」二字屬下句。按古人謂椎爲「終葵」，且俗以椎逐鬼，故「鍾馗」或由「終葵」而來；此首「終駈」當爲「終葵」即「鍾馗」之音訛。茲據林編校改。

〔三〕世間句：原寫作「勢間專」，爲一行，低二格書寫。林編校作「猛勇世間」。按「勢」當爲「世」字音訛，據諸本改。

〔四〕能翻二句：原寫作「能翻海，解餘山」，爲二行，與「世間專」平齊。林編校作「專能翻海解移山」。移：饒編校爲「除」；茲從林編、總編校改。

〔五〕捉鬼句：原卷爲一行，上端與前三個三言句平齊。總編從此句以上録作一首。

〔六〕見我句：原卷爲一行，頂頭書寫。總編從此句以下至「血泍波」録作第二首。

〔七〕利新磨：原寫作「物辛磨」，爲一行，低二格書寫。饒編校作「物新磨」，總編校作「刃新磨」。茲從林編校改。

〔八〕斫妖魅：原寫作「斫要美」，爲一行，與前句平齊。

〔九〕去邪魔：原寫作「去邪磨」，爲一行，與前句平齊。

〔一〇〕見鬼二句：原寫作「見鬼了血洴波」，爲一行，頂頭書寫。饒編、林編分作「三三」二句，總編作「□鬼了血洴波」。

〔一一〕者鬼句：原寫作「者鬼」、「意如何」二行，低二格書寫。總編校作「□□□者鬼，意如何」二句，此下補六空圍，分作兩個三言句，至「争敢接來過」止，録作第三首。兹從林編作五言一句。

〔一二〕争敢句：原寫作一行，上端與「者鬼」、「意如何」二行平齊。敢：原寫作「感」，據諸校本改。

〔一三〕小鬼句：原寫作「小鬼資言大歌」，爲一行，頂頭書寫。饒編校「資」爲「知」；林編校作「小鬼恣言」，以「大哥」二字屬下句；總編校作「小鬼咨言大鬼，□□歌」。

〔一四〕審須聽：原卷爲一行，低二格書寫。林編校作「大哥須審聽」；總編於「審須聽」三字下補八空圍，分作「三五」二句，從「小鬼」句以下至此録爲第四首。按原卷「審須聽」句後似有三字，殘損不清，饒編、林編皆注「下缺」，兹從之。

菩薩蠻〔一〕

自從宇内充戈戟〔二〕。狼煙處處熏天黑〔三〕。早晚豎金雞。休磨戰馬蹄。　淼淼三江水〔四〕。半是儒生淚〔五〕。老尚逐經才〔六〕。問龍門何日開。

〔一〕此首及下二首出自羅振玉所藏敦煌寫卷，原抄於「春秋後語」卷背，王國維「敦煌發見唐朝之通俗詩及通俗小説」一文最早據以校録；後王氏又將三詞爲況周頤書扇面，況氏因載入《蕙風詞話》卷四；周泳先亦收入《敦煌詞掇》。

〔二〕内：況本、周本作「宙」。　充：原卷寫作「光」，兹據校録校改。

〔三〕熏：況本、周本作「獯」，王集、饒編、林編校作「燻」。

〔四〕水：原卷寫作「小」。

〔五〕儒生淚：原卷寫作「儒生類」，王校校作「離人淚」。況本校作「□生類」，並引王校於「□」下注「不易辨，似『儒』字」，於「類」下注「淚」。周本校作「儒生淚」。據改。

〔六〕經才：原卷寫作「今財」，兹從總編校改。

望江南〔一〕

天上月，遥望似一團銀。夜久更闌風漸緊，爲奴吹散月邊雲〔二〕。照見負心人〔三〕。

〔一〕此首及下首，王校調名誤題《西江月》，據況本改正。

〔二〕爲：原卷寫作「以」。　散：王校作「却」，況本作「散」，據況本校改。

〔三〕負：原卷寫作「附」。

又〔一〕

五梁臺上月，一片玉無瑕〔二〕。迤邐看歸西海去〔三〕，橫雲出來不敢遮〔四〕。䨲䨴遶天涯。

以上三首王國維校本

〔一〕原無調題，總編以爲首句首二字「五梁」非曲辭，改作詞題。按此首與前首相續，句式格律大體相同，首句作五言句，當爲襯字所致，兹承前補題「又」字。

〔二〕瑕：原卷寫作「暇」。

〔三〕迤邐：原卷寫作「以里」，海：況本、周本、王集作空圍。

〔四〕不敢遮：周本校作「不□□遮」。

鵲踏枝〔一〕

叵耐靈鵲多瞞語〔二〕。送喜何曾有憑據。幾度飛來活捉取。鎖上金籠休共語。　比擬好心來送喜。誰知鎖我在金籠裏。欲他征夫早歸來〔三〕，騰身却放我向青雲裏〔四〕。

〔一〕此調原題《雀踏枝》。《教坊記》「曲名」表載《鵲踏枝》，王集、饒編、總編據改，兹從之。案原録二首，另一首（「獨坐更深人寂寂」）已見前録伯四〇一七卷，原題調名作《鵲踏枝》。

〔二〕耐：總編校作「奈」。　瞞：原寫作「滿」，王集引孫校作「謾」。茲從周本校改。
〔三〕欲：周本校作「願」，校録從之。
〔四〕放：周本校作「教」。

長相思〔一〕

旅客在江西〔二〕。富貴世間稀〔三〕。終日紅樓上，□□舞著棋〔四〕。　頻頻滿酌醉如泥〔五〕。輕輕更换金卮。盡日貪歡逐樂〔六〕，此是富不歸。

〔一〕此調載《教坊記》「曲名」表。《花間》、《尊前》、《陽春》諸集俱不載此調之作，惟《南唐二主詞》載李煜一首，作「三、三、七、五」句式之雙疊體。敦煌寫卷所載三首，句式格律均與李煜詞相異。按伯四〇一七卷於「曲子鵲踏枝」（「獨坐更深人寂寂」）一首前，有「曲子長相思」一行題目，及「旅客住江西」一句，當即此首，惟僅抄此首句，便改抄《鵲踏枝》。
〔二〕旅客：原寫作「侶客」。王集引孫校作「估客」。茲從伯四〇一七卷殘句改。
〔三〕世間：周本校作「此間」。
〔四〕舞著棋：校録校作「舞著詞」。
〔五〕頻頻二句：周本校作「頻頻滿滿，滿酌醉如泥」。

〔六〕 樂：原寫作「業」，周本校作「樂」，諸本俱據改。

又〔一〕

哀客在江西〔二〕。寂寞自家知。塵土滿面上，終日被人欺。　朝朝立在市門西。風吹淚□雙垂〔三〕。遥望家鄉長短〔四〕。此是貧不歸。

〔一〕 原無題調，王集、饒編均題「又同上」。按此首及下首與第一首内容相關，句式格律相同，當爲同調，兹補題「又」。

〔二〕 哀客：校録校作「作客」，總編校作「旅客」。

〔三〕 風吹句：校録校作「風吹淚點雙垂」，總編校作「風吹□淚雙垂」。

〔四〕 長短：饒編校作「書短」。林編、總編校作「腸斷」。

又

作客在江西〔一〕。得病卧毫釐〔二〕。還往觀消息〔三〕。看看似別離。　村人曳在道傍西〔四〕。耶孃父母不知。〔身〕上剟牌書字〔五〕，此是死不歸。

以上四首《敦煌零拾》本

〔一〕 江：原寫作「作」，據前二首改。

〔二〕毫薹：周本疑爲地名，「毫」疑作「蕃」。

〔三〕觀：周本校作空圍。

〔四〕村：周本校无此字。

〔五〕身：周本、王集校作空圍。茲從校録校補。　㨯牌：原寫作「㨯排」，王集、校録皆校作「綴牌」。茲從總編校改。

魚歌子

上王次郎〔一〕

春雨微，香風少。簾外鶯啼聲聲好。伴孤屛〔二〕，微語笑〔三〕。寂對前庭悄悄。當初去，向郎道。莫保青娥花容貌。恨狂夫〔四〕，不歸早。交妾實在懊惱〔五〕。　貞松堂藏本

〔一〕此首據羅振玉《貞松堂藏西陲秘籍叢殘》影印圖片。原題《魚歌子》，與《教坊記》「曲名」表所載同。上王次郎：原寫於詞後，羅書、周本、王集、饒編皆移至調下爲題。

〔二〕屛：原寫作「傡」。

〔三〕微語笑：總編校作「無語笑」。

〔四〕狂夫：原寫作「惶交」，趙本校作「惶教」。

〔五〕實在：原寫作「思在」，羅書校作「□在」。茲從校録校改。　懊：羅書、周本、校録、林編校作「煩」。

魚歌子〔一〕

繡簾前，美人睡。廳前猧子頻頻吠〔二〕。雅奴卜〔三〕，玉郎至。扶下驊騮沉醉〔四〕。出屏幃，正雲起〔五〕。鶯啼濕盡相思被〔六〕。共別人，好説我不是〔七〕。得莫辜天負地〔八〕。

〔一〕此首及下首出自橋川時雄所藏敦煌寫卷，傅惜華獲攝影照片，發表於一九三〇年七月三十日《北京畫報》，趙尊嶽《唐人寫本曲子》予以校録，刊布於《詞學季刊》一卷第四號，周泳先亦據以收入《敦煌詞掇》。原本題「月」，然與詞意不符。

〔二〕廳：總編校作「庭」。

〔三〕卜：總編校作「白」。

〔四〕扶下句：原作「扶下驊騮，沈醉出屏幃」二句，不分片。茲從王集、校録分片與斷句。

〔五〕正雲起：王集引孫校、劉校疑當作「整雲髻」，總編從之。

〔六〕鶯啼句：原連上句作十言一句。　被：原寫作「菱」，總編校作「淚」。茲從周本校改。

〔七〕共別二句：原寫作「共別人好説我」，周本校作「共別人好説我不是」。茲從諸校本斷句。

〔八〕得莫句：原寫作「不是得莽辜天負地」。茲從諸校本斷句並校改。

南歌子〔一〕

獲幸相邀命，攀連坐未閒。卑微得接對尊顔。今日同（下缺）〔二〕。　以上二首趙尊嶽校本

〔一〕調下原題「月」，然與内容不符。又原本斷作「四、四、四、五、三」句式，以韻叶及格律求之，實誤。兹據王集、林編、總編校訂。

〔二〕今日句：原本「同」字下殘缺，總編校作「今日同□□□，□□□□□」。

失調名〔一〕

（上缺）射立甚分明〔二〕，王把金弓接畫幹〔三〕。四圍百（姓看）〔四〕。脚踏□白□壇〔五〕。發箭到長安。　適□面，從來合有洞庭君〔六〕。恰似前過□，側耳聽〔七〕。只似覺淒聲。

〔一〕此首以下凡十三首，乃周紹良據其自莊嚴堪藏敦煌寫卷而整理者。原寫於《維摩詰經》背面，墨色極淡，難以攝影。前後殘缺，僅存中部。在每首下題注「又同前」或「一首」，然按其格律句式，除少數幾首相同外，餘皆各異。其中僅數首可考補調名，餘多不詳。周氏據以校録，編印成《補敦煌曲子詞》。王集、校録、饒編均未收録，林編、總編據周校補録。因原卷墨淡模糊，未能影印，諸本校録者皆據周校，疑竇尚多，録以待考。

〔二〕射立句：原存五字，上有空缺，林編注「缺」，總編校補二空圍。

〔三〕王：總編校作「忙」。

〔四〕圍：原寫作「謂」，諸本從周校改。　百姓看：「百」下原缺二字，茲從總編校補。

〔五〕□壇：「壇」上一字原殘損，僅存左部「礻」旁，茲作空圍。

〔六〕洞庭：原寫作「動停」，從周校校改。

〔七〕側耳聽：原寫作「則耳廳」，從周校校改。

失調名〔一〕

一家歸，□年盡，日漸高〔二〕。□□上詣開雲道〔三〕。專誠請事大王王〔四〕。生死說一場〔五〕。自身受甚苦，觀音也合知。　自身坐處無罪過，三邊使來不發遣，一封書〔六〕，青天也合知〔七〕。

〔一〕此首原題「又同前」。

〔二〕□年二句：林編校作「□年盡日漸高」，總編校作「□年盡，日漸西」。

〔三〕雲：原寫作「云」。

〔四〕誠：原草寫，總編校作「使」。　大王王：疑衍一「王」字。

〔五〕生死句：原寫作「主死説一長」，從總編校改。

〔六〕三邊二句：總編校作「三邊使來不，發遣一封書」，茲從林編斷句。　三邊：原寫作「三伴」，茲從林編、總編校改。

〔七〕知：原寫作「和」。

失調名〔一〕

男兒出外逕前〔行〕〔二〕。路上慎莫逢劫賊兵〔三〕。兩家排陣便該鬥，三棱鑿子亂縱橫〔四〕。奪目雲中落羽條〔五〕，相謂莫交鵶鵲爭〔六〕。

〔一〕此首原題「又同前」。

〔二〕逕前行：原寫作「進前□」，從總編校補。

〔三〕慎：原寫作「甚」，從周校校改。　劫賊：疑衍一字。

〔四〕三棱鑿子：原寫作「三能琢子」，從周校校改。　縱橫：原寫作「中橫」，從周校校改。

〔五〕目雲：原寫作「日云」，茲從周校校改。　條：周校校作「翰」，林編校作「傾」。

〔六〕相謂句：林編校作「相謂莫教鵶鵲爭」，總編校作「相限莫效鵶鵲爭」。　爭：原寫作「箏」。

浣溪沙〔一〕

一隻黃鷹薄天飛〔二〕，空中羅網嗟長懸〔三〕。喚取家中好恩眷。貪人言〔四〕。　高意郎君勞敬縛〔五〕，忽然得奪旋高天〔六〕。悔不當初人心負〔七〕，奉你兩個没因緣〔八〕。

〔一〕此首原題「又同前」。兹從總編補調名作《浣溪沙》。

〔二〕隻：原寫作「鷲」，從總編校改。　鷹：林編、總編並校作「鷲」。

〔三〕懸：原寫作「碁」，周校校作「暮」。兹從總編校改。

〔四〕貪：總編校作「歎」。

〔五〕敬縛：總編校作「□□」。

〔六〕天：原寫作「初」，從總編校改。

〔七〕負：原寫作「福」，從總編校改。

〔八〕奉：林編校作「負」，總編校作「□」。　因：原寫作「恩」，從諸校本改。

失調名〔一〕

問安分明不以潘〔二〕。繞歡。賤妾□□□□之五更〔三〕，外看。遠聞孤山風動曉，心酸〔四〕。

弼手兩夸酒家錢〔五〕。黄天〔六〕。願作江河變成川〔七〕。將身航海没波瀾〔八〕。

〔一〕此首原題「一首」。
〔二〕以：總編校作「似」。
〔三〕賤妾句：原寫作「賤妾□妥□□之五更」，總編校作「賤妾□妥□□至五更寒」。案「妥」不詳何字，姑作空圍。
〔四〕遠聞二句：原寫作「遠聞沽山風勍，曉心酸」，姑從總編校改。
〔五〕弼手兩夸：周校校作「弱手兩夸」，總編校作「□手兩□」。
〔六〕黄天：周校校作「皇天」。
〔七〕成：總編校作「澄」。
〔八〕將身句：原寫作「將身沉海没欽」，周校「沉」作「航」。案此句疑有脱誤，姑從總編校改。

失調名〔一〕

草頭霜冷誤中年。誤中年。先須學取禮儀全。誓願莫歸還。　脱却皮裘返漢國〔二〕，返漢國。多應養馬上胭脂山〔三〕。淚眼仰青天〔四〕。

〔一〕此首原題「一首」。
〔二〕裘：原寫作「求」。　返：原寫作「蕃」，從林編校改。下同。

〔三〕胭脂：原寫作「烟支」，林編校作「燕支」。兹從周校校改。

〔四〕淚眼句：原寫作「沽眼叩年天」，從總編校改。

臨江仙〔一〕

大王處分警烽煙〔二〕。山路阻隔多般〔三〕。寒風切切賤于丹〔四〕。行路遠，正見一條天。

願我早晚脱山川〔五〕。大王堯舜團圓。自今已後把槍攢〔六〕，舍金甲〔七〕，齊唱快活年〔八〕。

〔一〕此首原題「二首」。林編以「失調名」署之，兹從總編考補作《臨江仙》。

〔二〕警烽煙：原寫作「敬風煙」，總編校作「靖烽煙」。兹從周校校改。

〔三〕阻隔：原寫作「至格」，從周校校改。

〔四〕賤于丹：總編校作「賤於丹」，疑作「葉皆丹」。

〔五〕早晚：原寫作「早万」。　脱：原寫作「説」，總編校作「奪」。兹從林編校改。

〔六〕已：總編校作「以」。　攢：原寫作「贊」，從周校校改。

〔七〕舍：總編校作「卸」。

〔八〕齊：原寫作「呈」，周校校作「陳」，總編校作「高」。姑從林編校改。

失調名〔一〕

大丈夫漢，爲國莫思身。單槍匹馬搶排陣〔二〕，塵飛草動便須去〔三〕，已後敬家斤〔四〕。兩陣壁，隱微處莫潛身〔五〕。腰間四圍十三尺〔六〕，龍泉寶劍靖妖雰〔七〕。舉將來，獻明君〔八〕。

〔一〕此首原題「二首」。總編補調《臨江仙》，不盡相合。茲作「失調名」。

〔二〕單槍句：原寫作「躭槍匹馬槍排陣」，從總編校改。

〔三〕飛：原寫作「非」，從周校校改。　去：總編校作「行」。

〔四〕已後句：周校校作「已後警家斤」，總編校作「以後敬家軍」。

〔五〕隱微句：原寫作「影揋處，莫漸身」，周校「揋」作「偎」，「漸」作「潛」；林編校作「影偎處，莫潛身」二句。茲從總編校改。

〔六〕四圍十三尺：原寫作「四謂十三只」，總編校作「四圍十三□」。姑從林編校改。

〔七〕寶劍：原寫作「保劍」。　靖妖雰：原寫作「敬腰粉」，林編校作「儆妖氛」。茲從總編校改。

〔八〕舉將二句：原寫作「手將來，顯名君」，周校「顯」作「獻」，林編校作「手將來，獻明君」。茲從總編校改。

失調名〔一〕

離却沙場別却妻〔二〕。交我兒壻遠征行〔三〕。乃可幨鞍挮漢齊〔四〕。大王不容許女人齊〔五〕。女人束妝有何妨〔六〕。妝束出來似神王。乃可刀頭劍下死〔七〕，夜夜不願守空房〔八〕。

〔一〕此首原題「同前」。

〔二〕離却：總編校作「上却」。

〔三〕征：原寫作「正」，從諸校本改。

〔四〕乃可句：林編校作「寧可幨鞍挮漢齊」，總編校作「乃可幨鞍挮漢壻」。齊：原寫作「斊」。下同。

〔五〕齊：總編校作「妝」。

〔六〕妨：原寫作「方」，從周校校改。

〔七〕乃：林編校作「寧」。

〔八〕願：原寫作「辦」，從總編校改。

浣溪沙〔一〕

忽見山頭水道煙〔二〕。鴛鴦擐甲被金鞍〔三〕。馬上彎弓搭箭射〔四〕，塞門看〔五〕。　爲報乞寒王子大，胭脂山下戰場寬〔六〕。丈夫兒出來須努力，覓取策三邊〔七〕。

〔一〕此首原題「又同前」，從林編、總編考補調名。

〔二〕煙：周校作「堙」，總編從之。

〔三〕擐：原寫作「環」，從林編、總編校改。

〔四〕搭箭射：原寫作「答社箭」，周校作「搭射箭」。兹從林編校改。

〔五〕塞：原寫作「賽」，從周校校改。

〔六〕胭脂：原寫作「煙支」，林編校作「燕支」。戰場：原寫作「賤長」，從林編、總編校改。

〔七〕策：原寫作「第」，從總編校改。

失調名〔一〕

抛我一身却〔二〕，自家一身當。歸漢路，千萬憶，君若在，生之時，不爲人，死卿卿，憶着眼中淚落千行〔三〕。道路遥遠。早晚得見回過〔四〕，黄河水滿，過三邊〔五〕。圖上過，不覺水深淺〔六〕。早去過，日落西下得相見。

〔一〕此首原題「同前」，然與前首句式格律頗異，姑以「失調名」署之。原文用朱筆斷句，周校照樣迻録，然文意難通，頗有疑竇，姑從録，仍俟校。

〔二〕身：總編校作「生」。

〔三〕「千萬」以下六句：總編校作「千萬憶君，若再生之時，不謂人死，卿卿憶著，眼中淚落千行」。

〔四〕早晚：原寫作「早万」，從周校校改。

〔五〕三邊：原寫作「三伴」，從總編校改。

〔六〕覺：原寫作「角」，從周校校改。　深：原作「心」，從林編、總編校改。

浣溪沙〔一〕

萬里迢停不見家〔二〕。一條黄路絶鳴沙〔三〕。自憶家鄉心意亂〔四〕，日長斜。　海水親圖來望□〔五〕，遠聞孤雁轉思多〔六〕。惆悵年年歸北路〔七〕，曲子催送浪淘沙〔八〕。

〔一〕此首原題「又同前」，據林編、總編補調名。

〔二〕迢停：原寫作「條亭」，從周校校改。

〔三〕鳴沙：原寫作「名沙」，從諸校本改。

〔四〕心意亂：原寫作「心憶戀」，從周校校改。

〔五〕□：原寫似「朵」，未審何字，姑作空圍。

〔六〕孤雁：原寫作「孤眼」，從周校校改。案此句「多」字失韻。

〔七〕惆悵：原寫作「抽唱」，從周校校改。

〔八〕浪淘沙：原寫作「路桃沙」，從周校校改。案此句當襯「曲子催送」四字，與伯三一二八卷所載《浣溪沙》（「結草城樓不忘恩」）一首下片結句「如若傷蛇口含真」之襯四字，同一體例。

失調名〔一〕

一不願耶娘老〔二〕，二不願梵公王〔三〕。三不願無弟兄，四不願自身當。鸞子雲中鳥，下來繞北堂〔四〕。同席温美酒〔五〕，且以唱歌人。　以上十三首周紹良校本

〔一〕此首原題「又同前」，然與前首句式格律不合，兹作「失調名」。

〔二〕不：原寫作「百」，從總編校改，下同。　願：林編校作「怨」。下同。

〔三〕王：原寫作「主」，總編校作「生」。兹從林編校改。

〔四〕北堂：原寫作「北當」，從周校校改。

〔五〕席：原寫作「悉」，從周校校改。

全唐五代詞副編卷一　唐五代作品

喬知之

喬知之（？——六九〇），同州馮翊（今陝西大荔）人。武后時，累除右補闕，遷左司郎中。武承嗣奪其侍婢窈娘，知之作《緑珠篇》以寄情，密送與婢，婢感憤自殺。承嗣大怒，因諷酷吏羅織誅之，時在武后載初元年（六九〇）八月。有《喬知之集》，不傳。《舊唐書》卷一九〇中有傳。另參《本事詩·情感第一》、《唐詩紀事》卷六。

喬知之作品一首，依明刻本《唐詞紀》録存，參校宋本《文苑英華》、宋本《樂府詩集》、嘉靖本《萬首唐人絶句》。

楊柳枝

可憐濯濯春楊柳，攀折將來就纖手。妾容與此同盛衰〔一〕，何必君恩能獨久〔二〕。　明刻本《唐

詞紀》卷一二

〔一〕與：《萬首唐人絶句》卷五四作「共」。

〔二〕能獨：《樂府詩集》卷二二、《萬首唐人絶句》作「獨能」。

【考辨】

此首本樂府詩。《文苑英華》卷二〇八《樂府》類、《樂府詩集》卷二二《横吹曲辭》類俱題《折楊柳》，《萬首唐人絶句》卷五四、《詩淵》二四七三頁、《全唐詩》卷一八、卷八一仍之。《唐詞紀》改作《楊柳枝》詞（原注：「本曰《折楊柳》」），非。

賀知章

賀知章（六五九——七四四），字季真，自號四明狂客，越州永興（今浙江蕭山）人。證聖元年（六九五）及第。授國子四門博士，遷太常博士。玄宗開元十年（七二二）與張説等同修《六典》，後轉太常少卿。十三年，遷禮部侍郎，後改工部侍郎。二十六年，遷太子賓客，兼正授祕書監。天寶三年（七四四）卒，年八十六。《舊唐書》卷一九〇中、《新唐書》卷一九六有傳。另參《唐才子傳校箋》卷三。

賀知章作品一首，據明刻本《古今詞統》録存，參校叢刊本《才調集》、稗海本《雲溪友議》、鮑本《鑒誡録》、洪本《唐詩紀事》、月窗本《詩話總龜》。

柳枝〔一〕

碧玉裝成一樹高〔二〕。萬條垂下緑絲縧。不知細葉誰裁出，二月春風是剪刀〔三〕。　明刻本《古今詞統》卷二

〔一〕《才調集》卷九作《柳枝詞》。

〔二〕裝：《鑒誡録》卷七、《唐詩紀事》卷一七、《詩話總龜》前集卷二〇作「妝」。

〔三〕是：《鑒誡録》、《唐詩紀事》卷一七、卷四九作「似」。

【考辨】

此首屬詩屬詞，唐宋人所言不一。唐范攄《雲溪友議》卷一〇、《唐詩紀事》卷四九、《詩話總龜》前集卷二〇載周德華善歌《楊柳枝》詞，「所唱七八篇，乃近日名流之詠」。此首即其一。《才調集》卷九亦作《柳枝詞》，《古今詞統》卷二因之。《新編古今事文類聚》後集卷二三作《楊柳詞》。然五代何光遠《鑒誡録》卷七謂是「《詠柳》」「詩」。《唐詩紀事》卷一七亦題《詠柳》，《全唐詩》卷一一二仍之。未詳孰是，兹入副編。

崔液

崔液（？——七一三？），字潤甫，定州安喜（今河北定縣）人。崔湜之弟。舉進士第一。累官至殿

中侍御史、吏部員外郎。玄宗先天二年（七一三），坐兄湜配流，亡命郢州，作《幽征賦》以見意，辭甚典麗。遇赦還，道病卒。有文名，尤工五言詩。有《崔液集》，已佚。《舊唐書》卷七四、《新唐書》卷九九有傳。

崔液作品二首，據明刻本《詞品》録存，參校宋本《樂府詩集》、明刻本《古今詞統》、康熙本《全唐詩》、内府本《歷代詩餘》、道光本《詞綜補遺》、光緒本《詞律》、内府本《詞譜》、伍本《焦氏筆乘》等。

踏歌詞

綵女迎金屋，仙姬出畫堂。鴛鴦裁錦袖〔一〕，翡翠帖花黄。歌響舞行分，艷色動流光〔二〕。

〔一〕袖：《焦氏筆乘》卷三作「繡」。

〔二〕歌響二句：《樂府詩集》卷八二、《全唐詩》卷二八、卷五四、卷八九〇、《詞譜》卷二作「歌響舞分行。艷色動流光」五言二句。案此調第五、六兩句《詞品》卷一、《焦氏筆乘》、《古今詞統》卷三徐士俊眉批、《詞律》卷一、《歷代詩餘》卷二謂作五言二句誤，應作七言三言各一句。而《全唐詩》卷八九〇、《詞譜》卷一、《詞綜補遺》卷一、《詞律箋榷》卷一謂當作五言二句，作上七言下三言二句非是。案當從《樂府詩集》作五言二句爲是。

又

庭際花微落，樓前漢已横。金壺催夜盡〔一〕，羅袖舞寒輕〔二〕。調笑暢懽情未半，著天明〔三〕。

以上二首明刻本《詞品》卷一

〔一〕壺：《樂府詩集》卷八二作「臺」。

〔二〕舞：《樂府詩集》作「拂」。

〔三〕調笑二句：《樂府詩集》、《全唐詩》、《詞譜》作「樂天暢懽情，未半著天明」。《焦氏筆乘》作「笑樂暢歡情未不盡，著天明」

【考辨】

以上二首始見於《樂府詩集》卷八二《近代曲辭》類，作五言六句齊言體。《全唐詩》卷二八、卷五四因之收作樂府詩。《詞品》卷一謂是詞，其後《古今詞統》卷三、《詞鵠初編》卷一、《詞律》卷一、《詞譜》卷二、《全唐詩》卷八九〇、《歷代詩餘》卷二、《詞綜補遺》卷一俱因之收作詞。案此調二首與宋朱敦儒《踏歌》詞字數句式不同，又清人或收作詩，或收作詞，所見不一，故録入副編。

張説

張説（六六七——七三一），字道濟，一字説之，祖籍河東（今山西永濟），徙居洛陽。武后載初元年（六八九），應詔舉，對策第一，授太子校書，累轉右補闕。中宗即位，召拜兵部員外郎，累轉工部侍郎。睿宗即位，遷中書侍郎，兼雍州長史。景雲二年（七一〇），同中書門下平章事。玄宗開元元年（七一三），拜中書令，封燕國公。以與姚崇不合，出爲相州刺史，轉岳州刺史。累官至尚書左丞相。開元十八年十二月卒，年六十四。著有《張説之集》（一作《張燕公集》）。《舊唐書》卷九七、《新唐書》卷一二五有傳。

張説作品六首，據康熙本《全唐詩》録存，參校嘉靖本《張説之文集》、活字本《張説之集》。

舞馬詞

萬玉朝宗鳳扆。千金率領龍媒〔一〕。眄鼓凝驕躞蹀，聽歌弄影徘徊〔二〕。

〔一〕領：《張説之文集》卷一〇、《張説之集》卷八作「舞」。

〔二〕詞末，《張説之文集》、《張説之集》注：「聖代昇平樂」。案此五字爲和聲。

又

天鹿遥徵衛叔，日龍上借羲和。將共兩驂争舞，來隨八駿齊歌〔一〕。

〔一〕詞末，《張説之文集》、《張説之集》注：「聖代昇平樂」。

又

綵旄八佾成行。時龍五色因方。屈膝銜杯赴節，傾心獻壽無疆〔一〕。

〔一〕詞末，《張說之文集》、《張說之集》注：「四海昇平樂」。

又

帝皂龍駒沛艾，星闌驥子權奇。騰倚驤洋應節，繁驕接跡不移〔一〕。

〔一〕詞末，《張說之文集》、《張說之集》注：「四海和平樂」。

又

二聖先天合德，羣靈率土可封。擊石騶驒紫燕，摐金顧步蒼龍〔一〕。

〔一〕詞末，《張說之文集》、《張說之集》注：「四海和平樂」。

又

聖君出震應籙。神馬浮河獻圖。足蹋天庭鼓舞，心將帝樂踟躕。

以上六首康熙本《全唐詩》卷八

九〇

【考辨】以上六首始見於《張説之文集》，編於六言詩内。《詞鵠初編》卷一、《全唐詩》卷八九〇、《歷代詩餘》卷一、《詞律》卷一、《詞譜》卷一收作詞。案唐宋詞籍、樂籍無此調，故入副編。

王之渙

王之渙（六八八——七四二），字季凌，郡望晉陽（今山西太原），五世祖王隆之爲絳州刺史，遂占籍絳州（今山西新絳）。以蔭調補冀州衡水主簿，因受誣構，拂衣去官。居家十五年，復補文安縣尉。玄宗天寶元年卒於官，享年五十五。事迹據靳能《唐故文安郡文安縣太原王府君墓誌銘並序》，《唐才子傳校箋》卷三。

王之渙作品一首，據康熙本《古今詞話》録存，參校沈本《國秀集》、宋本《文苑英華》、嘉靖本《萬首唐人絶句》。

梁州歌

黄河遠上白雲間，一片孤城萬仞山〔一〕。羌笛何須怨楊柳，春風不渡玉門關〔二〕。　康熙本《古今詞話·詞話》上卷引《樂府衍義》

〔一〕黄河遠上二句：《國秀集》卷下、《文苑英華》卷二九九作「一片孤城萬仞山，黄河直上白雲間」。

〔二〕春風：《國秀集》、《文苑英華》、《萬首唐人絶句》卷八作「春光」。

【考辨】

此首本絶句詩，《國秀集》卷下、《萬首唐人絶句》卷八題作《凉州詞》，《文苑英華》卷二九九題作《凉州》。後入樂爲《梁州歌》。《升庵詩話》卷一云：「唐世樂府，多取當時名人之詩唱之，而音調名題各異。杜公此詩（按指杜甫《贈花卿》），在樂府爲入破第三疊。王維『秦川一半夕陽開』，在樂府名《相府蓮》，訛爲《想夫憐》；『秋風明月獨離居』爲《伊州歌》；岑參『西去輪臺萬里餘』爲《簇拍六州》；盛小叢『雁門山上雁初飛』爲《突厥三臺》；王昌齡『秦時明月漢時關』爲《蓋羅縫》；張仲素『亭亭孤月照行舟』爲《胡渭州》；王之涣『黄河遠上白雲間』爲《梁州歌》；張祜『十指纖纖似笋紅』爲《氐州第一》；苻載『月裏嫦娥不畫眉』爲《甘州歌》；無名氏『十年一遇聖明朝』爲《水調歌》；『雕弓白羽獵初回』爲《水鼓子》，後轉爲《漁家傲》云。其餘有詩而無名氏者尚多，不盡書焉。」《古今詞話·詞話》上卷、《歷代詩餘》卷一一一引《樂府衍義》、《詞苑萃編》卷一引《樂府紀聞》即作《梁州歌》，兹從之録入副編。

崔國輔

崔國輔（生卒年不詳），吴郡（今江蘇蘇州）人，一作山陰（今浙江紹興）人。玄宗開元十四年（七二六)登進士第,任山陰尉,後爲許昌令。入爲左補闕、起居舍人。天寶中,任禮部員外郎、集賢院直學士。坐與王鉷近親,貶竟陵郡司馬。事迹參《唐詩紀事》卷一五、《唐才子傳校箋》卷二。崔國輔作品一首,據明刻本《唐詞紀》録存,參校宋本《樂府詩集》、嘉靖本《萬首唐人絶句》。

採蓮子

玉溆花争發〔一〕,金塘水亂流〔二〕。相逢畏相失,并着採蓮舟。　明刻本《唐詞紀》卷五

〔一〕争:《樂府詩集》卷五〇、《萬首唐人絶句》卷一六作「紅」。

〔二〕亂:《樂府詩集》、《萬首唐人絶句》作「碧」。

【考辨】

此首《唐詞紀》未署作者姓名。《樂府詩集》卷五〇、《萬首唐人絶句》卷一六、《全唐詩》卷一一九俱作崔國輔《採蓮曲》詩。《唐詞紀》收作詞,非。兹入副編並歸崔國輔。

王昌齡

王昌齡(六九〇?——七五六?),字少伯,京兆萬年(今陝西西安)人。玄宗開元十五年(七二七),登進士第,補祕書省校書郎。二十二年(七三四),登博學宏詞科,授汜水尉。二十七年(七三

九），貶嶺南。明年，北歸，任江寧丞。天寶中，貶龍標尉。安史亂時，還鄉里，爲亳州刺史閭丘曉所殺。《舊唐書》卷一九〇下、《新唐書》卷二〇三有傳。另參《唐才子傳校箋》卷二。

王昌齡作品二首，據明刻本《唐詞紀》録存，校以朱本、黄本《王昌齡詩》、活字本《王昌齡集》、宋本《樂府詩集》、嘉靖本《萬首唐人絶句》。

採蓮子

吴姬越豔楚王妃，争弄蓮舟水濕衣〔一〕。來時浦口花迎入，採罷江頭月送歸。

〔一〕舟：朱本、黄本《王昌齡詩》卷下、活字本《王昌齡集》卷下、《萬首唐人絶句》卷一七作「花」。

又

荷葉羅裙一色裁。芙蓉向臉兩邊開。亂入池中看不見，聞歌始覺有人來。　以上二首明刻本《唐詞紀》卷五

【考辨】

以上二首乃詩而非詞。《樂府詩集》卷五〇收入《清商曲辭》類，題作《採蓮曲》，《萬首唐人絶句》卷一七、朱本、黄本《王昌齡詩》、活字本《王昌齡集》亦作《採蓮曲》。《唐詞紀》收作《採蓮子》，非。

李白

李白作品一首，據康熙本《記紅集》録存，參校宋刊本、繆本、王本《李太白文集》、蕭本《分類補注李太白集》、叢刊本《才調集》、影宋本《無名氏詩集》。

秋風清〔一〕

秋風清。秋月明。落葉聚還散，寒鴉棲復驚〔二〕。相思相見知何日，此時此夜難爲情。康熙本《紀紅集》卷一

〔一〕諸本《李太白文集》俱作《三五七言》，《才調集》卷一〇、影宋本《無名氏詩集》作《三五七言詩》。

〔二〕鴉：宋刊本、繆本《李太白文集》作「烏」。

【考辨】

此首《才調集》卷一〇、影宋本《無名氏詩集》録作無名氏詩，《全五代詩》又誤作韋縠詩。《李太白文集》卷二五王琦注云：「《滄浪詩話》以此詩爲隋鄭世翼之詩。《臞仙詩譜》以此篇爲無名氏作，俱誤。」按宋刊本及以後各本《李太白文集》俱録此首，自當爲李白作。又按唐宋人詞籍、樂籍俱未見此調（宋鄧深《大隱居士詩集》卷下有《秋風清》，《全宋詞》三八六九頁則斷爲詩），似非詞作，韋縠

《才調集》題作《三五七言詩》，是韋縠認此首爲詩而非詞。《紀紅集》始以《秋風清》爲調收入，《歷代詩餘》卷二因之。後《詞譜》卷二亦因之收録入譜，並云：「此本《三五七言詩》，後人採入詞中，其平仄不拘。」劉毓盤輯本《李翰林集》亦以詞收録。宋鄧深《秋風清》字數句式用韻與李白此首同，鄧深似是有意依此填之。兹從《紀紅集》、《歷代詩餘》、《詞譜》録入副編。

王維

王維（七〇一——七六一），字摩詰，祖籍太原祁縣，父處廉徙家於蒲，遂爲蒲州（今山西永濟）人。玄宗開元九年（七二一）登進士第。調太樂丞，坐累爲濟州司倉參軍。二十三年，張九齡執政，擢右拾遺。二十五年，遷監察御史。二十八年，以殿中侍御史知南選。天寶元年（七四二）官左補闕。十一載，拜吏部郎中。十四載，遷給事中。次年，安禄山陷長安，維扈從不及，爲亂軍所得，被迫受僞職。肅宗乾元中，責授太子中允，尋遷中書舍人。上元元年（七六〇）轉尚書右丞。次年卒，年六十一。有《王右丞集》十卷。《舊唐書》卷一九〇下、《新唐書》卷二〇二有傳。另參《唐才子傳校箋》卷二。

王維作品二首，分别據萬曆本《花草粹編》、明刻本《唐詞紀》録存，參校元刊本《王右丞集》、叢刊本《才調集》、宋本《文苑英華》、宋本《樂府詩集》、嘉靖本《萬首唐人絶句》、成化本《瀛奎律髓》、内府本《歷代詩餘》、内府本《詞譜》。

一片子

萬曆本《花草粹編》卷一

柳色青山映〔一〕，梨花雪鳥藏〔二〕。緑窗桃李下〔三〕，閒坐歎春芳〔四〕。

〔一〕青山：《王右丞集》卷五、《文苑英華》卷二三四、《瀛奎律髓》卷四七作「春山」。

〔二〕梨花：《瀛奎律髓》作「花明」。《文苑英華》注：「集作『花明』。」雪：《王右丞集》、《文苑英華》、《瀛奎律髓》作「夕」。

〔三〕緑：《王右丞集》、《文苑英華》、《瀛奎律髓》作「北」。

〔四〕歎春芳：《王右丞集》、《文苑英華》、《瀛奎律髓》作「但焚香」。

【考辨】

此首本王維五言律詩《春日上方即事》之下半，見《王右丞集》卷五、《文苑英華》卷二三四、《瀛奎律髓》卷四七。後人截以入樂爲詞。《樂府詩集》卷八〇《近代曲辭》、《萬首唐人絶句》卷二一《樂府詞》録作無名氏。《花草粹編》卷一、《唐詞紀》卷一、《全唐詩》卷八九九、《古今詞話·詞話》上卷、《詞律拾遺》卷一仍之。茲歸王維。

渭城曲〔一〕

明刻本《唐詞

渭城朝雨浥輕塵。客舍青青柳色春〔二〕。勸君更盡一杯酒，西出陽關無故人。

紀》卷六

〔一〕《歷代詩餘》卷一、《詞譜》卷一作《陽關曲》。《王右丞集》卷五、《才調集》卷一、《文苑英華》卷二九九、《萬首唐人絶句》卷四題作《送元二使安西》。

〔二〕柳色春：《才調集》作「楊柳春」。《文苑英華》作「柳色新」，注：「集作『春』。」

【考辨】

此首本送人使安西絶句詩，後被於歌。劉禹錫《與歌者何戡》云：「舊人唯有何戡在，更與慇懃唱渭城。」是中唐時已被樂歌唱。《樂府詩集》收入《近代曲辭》類，《唐詞紀》、《歷代詩餘》、《詞譜》亦收録。兹從之録入。

岑參

岑參（七一五？——七七〇），荆州江陵（今屬湖北）人，郡望南陽。玄宗天寶三載（七四四），登進士第，授右内率府兵曹參軍。八載，赴安西入節度使高仙芝幕掌書記。十載，回長安。十三載，遷大理評事兼監察御史，充安西北庭節度判官。肅宗至德元載（七五六），領伊西北庭支度副使。次年，以杜甫等舉薦入朝爲右補闕。乾元二年（七五九），轉起居舍人，尋出爲虢州長史。代宗寶應元年（七六二），改太子中允，兼殿中侍御史，充關西節度判官。次年入朝供職。永泰元年（七六五），出爲嘉州刺史。世稱岑嘉州。大曆四年末或五年初，卒於成都旅舍。著有《岑嘉州集》。事迹據杜確《岑嘉州詩集序》、《岑參集校注》附《岑參年譜》、《唐才子傳校箋》卷三。岑參作品二首，分别據明刻本《唐詞紀》、康熙本《古今詞話》録存，參校宋刊本《岑嘉州詩》、活字本《岑嘉州集》、宋本《文苑英華》、宋本《樂府詩集》、嘉靖本《萬首唐人絶句》。

長命女

雪送關西雨，風傳渭北秋〔一〕。孤燈然客夢，寒杵搗鄉愁。　明刻本《唐詞紀》卷七

〔一〕北：《文苑英華》卷二三一作「水」，注：「集作『北』。」

【考辨】

此首本岑參五言律詩《宿關西客舍寄東山嚴許二山人時天寶初七月三日在學見有高道舉徵》之上半，見《文苑英華》卷二三一、《岑嘉州詩》卷三、《岑嘉州集》卷六。後人截以入樂爲詞。《樂府詩集》卷八〇《近代曲辭》、《萬首唐人絶句》卷二一《樂府辭》、《唐詞紀》卷七録作無名氏。兹歸岑參。

六州歌頭〔一〕

西去輪臺萬里餘〔二〕。也知音信日應疏〔三〕。隴山鸚鵡能言語，爲報家人數寄書〔四〕。　康熙本《古今詞話·詞話》上卷引《樂府衍義》

〔一〕《樂府詩集》卷七九作《簇拍陸州》。《萬首唐人絶句》卷五八作《簇拍睦州》。案「睦」當爲「陸」字之訛。《升庵詩話》卷四：「伊州、渭州、梁州、氐州、甘州、凉州，謂之六州。」

〔二〕去：《岑嘉州詩》卷七、《岑嘉州集》卷八、《萬首唐人絶句》卷一八作「向」。

〔三〕也知音信：《樂府詩集》作「故鄉音耗」。

〔四〕家：《樂府詩集》作「閨」。

【考辨】

此首本絶句詩。《岑嘉州詩》、《岑嘉州集》、《萬首唐人絶句》卷一八題作《赴北庭度隴思家》。乃後人入樂爲詞。《樂府詩集》卷七九《近代曲辭》、《萬首唐人絶句》卷五八《樂府辭》録作無名氏。兹歸岑參。《古今詞話》引《樂府衍義》、《詞苑萃編》卷一引《樂府紀聞》謂是《六州歌頭》詞，故從之録入副編。

李康成

李康成(生卒年里不詳)，天寶間曾編選《玉臺後集》十卷，録沈、宋、王、楊、盧、駱而下二百九人、詩六百七十首(今佚)。大曆中，劉長卿有《嚴陵釣臺送李康成赴江東使》詩。事迹據袁本《郡齋讀書志》卷四下、《文獻通考》卷二四八《經籍考》、《劉隨州集》卷三。

李康成作品一首，據乾隆本《唐詩箋要》録存，參校宋本《文苑英華》。

採蓮曲

乾隆本《唐詩箋要》後集卷八附詞

采蓮去。月没春江曙。翠鈿紅袖水中央〔一〕。青荷蓮子雜衣香。雲起風生歸路長。歸路長。那得久。急回船〔二〕，兩摇手。

〔一〕鈿：《文苑英華》卷二〇八作「釵」，注：「一作『鈿』。」

〔二〕急：《文苑英華》作「各」。

【考辨】此首本樂府詩。《文苑英華》卷二〇八《樂府》類録作《採蓮》，《詩淵》二五五八頁亦題作《採蓮》。《全唐詩》卷二〇三亦作《采蓮曲》詩。《唐詩箋要》後集卷八録作詞，非。兹入副編。

元結

元結（七一九——七七二），字次山，自號元子、漫叟，河南魯山（今屬河南）人。玄宗天寶十三年（七五四）登進士第。肅宗乾元二年（七五九），擢右金吾兵曹。旋以監察御史充山南東道節度使參謀。代宗廣德元年（七六三）任道州刺史。大曆三年（七六八），遷容管經略使。四年，拜左金吾衛將軍，并御史中丞，管使如故。七年，應詔回長安，病卒於旅舍，年五十四。有《元次山集》十卷。

《新唐書》卷一四三有傳。另參《顔魯公文集》卷五《元君表墓碑銘》、孫望《元次山年譜》。元結作品五首，據明刻本《唐詞紀》録存，參校明刊本《元次山文集》、宋本《樂府詩集》、嘉靖本《萬首唐人絶句》。

欸乃曲

大曆丁未中，漫叟以軍事詣都，使還州，逢春水，舟行不進，作《欸乃》五曲，舟子唱之，蓋欲取適於道路耳。詞曰〔一〕

獨存名跡在人間〔二〕。順俗與時未安閑。來謁大官兼問政，扁舟却入九疑山。

〔一〕原無此序，據《元次山文集》卷四補。《樂府詩集》卷八二亦有此序，然「丁未中」作「初」，「漫叟」作「結爲道州刺史」，「欸乃五曲」作「欸乃曲」，「舟子」作「令舟子」，「蓋欲」作「以」。

〔二〕獨：《元次山文集》作「偶」，《樂府詩集》作「偏」。

又

湘江二月春水平。滿月和風宜夜行。唱橈欲過平陽戍，守吏相呼問姓名。

又

千里楓林煙雨深。無朝無暮有猿吟。停橈靜聽曲中意，好是雲山韶濩音。

又

零陵郡北湘水東。浯溪形勝滿湘中。溪口石顛堪自逸，誰人能伴作漁翁〔一〕。

〔一〕人能伴：《元次山文集》、《樂府詩集》、《萬首唐人絶句》作「能相伴」。

又

下瀧船似入深淵。上瀧船似欲升天。瀧南始到九疑郡，應絶高人乘興船。以上五首明刻本《唐詞紀》卷七

【考辨】

《欸乃曲》始於元結此作，當時是否爲詞調，難以確考。《樂府詩集》收入《近代曲辭》類，《唐詞紀》始收作詞，《嘯餘譜》卷一、《詞律》卷一、《詞譜》卷一、《歷代詩餘》卷一、《全唐詩》卷八九〇等俱因之作詞。宋蒲壽宬有《欸乃詞》，然爲長短句式（見《心泉學詩稿》卷六、《全宋詞》三三〇三頁），與此齊

言體不同。兹入副編。

張繼

張繼（？——七七九？），字懿孫，襄州（今湖北襄樊）人，郡望南陽（今屬河南）。玄宗天寶十二載（七五三）登進士第。代宗大曆初，以檢校祠部員外郎出任轉運使判官，分掌財賦於洪州。約卒於大曆末年。事迹據《唐代詩人叢考·張繼考》、《唐才子傳校箋》卷三。

張繼作品一首，據明刻本《唐詞紀》録存，參校宋本《樂府詩集》、康熙本《全唐詩》。

長相思

遼陽望河縣，白首無由見。海上珊瑚枝，年年寄春燕。《唐詞紀》卷八

【考辨】此首本樂府詩，《樂府詩集》卷六九收入《雜曲歌辭》類。《唐詞紀》收作詞，非。兹入副編。

張潮

張潮（生卒年不詳），一作張朝。潤州丹陽（今屬江蘇）人。大曆時處士。事迹據《新唐書》卷六

○《藝文志》之《包融詩》注、《唐詩紀事》卷二七。

張潮作品一首，據明刻本《唐詞紀》録存，參校宋本《文苑英華》、鈔本《詩淵》、康熙本《全唐詩》。

採蓮子

朝出沙頭日正紅，晚來雲起半江中。賴逢鄰女曾相識，併着蓮舟不畏風。　明刻本《唐詞紀》卷五

【考辨】

此首原爲絶句體樂府詩。《文苑英華》卷二〇八《樂府》、《詩淵》二五五九頁題作《採蓮》，《全唐詩》卷一一四題作《採蓮詞》。《唐詞紀》收作《採蓮子》詞，非。姑入副編。

韓翃

韓翃（生卒年不詳），字君平，南陽（今屬河南）人。玄宗天寶十三載（七五四）進士及第。肅宗寶應元年（七六二）爲淄青節度使侯希逸從事、檢校金部員外郎。代宗永泰元年（七六五）侯希逸爲部將所逐，翃隨之返長安，閑居十年。代宗大曆九年（七七四）爲汴州節度使田神玉從事。十四年（七七九）李希烈以汴將逐其主帥，翃遂佐希烈。後李勉入汴，翃復入其幕。德宗建中元年（七八〇），除駕部郎中知制誥。官至中書舍人。約卒於德宗貞元初。原有《韓翃詩集》五卷，今傳《韓君

平集》三卷。《新唐書》卷二〇三有傳。另參《唐詩紀事》卷三〇、《唐才子傳校箋》卷四。韓翃作品一首，據萬曆本《花草粹編》録存，參校津逮本《本事詩》、談本《太平廣記》、洪本《唐詩紀事》、宋本《全芳備祖》。

章臺柳

寄柳氏

章臺柳。章臺柳。往日依依今在否〔一〕。縱使長條似舊垂〔二〕，亦應攀折他人手〔三〕。　萬曆本《花草粹編》卷一

〔一〕往日依依：《太平廣記》卷四八五引《柳氏傳》作「昔日青青」。《全芳備祖》後集卷一七作「往日青青」。《唐詩紀事》卷三〇作「顏色青青」。

〔二〕使：《全芳備祖》作「有」。　垂：《全芳備祖》作「時」。

〔三〕亦：《唐詩紀事》作「也」。

【本事】

天寶中，昌黎韓翊（應作翃，下同）有詩名，性頗落拓，羈滯貧甚。有李生者，與翊友善，家累千金，負氣愛才。其幸姬曰柳氏，豔絶一時，喜談謔，善謳詠。李生居之别第，與翊爲宴歌之地，而館翊於其側。翊素知名，其所候問，皆當時之彦。柳氏自門窺之，謂其侍者曰：「韓夫子豈長貧者乎？」遂屬

意焉。（中略）天寶末，盜覆二京，士女奔駭。柳氏以豔獨異，且懼不免，乃剪髮毁形，寄迹法靈寺。是時侯希逸自平盧節度淄青，素藉翊名，請爲書記。洎宣皇帝以神武返正，翊乃遣使間行，求柳氏，以練囊盛麩金，題之曰（略）。柳氏捧金嗚咽，左右悽憫。答之曰（下略）。（《太平廣記》卷四八五引許堯佐《柳氏傳》）

韓翃少負才名，天寶末，舉進士。孤負静默，所與遊皆當時名士。然而華門圭竇，室唯四壁。鄰有李將（失名）妓柳氏。李每至，必邀韓同飲。韓以李豁落大丈夫，故常不逆。既久愈狎。柳每以暇日隙壁窺韓所居，即蕭然葭艾，聞客至，必名人，因乘間語李曰：「韓秀才窮甚矣，然所與遊必聞名人，是必不久貧賤，宜假借之。」李深領之。間一日，具饌邀韓，酒酣，謂韓曰：「秀才當今名士，柳氏當今名色，以名色配名士，不亦可乎？」遂命柳從坐接韓。韓殊不意，懇辭不敢當。李曰：「大丈夫相遇杯酒間，一言道合，尚相許以死，況一婦人，何足辭也。」卒授之，不可拒。又謂韓曰：「夫子居貧，無以自振，柳資數百萬，可以取濟。柳，淑人也，宜事夫子，能盡其操。」即長揖而去。韓追讓之，顧悦然自疑曰：「此豪達者，昨暮備言之矣，勿復致訝。」俄就柳居。來歲成名。後數年，淄青節度使侯希逸奏爲從事。以世方擾，不敢以柳自隨，置之都下，期至而迓之。連三歲，不果迓，因以良金買練囊中寄之，題詩曰（略）。柳復書，答詩曰（下略）。（《本事詩・情感第一》）

【考辨】

此首本長短句詩。始見於唐許堯佐《柳氏傳》，原無調、題，僅謂「題之」、「答之」。《本事詩》所載，亦僅謂韓翃「題詩曰」，柳氏「答詩曰」。《唐詩紀事》卷三〇亦謂韓翃「寄詩曰」，柳氏「答曰」。是唐宋人皆認其爲詩。《花草粹編》始以首句爲調名收作詞，《唐詞紀》卷一一、《詞綜》卷一、《詞鵠初編》卷一、《全唐詩》卷八九〇、《歷代詩餘》卷一、《詞譜》卷一、《詞律》卷一仍之。胡震亨《唐音癸籤》卷一三亦以之爲曲名，並謂韓翃「題此詞爲寄」，「柳亦和其詞酬」。按唐宋載籍既明謂是詩，又無此調、此篇入樂歌唱之記載，顯非詞。乃明人所認定。《詞律》卷一《目次》亦云：「此本長短句詩，後人採入詞譜。」兹入副編。

柳氏

柳氏（生卒年里不詳），原爲李某寵姬，後歸韓翃。安史亂起，落髮爲尼，寄居法靈寺。不久爲沙吒利所劫，寵之專房。後復歸韓翃。事迹據《太平廣記》卷四八五引許堯佐《柳氏傳》、《本事詩·情感第一》、《唐詩紀事》卷三〇。

柳氏作品一首，據萬曆本《花草粹編》録存，參校津逮本《本事詩》、談本《太平廣記》、洪本《唐詩紀事》、宋本《全芳備祖》。

章臺柳

答韓員外

楊柳枝，芳菲節。可恨年年贈離別〔一〕。一葉隨風忽報秋，縱使君來豈堪折。　萬曆本《花草粹編》卷一

〔一〕可：《太平廣記》卷四八五《柳氏傳》、《全芳備祖》後集卷一七作「所」。

【考辨】

此首本長短句詩，詳前韓翃《章臺柳》本事及考辨。

顧況

顧況（七二七？——八二〇？），字逋翁，號華陽山人，蘇州（今屬江蘇）人。肅宗至德二載（七五七）登進士第。代宗大曆間，任温州永嘉監鹽官。德宗建中元年（七八〇）任浙江東西觀察使韓滉判官。貞元初，任校書郎，旋遷著作郎。五年（七八九）貶饒州司户。九年去官隱居茅山，受道籙。憲宗元和末卒。原有《顧況集》二十卷，今存四卷。《舊唐書》卷一三〇有傳。另參《唐詩紀事》卷二八、《歷代名畫記》卷一〇、《唐才子傳校箋》卷三。

顧况作品二首，據叢刊本《樂府雅詞》録存一首，參校聚珍本《能改齋漫録》、丁本《艇齋詩話》、稗海本《野客叢書》。另據宋本《樂府詩集》録一首，參校影宋本《華陽真逸詩》、活字本《顧况集》、席本《顧逋翁詩集》、嘉靖本《萬首唐人絶句》。

漁父詞

新婦磯邊月明。女兒浦口潮平。沙頭鷺宿魚驚。　叢刊本《樂府雅詞》卷中徐俯《鷓鴣天》原注

【考辨】

此首《樂府雅詞》卷中徐俯《鷓鴣天》（七澤三湘碧草連）原注謂是《漁父詞》，《能改齋漫録》卷一六引文同。《野客叢書》卷二一只引前二句，亦作《漁父詞》，《全唐詩》卷二六七因之。曾季貍《艇齋詩話》則謂「此三句本顧况《夜泊江浦》六言」詩，未詳孰是。《詞譜》卷一據《樂府雅詞》注録入而改作《漁父引》，非。此與正編所録李夢符《漁父引》七言四句體不同。兹從《樂府雅詞》録入副編備考。

竹枝〔一〕

帝子蒼梧不復歸。洞庭葉下荆雲飛。巴人夜唱竹枝後，腸斷曉猿聲漸稀。　宋本《樂府詩集》卷八一

〔一〕《華陽真逸詩》卷下、《顧況集》卷下作《竹枝詞》。《顧逋翁詩集》卷四、《萬首唐人絶句》作《竹枝曲》。

【考辨】

此首唐宋詞籍未見載録，屬詩屬詞，難以判定。兹入副編。

陳羽

陳羽（七三三？——？）江東人。德宗貞元八年（七九二）登進士第。後曾任東宫衛佐。有《陳羽集》一卷。事迹據《直齋書録解題》卷一九、《唐才子傳校箋》卷五。

陳羽作品二首，據明刻本《唐詞紀》録存，參校宋本《文苑英華》、宋本《樂府詩集》、嘉靖本《萬首唐人絶句》。

步虚詞

漢武清齋讀鼎書。内官扶上紫雲車〔一〕。壇上月明宫殿閉，仰看星斗禮空虚。

〔一〕内：《文苑英華》卷一九三作「太」。

又

樓殿層層阿母家。崑崙山頂住紅霞〔一〕。笙歌出見穆天子，相引笑看琪樹花。以上二首明刻本《唐詞紀》卷一五

〔一〕住：《文苑英華》作「駐」。

【考辨】

《步虚詞》，「道家曲也。備言衆仙縹緲輕舉之美」（《樂府古題要解》）。唐代及唐前的《步虚詞》多配樂歌唱，然體製長短不一，北周庾信所作十首爲五言十二句，唐人所作或爲五古，或爲五律，或爲七古、或爲七絶。《樂府詩集》卷七八收入《雜曲歌辭》類，《文苑英華》卷一九三編入《樂府》類，可知唐代《步虚詞》屬樂府詩而非曲子詞。此二首及後蘇郁一首、劉禹錫二首、施肩吾一首、高駢一首、司空圖一首，因《唐詞紀》收録，兹入副編。

劉長卿

劉長卿作品一首，據内府本《詞譜》録存，參校明本《劉隨州文集》、活字本《劉隨州集》。

秋風清

新安路。人來去。早潮復晚潮，明日知何處。潮水無情亦解歸，自憐長在新安住。《詞譜》卷二

【考辨】此首本長短句詩。明本《劉隨州文集》卷一〇、活字本《劉隨州集》卷三題作《新安送陸灃歸江陰》。《詞譜》以其字句偶與李白《秋風清》合而收作詞，非。茲入副編。

韋應物

韋應物作品一首，據康熙本《古今詞話》録存，參校活字本《韋蘇州集》、宋本《樂府詩集》、嘉靖本《萬首唐人絶句》。

三臺令〔一〕

不寐倦長更，披衣出户行。月寒秋竹冷，風切夜窗聲。康熙本《古今詞話・詞話》上卷

〔一〕《韋蘇州集》卷一〇、《樂府詩集》卷七五、《萬首唐人絶句》卷七作《上皇三臺》。

【考辨】

此首始見於《樂府詩集》，無撰人姓氏。活字本《韋蘇州集》、《萬首唐人絶句》、《全唐詩》卷二六、卷一九五俱屬韋應物。沈雄《古今詞話》之《詞話》上卷、《詞辨》上卷則謂「傳是李後主」詞，王國維輯本《南唐二主詞》因之收録。王仲聞《南唐二主詞校訂》斷爲唐無名氏作，依據是明本《韋江州集》、毛氏汲古閣本《韋蘇州集》未載，「殆以《樂府詩集》此首前爲韋應物《三臺》兩首，洪邁遂誤以爲韋作」。案《樂府詩集》此首後尚有無名氏《突厥三臺》一首，洪邁《萬首唐人絶句》並未録作韋應物而歸無名氏。此首洪邁録歸韋應物，當别有所本。楊慎《升庵詩話》卷九謂「韋應物集有《上皇三臺》，當即此首」。《全唐詩》卷二六、卷一九五亦俱屬韋應物，姑從之。《古今詞話》謂「傳是李後主」作，不足據。又此首與《尊前集》所載韋應物同調六言體不同，《全唐詩》卷二六亦收作樂府詩，故入副編。

張薦

張薦（七四四——八〇四），字孝舉，深州陸澤（今河北深縣）人，家於邗溝（今江蘇揚州），後寓居江左。代宗大曆中，朝廷徵爲左右御率府兵曹參軍，以母疾未就。服除，召充史館修撰，以勞授陽翟尉。德宗興元元年（七八四），拜左拾遺。次年，爲太常博士。興元四年（七八八），轉殿中侍御史。後遷工部員外郎，轉本司郎中。十一年，拜諫議大夫，改祕書少監，同年轉祕書監。二十年六月，遷工部侍郎，兼御史大夫，充入吐蕃弔祭使。七月，病卒於道中。著有《靈怪集》等。《舊唐書》卷一四九、《新唐書》卷一六一有傳。另參《權載之文集》卷二二《張公墓誌銘並序》、《唐詩紀事》卷三一。

張薦作品一首，從明刻本《詞品》録存（原屬王麗真），參校談本《太平廣記》。

字字雙

牀頭錦衾斑復斑。架上朱衣殷復殷。空庭明月閒復閒〔一〕，夜長路遠山復山。明刻本《詞品》卷二

〔一〕明：《太平廣記》卷三三〇《中官》引《靈怪集》作「朗」。

【本事】

有中官行，宿于官坡館。脱絳裳，覆錦衣，燈下寢。忽見一童子，捧一樽酒。衝扉而入，續有三人至焉，皆古衣冠。相謂云：「崔常侍來何遲？」俄復有一人續至，悽悽然有離别之意。蓋崔常侍也。及至舉酒，賦詩聯句，末即崔常侍之詞也。中官將起，四人相顧，哀嘯而去，如風雨之聲。及視其户，扃閉如舊，但見酒樽及詩在。中官異之。旦館吏云：「里人有會者，失其酒樽。」中官出示之，乃里人所失者。聯句歌曰（略）。（《太平廣記》卷三三〇《中官》引《靈怪集》）

【考辨】

此首《詞品》卷二作女郎王麗真《字字雙》詞。案此首始見於《太平廣記》卷三三〇引張薦《靈怪集》，

原爲崔常侍等四鬼聯句詩，無調亦無題，與王麗真無涉。《全唐詩》卷八六六即收作崔常侍《官坡館聯句》詩。楊慎《詞品》始謂是王麗真《字字雙》詞，其後《花草粹編》卷一、《詞的》卷一、《唐詞紀》卷六、《古今詞統》卷一、《詞綜》卷一、《詞鵠初編》卷一、《全唐詩》卷八九九、《歷代詩餘》卷一、沈雄《古今詞話·詞辨》上卷、《詞律》卷一、《詞譜》卷一等俱因之，非。明梅鼎祚《才鬼記》卷三《崔常侍聯句》注云：「《升庵詞話》以此聯句作女郎王麗真詞，名《字字雙》，誤。麗真遇曾季衡（案參後裴鉶《失調名》本事），自有詩。《花草粹編》亦誤。」又按此首實爲張薦所擬作依托，兹入副編並歸張薦。

于鵠

于鵠（生卒年里不詳），大曆、貞元間詩人。曾佐荆南節度幕，隱居漢陽。與張籍友善。張籍有《哭于鵠》詩。事迹據《唐詩紀事》卷二九、《唐才子傳校箋》卷四。

于鵠作品一首，據内府本《詞譜》録存，參校席本《于鵠詩集》、毛本《御覽詩》、江户本《又玄集》、稗海本《雲溪友議》、洪本《唐詩紀事》、宋本《樂府詩集》、嘉靖本《萬首唐人絶句》。

囉嗊曲

内府

閒向江頭採白蘋〔一〕。常隨女伴賽江神〔二〕。衆中不敢分明語〔三〕，暗擲金錢卜遠人。

本《詞譜》卷一

〔一〕 閒：《御覽詩》、《又玄集》卷中、《唐詩紀事》卷二九、《樂府詩集》卷二六作「偶」。《萬首唐人絶句》卷三六作「悶」。　頭：《于鵠詩集》、《御覽詩》、《又玄集》、《唐詩紀事》、《樂府詩集》作「邊」。

〔二〕 常：《于鵠詩集》作「還」。

〔三〕 不敢：《御覽詩》作「不得」，《萬首唐人絶句》作「羞不」。

【考辨】

此首乃詩而非詞。始見於令狐楚《御覽詩》，題爲《江南意》，《于鵠詩集》、《萬首唐人絶句》卷三六仍之。韋莊《又玄集》卷中題作《江南曲》，《唐詩紀事》卷二九、《樂府詩集》卷二六、《全唐詩》卷一九、卷三一〇因之。以上各集皆作于鵠詩。《雲溪友議》卷九載劉采春所唱《望夫歌》（即《囉嗊曲》）數首中有此篇，《詞譜》遂據之録作劉采春詞，並注云：「此本七言絶句，因亦名《囉嗊曲》，故並列之。」案，劉采春採于鵠此詩入樂，歌之以「囉嗊之曲」，並非劉氏自作，《詞譜》不辨而題劉氏作，誤。兹歸于鵠，並入副編。

戎昱

戎昱（生卒年不詳），荆南（今湖北江陵）人。肅宗上元中在長安，寶應中過滑州、洛陽。代宗大曆初爲荆南節度從事。後入湖南觀察使幕，轉桂州觀察使幕。德宗建中末，爲辰州刺史。貞元中，爲虔州刺史。事迹據《唐詩紀事》卷二八、《唐代詩人叢考·戎昱考》、《唐才子傳校箋》卷三。戎昱作品一首，據明刻本《唐詞紀》録存，參校宋本《樂府詩集》、洪本《唐詩紀事》、嘉靖本《萬首唐人絶句》、鈔本《詩淵》。

採蓮子

涔陽女兒花滿頭。毵毵同泛木蘭舟。秋風日暮南湖裏，争唱菱歌不肯休。　明刻本《唐詞紀》卷五

【考辨】此首原爲絶句體樂府詩，《樂府詩集》卷五〇、《唐詩紀事》卷二八、《萬首唐人絶句》卷一七、《詩淵》二五六〇頁俱題作《採蓮曲》。《唐詞紀》收作《採蓮子》詞，非。姑入副編。

李端

李端（生卒年不詳），字正己，趙郡（今河北趙縣）人。代宗大曆五年（七七〇）登進士第，授秘書省校書郎。德宗初，移疾江南，授杭州司馬。約卒於貞元三年（七八七）前。有《李端集》四卷。事迹據姚合《又玄集》卷上、《舊唐書》卷一六三《李虞仲傳》、《唐才子傳校箋》卷四。

李端作品一首，據内府本《詞譜》録存，參校宋刊本《李端詩集》、活字本《李端集》、宋本《樂府詩集》、嘉靖本《萬首唐人絶句》、康熙本《全唐詩》。

拜新月

開簾見新月，便即下階拜。細語人不聞，北風吹裙帶。　内府本《詞譜》卷一

【考辨】

此首《全唐詩》卷二六九屬耿湋，注：「一作李端詩。」卷二八六又收作李端詩，注：「一作耿湋詩。」案，《樂府詩集》卷八二、《萬首唐人絶句》卷一一、《唐詩品彙》卷四二俱屬李端，宋刊本《李端詩集》卷下、活字本《李端集》卷四亦收入。而宋刊本、活字本《耿湋集》、明刊本《耿湋詩集》、席本《耿拾遺詩集》則未收，應爲李端作。又此調見《教坊記》和《雲謡集雜曲子》，然此首與《雲謡集雜曲子》之同調長短句體雙調不同。《詞譜》已收作詞，兹從之録入副編。

蘇郁

蘇郁（生卒年里不詳），貞元、元和間詩人。《詩人主客圖》列爲清奇雅正主李益之「上入室」。事迹據《詩人主客圖》、《唐詩紀事》卷四五。

蘇郁作品一首，據明刻本《唐詞紀》録存，參校丁本《詩人主客圖》、洪本《唐詩紀事》。

步虚詞

十二樓藏玉堞中。鳳凰雙宿碧梧桐〔一〕。流霞淺酌留君醉〔二〕，今夜吹簫第幾重〔三〕。　明刻本《唐詞紀》卷一五

〔一〕梧桐：《詩人主客圖》、《唐詩紀事》卷四五作「芙蓉」。

〔二〕留君：《詩人主客圖》、《唐詩紀事》作「誰同」。

〔三〕吹簫：《詩人主客圖》、《唐詩紀事》作「笙歌」。

楊巨源

楊巨源（七五五——八三三？），字景山，河中（今山西永濟縣西）人。德宗貞元五年（七八九）進士。憲宗元和六年（八一一），以監察御史爲河中節度使張弘靖從事。九年（八一四），入朝任秘書郎。後遷太常博士、虞部員外郎，出爲鳳翔少尹。穆宗長慶初，任國子司業。長慶四年（八二四），爲河中少尹。約卒於大和七年（八三三）。有《楊少尹詩集》。事迹據《唐才子傳校箋》卷五。

楊巨源作品一首，據明刻本《唐詞紀》録存，參校席本《楊少尹詩集》、毛本《御覽詩》、稗海本《雲

溪友議》、洪本《唐詩紀事》、月窗本《詩話總龜》、嘉靖本《萬首唐人絶句》、宋本《全芳備祖》、元本《新編古今事文類聚》。

楊柳枝

水邊楊柳麴塵絲〔一〕。立馬憑君剪一枝〔二〕。惟有春風最相惜〔三〕，殷勤更向手中吹〔四〕。

明刻本《唐詞紀》卷一

〔一〕水：《全芳備祖》後集卷一七作「江」。　麴塵：《楊少尹詩集》注：「一作『緑煙』。」

〔二〕憑君剪：《楊少尹詩集》作「煩君折」。

〔三〕惟有：《新編古今事文類聚》後集卷二三作「雖有」。《全芳備祖》作「雖是」。　相：《楊少尹詩集》、《詩話總龜》前集卷二〇、《全芳備祖》作「應」。

〔四〕更：《全芳備祖》作「惟」。

【考辨】

此首本絶句詩。令狐楚《御覽詩》題作《折楊柳》，《萬首唐人絶句》卷八題作《和練秀才楊柳》。《楊少尹詩集》題作《折楊柳》，注：「一作《和練秀才折楊柳》。」後被入樂歌唱。范攄《雲溪友議》卷一〇、《唐詩紀事》卷四九載周德華所唱七八篇《楊柳枝》詞，其中即有此首。《新編古今事文類聚》後集卷二三、《唐詞紀》卷一因之作《楊柳枝》，《古今詞統》卷二則作《柳枝》。案，《唐詩品彙》卷五二、《全唐詩》卷三三三皆注謂此首「一作戴叔倫詩」，未詳何據。前引諸書及《苕溪漁隱叢話》後集卷一二、《全芳備祖》後集卷一七《詩淵》一一三九頁俱屬楊巨源，而宋刊本《戴叔倫集》、席本《戴叔倫詩集》俱未收，應屬楊巨源作。

符載

符載（七六〇——？），字厚之，自稱廬山山人。郡望武都（今屬甘肅），家於蜀郡（今四川成都）。德宗建中初，隱居廬山。貞元中，李巽爲江西觀察使，薦其材，授奉禮郎爲南昌軍副使。繼辟西川節度使韋皋掌書記，澤潞郄士美參謀。歷協律郎、監察御史。元和中卒，段文昌誌其墓。有集不傳。事迹據《唐詩紀事》卷五一、《郡齋讀書志》卷一八。（符載一作苻載，岑仲勉《跋唐摭言》以爲應作「苻載」）

符載作品一首，據康熙本《古今詞話》録存，參校丁本《升庵詩話》、康熙本《全唐詩》。

甘州歌

月裏嫦娥不畫眉。只將雲霧作羅衣。不知夢逐青鸞去，猶把花枝蓋面歸。　康熙本《古今詞話·詞話》上卷引《樂府衍義》

【考辨】

此首始見《升庵詩話》，卷九録此首後云：「此詩飄飄欲仙，樂府以爲《甘州歌》，而禪宗頌古引之。」卷一又謂：「唐世樂府，多取當時名人之詩唱之，而音調題名各異。」「岑參『西去輪臺萬里餘』爲《簇拍六州》」，「苻載『月裏嫦娥不畫眉』爲《甘州歌》。」審其語意，此首當原爲詩，後入樂爲《甘州歌》，惜原題已無可考。《古今詞話》、《歷代詩餘》卷一一一引《樂府衍義》、《詞苑萃編》卷一引《樂府紀聞》俱作《甘州歌》，《全唐詩》卷四七二所載同。兹入副編。

王建

王建作品二首，據康熙本《古今詞話》録存，參校宋本、席本《王建詩集》、明本《唐王建詩集》、毛本《王建詩》、嘉靖本《萬首唐人絶句》。

江南春

良人早朝夜半起〔一〕，櫻桃如珠露如水。下堂把火送郎歸〔二〕，移枕重眠曉窗裏。　康熙本《古今詞話·詞話》上卷

〔一〕早朝夜半：席本《王建詩集》卷九作「早朝半夜」。《萬首唐人絶句》卷三〇作「朝早半夜」。

〔二〕 歸：席本《王建詩集》、《萬首唐人絶句》作「回」。

【考辨】

此首乃詩而非詞。《萬首唐人絶句》、席本《王建詩集》、《全唐詩》卷三〇一俱題作《春詞》。沈雄《古今詞話》引「錢謙益曰」謂是《江南春詞》，不足據。姑入副編備考。

字字雙

宛宛轉轉勝上紗。紅紅緑緑苑中花。紛紛泊泊夜飛鴉。寂寂寞寞離人家。　康熙本《古今詞話·詞辨》上卷

【考辨】

此首乃詩而非詞。《萬首唐人絶句》卷三〇題作《古謡》。宋本、席本《王建詩集》、明本《唐王建詩集》、毛本《王建詩》卷二俱題作《宛轉詞》。沈雄《古今詞話》謂「諸選」以之爲《字字雙》詞，未詳所據。姑録存備考。

令狐楚

令狐楚（七六六——八三七），字殼士，敦煌（今屬甘肅）人。德宗貞元七年（七九一）登進士第，桂

管觀察使王拱愛其才，聘爲從事。憲宗元和初，拜右拾遺，改太常博士、禮部員外郎，歷官中書舍人、華州刺史。穆宗長慶間，遷太子賓客、分司東都。敬宗即位，爲河南尹、兼御史大夫。文宗大和二年（八二八），徵爲户部尚書，歷官東都留守、河東節度使。七年（八三三），入爲吏部尚書。九年，守尚書左僕射，封彭陽郡開國公。開成二年卒，年七十二。謚文。《舊唐書》卷一七二、《新唐書》卷一六六有傳。另參《唐才子傳校箋》卷五。

令狐楚作品二首，據明刻本《唐詞紀》録存，參校宋本《樂府詩集》。

長相思

君行登隴上，妾夢在閨中。玉箸千行落，銀牀一夕空〔一〕。

〔一〕夕：《樂府詩集》卷六九作「半」。

又

綺席春眠覺，紗窗曉望迷。朦朧殘夢裏，獨自在遼西〔一〕。　以上二首明刻本《唐詞紀》卷一二

〔一〕獨：《樂府詩集》卷六九作「猶」。

【考辨】

以上二首乃詩而非詞。此《長相思》乃樂府古題而非詞調，《樂府詩集》卷六九即收入《雜曲歌辭》類。《全唐詩》卷三三四題作《閨人贈遠》，顯非詞。《唐詞紀》誤收作詞，兹入副編。

李涉

李涉（七六九？——？），自號清溪子，洛陽（今屬河南）人。早歲客居梁園，因避兵亂，與兄李渤卜居廬山白鹿洞。後徙居終南山。憲宗元和初，辟爲陳許節度使從事，入爲太子通事舍人。元和六年（八一一），貶爲峽州司倉參軍。穆宗長慶元年（八二一）遇赦還京任職。敬宗寶曆元年（八二五），由太學博士流康州。後歸洛陽，隱居以終。有《李涉詩集》，不傳。存詩一卷。事迹據《唐詩紀事》卷四六、《唐才子傳校箋》卷五。

李涉作品六首，據叢刊本《才調集》録入四首，校以嘉靖本《萬首唐人絶句》、宋本《樂府詩集》。另據萬曆本《花草粹編》録一首，校以鮑本《鑒誡録》、明刻本《唐詞紀》、康熙本《全唐詩》。又據《全唐詩》録一首。

竹枝詞

荆門灘急水潺潺。兩岸猿啼煙滿山。渡頭年少應官去，月落西陵望不還。

又

巫峽雲開神女祠。緑潭紅樹影參差。不勞戍口初相問〔一〕，無義灘頭剩別離。

〔一〕不勞：《樂府詩集》卷八一作「下牢」。

又

石壁千重樹萬重。白雲斜掩碧芙蓉。昭君溪上年年月，獨自嬋娟色最濃〔一〕。

〔一〕獨自：《萬首唐人絶句》卷二一作「偏照」。

又

十二峯頭月欲低。空澪灘上子規啼〔一〕。孤舟一夜東歸客，泣向春風憶建溪。

以上四首叢刊本《才調集》卷六

〔一〕空澪灘：《樂府詩集》作「空濛江」。《萬首唐人絶句》作「空靈灘」。

楊柳枝〔一〕

錦池江上柳垂橋〔二〕。風引蟬聲送寂寥。不必如絲千萬縷〔三〕，只禁離恨兩三條。　萬曆本《花草粹編》卷一

〔一〕《全唐詩》卷四七七作《柳枝詞》。

〔二〕上：《鑒誡録》卷七作「口」。

〔三〕縷：《鑒誡録》作「樹」。

【考辨】此首原爲詠柳詩，始見於《鑒誡録》卷七，題爲《題錦浦垂柳》。《花草粹編》卷一據之入録而改作《楊柳枝》，《唐詞紀》亦因之，非。茲入副編。

竹枝詞

十二山晴花盡開。楚宮雙闕對銀臺。細腰争舞君沈醉，白日秦兵天下來。　康熙本《全唐詩》卷四七八

【考辨】此首僅見於《全唐詩》，未知原據何書。屬詩屬詞，亦難斷定。茲入副編。

張仲素

張仲素（七六九？——八一九），字繪之，符離（今安徽宿縣）人，郡望河間（今河北任丘）。德宗貞元十四年（七九八）進士，復中博學宏詞科。入佐徐州節度使幕。憲宗元和七年（八一二），由屯田員外郎遷考判官，旋轉禮部員外郎。十一年，改禮部郎中，充翰林學士。十三年（八一八），以司封郎中知制誥。十四年（八一九），遷中書舍人。其年冬卒。事迹據《唐詩紀事》卷四二、《唐才子傳校箋》卷五。

張仲素作品一首，據康熙本《古今詞話》録存，參校宋本《樂府詩集》、嘉靖本《萬首唐人絶句》、內府本《歷代詩餘》、嘉慶本《詞苑萃編》。僞作一首入存目。

胡渭州〔一〕

亭亭孤月照行舟。寂寂長江萬里流〔二〕。鄉國不知何處是，雲山漫漫使人愁〔三〕。　康熙本《古今詞話·詞話》上卷引《樂府衍義》

〔一〕《歷代詩餘》卷一一一引《樂府衍義》、《詞苑萃編》卷一引《樂府紀聞》作《渭州詞》。

〔二〕江：《萬首唐人絶句》卷五八作「河」。

〔三〕 漫漫：《萬首唐人絶句》作「漠漠」。

【考辨】

此首《樂府詩集》卷八〇、《萬首唐人絶句》卷五八俱作無名氏。《升庵詩話》卷一、《古今詞話·詞話》上卷及《歷代詩餘》卷一一一引《樂府衍義》、《詞苑萃編》卷一引《樂府紀聞》俱作張仲素詞。而《唐詩品彙》卷五二、《唐詩解》卷二九屬張祜。《全唐詩》卷二七作無名氏，卷五一一又屬張祜。案宋蜀刻本《張承吉文集》未收此首，《唐詩解》及《全唐詩》乃依《唐詩品彙》。而《唐詩品彙》則出自《樂府詩集》（觀其引《樂府詩集》解題「《樂苑》曰：『《胡渭州》，商調曲也。』」可證）。案《樂府詩集》卷八〇此首前四調爲張祜《上巳樂》，《上巳樂》下依次爲無名氏之《穆護砂》、《思歸樂》二首、《金殿樂》、《胡渭州》二首，而《唐詩品彙》卷四三將《穆護砂》等三調俱收作張祜（《全唐詩》因之，而《張承吉文集》未收），足證《唐詩品彙》是據《樂府詩集》而誤作張祜。兹從《升庵詩話》等歸張仲素。並依符載《甘州歌》之例，録入副編。

存目詞

調　名	首　句	出　處	附　注
憶秦娥	參差竹	《唐詩箋要》後集卷八	宋張先詞。見吴本《張子野詞》、《全宋詞》第七六頁。附録於後。案此存目詞本應列入正編，爲省便附於此。

憶秦娥

參差竹。吹斷相思曲。情不足。西北有樓窮遠目。　憶苕溪，寒影透清玉。秋雁南飛速。菰草緑。應下溪頭沙上宿。

劉禹錫

劉禹錫作品四首，據結一廬本《劉賓客文集》、稗海本《雲溪友議》各録存一首，又據明刻本《唐詞紀》録二首，參校宋本《樂府詩集》、洪本《唐詩紀事》、月窗本《詩話總龜》。

竹枝詞

山上層層桃李花。雲間煙火是人家。銀釧金釵來負水，長刀短笠去燒畬。結一廬本《劉賓客文集》卷二七

【考辨】此首唐宋詞籍未見載録，屬詩屬詞，難以判定。兹入副編。

楊柳枝

春江一曲柳千條。二十年前舊板橋。曾與美人橋上別，恨無消息至今朝〔一〕。稗海本《雲溪友議》卷一〇

〔一〕至：《唐詩紀事》卷四九作「到」。

【考辨】此首《雲溪友議》卷一〇、《唐詩紀事》卷四九、《詩話總龜》前集卷二〇引《古今詩話》謂「劉禹錫尚書」作，劉採春之女周德華演唱。《升庵詩話》卷七亦云：「《麗情集》載湖州妓周德華者，劉采春女也，唱劉禹錫《柳枝詞》云：『春江一曲柳千條（略）。』此詩甚佳，而劉集不載，然此詩隱括白香山古

詩爲一絶，而其妙如此。」《詩藪》内編卷六亦謂「劉采春（應爲周德華）所歌『清江一曲柳千條』，是禹錫詩，楊用修以置神品」。《唐詞紀》卷一一、《古今詞統》卷二、《全唐詩》卷三六五亦因之屬劉禹錫。兹從之。《名媛詩歸》卷一五、《唐詩選脉會通》卷五七作周德華詩，誤，德華乃唱而非作。

步虚詞

阿母種桃雲海際。花落子成二千歲。海風吹折最繁枝，跪捧瓊盤獻天帝。

又

華表千年鶴一歸〔一〕。凝丹爲頂雪爲衣。星星仙語人聽盡，却向五雲翻翅飛。　以上二首明刻本《唐詞紀》卷一五

〔一〕鶴一：《劉賓客文集》卷二六作「一鶴」。

白居易

白居易作品六首，據明刻本《詞品》録存一首、明刻本《唐詞紀》録存四首、康熙本《古今詞話》録存一首，參校宋本《白氏長慶集》、宋本《樂府詩集》、嘉靖本《萬首唐人絶句》。另附録一首於末首

之【考辨】中。

花非花

花非花，霧非霧。夜半來，天明去。來如春夢不多時〔一〕，去似朝雲無覓處。明刻本《詞品》卷一

〔一〕不：《白氏長慶集》卷一二作「幾」。

【考辨】

此首本長短句詩，《白氏長慶集》卷一二編入《歌行曲引雜言》類。楊慎《詞品》以爲是白居易「自度之曲」而認作詞，其後《古今詞統》卷一、《詞的》卷一、《詞鵠初編》卷一、《詞綜》卷一、《全唐詩》卷八九〇、《歷代詩餘》卷一、《詞譜》卷一、《詞律》卷一等俱因之録入。案唐宋樂籍皆無此調，亦無入樂歌唱之記載，《詞譜》、《詞律》、《歷代詩餘》皆謂：「此本長慶集長短句詩，後人採入詞中。」玆入副編。

楊柳枝

兩枝楊柳小樓中。嫋娜多年伴醉翁。明日放歸歸去後，世間應不要春風。

又

前有別楊柳枝，夢得繼和有「春盡絮飛」之句，又復戲答

柳老春深日又斜。任他飛向別人家〔一〕。誰能更學孩童戲，尋逐春風捉柳花。　以上二首明刻本《唐詞紀》卷一

【考辨】

〔一〕飛：《萬首唐人絶句》作「吹」。

以上二首本絶句詩。《白氏長慶集》卷三五、《萬首唐人絶句》卷一六前首題作《别柳枝》、後首題作《前有〈别柳枝〉絶句夢得繼和云春盡絮飛留不得隨風好去落誰家又復戲答》，乃白居易遣妓樊素後作。題中「柳枝」，即指樊素。《唐詞紀》誤以《别柳枝》詩爲《楊柳枝》詞，非。兹入副編。

採蓮子

菱葉縈波荷颭風。荷花深處小船通。逢郎欲語低頭笑，碧玉搔頭落水中。　明刻本《唐詞紀》卷五

【考辨】

此首乃詩而非詞。《白氏長慶集》卷一九編入《律詩》類，《樂府詩集》卷五〇入《清商曲辭》類，俱題《採蓮曲》，原爲樂府古題。《唐詞紀》收作《採蓮子》詞，非。兹入副編。

離別難

緑楊陌上送行人。馬去車回一望塵。不覺別時紅淚盡，歸來無可更霑巾〔一〕。　明刻本《唐詞紀》卷六

〔一〕更：《白氏長慶集》卷三五作「可」，並注「可紇反。」

【考辨】

此首本白居易《聽歌六絶句》之一，見《白氏長慶集》卷三五。非依《離別難》曲調所填之詞，乃聽《離別難》曲後賦所感。《樂府詩集》卷八〇不辨，編入《近代曲辭》類，《唐詞紀》因之收録，兹入副編。

江南春

青門柳枝軟無力。東風吹作黄金色。街前酒薄醉易醒，滿眼春愁消不得。　康熙本《古今詞話·詞話》上卷

【考辨】

此首本絶句詩，《白氏長慶集》卷一八原題作《長安春》，《萬首唐人絶句》卷一三同。沈雄《古今詞話》引「錢謙益曰」是《江南春詞》，不足據。兹入副編。

今人任半塘、王昆吾《隋唐五代燕樂雜言歌辭集》正編五據日本長惠編《魚山私鈔》録有白居易《行香子·清涼山文殊讚》詞。其詞曰：

文殊菩薩，出化清涼。神通力以現他方。真座金毛師子，微放珠光。衆生仰，持寶蓋，絶名香。

我今發願，虔誠歸命，不求富貴，不戀榮華。願當來世，生净土，法王家。願當來世，生净土，法王家。

陳尚君《全唐詩補編·續拾》卷二八所載相同。案，今檢《大正新修大藏經》卷八四《魚山私鈔》，原文僅題「文殊」，題下原注有「清涼山讚」云云，並無《行香子》調名。又案，《行香子》調始見於宋蘇軾詞，《詞譜》卷一四《行香子》調收有八體，字數句式用韻與此首無一相同。此首實非《行香子》詞，乃佛家所唱之偈文。又此讚是否爲白居易作，亦不無疑問，原書所附考訂即謂「若白樂天作」，「時代前後不符合」，「時代相違」。又歷代詞籍未有收録此首者，故附録於此備考。

柳宗元

柳宗元（七七三——八一九），字子厚，祖籍河東（今山西永濟），長於京師長安（今陝西西安）。德宗貞元九年（七九三），登進士第。十二年，登博學宏詞科，爲集賢殿正字。十九年（八〇三），自藍田尉拜監察御史裏行。順宗即位，協助王叔文等進行「永貞革新」。憲宗即位，貶永州司馬。元和十年（八一五），爲柳州刺史。十四年，卒於任所，年四十七。有《柳河東集》。《舊唐書》卷一六〇、《新唐書》卷一六八有傳。另參《唐才子傳校箋》卷五。

柳宗元作品一首，據明刻本《古今詞統》録存，參校元刻本《唐柳先生集》、内府本《歷代詩餘》、嘉慶本《詞苑萃編》。

阿那曲〔一〕

漁翁夜傍西巖宿。曉汲清湘燃楚竹。日高煙煖不見人〔二〕，欸乃一聲山水緑。　明刻本《古今詞統》卷一

〔一〕《歷代詩餘》卷一、卷一一一、《詞苑萃編》卷二〇引《古今詞話》作《欸乃曲》。

〔二〕日高煙煖：《唐柳先生集》卷四三、《歷代詩餘》、《詞苑萃編》作「煙消日出」。

【考辨】

此首本七言六句詩。《唐柳先生集》及其它各本柳宗元集原題作《漁翁》，《古今詞統》删去原詩結尾「迴看天際下中流，巖上無心雲相逐」二句而作《阿那曲》，《歷代詩餘》、《詞苑萃編》亦删此二句作《欸乃曲》。兹入副編。

元稹

元稹（七七九——八三一），字微之，先世屬鮮卑族，世居京兆萬年（今陝西西安）。貞元九年（七九三），以明兩經擢第。元和元年（八〇六），登才識兼茂、明於體用科，除左拾遺。爲執政所忌，出爲河南縣尉，遷監察御史。後貶江陵府士曹參軍。十年，移通州司馬。十四年，自虢州長史入爲膳部員外郎。穆宗長慶元年（八二一），任中書舍人、翰林承旨學士。次年，拜平章事。旋出爲同州刺史，後改越州刺史、浙東觀察使。大和三年（八二九），入爲尚書左丞。次年出爲武昌軍節度使。五年，卒於任所，年五十三。著有《元氏長慶集》。《舊唐書》卷一六六、《新唐書》卷一七四有傳。另參《唐才子傳校箋》卷六。

元稹作品一首，據康熙本《古今詞話》録存，參校叢刊本《才調集》、康熙本《全唐詩》。

櫻桃歌

櫻桃花，一枝兩枝千萬朵。花塼曾立采花人〔一〕，窣破羅裙紅似火。　康熙本《古今詞話·詞話》上卷

〔一〕　采：《才調集》卷五作「摘」。

【考辨】

此首始見《才調集》卷五，題作《櫻桃花》，《全唐詩》卷四二二同。沈雄《古今詞話》云：「《才調集》曰：『元稹歌云（略）。』此亦長短句，比《章臺柳》少疊三字，然不可列於古風也，録之爲《櫻桃歌》。」案《才調集》並無「元稹歌」云云，乃沈氏臆增。此首本長短句詩，既非聲詩，亦非詞。兹入副編。

無名氏

無名氏作品六首，據萬曆本《花草粹編》卷一録存，參校稗海本《雲溪友議》、嘉靖本《萬首唐人絶句》、明刻本《唐詞紀》。

望夫歌 即《囉嗊曲》

不喜秦淮水，生憎江上船。載兒夫婿去，經歲又經年。

又

借問東園柳，枯來得幾年。自無枝葉分，莫怨太陽偏。

又

莫作商人婦，金釵當卜錢。朝朝江口望，錯認幾人船。

又

那年離别日，只道往桐廬〔一〕。桐廬人不見，今得廣州書。

〔一〕往：《萬首唐人絶句》卷一九作「住」。

又

昨日勝今日，今年老去年。黄河清有日，白髮黑無緣。

又

昨夜北風寒〔一〕。牽船浦裏安。潮來打纜斷，摇櫓始知難。

〔一〕北：《雲溪友議》卷九作「黑」。

以上六首萬曆本《花草粹編》卷一

【考辨】

以上六首始見於《雲溪友議》卷九：「《望夫歌》者，即囉嗊之曲也（金陵有囉嗊樓，乃陳後主所建）。采春所唱一百二十首，皆當代才子所作五六七言，皆可和者。其詞曰（略）。采春一唱是曲，閨婦行人莫不漣洏。」是以上諸首乃「當代才子所作」，而由劉采春歌唱。《萬首唐人絶句》卷一九即署「劉采春所唱六首」。《花草粹編》不辨，作劉采春撰，《名媛詩歸》卷一五、《唐詞紀》卷三、卷七、卷一一、《全唐詩》卷八〇二、《歷代詩餘》卷一、《詞譜》卷一、《歷朝名媛詩詞》卷六亦歸劉采春作，非。《詩藪》内編卷六亦謂是「諸名士作，惜其人不可考。今係采春，非也」。又此調爲齊言聲詩，故入副編。

裴夷直

裴夷直（生卒年不詳），字禮卿，吴（今江蘇蘇州）人。郡望河東（今山西永濟）。憲宗元和十年（八一五）進士。穆宗長慶中，爲吏部員外郎。文宗大和八年（八三四），爲宣歙觀察使王質從事。累遷中書舍人。武宗立，出爲杭州刺史。後貶驩州司户參軍。宣宗初内徙，拜江州刺史。入爲兵部侍郎。大中十年（八五六），任蘇州刺史。次年，移華州刺史、潼關防禦、鎮國軍等使。官終散騎常侍。存詩一卷。事迹據《舊唐書》卷一六三《王質傳》、《新唐書》卷一四八《張孝忠傳》附傳、《唐詩紀事》卷五一、《唐才子傳校箋》卷六。

裴夷直作品一首，據嘉靖本《萬首唐人絶句》録入。

楊柳枝

已作緑絲籠曉日，又成飛絮撲晴波。隋家不合栽楊柳，長遣行人春恨多。　嘉靖本《萬首唐人絶句》卷三八

【考辨】

此首唐宋詞籍未見載録，屬詩屬詞，難以判定。茲入副編。

姚合

姚合（七八一？——八四六），吴興（今浙江湖州）人。憲宗元和十一年（八一六）登進士第。歷武功主簿、萬年尉。敬宗寶曆二年（八二六），以監察御史分司東都。文宗大和二年（八二八），入京爲殿中侍御史，充右巡使。歷户部員外郎，金州刺史。入爲刑、户二部郎中。大和八年（八三四），出爲杭州刺史。開成元年（八三六），入朝爲諫議大夫。四年，由給事中出爲陝虢觀察使。會昌末，終秘書監。謚懿。事迹參《舊唐書》卷九六、《新唐書》卷一二四、《郡齋讀書志》卷一八、《唐詩紀事》卷四九、《唐才子傳校箋》卷六、陶敏《全唐詩作者小傳正補》。

姚合作品五首，據明鈔本《姚少監詩集》録入，校以毛本《姚少監詩》、嘉靖本《萬首唐人絶句》。

楊柳枝詞　五首

黄金絲挂粉墻頭。動似狂顛静似愁。遊客見時心自醉，無因得見謝家樓。

又

葉葉如眉翠色濃。黄鶯偏戀語從容。橋邊陌上無人識，雨濕煙和思萬重。

又

江上東西離別饒。舊條折盡折新條。亦知春色人將去，猶勝狂風取次飄。

又

二月楊花觸處飛。悠悠漠漠自東西。謝家詠雪徒相比，吹落庭前便作泥。

又

江亭楊柳折還垂。月照深黄幾樹絲〔一〕。見説隋堤枯已盡，年年行客怪春遲。

明鈔本《姚少

監詩集》卷一〇

〔一〕月照深黄：《萬首唐人絶句》卷二〇作「日照深紅」。

【考辨】

以上五首唐宋詞籍未見著録，屬詩屬詞，難以判定。兹入副編。

存目詞

調名	首句	出處	附注
楊柳枝	勾踐初迎西子年	《升庵詩話》卷一〇	成彦雄詞，見《尊前集》，參正編成詞考辨。

施肩吾

施肩吾（生卒年不詳），字希聖，號華陽真人，睦州（今浙江建德）人。曾居吴興（今浙江湖州）、武進（今屬江蘇），故又稱吴興人或常州武進人。憲宗元和十五年（八二〇）進士。好神仙術，以洪州西山爲十二真君羽化之地，及第後即隱居於此。有集不傳。事迹參《唐摭言》卷八、《唐才子傳箋證》卷六。

施肩吾作品二首，據明刻本《唐詞紀》録存，參校宋本《樂府詩集》、嘉靖本《萬首唐人絶句》。

楊柳枝

傷見路邊楊柳春〔一〕。一重折盡一重新〔二〕。今年還折去年處，不送去年離別人。　明刻本《唐詞紀》卷三

〔一〕邊：《樂府詩集》卷八一作「傍」。

〔二〕一重折：《樂府詩集》作「一枝折」。

【考辨】此首《樂府詩集》卷八一作《楊柳枝》。《萬首唐人絶句》卷三三作《折柳枝》，乃詩而非詞。《唐詞紀》録作《楊柳枝》，注云：「本曰《折楊柳》。」是其所據原亦爲樂府詩。兹入副編。

步虚詞

何人步虚南峰頂。鶴唳九天霜月冷。仙詞偶逐東風來，誤飄數聲落塵境。　明刻本《唐詞紀》卷

一五

【考辨】

此首乃詩而非詞。《萬首唐人絶句》卷三三題作《聞山中步虚聲》。《唐詞紀》以詩題中有「步虚」二字而作《步虚詞》，非。兹入副編。

韓琮

韓琮作品一首，據明刻本《唐詞紀》録存，參校稗海本《雲溪友議》、鮑本《鑒誡録》、藝海本《蜀檮杌》、宋本《樂府詩集》、洪本《唐詩紀事》、月窗本《詩話總龜》。

楊柳枝

梁苑隋堤事已空。萬條猶舞舊春風。那堪更想千年後〔一〕，惟見楊花入漢宮〔二〕。　明刻本《唐詞紀》卷三

〔一〕那堪句：《蜀檮杌》卷上作「何須思想千年後」。

〔二〕惟：《雲溪友議》卷一〇、《鑒誡録》卷七、《樂府詩集》卷八一、《唐詩紀事》卷四九、《詩話總龜》前集卷二〇作「誰」。按當以「誰」爲是。　楊：《詩話總龜》作「飛」。

【考辨】

此首始見於《雲溪友議》卷一〇，内載周德華所唱《楊柳枝》詞七八篇（詳見正編滕邁《楊柳枝》本事引），其中韓琮二首，此首即其一（另一首見正編）。《唐詩紀事》、《詩話總龜》所載與《雲溪友議》相同。《樂府詩集》卷八一亦作《楊柳枝》。《蜀檮杌》卷上載前蜀王衍乾德五年重陽唱此首，作《柳枝詞》，《十國春秋》卷四六《宋光溥傳》因之。然《鑒誡録》卷七引此首作「詠柳詩」。未詳孰是。兹入副編。又《詩話總龜》注云：《鑒誡録》「謂韓琮詩乃韓偓詩」，《唐詩選脉會通》卷五九遂作韓偓詩，非。案，《鑒誡録》僅謂「韓舍人詠柳詩」，未言韓偓作。《詩話總龜》誤以「韓舍人」爲韓偓，不知「韓舍人」乃指韓琮，《唐詩選脉會通》不辨，遂因之而誤。韓偓《玉山樵人集》、《香奩集》亦未收此首。

何希堯

何希堯（生卒年不詳），字唐臣，號常歡喜居士，睦州分水（今浙江桐廬）人。施肩吾之婿。隱居未仕。事迹見《萬曆嚴州府志》卷一五。

何希堯作品一首，據康熙本《唐音統籤》録入。

柳枝詞

大堤楊柳雨沉沉。萬縷千條惹恨深。飛絮滿天人去遠，東風無力繫春心。　康熙本《唐音統

籖》卷八四六

【考辨】此首唐宋詞籍未見載録，屬詩屬詞，難以判定。茲入副編。

朱慶餘

朱慶餘（生卒年不詳），名可久，以字行，越州（今浙江紹興）人。敬宗寶曆二年（八二六）登進士第，授祕書省校書郎。事迹據《雲溪友議》卷一二、《直齋書録解題》卷一九、《唐才子傳校箋》卷六。

朱慶餘作品一首，據明刻本《唐詞紀》録存，參校嘉靖本《萬首唐人絶句》。

採蓮子

隔煙花草遠濛濛。恨箇來時路不同。正是停橈相遇處，鴛鴦飛去急流中〔一〕。　明刻本《唐詞紀》卷五

〔一〕去：《萬首唐人絶句》卷八作「出」。

【考辨】

此首本《採蓮》絶句詩，見《萬首唐人絶句》卷八、《詩淵》二五五八頁、《全唐詩》卷五一五。《唐詞紀》始改以《採蓮子》調收作詞，非。玆入副編。

張祜

張祜（七九二？——八五三？），一作張祐，誤。字承吉，郡望清河（今屬河北），一作南陽（今屬河南鄧縣），寓居姑蘇（今江蘇蘇州）。屢舉不第。令狐楚賞其詩，曾表薦於朝，爲元稹等抑退。與杜牧等友善。著有《張承吉文集》。事跡據《唐才子傳校箋》卷六。

張祜作品四首，據明刻本《唐詞紀》録存三首，明刻本《古今詞統》録存一首，參校宋蜀刻本《張承吉文集》、明刻本《張處士詩集》、席本《張祜詩集》、宋本《樂府詩集》、嘉靖本《萬首唐人絶句》、丁本《升庵詩話》、康熙本《古今詞話》、内府本《歷代詩餘》、嘉慶本《詞苑萃編》。

楊柳枝

莫折宫前楊柳枝。玄宗曾向笛中吹〔一〕。傷心日暮煙霞起，無限春愁生翠眉。　明刻本《唐詞紀》卷二

〔一〕笛中：席本《張祜詩集》卷二注：「一作『玉笛』。」

又

凝碧池邊斂翠眉。景陽樓下綰清絲。那勝妃子朝元閣，玉手和煙弄一枝。　明刻本《唐詞紀》卷四

【考辨】以上二首乃詩而非詞。《張承吉文集》卷四、《張處士詩集》卷四、《張祜詩集》卷二、《萬首唐人絶句》卷四三俱題作《折楊柳枝》。《碧鷄漫志》卷五亦稱此二首爲「張祜《折楊柳枝》兩絶句」。《樂府詩集》卷八一作《楊柳枝》，《唐詞紀》因之收作詞，兹入副編。

夢江南

行吟洞庭句，不見洞庭人。盡日碧江夢，江南紅樹春。　明刻本《唐詞紀》卷三

【考辨】此首本五言絶句詩。此《夢江南》乃詩題而非詞調，見《張承吉文集》卷六、《萬首唐人絶句》卷一六等。《唐詞紀》收作詞，非。兹入副編。

小秦王[一]

十指纖纖玉筍紅。雁行輕度翠弦中[二]。分明自説長城苦[三]，水闊雲寒一夜風[四]。明刻本《古今詞統》卷一

〔一〕《升庵詩話》卷一〇、《古今詞話·詞話》上卷、《歷代詩餘》卷一一一引《樂府衍義》、《詞苑萃編》卷一引《樂府紀聞》作《氏州第一》。

〔二〕度：《張承吉文集》卷五、《張祜詩集》卷二、《萬首唐人絶句》卷四三作「過」。

〔三〕自：《張承吉文集》、《張祜詩集》、《萬首唐人絶句》作「似」。

〔四〕闊：《張祜詩集》作「煙」。《張承吉文集》、《萬首唐人絶句》、《升庵詩話》卷一〇作「咽」。

【考辨】

此首原爲絶句詩。《張承吉文集》卷五、《張處士詩集》卷五題作《題宋州田大夫家樂邱家箏》。《張祜詩集》卷二、《萬首唐人絶句》卷四三題作《聽箏》。《升庵詩話》卷一〇亦謂「《張祜集》題本作《邱家箏》」。後入樂歌唱。又此首《古今詞統》作無名氏，失考。兹從諸本張祜集、《萬首唐人絶句》、《升庵詩話》卷一、卷一〇等歸張祜。

無名氏

無名氏作品一首，據嘉慶本《詞林紀事》録存，參校叢刊本《樊川文集》、叢刊本《才調集》、嘉靖本《萬首唐人絶句》、宋本《樂府詩集》、洪本《唐詩紀事》。

金縷曲〔一〕

勸君莫惜金縷衣。勸君惜取少年時〔二〕。有花堪折君須折〔三〕，莫待無花空折枝。嘉慶本《詞林紀事》卷一

〔一〕《樂府詩集》卷八二作《金縷衣》。

〔二〕惜取：《樊川文集》卷一《杜秋娘詩》自注、《才調集》卷二、《萬首唐人絶句》卷五五、《唐詩紀事》卷五六作「須惜」。

〔三〕有花：《樊川文集》自注、《樂府詩集》、《唐詩紀事》作「花開」。　君：《樊川文集》自注、《才調集》、《樂府詩集》、《萬首唐人絶句》、《唐詩紀事》作「直」。

【考辨】

此首始見於杜牧《樊川文集》卷一《杜秋娘詩》「與唱金縷衣」句自注，原謂「李錡長唱此辭」。《唐詩紀事》卷五六因之録入，唯「辭」作「詞」。《才調集》卷二録入無名氏《雜詞》類，影宋本《無名氏詩集》

因之。《樂府詩集》卷八二、《萬首唐人絶句》卷五五(題爲《勸少年》)署李錡作，非，蓋《杜秋娘詩》僅謂李錡「唱」此首，而非作此首。明顧起元《客座贅語》卷四云：「唐杜秋娘，金陵女子也。爲浙西觀察使李錡妾，嘗爲錡辭云(略)。」《詞林紀事》卷一引《客座贅語》(所引非原文)而改「爲錡辭」爲「爲錡製小曲」，並加《金縷曲》調，題杜秋娘撰。《名媛詩歸》卷一五、《歷朝名媛詩詞》卷六等亦屬杜秋娘。案，《客座贅語》所載係據杜牧《杜秋娘詩序》，而杜牧原詩序並無杜秋娘作此詩之説，詩中亦僅有「秋持玉斝醉，與唱金縷衣」云云，《客座贅語》、《詞林紀事》謂杜秋娘作，實無根據，未可信從。今從《才調集》等作無名氏。《全唐詩》卷二八、卷七八五亦録作無名氏。又此首屬聲詩，兹從《詞林紀事》録入副編。

温庭筠

温庭筠作品一首，據洪武本《草堂詩餘》録存，參校顧本《温飛卿詩集》、康熙本《全唐詩》。

玉樓春〔一〕

家臨長信往來道。乳燕雙雙拂煙草。油壁車輕金犢肥，流蘇帳曉春雞報〔二〕。　籠中嬌鳥暖猶睡，簾外落花閑不掃。衰桃一樹近前池，似惜容顔鏡中老〔三〕。　洪武本《草堂詩餘》前集卷上

〔一〕《全唐詩》卷八九一作《木蘭花》，《温飛卿詩集》卷三作《春曉曲》。

〔二〕報：《全唐詩》卷八九一、《温飛卿詩集》卷三作「早」。

〔三〕容：《温飛卿詩集》卷三作「紅」。

【考辨】

此首自洪武本《草堂詩餘》前集卷上録作温詞後，《花草粹編》卷六、《詞的》卷二、《全唐詩》卷八九一、《歷代詩餘》卷三二皆據録。劉輯本、王輯本《金荃詞》亦收作温詞。《草堂詩餘》調作《玉樓春》，《草堂詩餘正集》注云：「一名《木蘭花令》。」《全唐詩》作《木蘭花》，注云：「即《春曉曲》，集作古詩。」《温飛卿詩集》作《春曉曲》。案：此首胡仔有「殊有富貴佳致」之評，爲諸家所重，或以爲詩，或以爲詞，明代以來始有争議。《木蘭花》爲唐教坊曲，以七言四句三仄韵作雙叠，此首與《木蘭花》實未合。因其後四句少一韵，平仄又異，與前四句不成雙疊，不是《木蘭花》。此首亦非《玉樓春》。《玉樓春》多數乃七言四句三仄韵之雙叠，一、五兩句均以仄起。八句六韵脚同韵者爲常體，減韵或换韵者爲别體。此首後四句少一韵，與《玉樓春》别體合，但與前四句不成雙叠，一、五兩句均是平起，又與《玉樓春》異。且《玉樓春》始見於蜀中諸家詞，晚於《木蘭花》約一百五十年，是五代曲名，與温詞無涉。任半塘《唐聲詩》下編辨之甚明。此首或因宋人以《玉樓春》調歌之，乃爲《草堂詩餘》所收，諸本仍之，遂以爲温詞。當從《温飛卿詩集》作古詩。

李商隱

李商隱(八一三?——八五八),字義山,號玉谿生,又號樊南生,懷州河内(今河南沁陽)人。弱冠,以文謁令狐楚,楚奇其文,使與諸子遊。文宗大和三年(八二九),太平軍節度使令狐楚辟爲巡官。六年,從令狐楚徙爲河東節度使巡官。開成二年(八三七),登進士第。次年,入涇原節度使王茂元幕掌書記。四年(八三九),授祕書省校書郎,調弘農尉。武宗會昌二年(八四二),入爲祕書省正字。宣宗大中元年(八四七),爲桂管觀察使鄭亞辟爲掌書記。次年,官盩厔尉、京兆尹掾曹。旋爲武寧軍節度使盧弘止辟爲判官。五年(八五一),任太學博士、東川節度使判官。十年(八五六),任鹽鐵推官。大中十二年,罷官還鄭州,旋卒。有《李義山詩集》、《樊南文集》。《舊唐書》卷一九〇下、《新唐書》卷二〇三有傳。另參《玉谿生年譜會箋》、《唐才子傳校箋》卷七。

李商隱作品二首,據明刻本《唐詞紀》録存,參校蔣本《李義山詩集》、乾隆本《玉谿生詩集箋注》、叢刊本《才調集》、宋本《樂府詩集》、嘉靖本《萬首唐人絶句》。

楊柳枝

含煙惹霧每依依〔一〕。萬緒千條拂落暉。爲報行人休盡折,半留相送半迎歸。　明刻本《唐詞

紀》卷一

〔二〕霧：《才調集》卷六作「露」。悔：《李義山詩集》卷六、《玉谿生詩集箋注》卷三、《樂府詩集》卷八一作「每」。

又

暫憑樽酒送無憀。莫損愁眉與細腰。人世死前唯有別，春風爭擬惜長條。　明刻本《唐詞紀》卷六

【考辨】以上二首乃詩而非詞。《李義山詩集》卷六、《玉谿生詩集箋注》卷三及其他各本李商隱詩集、《才調集》卷六俱題作《離亭賦得折楊柳》，《萬首唐人絶句》卷四〇題作《折楊柳》。《樂府詩集》卷八一收作《楊柳枝》，《唐詞紀》因之録入，兹入副編。

李玫

李玫（生卒年里不詳），文宗大和元年（八二七）習業於龍門天竺寺。屢舉不第，大中、咸通之後，與皇甫松等以文章稱。著有傳奇小説《纂異記》。事迹據《新唐書》卷五九《藝文志》、《劇談録》卷下、《太平廣記》卷三八八引《纂異記》、《唐語林》卷二。案，《太平廣記》卷三一三《李玫》引《稽神

録》謂李玫天祐初（九〇四）爲舒州倉官。因事涉神怪，未知是否屬實。若屬實，則李玫享年當在八十以上。

李玫作品一首，從明刻本《古今詞統》録存（原題玉川叟），參校談本《太平廣記》、耘經樓本《苕溪漁隱叢話》、月窗本《詩話總龜》、嘉靖本《萬首唐人絶句》、汪校本《唐詩品彙》、康熙本《全唐詩》。

阿那曲

春草萋萋春水緑〔一〕。野棠開盡飄香玉。繡嶺宫前白髮翁〔二〕，猶唱開元太平曲。　明刻本《古今詞統》卷一

〔一〕草萋萋：《唐詩品彙》卷五四、《全唐詩》卷七二三作「日遲遲」。

〔二〕白髮翁：《太平廣記》卷三五〇《許生》、《萬首唐人絶句》卷六六作「鶴髮人」。《苕溪漁隱叢話》前集卷五八、《詩話總龜》後集卷四二作「白髮人」。《唐詩品彙》、《全唐詩》作「鶴髮翁」。

【本事】

會昌元年春，孝廉許生，下第東歸，次壽安，將宿於甘泉店。甘棠館西一里已來，逢白衣叟，躍青驄，自西而來，徒從極盛。醺顔怡怡，朗吟云：「春草萋萋春水緑（下略）。」（《太平廣記》卷三五〇《許生》引《纂異録》　梅鼎祚《才鬼記》卷六引《（廣）〔纂〕異記》）

【考辨】

此首始見於《太平廣記》卷三五〇引《纂異録》(即李玫《纂異記》),原爲鬼物玉川叟所吟無題詩,實爲李玫所擬作依托。《古今詞統》收作《阿那曲》詞(署玉川叟),《古今詞話·詞辨》上卷因之,非。兹入副編並歸李玫。此首别作李洞《繡嶺宫詞》詩,見《唐詩品彙》卷五四、《詩藪》内編卷六(未録原詩)、《全唐詩》卷七二三,未知何據。案《苕溪漁隱叢話》前集卷五八、《詩話總龜》後集卷四二俱作鬼仙詩,《詞品》卷一亦云:「唐詩『春草萋萋春水緑……』,乃無名氏聞鬼仙之謡,非李洞作也。李洞詩集俱在,詩體大與此不同,可驗。」當非李洞作。因詞籍未有收作李洞者,故不另列存目。

盧肇

盧肇(生卒年不詳),字子發,袁州宜春(今屬江西)人。武宗會昌三年(八四三)進士第一,筮仕爲鄂岳節度使盧商從事。後江陵節度裴休、太原節度盧簡奏爲門吏。又嘗爲華州紇于公泉防禦判官。後入爲著作郎,遷倉部員外郎,充集賢院直學士。懿宗咸通初,除知歙州,移知宣州、池州、吉州。有集不傳。事迹據《雲溪友議》卷三、《太平廣記》卷一八二、《唐詩紀事》卷五五、《正德袁州府志》卷八。

盧肇作品一首,據嘉靖本《萬首唐人絶句》入録。

楊柳枝

青鳥泉邊草木春。黄雲塞上是征人。歸來若得長條贈，不憚風霜與苦辛。　《萬首唐人絶句》卷七三

鄭符

鄭符（生卒年里不詳），字夢復。武宗會昌三年（八四三），官祕書省校書郎，與段成式、張希復聯句唱和。事迹據《酉陽雜俎》續集卷五。

鄭符作品一首，據萬曆本《花草粹編》録存，參校津逮本《酉陽雜俎》、岳本《類説》、洪本《唐詩紀事》、明刻本《唐詞紀》、康熙本《古今詞話》。

閑中好

閑中好，盡日松爲侶。此趣人不知，輕風度僧扉〔一〕。　萬曆本《花草粹編》卷一

〔一〕　盡日三句：《古今詞話·詞話》上卷引「舊本」作「此趣人不知。盡日松爲侶，輕風度僧扉」。　扉：《酉陽雜俎》續集卷六、《類説》卷四二、《唐詩紀事》卷五七作「語」。

【本事】

武宗癸亥三年夏，予與張君希復善繼，同官祕書，鄭君符夢復，連職仙署。會暇日，遊大興善寺。因問《兩京新記》及《遊目記》，多所遺略，乃約一旬尋兩街寺（下略）。（《酉陽雜俎》續集卷五《寺塔記上》）

永安坊永壽寺，三門東吴道子畫，似不得意。佛殿名會仙，本是内中梳洗殿。貞元中，有證智禪師，往往著靈驗，或時在張檀蘭若中治田，及夜歸寺，若在金山界，相去七百里。辭：《閑中好》：閑中好，盡日松爲侣。此趣人不知，輕風度僧語。（夢復）閑中好，塵務不縈心。坐對當窗木，看移三面陰。（柯古）閑中好，幽磬度聲遲。卷上論題肇，畫中僧姓支。（善繼）（同上卷六《寺塔記下》）

【考辨】

此首及後段成式、張希復同調二首，始見《酉陽雜俎》續集卷六，《唐詩紀事》卷五七所引相同。原文僅稱「辭」，其他各條聯句、唱和詩題前亦皆有「辭」字標明。此《閑中好》是詩題還是詞調，無從考究，唐宋樂籍、詞籍亦無此調。宋曾慥《類説》始引作「《閑中好》詞」，《唐音癸籤》卷一三亦謂是「詞」。《花草粹編》收作詞，其後《唐詞紀》卷一五、《詞綜》卷一、《詞鵠初編》卷一、《全唐詩》卷八九一、《歷代詩餘》卷一、《詞律》卷一、《詞譜》卷一俱因之。沈雄《古今詞話·詞話》上卷曰：「唐人《閑中好》三首，《詞品》不載。前人斥爲三首三體，難入詞調。殊不知梓人之誤。即《古今詞譜》、《詞隱》亦只登其二，以爲二體。」可知「前人」亦有疑其非詞者，故入副編。

段成式

段成式（？——八六三），字柯古，其先臨淄鄒平（今屬山東）人，後客居荆州（今湖北江陵）。以父蔭入仕集賢院。武宗會昌三年（八四三），任秘書郎，改集賢學士，遷尚書郎。宣宗大中初，出爲吉州刺史。大中九年（八五五），任處州刺史。後罷居襄陽。懿宗咸通初，爲江州刺史，入爲太常少卿。咸通四年（八六三）卒。有《酉陽雜俎》等。事迹參《舊唐書》卷一六七《段文昌傳》、《新唐書》卷八九《段志玄傳》、《酉陽雜俎》附方南生《段成式年譜》。

段成式作品五首，據萬曆本《花草粹編》録一首，參校津逮本《酉陽雜俎》、洪本《唐詩紀事》、岳本《類説》、明刻本《唐詞紀》、康熙本《古今詞話》。另據明刻本《唐詞紀》録四首，參校席本《段成式詩》、嘉靖本《萬首唐人絶句》。

閑中好

閑中好，塵務不縈心〔一〕。坐對前窗木〔二〕，看移三面陰。

萬曆本《花草粹編》卷一

〔一〕縈：《古今詞話·詞話》上卷作「關」。

〔二〕前窗木：《酉陽雜俎》續集卷六、《唐詩紀事》卷五七作「當窗木」。《類説》卷四二作「窗前月」。《唐詞紀》卷一五作「窗前木」。

楊柳枝

陌上河邊千萬枝。怕寒愁雨盡低垂。黄金穟短人多折，已恨東風不展眉。

又

玉樓煙薄不勝芳。金屋寒輕翠帶長。公子驊騮往何處，緑陰堪繫紫遊韁。

又

微黄繞綻未成陰。繡户珠簾相映深。長恨早梅無賴極，先將春色出前林。

又

隋家堤上已成塵。漢將營邊不復春。只向江南并塞北，酒旗相伴惹行人。　以上明刻本四首

《唐詞紀》卷一

【考辨】

以上四首本樂府詩，《萬首唐人絶句》卷四四、《段成式詩》、《全唐詩》卷五八四俱題作《折楊柳》，《唐詞紀》改作《楊柳枝》收入，非。兹入副編。

張希復

張希復（生卒年不詳），字善繼，深州陸澤（今河北深縣）人。一作鎮州常山（今河北正定）人。登進士第。武宗會昌三年（八四三），與段成式同官於祕書省。後官河南府士曹、集賢校理學士、員外郎。事迹據《樊川文集》卷七《牛公墓誌銘並序》、《酉陽雜俎》續集卷五、《舊唐書》卷一四九《張薦傳》、《太平廣記》卷一八二《許道敏》。

張希復作品一首，據萬曆本《花草粹編》録存，參校津逮本《酉陽雜俎》、洪本《唐詩紀事》、明刻本《唐詞紀》、康熙本《古今詞話》。

閑中好

閑中好，幽磬度鐘遲〔一〕。卷上論題筆，畫中僧姓支。　萬曆本《花草粹編》卷一

〔一〕　幽磬：《古今詞話·詞話》上卷作「雲外」。　鐘：《酉陽雜俎》續集卷六作「聲」。

魚玄機

魚玄機（？——八六八），字幼微，一字蕙蘭，長安（今陝西西安）人。初爲補闕李億妾。咸通中出家爲長安咸宜觀女道士。與温庭筠交游，時有酬和。咸通九年（八六八），以私刑笞死侍婢緑翹而爲京兆尹温璋所殺。有《魚玄機詩》。事迹據《北夢瑣言》卷九、《太平廣記》卷一三〇《緑翹》、《唐詩紀事》卷七八、《唐才子傳校箋》卷八。

魚玄機作品一首，據明刻本《唐詞紀》録存，參校宋本《文苑英華》。

楊柳枝

朝朝送別泣花鈿，折盡春風楊柳煙。願得西山無樹木，免教人作淚懸懸。　明刻本《唐詞紀》卷六

【考辨】

此首本樂府詩。《文苑英華》卷二〇八《樂府類》題作《折楊柳》，《全唐詩》卷八〇四同。《唐詞紀》卷六調下亦注云：「本曰《折楊柳》。」故入副編。

薛能

薛能作品一首，據宋本《樂府詩集》録存，參校毛本《薛許昌詩集》、嘉靖本《萬首唐人絶句》。

楊柳枝〔一〕

狂似纖腰嫩勝綿，自多情態更誰憐〔二〕。遊人不折還堪恨，抛向橋邊與路邊。　宋本《樂府詩集》卷八一

〔一〕《薛許昌詩集》卷六、《萬首唐人絶句》卷四八作《柳枝》。

〔二〕更：《薛許昌詩集》、《萬首唐人絶句》作「竟」。

【考辨】

此首唐宋詞籍未見載録，屬詩屬詞，難以判定。兹入副編。

高駢

高駢（八二一——八八七），字千里，幽州（今北京）人。家世禁衛，少習武，好文學，與諸儒交。嘗一矢射落二鵰，人稱「落鵰御史」。後歷右神策軍都虞侯。懿宗咸通中，累官安南都護使兼諸道行

營招討使。僖宗立，加中書門下平章事。拜劍南西川節度使。封燕國公，徙荆南節度使。光啓三年（八八七），爲部將所殺。有集不傳。《舊唐書》卷一八二、《新唐書》卷二二四有傳。另參《唐詩紀事》卷六三。

高駢作品一首，據明刻本《唐詞紀》録存，參校叢刊本《才調集》。

步虚詞

青溪道士人不識，上天下地鶴一隻〔一〕。洞門深鎖碧窗寒，滴露研朱點周易。　明刻本《唐詞紀》卷一五

〔一〕　下地：原作「下天」，據《才調集》卷七改。

胡曾

胡曾（生卒年不詳），號秋田，長沙（今屬湖南）人，一作邵陽（今屬湖南）人。咸通中進士。後入蜀爲劍南西川節度使從事。僖宗乾符五年（八七八），隨高駢爲荆南節度使從事。有《詠史詩》集傳世。事迹據《唐才子傳校箋》卷八、趙清永《胡曾考辨》（《文學遺産》一九八八年第五期）。

胡曾作品一首，據萬曆本《花草粹編》録存，參校叢刊本《新雕注胡曾詠史》、嘉靖本《萬首唐人絶

句》、鮑本《鑒誡録》、丁本《升庵詩話》。

楊柳枝

萬里長江一帶開〔一〕，岸邊楊柳幾千栽〔二〕。錦帆未落西風起〔三〕，惆悵龍舟去不迴〔四〕。

〔一〕萬里句：《新雕注胡曾詠史詩》卷二、《萬首唐人絶句》卷五三作「千里長河一旦開」。帶：《鑒誡録》卷七作「旦」。萬曆本《花草粹編》卷一

〔二〕岸邊句：《新雕注胡曾詠史詩》、《萬首唐人絶句》作「亡隋波浪九天來」。幾千：《升庵詩話》卷一一作「是誰」。

〔三〕西風：《新雕注胡曾詠史詩》、《鑒誡録》、《萬首唐人絶句》作「干戈」。

〔四〕去：《新雕注胡曾詠史詩》、《鑒誡録》、《萬首唐人絶句》、《升庵詩話》作「更」。

【考辨】

此首《升庵詩話》作無名氏詞，並謂「此弔隋煬帝也。俯仰感慨，蓋初唐之詩。後世《柳枝詞》皆祖之。」《花草粹編》卷一遂因之録作「唐無名氏」詞。《唐詞紀》卷一、《古今詞統》卷二亦作「無名氏」，《古今詞選》卷一因之。案此本胡曾《詠史詩》之《汴水》，見《新雕注胡曾詠史詩》卷二、《鑒誡録》卷七、《萬首唐人絶句》卷五三、《唐音統籤》卷六四七，唯字句有異。或是後人入樂歌唱而改動字句。

茲歸胡曾並入副編。

裴鉶

裴鉶（生卒年里不詳），號谷神子，懿宗咸通中，爲静海軍節度使高駢掌書記，加侍御史内供奉。僖宗乾符五年（八七八），以御史大夫爲成都節度副使。著有小説集《傳奇》。事迹據《新唐書》卷五九《藝文志》、《唐詩紀事》卷六七，另參程毅中《唐代小説史話》第八章。

裴鉶作品二首，據明刻本《詞品》、《古今詞統》（原屬楊貴妃）各録存一首，參校談本《太平廣記》、嘉靖本《萬首唐人絶句》。

失調名

五原分袂真胡越。燕拆鶯離芳草歇〔一〕。年少煙花處處春，北邙空恨清秋月。《詞品》卷一

〔一〕歇：《太平廣記》卷三四七《曾季衡》作「竭」。

【本事】

大和四年春，鹽州防禦使曾孝安有孫曰季衡，居使宅西偏院，室屋壯麗，而季衡獨處之。有僕夫告曰：「昔王使君女暴終於此，乃國色也。晝日其魂或見於此。郎君慎之。」季衡少年好色，願睹其靈

異，終不以人鬼爲間。頻注名香，頗疏凡俗，步遊閑處，恍然凝思。一日晡時，有雙鬟前揖曰：「王家小娘子遣某傳達厚意，欲面拜郎君。」言訖，瞥然而没。俄頃，有異香襲衣，季衡乃束帶伺之，見前雙鬟，引一女而至，乃神仙中人也。季衡揖之，問其姓氏，曰：「某姓王氏，字麗真，父今爲重鎮。昔侍從大人牧此城，據此室，無何物故，感君思深杳冥，情激幽壤，所以不間存没，頗思神會，其來久矣，但非吉日良時。今方契願，幸垂留意。」季衡與之款會，移時乃去。握季衡手曰：「翌日此時再會，慎勿泄於人。」遂與侍婢俱不見。自此每及晡一至，近六十餘日。季衡不疑，因與大父麾下將校説及艷麗，誤言之，將校驚懼，欲實其事。曰：「郎君將及此時，願一扣壁，某當與二三輩潛窺焉。」季衡亦終不能扣壁。是日，女郎一見季衡，容色慘怛，語聲嘶咽，握季衡手曰：「何爲負約而洩於人？自此不可更接歡笑矣。」季衡慚悔，無詞以應。女曰：「殆非君之過，亦冥數盡耳。」乃留詩曰（略）。（《太平廣記》卷三四七《曾季衡》引《傳奇》）

【考辨】

此首始見於《太平廣記》卷三四七引裴鉶《傳奇》，原爲女鬼王麗真之留别「詩」，實爲裴鉶所擬作。《萬首唐人絶句》卷六六收作「王使君女」詩，題作《贈崔季衡》。《全唐詩》卷八六六收作王麗真詩，題《與曾季衡冥會詩》。《詞品》卷一始收作詞，謂：「《太平廣記》載妖女一詞。」沈雄《古今詞話·詞辨》上卷因之，謂：「《太平廣記》載妖女王麗貞賦别詞云。」皆未具調名。案《太平廣記》明謂是「詩」，《詞品》等謂是詞，非。兹入副編並歸裴鉶。

阿那曲

羅袖動香香不已。紅蕖裊裊秋煙裏。輕雲嶺上乍摇風，嫩柳池邊初拂水。　明刻本《古今詞統》卷一

【本事】

薛昭者，唐元和末爲平陸尉，以氣義自負，常慕郭代公、李北海之爲人。（下略謂坐放罪囚逃逸而謫爲民於海東，至一古殿，見階前有三美女）昭詢其姓字，長曰雲容張氏，次曰鳳臺蕭氏，次曰蘭翹劉氏。飲將酣，蘭翹命骰子，謂三女曰：「今夕佳賓相會，須有匹偶，請擲骰子，遇采强者，得薦枕席。」乃遍擲，雲容采勝，翹遂命薛郎近雲容姊坐。又持雙杯而獻曰：「真所謂合巹矣。」昭拜謝之。遂問夫人何許人，何以至此？容曰：「某乃開元中楊貴妃之侍兒也。妃甚愛惜，常令獨舞霓裳於繡嶺宮。妃贈我詩曰：『羅袖動香香不已（略）。』詩成，明皇吟詠久之，亦有繼和，但不記耳。（下略）」

（《太平廣記》卷六九引《傳記》）

【考辨】

此首本絶句詩，始見於《太平廣記》卷六九《張雲容》引《傳記》（按《傳記》即裴鉶《傳奇》，《類説》卷三二即引作《傳奇》），原爲女鬼張雲容所述，實爲《傳奇》作者裴鉶所擬作，而假托楊貴妃之贈詩。《萬首唐人絶句》卷六五信以爲實，收作楊貴妃詩，題爲《贈張雲容舞》，其後《唐詩紀》（盛唐）卷一

一〇、《名媛詩歸》卷一〇、《歷朝名媛詩詞》卷四、《全唐詩》卷六仍之。《古今詞統》卷一則録作楊貴妃《阿那曲》詞，《全唐詩》卷八九九、《歷代詩餘》卷一、《詞律》卷一、沈雄《古今詞話·詞話》上卷又因之。按唐宋詞籍、樂籍俱無此調，乃明清人所認定。兹入副編並録歸裴鉶。

武昌妓

武昌妓（生卒年不詳），姓名不詳。僖宗乾符間武昌歌妓。事迹見《太平廣記》卷二七三引《抒情詩》、《唐詩紀事》卷五八。

武昌妓作品一首，據明刻本《唐詞紀》録存，參校談本《太平廣記》、洪本《唐詩紀事》。

楊柳枝

悲莫悲兮生別離，登山臨水送將歸。武昌無限新栽柳，不見楊花撲面飛。　明刻本《唐詞紀》卷六

【本事】

韋蟾廉問鄂州，及罷任，賓僚盛陳祖席，蟾遂書《文選》句云：「悲莫悲兮生別離，登山臨水送將歸。」以牋毫授賓從，請續其句，座中悵望，皆思不屬。逡巡，女妓泫然起曰：「某不才，不敢染翰，欲口占兩句。」韋大驚異，令隨口寫之：「武昌無限新栽柳，不見楊花撲面飛。」座客無不嘉嘆。韋令唱

作《楊柳枝》詞，極歡而散，贈數十箋，納之，異日共載而發。（《太平廣記》卷二七三引《抒情詩》　又見《唐詩紀事》卷五八）

【考辨】

此首本武昌妓續寫之詩，因入樂「唱作《楊柳枝》詞」，《名媛詩歸》卷一五、《唐詞紀》卷六遂收作《楊柳枝》。《全唐詩》卷八〇二則題作《續韋蟾句》。兹入副編。又《升庵詩話》卷九所載此詩本事與《太平廣記》、《唐詩紀事》卷五八所言不同，其文云：「『悲莫悲兮生別離。登山臨水送將歸。武昌無限新栽柳，不見楊花撲面飛。』高駢自渚宮移鎮揚州，別宴口占楚詞二句，使幕下續之，久未有應。有一妓進曰：『賤妾感相公之恩，續貂可乎？』即收淚吟曰云云，合座大加賞嘆，駢厚贈之。其詩絶佳，雖使温李爲之，不過如此。『飛』一作『時』。」案，此説當屬楊慎誤記，蓋妓女所續詩「武昌無限新栽柳」云云與高駢宴別之地渚宮（今湖北江陵）不切合，而與韋蟾宴別之地鄂州（即武昌，今屬湖北武漢市）甚貼切。當以《太平廣記》所載爲是。

崔道融

崔道融（生卒年不詳），荆州（今湖北江陵）人。唐末避亂居永嘉，自號東甌散人，於乾寧二年乙卯（八九五）自編所著《東浮集》十卷。以徵辟爲永嘉令。後避地入閩依王審知，以右補闕召，未赴任而卒。事迹據黄滔《唐黄先生文集》卷六《祭崔補闕道融》、《直齋書録解題》卷一七、《十國春秋》

卷九五、《唐才子傳校箋》卷九。

崔道融作品一首，據嘉靖本《萬首唐人絶句》録入，校以明刻本《唐詞紀》。

楊柳枝詞

霧撚煙搓一索春。年年長似染來新。應須唤作風流線，繫得東西南北人。嘉靖本《萬首唐人絶句》卷四七

【考辨】此首唐宋詞籍未見載録，屬詩屬詞，難以判定，兹入副編。

吴融

吴融（？——九〇三），字子華，越州山陰（今浙江紹興）人。昭宗龍紀元年（八八九）登進士第。爲韋昭度辟掌書記，隨軍討蜀。累遷侍御史。乾寧二年（八九五）貶官。次年，召爲左補闕，以禮部郎中爲翰林學士，遷中書舍人。天復元年（九〇一），再遷户部侍郎。三年，遷翰林學士承旨，卒。有《唐英歌詩》傳世。事迹見《新唐書》卷二〇三本傳、《唐詩紀事》卷六八、《唐才子傳校箋》卷九。

吴融作品一首，據宋本《樂府詩集》録入，參校嘉靖本《萬首唐人絶句》。

水調

鑿河千里走黄沙。浮殿西來動日華。可道新聲是亡國，且貪惆悵後庭花。　宋本《樂府詩集》卷七九

【考辨】

此首唐宋詞籍未見載録，屬詩屬詞，難以判定。兹入副編。

羅隱

羅隱（八三三——九一〇），本名横，字昭諫，新城（今浙江富陽）人。屢舉進士不第。懿宗咸通十一年（八七〇），爲衡陽主簿。僖宗光啓三年（八八七），依杭州刺史錢鏐，爲錢塘縣令。歷秘書省著作郎、鎮海軍節度掌書記。天祐三年（九〇六），轉司勳郎中、充鎮海節度判官。後梁開平二年，授給事中。明年，遷鹽鐵發運使，同年十二月卒，年七十七。著有《甲乙集》、《讒書》等，今人合輯爲《羅隱集》。事迹據沈崧《羅給事墓誌》、《吴越備史》卷一、《唐才子傳校箋》卷九。

羅隱作品二首，據丁本《升庵詩話》録入，參校叢刊本《甲乙集》、叢刊本《才調集》、宋本《文苑英華》、嘉靖本《萬首唐人絶句》、萬曆本《花草粹編》、鮑本、學津本《鑒誡録》、月窗本《詩話總龜》、

元本《新編古今事文類聚》。

柳枝詞〔一〕

灞岸晴來送别頻。相偎相倚不勝春。自家飛絮猶無定，争解垂絲絆路人〔二〕。

〔一〕《花草粹編》卷一作《楊柳枝》。

〔二〕争解句：《才調集》卷八作「争解垂絲絆得人」。《文苑英華》卷三二三、《花草粹編》卷一、《詩話總龜》前集卷二一、《新編古今事文類編》後集卷二三作「争把長條絆得人」。

【考辨】

此首《詩話總龜》前集卷二一引《續本事詩》作「顧雲詩」（又注云：「《唐宋詩》云羅隱作」），《花草粹編》卷一據《續本事詩》作顧雲《楊柳枝》詞，《唐詞紀》卷一因之。今傳本《續本事詩》無此首。按《才調集》卷八、羅隱《甲乙集》卷三、《文苑英華》卷三二三、《萬首唐人絶句》卷五一、《新編古今事文類聚》後集卷二三、《唐音統籤》卷八〇〇、《詩淵》俱作羅隱《柳》詩。《續本事詩》等屬顧雲作，非。《升庵詩話》改作《柳枝詞》、《花草粹編》作《楊柳枝》詞，亦非。兹入副編。

又

一簇青煙鎖玉樓〔一〕。半垂欄畔半垂鈎〔二〕。明年更有新條在〔三〕，惱亂春風卒未休〔四〕。

以上二首丁本《升庵詩話》卷一〇

〔一〕一簇句：《鑒誡録》卷七作「裊裊和煙映玉樓」。

〔二〕半垂句：《鑒誡録》作「半垂橋上半垂流」。《甲乙集》卷九、《萬首唐人絶句》卷五一「鈎」作「溝」。案當以「溝」爲正。

〔三〕明年句：《鑒誡録》作「今年漸見枝條密」。

〔四〕惱：《甲乙集》、《萬首唐人絶句》作「繞」。

【考辨】

此首本絶句詩。《鑒誡録》卷七謂是「羅給事隱詠柳」詩，羅隱《甲乙集》卷九、《萬首唐人絶句》卷五一、《唐音統籤》卷八〇〇、《詩淵》俱題作《柳》。《升庵詩話》作《柳枝詞》，非。兹入副編。

崔公達

崔公達，《才調集》作崔公逵，《萬首唐人絶句》及《全唐詩》作崔公遠，唐女郎，《又玄集》等録存其詩一首，餘無考。

崔公達作品一首，據明刻本《古今詞統》録存，參校江户本《又玄集》、叢刊本《才調集》、嘉靖本《萬首唐人絶句》、洪本《唐詩紀事》。

阿那曲

晴天霜落寒風急。錦帳羅幃羞更入。秦箏不復續斷絃，迴身掩淚挑燈立。　明刻本《古今詞統》卷一

【考辨】

此首乃詩而非詞。《又玄集》卷下、《才調集》卷一〇、《唐詩紀事》卷七九、《萬首唐人絶句》卷六五、《唐詩品彙》卷五五、《名媛詩歸》卷一〇、《全唐詩》卷八〇一俱題作《獨夜詞》。《古今詞統》收作《阿那曲》詞，非。茲入副編。

姚月華

姚月華（生卒年里不詳），唐女郎。隨父寓揚子江，與鄰舟書生楊達相遇，見其詩而愛之，遂相往來。事迹據《古今詞統》卷一。

姚月華作品二首，據明刻本《詞品》録存，參校叢刊本《才調集》、嘉靖本《萬首唐人絶句》、汪校本

《唐詩品彙》。

阿那曲

春草萋萋春水緑〔一〕。對此思君淚相續。羞將離恨付東風〔二〕，理盡秦箏不成曲。

〔一〕春草句：《才調集》卷一〇、《萬首唐人絶句》卷六五作「春水悠悠春草緑」。

〔二〕付：《才調集》、《萬首唐人絶句》作「向」。

又

與君形影分胡越。玉枕經年對離別〔一〕。登臺北望煙雨深，回身泣向寥天月。　以上二首明刻本《詞品》卷一

〔一〕經：《才調集》卷一〇、《萬首唐人絶句》卷六五作「終」。

【考辨】

以上二首本仄韻絶句詩。《才調集》卷一〇題作《古怨二首》，《唐詩品彙》卷五五、《名媛詩歸》卷一〇、《歷朝名媛詩詞》卷五因之。《萬首唐人絶句》卷六五題作《怨詩二首》。《全唐詩》卷八〇〇題作《怨詩寄楊達》。《詞品》卷一謂：「仄韻絶句，唐人以入樂府。唐人謂之《阿那曲》，宋人謂之《鷄叫

子》。」並録此二首屬之。兹入副編。

存目詞

調名	首句	出處	附注
阿那曲	梧桐葉下黄金井	《古今詞統》卷一、《詞苑叢談》卷一二	張籍《楚妃怨》詩，見《唐張司業詩集》卷六、《張司業集》卷六、《萬首唐人絶句》卷二三。附録於後。
又	銀燭清尊久延佇	《古今詞統》卷一、《詞苑叢談》卷一二	白居易《期不至》詩，見《白氏長慶集》卷一八、《萬首唐人絶句》卷一三。附録於後。

阿那曲

梧桐葉下黄金井。横架轆轤牽素綆。美人初起天未明，手拂銀瓶秋水冷。

又

銀燭清尊久延佇。出門入門天欲曙。月落星稀竟不來，煙柳曈曨鵲飛去。

司空圖

司空圖作品二十二首，據嘉靖本《萬首唐人絶句》録二十一首，參校康熙本《唐音統籤》、丁本《升庵詩話》。另從明刻本《唐詞紀》録一首。

浪淘沙

不必長漂玉洞花。曲中偏愛浪淘沙。黄河却勝天河水，萬里縈紆入漢家。　嘉靖本《萬首唐人絶句》卷五六

楊柳枝壽杯詞　十八首

樂府翻來占太平。風光無處不含情。千門萬户喧歌吹，富貴人間只此聲。

又

撼晚梳空不自持。與君同折上樓時。春風還有常情處，繫得人心免別離。

又

灞亭東去徹隋堤。贈别何須醉似泥。萬里往來無一事，便帆輕拂亂鶯啼。

又

臺城細仗曉初移。詔賜千官禊飲時。緑帳遠籠清珮響，更瓢晴日上龍旗。

又

桃源仙子不須誇。聞道惟栽一片花。何似浣紗溪畔住，緑陰相間兩三家。

又

偶然樓上捲珠簾〔一〕。往往長條拂枕函。恰值小娥初學舞〔二〕，擬偷金縷押春衫。

〔一〕偶然：《升庵詩話》卷一〇作「曉晴」。

〔二〕娥：《升庵詩話》作「蠻」。

【考辨】

此首及下首「池邊影動散鴛鴦」，《升庵詩話》卷一〇作無名氏詞，非。《萬首唐人絶句》卷五七、《唐音統籤》卷七〇六、《唐詞紀》卷一俱屬司空圖。

又

池邊影動散鴛鴦。更引微風亂繡牀。直待玉窗塵不起〔一〕，始應金雁得成行。

〔一〕直：《升庵詩話》卷一〇作「只」。　塵：《唐詞紀》卷一作「人」。

又

稻畦分影向江村。憔悴經霜只半存。昨日流鶯今不見，亂螢飛出照黄昏。

又

客淚休沾漢水濱，舞腰羞殺漢宫人。狂風更與回煙篝，掃盡繁花獨占春。

又

遊人莫歎易凋衰，長樂榮枯自有期。看取明年春意動，更於何處最先知。

又

昔年行樂及芳時。一上丹梯桂一枝。笑問江頭醉公子，饒君滿把麴塵絲。

又

渡頭殘照一行新。獨自依依向北人。莫恨程鄉千里遠，眼中從此故鄉春。

又

絮染輕枝雪未飄。小溪輕束帶危橋〔一〕。鄰家女伴頻攀折，不覺回身罥翠翹。

〔一〕輕：《唐音統籤》卷七〇六、《唐詞紀》卷一作「煙」。

又

處處縈空百萬枝〔一〕。一枝枝好更題詩。隔城遠岫招行客，便與朱樓當酒旗。

〔一〕縈：原作「滎」，據《唐音統籤》卷七〇六、《唐詞紀》卷一改。

又

錦城分得映金溝，兩岸年年引勝遊。若似松篁須帶雪，人間何處認風流。

又

日暖津頭絮已飛。看看還是送春歸。莫言萬緒牽愁思，緝取長繩繫落暉。

又

大堤時節近清明。霞襯煙籠遶郡城。好是梨花相映處，更勝松雪日初晴。

又

聖主千年樂未央。御溝金翠滿垂楊。年年織作昇平字，高映南山獻壽觴。以上十八首嘉靖本

《萬首唐人絶句》卷五七

楊柳枝

陶家五柳簇衡門，還有高情愛此君〔一〕。何處更添詩境好，新蟬欹枕每先聞。

〔一〕有：原作空闕，據《唐音統籤》卷七〇六補。

又

數枝珍重醮滄浪。無限塵心暫免忙。煩暑若和煙露裛，便同佛手灑清涼。以上二首嘉靖本

《萬首唐人絶句》卷七一

【考辨】

以上二十一首唐宋詞籍未見載録，屬詩屬詞，難以判定。兹入副編。

步虚詞

阿母親教學步虚。三元長遣下蓬壺。雲韶韻俗停瑶瑟，鸞鶴飛低拂寶鑪。　明刻本《唐詞紀》卷一五

聶夷中

聶夷中(生卒年不詳)，字坦之，河南中都(今河南沁陽)人。懿宗咸通十二年(八七一)登進士第。授華陰尉。有集不傳。事迹據《唐詩紀事》卷六一、《唐才子傳校箋》卷九。聶夷中作品一首，據明刻本《唐詞紀》録存，參校宋本《樂府詩集》、嘉靖本《萬首唐人絶句》。

烏夜啼

衆鳥各歸枝，烏烏爾不棲。還應知妾恨，故向緑窗啼。　明刻本《唐詞紀》卷一〇

【考辨】

此首本絶句體樂府詩，《樂府詩集》卷四七收入《清商曲辭》類。《唐詞紀》收作詞，非。兹入副編。

王貞白

王貞白（生卒年不詳），字有道。信州永豐（今江西廣豐）人。昭宗乾寧二年（八九五）登進士第。後調校書郎。以世亂，退居著書，不復仕進。事迹參《唐詩紀事》卷六七、《直齋書録解題》卷一九、《唐才子傳校箋》卷一〇。

王貞白作品三首，據明刻本《唐詞紀》録存，參校宋本《文苑英華》、嘉靖本《萬首唐人絶句》、席本《段成式詩》。

楊柳枝

枝枝交影鎖長門。嫩色曾沾雨露恩。鳳輦不來春欲暮〔一〕，空留鶯語到黄昏。

〔一〕暮：《文苑英華》卷二〇八、《萬首唐人絶句》卷七三作「盡」。

【考辨】

此首本樂府詩，《文苑英華》卷二〇八《樂府》類收入，題作《折楊柳》，《萬首唐人絶句》卷七三、《詩淵》第二四七三頁、《段成式詩》俱因之。《唐詞紀》始改作詞調收入，《古今詞統》卷二、《古今詞選》卷一亦收作《柳枝》詞。兹入副編。又《萬首唐人絶句》卷四四、《唐詩品彙》卷五四、《唐詩解》卷三〇、席本《段成式詩》、《全唐詩》卷五八四作段成式詩。《古今詞統》卷二、《古今詞選》卷一亦屬段成式。案《文苑英華》、《詩淵》、《唐詞紀》俱屬王貞白，《萬首唐人絶句》卷七三、《全唐詩》卷七〇一亦屬王貞白。《段成式詩》原校：「此篇一作王貞白詩。」兹從見載最早之《文苑英華》歸王貞白。

又

水殿年年占早芳。柔條偏惹御爐香。而今萬乘多巡狩，輦路無陰緑草長。

又

嫩葉初齊不耐寒。和風時拂玉闌干〔一〕。君王去後曾攀折〔二〕，泣雨傷春翠黛殘。　以上三首明刻本《唐詞紀》卷四

〔一〕　和風：《萬首唐人絶句》卷四四、《段成式詩》作「風和」。

〔二〕　君王去後：《文苑英華》卷二〇八、《段成式詩》作「征人去日」。《萬首唐人絶句》作「君王去日」。

【考辨】

以上二首本樂府詩，《文苑英華》卷二〇八《樂府》類收入，題作《折楊柳》。《萬首唐人絶句》卷四四、《詩淵》、《段成式詩》、《全唐詩》仍之。唯《唐詞紀》以詞收入，非。兹入副編。又《萬首唐人絶句》、

《段成式詩》、《全唐詩》卷五八四作段成式詩。兹從《文苑英華》、《詩淵》、《全唐詩》卷七〇一歸王貞白。

韓偓

韓偓作品十一首，據王國維輯本《香奩詞》録存，參校毛本、鈔本、吴本《香奩集》、康熙本《唐音統籤》、萬曆本《花草粹編》、合璧本《詞的》。

憶眠時

憶眠時，春夢困騰騰。展轉不能起〔一〕，玉釵垂枕稜。

〔一〕 不：吴本《香奩集》注：「一作『未』。」

其二

憶行時，背手挼金雀〔一〕。斂笑慢回頭〔二〕，步轉欄杆角。

〔一〕 挼：鈔本《香奩集》、《唐音統籤》卷七一三作「移」。

〔二〕 斂笑：吴本《香奩集》注：「一作『欲去』。」

其三

憶去時，向月遲遲行。强語戲同伴，圖郎聞笑聲。

【考辨】

以上三首本長短句詩，鈔本《香奩集》、《唐音統籤》卷七一三列於《長短句》類（凡四題六首），題作《三憶》。毛本、吴本《香奩集》亦題作《三憶》。《記紅集》卷一始以詞收入，調作《鴛鴦綺》，注：「即《閑中好》，一名《三憶》。」王國維輯本《香奩詞》改以《憶眠時》調收入。案，唐宋樂籍、詞集俱無此調，王國維輯本《香奩詞》所改不足據。兹入副編。

生查子

侍女動妝奩，故故驚人睡〔一〕。那知本未眠，背面偷垂淚。　懶卸鳳凰釵〔二〕，羞入鴛鴦被。時復見殘燈，和煙墜金穗。

〔一〕故故：《詞的》卷一作「故欲」。

〔二〕凰：《花草粹編》卷一、《詞的》作「頭」。

【考辨】

此首毛本、吴本《香奩集》題作《懶卸頭》詩（鈔本《香奩集》、《唐音統籤》未收），並無調名。《花草粹編》卷一始以《生查子》調收作詞，其後《唐詞紀》卷一〇、《古今詞統》卷三、《詞的》卷一、《詞綜》卷一、《全唐詩》卷八九一、《歷代詩餘》卷四、《詞譜》卷三俱因之。按此詞乃明清人所認定，未足據信，兹入副編。

又

秋雨五更頭，桐竹鳴騷屑。却似殘春間，斷送花時節。　空樓雁一聲，遠屏燈半滅。繡被擁嬌寒，眉山正愁絶。

以下原有《浣溪沙》二首，已入正編。

【考辨】此首本五言古詩，原題《五更》，見毛本、鈔本、吴本《香奩集》、《唐音統籤》卷七一三、《全唐詩》卷六八三。王國維輯本《香奩詞》始收作《生查子》詞，林大椿《唐五代詞》因之，不足據。兹入副編。

謫仙怨

春樓處子傾城，金陵狎客多情。朝雲暮雨會合，羅襪繡被逢迎。　華山梧桐相覆，蠻江荳蔻連生。幽歡不盡告别，秋河悵望平明。

又

一燈前雨落夜，三月盡草青時。半寒半暖正好，花開花謝相思。惆悵空教夢見，懊惱多成酒悲。細袖不乾誰會，揉損聯娟淡眉。

又

此間青草更遠，不唯空繞汀洲。那裏朝日纔出，還應先照西樓。憶淚因成恨淚，夢遊常續心遊〔一〕。桃源洞口來否，絳節霓旌久留。

〔一〕常：鈔本《香奩集》作「長」。

【考辨】

以上三首本六言詩，諸本《香奩集》俱題作《六言》。王輯本援劉長卿、竇弘餘詞例，收作《謫仙怨》詞，《唐五代詞》因之收入、《唐聲詩》下編第三二九至三三〇頁已辨其非，兹入副編。

玉合

羅囊繡，兩鳳凰〔一〕。玉合雕，雙鸂鶒。中有蘭膏漬紅豆，每回拈著長相憶〔二〕。長相憶〔三〕，經幾春。人悵望，香氤氲〔四〕。開緘不見新書迹，帶粉猶殘舊淚痕〔五〕。

〔一〕鳳凰：吴本《香奩集》注：「一作『鴛鴦』。」

〔二〕相：鈔本《香奩集》、《唐音統籤》作「思」。

〔三〕相：鈔本《香奩集》、《唐音統籤》作「思」。

〔四〕氤氲：鈔本《香奩集》、《唐音統籤》作「氛氲」。

〔五〕淚：鈔本《香奩集》、《唐音統籤》作「指」。

【考辨】

此首及下首《金陵》本雜言詩，鈔本《香奩集》、《唐音統籤》列入《長短句》類。按此「長短句」似非指長短句之詞，乃指長短句（即雜言）詩，故吴本《香奩集》題下皆注「雜言」。王國維輯本《香奩詞》以爲此二首乃「致光創調」，未可據信。若以此二首合乎詞體而視爲「創調」，則原列於《長短句》類之《厭花落》（見鈔本《香奩集》、《唐音統籤》）亦當視作詞，而王國維輯本《香奩集》又摒而不録，是其去取本屬隨意而無定則，難以信從。兹入副編。

金陵

風雨瀟瀟〔一〕。石頭城下木蘭橈。煙月迢迢。金陵渡口去來潮。自古風流皆暗銷。才魄妖魂誰與招〔二〕。彩箋麗句今已矣〔三〕，羅襪金蓮何寂寥。

〔一〕瀟瀟：毛本、鈔本、吴本《香奩集》、《唐音統籤》作「蕭蕭」。

〔二〕魄：鈔本《香奩集》、《唐音統籤》作「鬼」。

〔三〕彩：吴本《香奩集》注：「一作『錦』。」　今：鈔本《香奩集》、《唐音統籤》作「徒」。

木蘭花

絶代佳人何寂寞。梨花未發梅花落。東風吹雨入西園，銀綫千條度虚閣。　臉粉難勻蜀酒濃，口脂易印吴綾薄。嬌嬈意態不勝春〔一〕，願倚郎肩永相著。以上十一首王國維輯本《香奩詞》

〔一〕意態不勝春：鈔本、吴本《香奩集》、《唐音統籤》作「意緒不勝羞」。　勝：吴本注：「一作『能』」。

【考辨】

此首本七言古詩，諸本《香奩集》俱題作《意緒》。王國維輯本《香奩詞》始收作《木蘭花》詞，《唐五代詞》因之録入，不足據。兹入副編。

孫魴

孫魴（生卒年不詳），字伯魚，南昌（今屬江西）人，一作樂安（今屬江西）人。唐末，詩人鄭谷避亂歸宜春，舫從之遊。後吴王楊行密據有江淮，舫往依之，與沈彬、李建勳結詩社唱和。南唐烈祖時，授宗正郎，卒。有集不傳。事迹據《江南野史》卷七、馬令《南唐書》卷一三、《十國春秋》卷三一本傳及《唐詩紀事》卷七一等。

孫舫作品十首，據宋本《樂府詩集》録五首，校以康熙本《唐音統籤》。另從函海本《全五代詩》録存五首。

楊柳枝

靈和風暖太昌春。舞線摇絲向昔人。何似曉來江雨後，一行如畫隔遥津。

又

彭澤初栽五樹時。只應閑看一枝枝〔一〕。不知天意風流處，要與佳人學畫眉。

〔一〕枝枝：《唐音統籤》卷七六六作「枝垂」。

又

暖傍離亭静拂橋。入流穿檻緑摇摇。不知落日誰相送，魂斷千條與萬條。

〔一〕摇摇：《唐音統籤》作「陰摇」。

又

春來緑樹遍天涯。未見垂楊未可誇。晴日萬株煙一陣，閑坊兼是莫愁家。

又

十首當年有舊詞。唱青歌翠幾無遺。未曾得向行人道，不爲離情莫折伊。以上五首宋本《樂府詩集》卷八一

又

小眉初展緑條稠。露壓煙濛不自由。莫是折來偏屬意，依稀相似是風流。

又

九衢春霽濕雲凝，着地毵毵礙馬行。擬折無端抛又戀，亂穿來去羨黄鶯。

又

千樹陰陰蓋御溝。雪花金穗思悠悠。先朝事後應無也，惟是荒根逐碧流。

又

摇蕩和風恃賴春。藹樓遮路逐年新。顛狂絮落還堪恨，分外欺凌寂寞人。

又

暖催春促吐芳芽，伴雨從風處處斜。莫道元功無定配，不然争得見桃花。　以上五首函海本《全五代詩》卷一八

【考辨】

以上五首僅見於《全五代詩》，未詳所據。《唐音統籤》卷七六六孫魴小傳謂魴「今存詩七篇」。此五首是否爲孫魴作，殊可懷疑。姑録存備考。又以上九首，屬詩屬詞，難以判定，故入副編。

釋齊己

釋齊己（八六四——九四三？），本姓胡，名得生，自號衡岳沙門，益陽（今屬湖南）人，一作長沙人（按唐益陽縣屬潭州長沙郡。稱齊己長沙人，當指其郡望）。七歲，居大潙山寺，詩句多出人意表，衆僧奇之，勸令落髮爲僧。久之，居長沙道林寺。後梁龍德元年（九二二），爲江陵龍興寺僧正。有《白蓮集》。《十國春秋》卷一〇三有傳。另參孫光憲《白蓮集序》、《宋高僧傳》卷三〇、《唐才子傳校箋》卷九、《中華文史論叢》一九八三年三期曹訊《齊己生卒年考證》。齊己作品四首，據明刻本《唐詞紀》録存，參校叢刊本《白蓮集》、宋本《樂府詩集》、嘉靖本《萬首唐人絶句》。

楊柳枝〔一〕

鳳樓高映緑陰陰。凝重多含雨露深。莫謂一枝柔軟力，幾曾牽破别離心。

〔一〕　原注：「以下三首本曰《折楊柳》，郭茂倩收入本調。」

又

穠低似中陶潛酒，軟極如傷宋玉風。多謝將軍繞營種，翠中閒卓戰旗紅。

又

高僧愛此遮江寺〔一〕，遊子傷殘露野橋。争似著行垂上苑，碧桃紅樹對摇摇〔二〕。以上三首明刻本《唐詞紀》卷一

〔一〕此：《白蓮集》卷一〇、《樂府詩集》卷八一、《萬首唐人絶句》卷六三作「惜」。

〔二〕樹：《白蓮集》、《樂府詩集》、《萬首唐人絶句》作「杏」。案當以「杏」爲是。

又

館娃宫畔響廊前。依托吴王養翠煙。劍去國亡臺榭毁〔一〕，却隨紅樹噪秋蟬。明刻本《唐詞紀》卷二

〔一〕榭：《白蓮集》卷一〇作「殿」。

【考辨】

以上四首本絶句詩，《白蓮集》卷一〇、《萬首唐人絶句》卷六三、《全唐詩》卷八四七俱題作《折楊柳詞四首》。《樂府詩集》卷八一收作《楊柳枝》，《唐詞紀》遂因之録作詞。兹入副編。

陳陶

陳陶（生卒年不詳），劍浦（今福建南平）人，南唐昇元中，至南昌，將詣建康，聞宋齊邱秉政，自料不合，遂隱於南昌西山，日以詩酒爲事。事迹據《釣磯立談》、《江南野史》卷八、馬令《南唐書》卷一五、陸游《南唐書》卷七本傳。

陳陶作品十首，據嘉靖本《萬首唐人絶句》録入，校以康熙本《唐音統籤》。

水調詞　十首

黠虜迢迢未肯和。五陵年少重橫戈。誰家不結空閨恨，玉筯闌干妾最多。

又

羽管慵調怨別離。西園新月伴愁眉。容華不分隨君去，獨有粧樓明鏡知。

又

憶餞良人玉塞行。梨花三見換啼鶯。邊場豈得勝閨閣，莫逞琱弓過一生。

又

惆悵江南早鴈飛。年年辛苦寄寒衣。征人豈不思鄉國，只是皇恩未放歸。

又

水閣蓮開燕引雛。朝朝攀折望金吾。聞道磧西春不到，花時還憶故園無。

又

自從清野戍遼東。舞袖香銷羅幌空。幾度長安發梅柳，節旄零落不成功。

又

長夜孤眠倦錦衾。秦樓霜月苦邊心。征衣一倍裝綿厚〔一〕，猶慮交河雪凍深。

〔一〕衣：《唐音統籤》卷七七二作「人」。

又

瀚海長征古別離。華山歸馬是何時。仍聞萬乘尊猶屈，裝束千嬌嫁郅支。

又

沙塞依稀落日邊，寒宵魂夢怯山川。離居漸覺笙歌懶，君逐嫖姚已十年。

又

萬里輪臺音信稀。傳聞移帳護金微。會須麟閣留蹤跡，不斬天驕莫議歸。以上十首《萬首唐人絕句》卷三五

【考辨】以上十首唐宋詞籍未見載録，屬詩屬詞，難以判定。兹入副編。

孟昶

孟昶作品一首，據萬曆本《花草粹編》録存，參校何本《竹坡詩話》、明鈔本《墨莊漫録》、學津本《西溪叢話》、耘經樓本《苕溪漁隱叢話》。

玉樓春

與花蕊夫人夜起避暑摩訶池上

冰肌玉骨清無汗。水殿風來暗香滿〔一〕。簾開明月獨窺人〔二〕，欹枕釵横雲鬢亂。　起來瓊户啓無聲〔三〕，時見疏星渡河漢。屈指西風幾時來，只恐流年暗中换〔四〕。　萬曆本《花草粹編》卷六

〔一〕滿：《苕溪漁隱叢話》前集卷六〇引《漫叟詩話》作「暖」。

〔二〕簾開句：《竹坡詩話》作「繡簾一點月窺人」，《墨莊漫録》卷九作「簾間明月獨窺人」，《西溪叢話》卷上作「簾開明月解窺人」。

〔三〕起來句：《竹坡詩話》作「起來庭户悄無聲」，《墨莊漫録》作「三更庭院悄無聲」，《西溪叢話》作「夜深瓊户寂無聲」。

〔四〕只恐：《竹坡詩話》作「不道」。

【考辨】

此首宋人載籍俱作詩，原無調名。宋張邦基《墨莊漫録》卷九載此首謂是「孟蜀主一詩」。姚寬《西溪叢話》卷上謂是「孟蜀王《水殿》詩」。《苕溪漁隱叢話》前集卷六〇引《漫叟詩話》亦稱是孟蜀後主「詩」。王明清《揮麈録·後録餘話》卷一引此首二句亦謂是「孟蜀王詩」。《全唐詩》卷八亦以詩收入，題作《避暑摩訶池上作》。明楊慎《全蜀藝文志》卷二五始收作《玉樓春》詞，《花草粹編》亦以此調收入（注出《漫叟詩話》），其後《唐詞紀》卷四、《古今詞統》卷八、《詞綜》卷二因之。《全唐詩》卷八八九則録作《木蘭花》詞，《歷代詩餘》卷一一一引《（温）〔漫〕叟詩話》將原文之「詩」亦改作「《玉樓春》詞」（《詞林紀事》卷一因之）。按此首原爲詩，明清人始認作詞，故入副編。

又此首是否爲孟昶作，亦有異説。一説是花蕊夫人作。最早記載此首之周紫芝《竹坡詩話》謂：「世傳此詩爲花蕊夫人作，東坡嘗用此詩作《洞仙歌》曲。或謂東坡託花蕊以自解耳，不可不知也。」《古今詞統》注謂此首「一刻花蕊夫人」，明李日華《味水軒日記》卷四亦謂此詩「舊傳花蕊夫人」作。一説是後人檃括蘇軾《洞仙歌》（冰肌玉骨）詞意而托名孟昶，清許昂霄《詞綜偶評》、宋翔鳳《樂府餘論》、鄧廷楨《雙硯齋詞話》等俱持此説（詳參今人王水照《蘇軾選集》之《洞仙歌》附録所考），未詳孰是。姑依《花草粹編》等録作孟昶。

徐鉉

徐鉉（九一六——九九一），字鼎臣，原籍會稽（今浙江紹興），其父移家廣陵（今江蘇揚州），遂爲廣陵人。初仕吴爲校書郎。南唐元宗時，試知制誥，遷祠部郎中。又遷中書舍人。後主時，除禮部侍郎，歷尚書右丞、兵部侍郎、翰林學士、御史大夫、吏部尚書。入宋後，爲太子率更令，歷左散騎常侍。淳化二年（九九一）卒，年七十六。有《徐騎省集》（一稱《徐文公集》）等。馬令《南唐書》卷二三、《宋史》卷四四一、《十國春秋》卷二八有傳。

徐鉉作品二十四首，據宋本《徐騎省集》及康熙本《全唐詩》録入。

柳枝詞　十二首

把酒憑君唱柳枝。也從絲管遞相隨。逢春只合朝朝醉，記取秋風落葉時。

又

南園日暮起春風。吹散楊花雪滿空。不惜楊花飛也得，愁君老盡臉邊紅。

又

陌上朱門柳映花。簾鉤半卷緑陰斜。憑郎暫駐青驄馬，此是錢塘小小家。

又

夾岸朱闌柳映樓。緑波平幔帶花流。歌聲不出長條密，忽地風迴見綵舟。

又

老大逢春總恨春。緑楊陰裏最愁人。舊遊一別無因見，嫩葉如眉處處新。

又

濛濛堤畔柳含煙。疑是陽和二月天。醉裏不知時節改，漫隨兒女打鞦韆。

又

水閣春來乍減寒。曉妝初罷倚欄干。長條亂拂春波動，不許佳人照影看。

又

柳岸煙昏醉裏歸。不知深處有芳菲。重來已見花飄盡，唯有黄鶯囀樹飛。

又

此處仙源不是遥。垂楊深處有朱橋。共君同過朱橋去，密映垂楊聽洞簫。

又

暫别揚州十度春。不知光景屬何人。一帆歸客千條柳，腸斷東風揚子津。

又

仙樂春來案舞腰。清聲偏似傍嬌嬈。應緣鶯舌多情賴，長向雙成説翠條。

又

鳳笙臨檻不能吹。舞袖當筵亦自疑。唯有美人多意緒，解依芳態畫雙眉。

以上十二首宋本

《徐騎省集》卷二

柳枝詞　十首

座中應制

金馬詞臣賦小詩。梨園弟子唱新詞。君恩還似東風意，先入靈和蜀柳枝。

又

百草千花共待春。綠楊顏色最驚人。天邊雨露年年在，上苑芳華歲歲新。

又

長愛龍池二月時。毿毿金線弄春姿。假饒葉落枝空後，更有梨園笛裏吹。

又

綠水成文柳帶搖。東風初到不鳴條。龍舟欲過偏留戀，萬縷輕絲拂御橋。

又

百尺長條婉麴塵。詩題不盡畫難真。憑君折向人間種，還似君恩處處春。

又

風暖雲開晚照明。翠條深映鳳皇城。人間欲識靈和態，聽取新詞玉管聲。

又

醉折垂楊唱柳枝。金城三月走金羈。年年爲愛新條好，不覺蒼華也似絲。

又

新春花柳競芳姿。偏愛垂楊拂地枝。天子偏教詞客賦，宮中要唱洞簫詞。

又

凝碧池頭蘸翠漣。鳳皇樓畔簇晴煙。新詞欲詠知難詠，說與雙成入管絃。

又

侍從甘泉與未央。移舟偏要近垂楊。櫻桃未綻梅先老，折得柔條百尺長。　以上十首宋本《徐騎省集》卷五

【考辨】

以上二十二首唐宋詞籍未見載録，屬詩屬詞難定，兹入副編。

拋毬樂〔一〕

歌舞送飛毬，金觥碧玉籌。管弦桃李月，簾幕鳳凰樓。一笑千場醉，浮生任白頭。

〔一〕　宋本《徐騎省集》卷三作「拋毬樂辭二首」。

又

灼灼桃花枝〔一〕，紛紛度畫旂。不知紅燭下，照見彩毬飛。借勢因期尅，巫山暮雨歸。　以上二首康熙本《全唐詩》卷八九九

〔一〕　桃：宋本《徐騎省集》卷三作「傳」。

【考辨】

以上二首《全唐詩》卷八九九録作詞，其句式格律與正編所録劉禹錫同調詞相同，似屬詞作。然宋本《徐騎省集》原編入「詩」類。兹入副編。

李煜

李煜作品一首，據康熙本《古今詞話》録存，參校朱本《南唐二主詞集》、劉本《南唐二主詞》、學津本《西溪叢話》、津逮本《邵氏聞見後録》、明鈔本《墨莊漫録》、金陵本《客座贅語》。

柳枝〔一〕

風情漸老見春羞。到處芳魂感舊遊〔二〕。多見長條似相識〔三〕，强垂煙穗拂人頭〔四〕。康熙本《古今詞話·詞話》上卷引《客座贅語》

〔一〕朱本《南唐二主詞集》、劉本《南唐二主詞》作《楊柳枝》。

〔二〕芳：《西溪叢話》卷下、《邵氏聞見後録》卷一七、《墨莊漫録》卷二、《客座贅語》卷四作「消」。

〔三〕見：《西溪叢話》、《邵氏聞見後録》、《墨莊漫録》、《客座贅語》作「謝」。

〔四〕穗：《西溪叢話》、《邵氏聞見後録》、《墨莊漫録》、《客座贅語》作「態」。

【考辨】

此首本李煜書於黄羅扇之詩。宋姚寬《西溪叢語》卷下云：「畢景儒有李重光黄羅扇，李自寫詩一首云（略）。後細字書云『賜慶奴』。『慶奴』似是宫人小字。詩似柳詩。」張邦基《墨莊漫録》卷二亦云：「江南李後主嘗於黄羅扇書詩以賜宫人慶奴云（略）。」明顧起元《客座贅語》卷四亦因之載入：「江南李後主嘗於黄羅扇上書詩以賜宫人慶奴云（略）。」沈雄《古今詞話·詞話》卷上、《歷代詩餘》卷一一三引《客座贅語》，始改「詩」曰「詞」，並謂是「《柳枝》詞」，不可據信。吴本、吕本、南詞本、蕭本、侯本《南唐二主詞》俱未收。而朱景行輯本《南唐二主詞集》、王國維輯本、劉毓盤輯本《南唐二主詞》、《三李詞》、劉繼增《南唐二主詞箋》等從《古今詞話》輯入。王輯本注云：「《墨莊漫録》云：後主書此詞於黄羅扇上，賜宫人慶奴，實《柳枝》詞也，故録於此。」案，《墨莊漫録》實未言是「詞」，此乃王國維據《古今詞話》所改。此首本是詩而後人認作詞，故入副編。

無名氏

無名氏作品二首，據明刻本《詞品》録存，參校宋本《樂府詩集》、康熙本《全唐詩》、内府本《詞譜》。

回紇

陰山瀚海信難通〔一〕。幽閨少婦罷裁縫。緬想邊庭征戰苦，誰能對鏡冶愁容〔二〕。久戍人將老，須臾變作白頭翁。

〔一〕 陰山句：《樂府詩集》卷八〇、《全唐詩》卷二七、《詞譜》卷三作「曾聞瀚海使難通」。

〔二〕 冶：《樂府詩集》、《全唐詩》作「治」。

【考辨】

此首始見於《樂府詩集》卷八〇《近代曲辭》類，無撰人姓氏。《詞品》卷一謂是「陳隋初唐之作」，《全唐詩》卷二七録作唐無名氏，兹從之。又此首《詞譜》卷三作《怨回紇》調之「又一體」，實無足據。《全唐詩》即作樂府詩，兹從《詞品》録入副編。

石州

自從君去遠巡邊。終日羅幃獨自眠。看花情轉切，攬涕淚如泉〔一〕。一自離君後，啼多雙眼穿〔二〕。何時狂虜滅，免得更留連。

以上二首明刻本《詞品》卷一

〔一〕 涕：《樂府詩集》卷七九、《全唐詩》卷二七作「鏡」。按當作「鏡」。

〔二〕眼：《樂府詩集》、《全唐詩》作「臉」，疑非。

【考辨】

此首始見於《樂府詩集》卷七九《近代曲辭》類，無撰人姓氏，《詞品》亦同。《全唐詩》録作唐無名氏，並作樂府詩，兹從之録作唐無名氏，而依《詞品》録入副編。

無名氏

無名氏作品一首，據萬曆本《花草粹編》録存，參校宋本《樂府詩集》、明刻本《唐詞紀》、康熙本《全唐詩》。

醉公子

昨日春園飲，今朝倒接䍦。　誰人扶上馬，不省下樓時。　萬曆本《花草粹編》卷一

【考辨】

此首始見於《樂府詩集》卷八〇《近代曲辭》類，無撰人姓氏，《花草粹編》亦同。《唐詞紀》卷五、《全唐詩》卷二七録作唐無名氏，兹從之。又此首《花草粹編》、《唐詞紀》作詞，而《全唐詩》作樂府詩，兹入副編。

無名氏

無名氏作品一首，據明刻本《唐詞紀》録存，參校嘉靖本《萬首唐人絶句》、康熙本《全唐詩》。

楊柳枝

朝朝車馬如蓬轉，處處江山待客歸。若使人間少離別，楊花應合過春飛。　明刻本《唐詞紀》卷六

【考辨】此首乃詩而非詞。《萬首唐人絶句》卷三八、《全唐詩》卷六七九俱題作《折楊柳》，《唐詞紀》原注亦謂「本曰《折楊柳》」。又此首《全唐詩》屬崔塗。案《萬首唐人絶句》卷三八崔塗十三首詩後爲《江雨望花》、《初識梅花》、《折楊柳》、《七夕》、《泛楚江》、《讀庾信集》、《題授陽鎮路》、《初過漢江》八首，《江雨望花》題下署「盧中」，並注：「八首，集名《盧中》，不載姓名。」可知此八首（含本篇《折楊柳》）原爲無名氏《盧中集》之詩。《全唐詩》以此八首《萬首唐人絶句》列崔塗之後而屬崔塗（其中《讀庾信集》、《初過漢江》卷七五八又别作無名氏），非。兹從《唐詞紀》歸無名氏並入副編。

無名氏

無名氏作品一首，據明刻本《唐詞紀》録存，參校宋本《樂府詩集》、嘉靖本《萬首唐人絶句》、丁本《升庵詩話》、明刻本《詞品》。

三臺詞〔一〕

雁門關上雁初飛〔二〕。馬邑欄中馬正肥。日旰山西逢驛使〔三〕，殷勤南北送征衣。　明刻本《唐詞紀》卷八

〔一〕《樂府詩集》卷七五、《萬首唐人絶句》卷五八、《升庵詩話》卷九作《突厥三臺》。《詞品》卷一作《小秦王》，非。

〔二〕關：《樂府詩集》、《萬首唐人絶句》、《升庵詩話》、《詞品》作「山」。

〔三〕日旰山西：《升庵詩話》作「昨夜陰山」，《詞品》作「陌上朝來」。

【考辨】

此首記載始見於范攄《雲溪友議》卷二：「李尚書訥，夜登越城樓，聞歌曰：『雁門山上雁初飛。』其聲激切。召至，曰：『在籍之妓盛小叢也。』」《唐詩紀事》卷五九《李訥》、《緑窗新話》下卷《盛小叢最號善歌》、《全唐文》卷四三八李訥《記崔侍御遺事》所載略同。范攄及上引諸集本謂盛小叢「唱」此

首，而楊慎《升庵詩話》卷一、卷九、《詞品》卷一則屬盛小叢作，《名媛詩歸》卷一五、《古今詞話·詞辨》上卷、《全唐詩》卷八〇二因之屬盛小叢，非。活字本《韋蘇州集》卷一〇收作韋應物，亦非。《樂府詩集》、《萬首唐人絶句》作無名氏，《唐詞紀》、《全唐詩》卷二六因之，是。兹從之。又此首與《尊前集》所載韋應物同調六言體不同，《全唐詩》卷二六亦收作樂府詩，故入副編。

無名氏

無名氏作品一首，據明刻本《古今詞統》録存（原屬薛濤），參校談本《太平廣記》、洪本《唐詩紀事》。

阿那曲

玉漏聲長燈耿耿〔一〕。東墻西墻時見影。月明窗外子規啼，忍使孤魂愁夜永。　明刻本《古今詞統》卷一

〔一〕聲：《太平廣記》卷三五四、《唐詩紀事》卷七九作「深」。

【本事】

進士楊蘊中，得罪下成都獄。夜夢一婦人。雖形不揚，而言詞甚秀。曰：「吾即薛濤也。頃幽死此室。」乃贈蘊中詩曰（略）。（《太平廣記》卷三五四《楊蘊中》）

【考辨】此首乃唐無名氏假托薛濤爲鬼時所作詩，始見於《太平廣記》卷三五四《楊藴中》。《唐詩紀事》卷七九《薛濤》所載略同。《古今詞統》卷一收作《阿那曲》詞，《詞苑叢談》卷一二又作《獨夜曲》詞，皆非。《全唐詩》卷八六六收作薛濤詩，題《贈楊藴中》。兹歸無名氏。

無名氏

無名氏作品一首，據康熙本《詞鵠初編》録存，參校宋本《樂府詩集》、嘉靖本《萬首唐人絶句》、康熙本《全唐詩》、内府本《歷代詩餘》。

塞姑

昨日盧梅塞口〔一〕。整見諸人鎮守。都護三年不歸，折盡江邊楊柳。　康熙本《詞鵠初編》卷一

〔一〕梅：《歷代詩餘》卷一作「龍」。

【考辨】此首始見於《樂府詩集》卷八〇《近代曲辭》類，無撰人姓氏，《萬首唐人絶句》卷二六收入，知爲唐無名氏，《詞鵠初編》卷一即署「唐無名氏」。又此首《全唐詩》卷八九九、《歷代詩餘》卷一、《詞律》卷

一、《詞譜》卷一俱收作詞，然此齊言體與宋柳永《塞孤》之雙調長短句不同，故入副編。

無名氏

無名氏作品一首，據康熙本《古今詞話》録存，參校叢刊本《才調集》、嘉靖本《萬首唐人絶句》。

涼州歌

一去遼陽繫夢魂。忽傳征騎到中門。紗窗不肯施紅粉，圖遣蕭郎問淚痕。　康熙本《古今詞話·詞話》上卷引《樂府衍義》

【考辨】

此首乃絶句詩，始見於《才調集》卷二，原作無名氏《雜詞》十三首之七，《萬首唐人絶句》卷五八題作無名氏《雜詩》，《全唐詩》卷七八五因之。後入樂歌唱。《古今詞話·詞話》上卷、《歷代詩餘》卷一一一引《樂府衍義》、《詞苑萃編》卷一引《樂府紀聞》作《涼州歌》。兹入副編。

無名氏

無名氏作品一首，據内府本《歷代詩餘》録存，參校涵芬樓《説郛》本《洞微志》、陸本《歲時廣記》、康熙本《全唐詩》。

踏陽春

踏陽春。人間二月雨和塵〔一〕。陽春踏盡秋風起〔二〕，腸斷人間鶴髮人〔三〕。　内府本《歷代詩餘》卷一

〔一〕二月：《全唐詩》卷八六八作「三月」。

〔二〕陽春句：《全唐詩》作「陽春踏、秋風起」。

〔三〕鶴：《洞微志》、《歲時廣記》卷一、《全唐詩》作「白」。

【本事】

顯德中，齊州有人病狂，每唱歌曰（略）。又歌曰：「五雲華蓋曉玲瓏。天時由來汝腑中。惆悵此情言不盡，一丸蘿蔔火吾宮。」後遇一道士，作法治之。（涵芬樓本《説郛》卷七五錢希白《洞微志》）

【考辨】

此首始見於《説郛》本《洞微志》，本無題之歌詩。《紺珠集》卷一二《天麥毒》引《洞微志》同。然《歲時廣記》卷一《踏春歌》引《異聞録》謂是「邢鳳之子夢數美人歌《踏陽春》之曲」，似又屬詞。案《太平廣記》卷二八二《邢鳳》引《異聞録》載邢鳳之子夢一美人「授詩」，「題之曰《春陽曲》」，「其詞曰：長安少女翫春陽。何處春陽不斷腸。舞袖弓彎渾忘却，羅幃空度九秋霜。」（按此詩又見《酉陽雜俎》前集

卷一四，謂是古屏上婦人于床前踏歌之歌詩，唯文字小異。）《歲時廣記》或因混淆誤書。《歷代詩餘》卷一收作無名氏詞。《全唐詩》收作病狂人《歌》詩。《詞鵠初編》卷一作宋無名氏詞，《全宋詞》三九一五頁訂爲「唐或五代時作品」。案，歌此首之病狂人爲後周顯德（九五四）中人，此首當爲五代人作。然此首出自北宋錢易《洞微志》，是否爲錢易所依托，難以考定。姑録作五代無名氏入副編。

無名氏

無名氏作品一首，據内府本《詞譜》録存，參校宋本《樂府詩集》、康熙本《全唐詩》。

柘枝引

將軍奉命即須行。塞外領强兵。聞道烽煙動，腰間寶劍匣中鳴。　内府本《詞譜》卷一

【考辨】

此首始見於《樂府詩集》卷五六《舞曲歌辭》類，題作《柘枝詞》，《全唐詩》卷二二因之收作樂府詩。《詞譜》始改作《柘枝引》詞（注出《樂府詩集》），《詞律拾遺》卷一、《詞林紀事》卷一八因之，非。兹入副編。又此首《樂府詩集》無撰人姓氏，《詞譜》、《詞律拾遺》作「無名氏」，《全唐詩》録作唐無名氏。《詞林紀事》作宋無名氏，《全宋詞》三八七三頁已辨其非，並斷作唐無名氏。而席本《王建詩集》卷

二録歸王建，未知何據，宋本《王建詩集》、明本《唐王建詩集》、毛本《王建詩》俱未收。是否爲王建作，難以斷定。姑仍從《樂府詩集》、《詞譜》等作唐無名氏。

無名氏

無名氏四調三十三首大曲詞，據内府本《詞譜》録存，參校宋本《樂府詩集》、嘉靖本《萬首唐人絶句》，相關作品則分别取校活字本《沈佺期集》、元刊本《王右丞集》、凌刻本《王摩詰詩集》、趙本《王右丞集箋注》、叢刊本《高常侍集》、叢刊本《分門集注杜工部詩》、明刻本、活字本《韓君平集》、席本《韓君平詩集》、蔣本《李義山詩集》、乾隆本《玉谿生詩集箋注》、宋本《文苑英華》、康熙本《唐音統籤》、稗海本《雲溪友議》。

水調歌　十一首

第一

平沙落日大荒西。隴上明星高復低。孤山幾處看烽火，壯士連營候鼓鼙〔一〕。

〔一〕壯：《樂府詩集》卷七九：「一作『戰』。」

第二

猛將關西意氣多。能騎駿馬弄琱戈。金鞍寶鉸精神出，笛倚新翻水調歌〔一〕。

〔一〕笛倚：《萬首唐人絶句》卷五八作「倚笛」。

第三

王孫別上緑珠輪〔一〕，不羨名公樂此身〔二〕。户外碧潭春洗馬〔三〕，樓前紅燭夜迎人。

〔一〕上緑珠輪：《韓君平集》卷下、《韓君平詩集》、《萬首唐人絶句》卷二〇作「舍擁朱輪」。

〔二〕名公：《韓君平集》、《韓君平詩集》、《萬首唐人絶句》作「空名」。

〔三〕户：《韓君平集》、《韓君平詩集》、《萬首唐人絶句》作「門」。

【考辨】

此首本韓翃《贈李翼》詩，見明刻本、活字本《韓君平集》卷下、席本《韓君平詩集》、《萬首唐人絶句》卷二〇、《全唐詩》卷二四五。後被入樂歌唱。別又誤作羅鄴詩，見《古今圖書集成·經濟彙編·選舉典》卷一一四《廕襲部·藝文二》。

第四

隴頭一段氣長秋。舉目蕭條總是愁。祇爲征人多下淚，年年添作斷腸流。

【考辨】

此首《古今圖書集成·經濟彙編·戎政典》卷六四《兵制部·藝文四》作趙嘏詩，未知所據。

第五

交帶仍分影〔一〕，同心巧結香。不應須換彩〔二〕，意欲媚濃粧〔三〕。

〔一〕交：《樂府詩集》卷七九、《萬首唐人絶句》卷二〇作「雙」。

〔二〕須：《萬首唐人絶句》作「頻」。

〔三〕濃：《萬首唐人絶句》作「紅」。

入破第一

白草河邊一雁飛〔一〕。黄龍關裏掛戎衣。爲受明王恩寵渥〔二〕，從事經年不復歸。

〔一〕白：《樂府詩集》卷七九作「細」。

〔二〕 渥：《樂府詩集》作「甚」。

第二

滿城絲管日紛紛〔一〕。半入江楓半入雲。此曲只應天上有〔二〕，人間能得幾回聞。

〔一〕 滿：《分門集注杜工部詩》卷一六、《樂府詩集》卷七九、《萬首唐人絶句》卷一作「錦」。

〔二〕 有：《樂府詩集》作「去」。

【考辨】

此首本杜甫《贈花卿》詩，見《分門集注杜工部詩》卷一六等，後被入樂歌唱。楊慎《升庵詩話》卷一三云：「唐人樂府多唱詩人絶句，王少伯、李太白爲多。杜子美七言絶近百，錦城妓女獨唱其《贈花卿》一首(略)。蓋花卿在蜀，頗僭用天子禮樂，子美作此諷之，而意在言外，最得詩人之旨。當時妓女獨以此詩入歌，亦有見哉。」又參同書卷一《子美贈花卿》條。

第三

昨夜遥歡出建章〔一〕，今朝綴賞度昭陽〔二〕。傳聲莫閉黄金屋，爲報先開白玉堂。

〔一〕 遥：《萬首唐人絶句》卷五八作「邀」。

〔二〕綴：《萬首唐人絶句》作「徽」。

第四

日晚笳聲咽戍樓。隴雲漫漫水東流。行人萬里向西去，滿目關山空恨愁〔一〕。

〔一〕空：《樂府詩集》卷七九注：「一作『無』。」恨：《樂府詩集》注：「一作『自』。」《萬首唐人絶句》卷五八作「自」。

第五

十年一遇聖明朝〔一〕。願對君王舞細腰。乍可當熊任生死，誰能伴鳳上雲霄〔二〕。

〔一〕十：《樂府詩集》卷七九作《千》。

〔二〕上：《樂府詩集》原注：「一作『入』。」

第六徹〔一〕

閨燭無人影，羅屏有夢魂。近來音耗絶，終日望君門。

〔一〕此首《樂府詩集》卷八〇又作無名氏《簇拍相府蓮》五言八句之下半（《唐語林》卷六引文亦同）。

凉州歌　五首

第一

漢家宫裏柳如絲。上苑桃花連碧池。聖壽已傳千歲酒〔一〕，天文更賞百僚詩。

〔一〕歲：《萬首唐人絶句》卷五八作「載」。

第二

朔風吹葉雁門秋，萬里煙塵昏戍樓。征馬長思青海北，胡笳夜聽隴山頭。

第三

開篋淚霑濡〔一〕。見君前日書。夜臺空寂寞〔二〕，猶是子雲居〔三〕。

〔一〕濡：《高常侍集》卷一、《文苑英華》卷三〇三作「臆」。《樂府詩集》卷七九作「襦」。

〔二〕空：《高常侍集》作「今」，《文苑英華》同，並注：「集作『空』」。

〔三〕子雲居：《樂府詩集》作「紫雲車」。

【考辨】

此首本高適《哭單父梁洽少府》五古之首四句，見《高常侍集》卷一、《文苑英華》卷三〇三等。後被入樂歌唱。薛用弱《集異記》載伶人曾謳此四句。

排遍第一

三秋陌上早霜飛。羽獵平田淺草齊。錦背蒼鷹初出按，五花驄馬餵來肥。

第二

鴛鴦殿裏笙歌起，翡翠樓前出舞人。喚上紫微三五夕，聖明方壽一千春。

伊州歌　十首

第一

秋風明月獨離居〔一〕。蕩子從戎十載餘〔二〕。征人去日殷勤囑，歸雁來時數寄書〔三〕。

〔一〕秋風句：凌刻本《王摩詰詩集》卷七、《王右丞集箋注》卷一五、《雲溪友議》卷六作「清風明月苦相思」。

〔二〕戎：凌刻本《王摩詰詩集》作「軍」。

〔三〕寄：凌刻本《王摩詰詩集》、《雲溪友議》作「附」。

【考辨】

此首始見於《雲溪友議》卷六，謂李龜年在湘中採訪使筵上唱此詞，「爲王右丞所製」。然元刊本《王右丞集》、明顧起經本《類箋唐王右丞集》未收。明凌蒙初刻本《王摩詰詩集》卷七收入，題作《雜詩》，清趙殿成《王右丞集箋注》卷一五《外編》以《失題》詩收入。或爲王維原作，後入樂歌唱。《全唐詩》卷一二八題爲《伊州歌》，屬王維。案，此爲大曲，不應别出單刻其中一闋。兹從《樂府詩集》、《萬首唐人絶句》卷五八、《全唐詩》卷二七、《詞譜》卷四〇，不另别出。

第二

彤闈曉闢萬鞍迴〔一〕。玉輅春遊薄晚開〔二〕。渭北清光摇草樹〔三〕，州南嘉景入樓臺〔四〕。

〔一〕彤闈句：《文苑英華》卷一七九作「銅闈曉闢問安迴」。

〔二〕玉輅：原作「玉露」，據《樂府詩集》卷七九、《萬首唐人絶句》卷五八改。此句《文苑英華》作「金輅春遊博望開」。

〔三〕北：《文苑英華》作「水」。

〔四〕州南嘉景：《文苑英華》作「終南佳氣」。《萬首唐人絶句》作「南州佳景」。

【考辨】

此首本賈曾《和春日出苑遊應令》律詩之前半，見《文苑英華》卷一七九（賈曾誤刻爲賈會）、《全唐詩》卷六七（題作《奉和春日出苑矚目應令》），後被截以入樂歌唱。

第三

聞道黄花戍〔一〕，頻年不解兵。可憐閨裏月，偏照漢家營〔二〕。

〔一〕花：《沈佺期集》卷二作「龍」。

〔二〕偏照：《沈佺期集》作「長在」。

【考辨】

此首本沈佺期《雜詩》之前四句，見活字本《沈佺期集》卷二，後被入樂歌唱。《古今圖書集成·明倫彙編·閨媛典》卷一一《閨媛總部·藝文八》誤作吴象之詩。

第四

千里東歸客，無心憶舊遊。掛帆遊白水，高枕到青州。

【考辨】

此首《唐音統籤》卷六六六、《全唐詩》卷五四八作薛逢詩，爲《涼州詞》三首之一。當爲薛逢詩，後被入樂歌唱。

第五

桂殿江烏對，彫屏海燕重。祇應多釀酒，醉罷樂高鍾〔一〕。

〔一〕罷：《萬首唐人絶句》卷二〇作「把」。

入破第一

千門今夜曉初晴。萬里天河徹帝京。璨璨繁星駕秋色，稜稜霜氣韻鐘聲。

第二

長安二月柳依依。西出流沙路漸微。閼氏山上春光少，相府庭邊驛使稀〔一〕。

〔一〕庭邊：《萬首唐人絶句》卷五八作「邊廷」。

第三

三秋大漠冷溪山。八月嚴霜變草顏。卷旆風行宵渡磧，銜枚電掃曉應還。

【考辨】

此首《古今圖書集成·經濟彙編·戎政典》卷六四《兵制部·藝文四》誤作張祜詩，題《水鼓子》。

第四

行樂三陽早，芳菲二月春。閨中紅粉態，陌上看花人。

第五

君住孤山下，煙深夜徑長。轅門渡緑水，遊苑遶垂楊。

【考辨】

此首《唐音統籤》卷六六六、《全唐詩》卷五四八作薛逢《凉州詞》之二。當爲薛逢作。

陸州歌　七首

第一

分野中峰變，陰晴衆壑殊。欲投人處宿，隔浦問樵夫〔一〕。

〔一〕浦：《王右丞集》卷四作「水」。

【考辨】

此首本王維《終南山》五律之下半，見元刊本《王右丞集》卷四等，後被入樂歌唱。

第二

共得煙霞逕，東歸山水遊。蕭蕭望林夜，寂寂坐中秋。

第三

香氣傳空滿，妝花映薄紅〔一〕。歌聲天仗外〔二〕，舞態御樓中〔三〕。

〔一〕妝花句：《王右丞集》卷一作「妝華影箔通」。

〔二〕聲：《王右丞集》作「聞」。

〔三〕態：《王右丞集》作「出」。

【考辨】

此首本王維《扶南曲歌詞五首》其三之前四句，見《王右丞集》卷一、《王右丞集箋注》卷二、《全唐詩》卷一二五等，後被截以入樂歌唱。

排遍第一

樹發花如錦，鶯啼柳若絲。更逢歡宴地〔一〕，愁見別離時。

〔一〕逢：《唐音統籤》卷六二八、卷六六六作「遊」。

【考辨】

此首《唐音統籤》卷六六六、《全唐詩》卷五四八作薛逢《凉州詞》三首之三。然《唐音統籤》卷六二八、《全唐詩》卷五六五、《全五代詩》卷五八又作韓琮《凉州詞》，未詳孰是。

第二

明月照秋葉，西風響夜砧。强言徒自亂，往事不堪尋。

第三

坐對銀釭曉，停留玉筯痕。君門常不見，無處謝前恩。

第四

曙月當窗滿，征人出塞遊〔一〕。畫樓終日閉，清管爲誰調〔二〕。　以上三十三首内府本《詞譜》卷四〇

〔一〕人：《李義山詩集》卷三、《玉谿生詩集箋注》卷三作「雲」。

〔二〕清：《樂府詩集》卷七九注：「一作『絲』。」

【考辨】

此首本李商隱《清夜怨》五律之後半，見《李義山詩集》卷三、《玉谿生詩集箋注》卷三等。後被截以入樂歌唱。又案以上《水調歌》等四調大曲詞，始見於《樂府詩集》卷七九，然多屬採唐人絶句或截詩入樂者，非倚調所製。因《詞譜》録入，兹入副編。

全唐五代詞副編卷二　敦煌作品

敦煌寫本歌辭作品，其性質難以確定或存在争議者，以原寫卷爲底本，原卷失傳或未予公布者，則據今人著録本校録。凡據斯卷收録一百零五首，據伯卷收録三百零九首，據列一四五六號收録一首，據吐魯番出土文書收録二首，據羅振玉《敦煌零拾》收録十七首，總計四百三十四首。除用斯卷、伯卷、及北京圖書館藏「鳥」字號、「周」字號等各種寫本影件校勘外，另參校今人主要校録本及校勘成果有：郭沫若《卜天壽論語抄本後的詩詞雜録》（簡稱郭録），饒宗頤《敦煌曲》（饒編）、《敦煌曲訂補》（饒補），任二北《唐聲詩》、《敦煌曲校録》（校録），林玫儀《敦煌曲子詞斠證初編》（林編），任半塘《敦煌歌辭總編》（總編），陳慶浩《法忍抄本殘卷王梵志詩初校》（陳校），黄征《〈敦煌歌辭總編〉校釋商榷》（商榷），項楚《〈敦煌歌辭總編〉匡補》（匡補）、《王梵志詩校注》（項注）。

十二時　禪門十二時〔一〕

夜半子。夜半子。衆生重重縈俗事〔二〕。不能禪定自觀心，何日得悟真如理。　豪强富貴暫時間，究竟終歸不免死。非論我輩是凡夫，自古君王亦如此〔三〕。

〔一〕原題「禪門十二時」，北京圖書館藏「鳥」字十號題「勸戒文」。全套十二首，每時一首，句式爲「三、三、七、七、七、七七、七七」，九句六韻。「鳥」字十號所抄多殘缺，自「日出卯」至「黄昏戌」八首，首句三字旁均有二小點，乃重文符號。總編據此，於全套每時首句下皆補一疊句，且分爲二片。兹從之。

〔二〕縈：原寫作「榮」，從總編改。

〔三〕古：原寫作「此」，從總編改。

其二

鷄鳴丑。雞鳴丑。不分年紀侵蒲柳〔一〕。忽然明鏡照用看〔二〕，頓覺紅顏不如舊。　頭鬢蒼茫面復皺，眼闇匡量漸加愁〔三〕。不覺無常日夜催〔四〕，即看强梁那可久〔五〕。

〔一〕年紀：原寫作「年既」，從匡補校改。

〔二〕用：總編校作「前」。

〔三〕頭鬢二句：總編校作「眼暗尫羸漸加愁，頭鬢蒼茫面復皺」。

〔四〕催：原寫作「摧」，從饒編校改。

〔五〕强梁：原寫作「强量」。　那可：原寫作「那不」，從總編校改。

其三

平旦寅。平旦寅。智惠莫與色爲親。斷除三障及三業，遠離六賊及六塵。金玉滿室非是寶〔一〕，忍辱最是無價珍。男子女人行此事，不染生死免沉淪〔二〕。

〔一〕室：總編校作「堂」。

〔二〕淪：原寫作「論」，從饒編校改。

其四

日出卯。日出卯。濁惡世界多煩惱。欲得當來證果因，弃捨榮華急修道〔一〕。隨時麻褐且充體〔二〕，錦鋪羅衣莫將好。如來尚自入涅槃〔三〕，凡夫宿業誰能保〔四〕。

〔一〕急修道：原寫作「及修道」，「烏」字十號寫作「修佛道」。茲從總編校改。

〔二〕褐：「烏」字十號寫作「布」。

〔三〕尚：原寫作「上」，從總編校改。

〔四〕宿業：原寫作「宿夜」，從總編校改。　誰能：「烏」字十號寫作「殊難」。

其五

食時辰。食時辰。六賊輪迴不識珍〔一〕。自恨長生閻浮提〔二〕，恒爲怨魔會須勤〔三〕。衆生在俗須眼利〔四〕，莫著沉淪守迷津〔五〕。跋提河邊洗罪垢〔六〕，菩提樹下證成真。

〔一〕輪：原寫作「論」，從饒編校改。
〔二〕長生：總編校作「生長」。　提：「鳥」字十號寫作「帝」。
〔三〕怨魔：總編校作「冤魔」。
〔四〕須眼利：原寫作「雖眼裏」，從校録改。
〔五〕沉淪：原寫作「沉論」。　迷津：「鳥」字十號寫作「迷珍」。
〔六〕跋提句：「鳥」字十號寫作「拔提河頭細罪句」。

其六

隅中巳〔一〕。隅中巳。所恨流浪俱生死〔二〕。法船雖達涅槃城〔三〕，二鼠四蛇從後至。人身猶如水上泡，无常煞鬼忽然至。三日病卧死臨頭，善惡二業終難避〔四〕。

〔一〕隅：原寫作「喁」。

〔二〕所根句：「鳥」字十號寫作「自根留朗歸生死」。

〔三〕法舩句：「鳥」字十號寫作「法船未達涅槃時」。

〔四〕二業：「鳥」字十號寫作「之業」。

其七

正南午。正南午。人命猶如草頭露〔一〕。火急努力懃修補〔二〕，第一莫貪自迷誤〔三〕。　閻羅伺命難求囑〔四〕，積寶凌天無用處〔五〕。若其放慢似尋常〔六〕，歷劫哀哉自身苦〔七〕。

〔一〕猶：原寫作「由」。

〔二〕補：總編校作「福」。

〔三〕誤：「鳥」字十號寫作「悟」。

〔四〕伺：「鳥」字十號寫作「思」，總編校作「司」。

〔五〕凌：總編校作「陵」。

〔六〕其：「鳥」字十號寫作「也」。

〔七〕歷劫句：原寫作「歷劫哀哉自辛身苦」，「辛身」二字當有一誤，玆從饒編校改。「鳥」字十號寫作「力竭哀哉自受苦」。

其八

日昳未。日昳未。衆生禀性惟求利〔一〕。孰知猛火逼燃來〔二〕，不解將身遠相避〔三〕。無心讀誦大乘經，執著慳貪懷思意〔四〕。一朝无常死王催〔五〕，騰身直入鑊湯裏〔六〕。

〔一〕衆生句：「烏」字十號寫作「衆生品性須求里」。

〔二〕孰知：「烏」字十號寫作「熟至」，校録校作「熱至」。兹從總編校改。　燃：原寫作「然」，「烏」字十號寫作「身」。

〔三〕不解：「烏」字十號寫作「不價」，校録校作「不暇」。

〔四〕執著：「烏」字十號寫作「執善」。　懷思意：原寫作「懷慮境」，失韻。兹從總編校改。

〔五〕无常：「烏」字十號於二字旁注「病卧」。　死王催：原寫作「死王摧」，「烏」字十號寫作「四王摧」。

〔六〕騰身句：「烏」字十號寫作「騰身一入到焦力帝」，總編校「焦力帝」作「焦熱地」。

其九

晡時申〔一〕。晡時申。慈悲喜捨最爲真〔二〕。被他打駡恒忍辱，當來獲得菩提因〔三〕。皮骨肉體終莫惜〔四〕，法水時時得潤身〔五〕。一切煩惱漸輕微，解脱逍遥出六塵〔六〕。

〔一〕晡：原寫作「甫」。

〔二〕真：總編校作「珍」。

〔三〕獲：校録校作「護」。

〔四〕肉：「鳥」字十號寫作「血」。　莫：「鳥」字十號寫作「不」。

〔五〕得：「鳥」字十號寫作「德」。

〔六〕脱：「鳥」字十號寫作「奪」。

其十

日入酉。日入酉。觀看榮華實不久。劫石尚自化爲塵〔一〕，富貴那能得長壽〔二〕。愚人不悟守迷津〔三〕，專愛殺生並好酒〔四〕。无常不肯與人期〔五〕，地獄刀山長劫受〔六〕。

〔一〕尚：原寫作「上」。

〔二〕壽：原寫似「音」，「鳥」字十號寫作「受」。從饒編校改。

〔三〕愚人不悟：「鳥」字十號寫作「遇人不會」。　津：「鳥」字十號寫作「真」。

〔四〕殺：原寫作「煞」。

〔五〕与：「鳥」字十號寫作「以」。

〔六〕長：「鳥」字十號寫作「常」。

其十一

黄昏戌。黄昏戌。冥路幽深暗如漆〔一〕。牛頭獄卒把鐵杈〔二〕，罪人一入無時出。智者聞聲心膽驚〔三〕，行人思量莫論失〔四〕。欲得當來避險路〔五〕，勤修般若波羅蜜。

〔一〕冥路幽深：「鳥」字十號寫作「明路憂深」。

〔二〕獄卒：「鳥」字十號寫作「王乖」。

〔三〕智：「鳥」字十號寫作「至」。

〔四〕行人：「鳥」字十號寫作「幸者」。

〔五〕欲得當來：「鳥」字十號寫作「當來欲得」。

其十二

人定亥。人定亥。罪福總是天曹配。善因惡業自相隨〔一〕，臨渴掘井終難悔〔二〕。榮華恰似風中燭〔三〕，眼裏貪色大癡昧〔四〕。一朝冷落卧黄沙〔五〕，百年富貴知何在〔六〕。以上十二首斯四二七卷

〔一〕自：「鳥」字十號寫作「總」。

〔二〕掘：原寫作「掘」，「鳥」字十號寫作「埪」。兹從饒編校改。

〔三〕榮華句：「鳥」字十號寫作「榮華總似風中足」。

〔四〕眼裏：「鳥」字十號寫作「眼里」，饒編校作「眼重」。

〔五〕冷：原寫作「令」，又似「合」。兹從總編校改。　沙：「鳥」字十號寫作「天」，校録校作「泉」。

〔六〕知：「鳥」字十號寫作「之」，校録校作「今」。

【考辨】

《十二時》創調於六朝。隋煬帝時白明達所造「新聲曲」内有此曲，當在六朝舊曲基礎上加以創新。入唐又爲太常供奉曲。唐五代宗教徒多利用此曲，惟不見文人採用。入宋用爲詞調。敦煌寫卷載《十二時》十餘套，大多爲佛教徒所作，少數反映世俗内容，或出於民間作者之手；從形式上看，皆按十二時辰之順序組織成套，惟篇制句式上各套又不盡相同。諸家或稱之爲「佛曲」、「佛讚」，或視之爲「俚曲」、「俗調」。兹録入副編，以俟考證。

五更轉　維摩五更轉〔一〕

一更初。一更初〔二〕。醫王設教有多途。維摩權疾徙方丈，蓮花寶相坐街衢〔三〕。

〔一〕此套原題「維摩五更轉」，内容乃詠維摩問疾之佛教故事。每更一首，單片，句式爲「三、三、七、七七」，首句重疊。

〔二〕一更初：原卷於三字旁標注重文符號，以下至四更皆然，惟五更一首遺漏。兹據補一疊句。下同。

〔三〕實相：原寫作「實想」，據伯三一四一卷改。

其二

二更淺。二更淺。金粟如來巧方便。室包乾像掌擎山，示有妻兒常厭患。

其三

三更深。三更深。釋迦演法語同音。聽聞隨類皆得解，觀根爲説稱人心。

其四

四更至。四更至。月面毫光千道起。有學無學萬餘人，助佛弘宣一大事。

其五

五更曉。〔五更曉〕。將明佛國先有兆。一蓋之中千土呈，十方世界俱能照。以上五首斯二四五四卷

【考辨】

《五更轉》創調於六朝。《樂府詩集》卷三三「相和歌辭·平調曲」内，載陳伏知道《從軍五更轉》，乃五言四句平韻體五首。隋太樂有此曲。入唐，用爲太常供奉曲，又演變爲法曲樂章。敦煌寫卷載《五更轉》凡十餘套，大多爲佛教徒所作，少數作品反映世俗内容，或出自民間作者之手，然未見文人創作；從形式上看，每套皆按五更遞轉之順序組織成套，惟篇制句式上又多有變化。諸家校録，意見分歧，或視爲「佛曲」，或稱作「俚曲」、「小調」。兹録入副編，以俟考證。

十二時〔一〕

平旦寅〔二〕。了了輪迴受苦辛。含全□□□□□〔三〕，意識參雜有數人。

〔一〕 此套原抄於「南宗定邪正五更轉」（見後録伯二五〇四卷）之後。原卷前七首下部破損，辭多殘缺，於中時一首後又穿插他文，再接抄酉時以下五首。後五首句式完整，皆作「三、七、七七」，四句三韻。前七首殘缺處，皆

據以補空。

〔二〕寅：原寫作「演」。

〔三〕「含全」句：原卷「全」下殘缺。

其二

日出卯。令□□□□□□〔一〕。門外三車不用論，□□□□□□□。

〔一〕令□句：原卷模糊，僅辨首字似「令」。

其三

食時辰。无明花發幾時新。□聲□□□□□，隨運貪生恣苦因。

其四

〔隅中巳〕〔一〕。□□□□□□□。故知擊浪風勢驚，□□□□□□□。

〔一〕隅中巳：原卷殘缺，據十二時順序及定格補。

其五

正南午。般若之舩能救苦。□□□□□□□，得達彼岸捨舟舩〔一〕。

〔一〕得達二句：總編作「得達彼岸捨□船，□□□□□□□」。按原卷次句下殘缺一句，「得達」句處於下一行開頭位置，不與次句相接。　舟：原寫又似「舩」。　舩：失韻，待校。

其六

日昳未〔一〕。將知二境如□□〔二〕。□□□□□□□，毀謷不動如須彌。

〔一〕昳：原訛作「跌」。

〔二〕二：原卷模糊，兹從總編校訂。

其七

晡時申。終取如來□□□。□□□□□□□，火威停爐□□□。

其八

日入酉。世諦榮華應不久〔一〕。但拯无明不染心，則與諸佛爲心首。

〔一〕諦：原寫作「帝」，從總編校改。

其九

黄昏戌。自有心中如惠日。但知識得涅槃城，則是般若波羅蜜。

其十

人定亥。衆生久被无明蓋〔一〕。一往沉淪苦海中〔二〕，此度出離生死海。

〔一〕明：原寫作「名」。

〔二〕淪：原寫作「輪」。

其十一

夜半子。發願无明心不起。若知煩惱是菩提〔一〕，則是火宅離生死。

〔一〕若知：總編校作「欲除」。

其十二

鷄鳴丑〔一〕。故知佛性人人有。若知萬象悉皆空〔二〕，則知佛性得成就。　以上十二首斯二六七九卷

〔一〕鳴：原寫作「明」。

〔二〕象：原寫作「像」。

五更轉　无相〔一〕

一更淺。衆要諸緣何所遣〔二〕。但依政觀且□□，念念真如方可顯。

〔一〕原題「无相五更轉」。「无相」爲佛教術語，謂絶滅諸相之意，兹仍用以爲題。全套五首，每更一首，句式爲「三、七、七七」，四句三韻。

〔二〕衆要：總編疑作「衆生」。

其二

二更深。菩提妙理晢探尋〔一〕。曠徹清虚無去住，證得如如平等心。

〔一〕探：原寫作「貪」，從總編校改。

其三

三更半。宿昔塵勞從此斷。先除過現未來因，栰喻成規超彼岸〔一〕。

〔一〕栰：原寫作「伐」，從總編校改。

其四

四更遷。定惠雙行出蓋纏。了見色空圓浄體，潤如戒月瑩晴天〔一〕。

〔一〕潤：總編校作「澄」。

其五

五更催。佛日凝然妙境開〔一〕。超透四禪空寂處〔二〕，相應一念見〔如來〕〔三〕。　以上五首斯六

○七七卷

〔一〕開：原寫模糊，從總編依韻校補。

〔二〕禪：原寫模糊，從總編校補。

〔三〕如來：原缺，從總編校補。

五更轉　荷澤和尚五更轉〔一〕

一更初。涅槃城裏見真如。妄想是空非有實，不言爲有不言無〔二〕。　非垢净，離空虛。莫作意，入無餘。了性即知當解脱，何勞端坐作功夫。

〔一〕此套五首，原題「荷澤和尚五更轉」，而用朱筆於「澤」字右下注「寺」字，於「尚」字右下注「神會」二字，據知乃盛唐間南宗著名禪師神會所作。前三首載斯六一〇三卷，後二首載斯二六七九卷，兩卷綴接，合成完璧。每更一首，兩片，上片句式爲「三、七、七七」，下片句式爲「三三、三三、七七」。

〔二〕爲：原寫作「未」，從總編校改。　無：原殘損，從總編校補。

其二

二更催。知心無念是如來。妄想是空非有〔實〕〔一〕，□□山上不勞梯。　頓見境〔二〕，佛門開。寂滅樂，是菩提。□□□燈恒普照，了見馨香無去來。

〔一〕想：原寫作「相」，據前首改。　有實：「實」字原殘損，據前首補。總編校作「實有」。

〔二〕境：原寫作「竟」，從總編校改。

其三

三更深。無生□□坐禪林〔一〕。内外中間無處所，魔軍自滅不來侵。　莫作意〔二〕，勿凝心。

任自在，離思尋。般若本來無處所，作意何時悟法音。

以上三首斯六一〇三卷

〔一〕□□：原殘缺，總編疑作「何必」，匡補謂應作「法忍」。

〔二〕莫作意：原卷此句下衍「入無餘」三字，乃因第一首而誤寫。

其四

四更闌〔一〕。□□□□□□□。□□共傳無作法，愚人造化數數般。　易不易，難不難〔二〕。

□投似〔三〕，本來禪。若悟刹那應即見，迷時累劫闇中觀。

〔一〕闌：原訛作「蘭」。

〔二〕易不二句：原卷模糊，略可辨認，姑爲校訂。總編校作「覓不見，難□難」。

〔三〕□役似：此句疑有誤，姑從總編校訂。

其五

五更分。浄體由來無我人〔一〕。黑白見知而不染，遮莫青黄寂不論。　了了見，的知真。隨無相，離緣因。一切時中常解脱，共俗和光不染塵。

以上二首斯二六七九卷

〔一〕由：原寫作「猶」。

水鼓子〔一〕

□□□□□□□，□□□看新圖。教坊因進翻來曲〔二〕，□□□□□□無。

〔一〕此首以下凡三十九首，原卷前段殘缺，失調名。卷末題「寄古外子」。「寄」當即「寄在」、「寄調」之意，其下當爲調名，惟「古外」究係一字，抑爲二字，或「古」下「外」字是否爲注「卜」號之廢字，尚難確考。饒編疑爲「古子」，即「鼓子」。敦煌寫卷伯三八〇八卷所傳樂譜内有「水鼓子」，《教坊記》「曲名」表亦有《水沽子》。又《北夢瑣言》載《水牯子》，《樂府詩集》載《水鼓子》，皆七言四句體。敦煌寫卷所載此三十九首，亦皆爲七言四句體。總編訂調名爲《水鼓子》，兹從之。

〔二〕教坊：原寫作「教方」，從總編校改。

其二

降誕宮中呼萬歲〔一〕，此時長慶退雲飛。銀臺門外多車馬，盡是公卿進御衣。

〔一〕降誕：饒編校作「隆誕」。

其三

朝廷賞罰不逡巡〔一〕，宣事書家出閤頻〔二〕。當日進黄聞數紙，即憑酬答有功人。

〔一〕廷：原寫作「庭」。　逡：原寫作「篴」，從饒編校改。

〔二〕閤：原寫作「各」，匡補以爲當作「閤」，茲從校改。

其四

中書奉勑當時行。盡集朝官入大明。遠國戎夷修下禮，聖朝天子得蕃情。

其五

内宴功臣有舊儀。會寧陳設是恩私。伶人奏語龍墀上，如説三皇五帝時。

其六

君王閑静欲聽歌。西面銀臺課事多〔一〕。恩澤不曾遺草木，朝來三度進熹和〔二〕。

〔一〕課：原殘存右部，從饒編校補。

〔二〕熹和：原寫作「喜和」，從總編校改。

其七

孔雀知恩無意飛。開籠任性在宫闈。裁人亦見輕羅錦，欲取金毛繡舞衣〔一〕。

〔一〕舞衣：原寫作「武衣」。

其八

寒更絲竹轉泠泠。月過猶殘色在庭。坐上司天封狀入，西方初見老人星。

其九

掖庭能織御衣人。福尺襟襴盡可身。鬪染□□顔色好，水波紋裏隱龍鱗。

其十

秋月君王多獵去，飛龍□□□歸。承恩好馬香湯洗，猶恐輕塵污御衣〔一〕。

〔一〕塵：原寫作「陳」，從饒編校改。

其十一

中使先□□□□，春明樓上馬蹄聲〔一〕。宮人各各懸弓箭〔二〕，欲向君前鬪□□。

〔一〕上：總編校作「下」。　蹄：原作「啼」，從饒編校改。

〔二〕懸：原寫作「縣」。

其十二

春天日色正光輝。欲得新鷹近眼飛。珠殿少風塵□□〔一〕，□□□上繡簾衣〔二〕。

〔一〕塵：原殘存上部，從饒編校補。總編疑「塵」下二字爲「不起」。

〔二〕上：總編疑「上」上一字爲「捲」。

其十三

新候恩光日日臨。宮中咒願意皆深。嬪妃□□□□[二]，綴著春人當背心[三]。

〔一〕 候：饒編校作「侯」。

〔二〕 嬪：原作「頻」，從總編校改。　妃：原殘存「女」部，從總編校補。

〔三〕 人：總編以爲此字訛，故校作空圍。玆姑仍其舊。

其十四

上方外案收狐兔[一]，教獵宮中貴在□。□□□君王□院[二]，近聞中尉進花鷹。

〔一〕 案：總編校作「按」。

〔二〕 「□□□君」句：原卷僅殘存「君王貪院」四字，饒編校作「……君王貪院」；總編校作「□□君王□□院」。案「貪」字俟考，姑作空圍。

其十五

春時□□宴文王，弄戲千般賞□□。移却御樓東畔屋，少陽宮裏鬥雞場。

其十六

花開欲幸教坊時〔一〕，桃□□令隔宿知〔二〕。聞出内家新舞女，翰林别進柘枝詞。

〔一〕教坊：原作「教方」，總編校作「教□」。兹從饒編校改。

〔二〕桃□□令句：總編疑「桃」下二空圍當作「李都」二字，匡補以爲當作「李急」二字。

其十七

新殿中庭索柱□，府家躬進少書懷〔一〕。菶開花展迴頭望，金作闌干玉砌階。

〔一〕躬：原寫作「弓」，從饒編校改。　懷：原寫難辨，總編校作空圍，兹從饒編校訂。

其十八

美人背看内園中，猶自風流着褪紅〔一〕。爲睹金鍼争百草〔二〕，急行遣□玉瓏璁〔三〕。

〔一〕褪：原作「退」，從饒編校改。

〔二〕爲睹句：總編校作「爲睹金錢争百草」。

〔三〕遣□：總編校作「遣卻」。　瓏璁：原寫作「籠樬」，從饒編校改。

其十九

生衣勿進緊紋紗。當背□連一朵花〔一〕。宣下當時休遣織，近來宮裏斷奢華。

〔一〕□：總編以爲可補「心」字。

其二十

日晚中人走馬來。宮門處處遣交開。傳聲亦過排軍使，祇候君王打獵迴〔一〕。

〔一〕祇候：原草寫不清，從饒編校訂。

其二十一

新進橋瓦是黄檀〔一〕。聞道朝來退玉鞍。不信匠人能巧取〔二〕，天生曲處是龍盤〔三〕。

〔一〕瓦：原寫作「兀」，饒編、總編校作「几」。兹從匡補校訂。

〔二〕匠：原寫似「近」，匡補以爲乃「匠」字形近致誤，據改。　巧：原寫作「汚」，從總編校改。

〔三〕是：總編校作「似」。

其二十二

春天暖日會妃嬪。各各梳頭出樣新〔一〕。鵲語下階争跪拜，願令恩澤勝傍人。

〔一〕樣：原作「援」，從總編校改。

其二十三

中國常依禮樂經。遠番無不進王庭。崑崙信物犀腰帶〔一〕，盡是通天鳥獸形。

〔一〕犀：原寫作「犀」，從饒編校改。

其二十四

美女承恩賜好梅，銀絲籠子不教開。宫碁贏得人將去，却進君王道賭來〔一〕。

〔一〕賭：原寫作「睹」，從饒編校改。

其二十五

牡丹昨日吐深紅。移向新城殿院中〔一〕。欲得且留顔色好，每窠皆着碧紗籠。

〔一〕新城：原寫作「城新」。

其二十六

欲得藏鉤語少多，嬪妃宮女任相和。每朋一百人爲定，遣賭三千疋綵羅。

其二十七

兩朋高語任爭籌。夜半君王與打鉤。恐欲天明催促漏，贏朋先起舞纏頭〔一〕。

〔一〕贏：原訛作「羸」。

其二十八

批答封章不再尋，少年宣史稱君心〔一〕。近來闇讀羲之帖，學得行書似翰林〔二〕。

〔一〕宣史：總編校作「宣使」。

〔二〕似：總編校作「勝」。

其二十九

内家供應萬般齊。無欲宮門使檢題〔一〕。尚食爲盤三百面，引行先託一株犀。

〔一〕欲：總編校作「故」。　使：總編校作「慢」。

其三十

隨他女伴賞春時。走下階來獨自遲。行把短紅毛拂子，弄鸎抛在百花枝〔一〕。

〔一〕百：原寫作「有」，從總編校改。

其三十一

夜飲宮人總醉醒，起來逢下在中庭。金爐排火珠簾外〔一〕，每處曨曨真獸形〔二〕。

〔一〕珠：原寫作「株」，從饒編校改。

〔二〕真：總編校作「鳥」。

其三十二

盡喜秋時浄潔天。愛行尋遍遶宮泉。才人願得荷花弄，魚藻池頭争上舡。

其三十三

百司供擬甚紛紜〔一〕。丹鳳重修了奏聞。明日禁兵階立仗〔二〕，金鵝襖子賜將軍。

〔一〕 紛紜：原寫作「芬芸」，從饒編校改。

〔二〕 仗：原寫作「丈」，從饒編校改。

其三十四

寒光顱頷暖光繁。推曆今朝是歲元。宫裏玉釵長一尺，人人頭上戴春幡。

其三十五

先換音聲看打毬。獨教菊部在春樓〔一〕。不排次第排恩澤，把板宫人立上頭。

〔一〕 菊：原寫潦草，總編校作空圍，姑從饒編校改。

其三十六

寒食兩朋坊内宴〔一〕，朝來排□爲清明〔二〕。飛龍更取□州馬〔三〕，催促毬場下踏城〔四〕。

〔一〕坊：原寫作「防」，總編校作「方」。

〔二〕□：原脱，據總編校補。

〔三〕□：原寫作「立二」，總編疑爲「并」字之殘損。

〔四〕促：原寫作「捉」，從饒編校改。

其三十七

不出閨闈三四年。卷簾唯見四時天〔一〕。如今歌舞渾新去〔二〕，争得君王唤眼前〔三〕。

〔一〕捲簾：原寫作「卷廉」，從總編校改。

〔二〕去：總編校作「法」。

〔三〕君：原寫作「軍」，從饒編校改。　唤：原寫作「换」，從饒編校改。

其三十八

君王欲幸九成宮〔一〕。便着羅衣換大紅〔二〕。聞道教坊新逐鶻〔三〕，莫交鸚鵡出金籠。

〔一〕成：原寫作「城」，從饒編校改。

〔二〕大：總編校作「水」。

〔三〕坊：總編校作空圍。　逐：原寫作「築」，從饒編校改。

其三十九

琵琶輪撥紫檀槽〔一〕。弦管初張調鼓高〔二〕。理曲遍來雙腕弱，教人把筋餵櫻桃〔三〕。　以上三十九首斯六一七一卷

〔一〕輪：原寫作「揄」，從總編校改。

〔二〕調鼓：總編校作「鼓調」。

〔三〕筋：總編校作「箸」。

【考辨】

唐五代《水鼓子》傳辭，向來僅見《樂府詩集》「近代曲辭」所載唐佚名辭一首，《花間》、《尊前》諸集

皆不載此調之作。敦煌寫卷所載三十九首，與《樂府詩集》所載同爲七言四句體，究竟屬聲詩或曲子詞，性質尚難確定。姑録入副編俟考。

失調名　十二月歌〔一〕

正月孟春春漸暄。狂夫壹別〔經數〕年〔二〕。無端嫁得長征壻〔三〕，教妾尋常獨自眠〔四〕。

〔一〕此首以下凡十二首，原題「十二月歌」，失調名。

〔二〕經數：原缺，據伯三八一二卷補。

〔三〕長征壻：原寫作「長貞智」。

〔四〕教妾句：原寫作「校接尋常讀自綿」。

其二

二月仲春春已熱。自別征夫實難掣〔一〕。征人一去到三秋〔二〕，黄鳥窗邊喚新月。也也也也。

〔一〕征夫：原寫作「征炇」，從總編校改。　實：原寫作「室」。

〔二〕征人句：原寫作「貞人一器薊三秋」，從饒編校改。

其三

三月季春春遽暄〔一〕。忽念遼陽愁轉難〔二〕。賤妾思君腸欲斷〔三〕，君何無行不歸（還）〔四〕。

〔一〕遽：原寫作「渠」，總編校作「極」。兹從饒編校改。

〔二〕念：原卷草寫不清，從饒編校訂。　遼陽：原寫作「了羊」。

〔三〕賤妾句：原寫作「羡接斯君場欲叚」，從饒編校改。

〔四〕歸：原寫作「皈」。　還：原缺，從饒編校補。

其四

四月孟夏夏漸熱。忽憶征君無時節〔一〕。妾今猶在舊日静〔二〕，君何不憶妾心竭〔三〕。也也也也。

〔一〕憶：原寫作「億」，下同。　征：原寫作「貞」。

〔二〕妾今句：原寫作「接今遊在舊日静」，校録校作「妾今猶在舊日境」；總編校作「妾今猶存舊日意」。

〔三〕妾：原寫作「接」。　竭：原寫作「偈」，總編校作「結」，兹從校録、饒編校改。

其五

五月仲夏夏盛熱，忽憶征人愁更發〔一〕。一步一望隴山東〔二〕，忽見君□愁似〔結〕〔三〕。

〔一〕征人：原寫作「貞人」，總編校作「貞夫」，兹從校録、饒編校改。　發：校録校作「切」。

〔二〕望：原寫作「罔」，從饒編校改。

〔三〕□：原殘存左邊「糸」旁，姑作空圍。　結：原缺，從總編校補。

其六

六月季夏夏共同。妾亦情如對秋風〔一〕。□容日日賓胡月〔二〕，後園春樹□□□。

〔一〕情如：原寫作「憒與」，從校録、總編校改。

〔二〕容：饒編校作「客」，兹從總編校改。　賓：原草寫，又似「寅」字，總編校作空圍，兹從饒編校訂。

其七

七月孟秋秋已凉。寒鴈南飛數萬行〔一〕。賤妾思君腸欲斷〔二〕，□□□□□不□〔三〕。

〔一〕南飛：原寫作「能飛」，從校録、總編校改。　萬：校録校作「幾」。

〔二〕賤妾句：原寫作「賤接斯君場欲斷」，從饒編校改。

〔三〕不：校録、總編並校作空圍。

其八

八月仲秋秋已闌〔一〕。日日愁君行路難。妾願秋胡速相見〔二〕，□□□□□□□。

〔一〕闌：原寫作「萌」，從校録、饒編校改。

〔二〕妾：原訛作「接」。

其九

九月季秋秋欲末，忽憶征君無時節〔一〕。鴛鴦錦被冷如冰〔二〕，與向將□□□□。

〔一〕憶征君：原寫作「億貞君」，從饒編校改。

〔二〕鴛鴦：原寫作「鴛鸞」，從饒編校改。冰：總編校作「水」。

其十

十月孟冬冬漸寒。今尚紛紛雪敷山〔一〕。琴瑟别君盡進罷〔二〕，愁君作客在□□〔三〕。

〔一〕紛紛：原寫作「分分」。　敷：原寫作「付」。

〔二〕琴瑟句：校録校作「□□別君盡□罷」，總編校作「尋思別君盡憔悴」。

〔三〕□□：饒編補作「長安」。

其十一

十一月仲冬冬嚴寒〔一〕。幽閨獨坐緑窗前〔二〕。戰袍緣何不開領〔三〕，愁君肥瘦恐〔嫌寬〕〔四〕。

〔一〕嚴：原作「漸」，校録校作「盛」，茲從總編校改。

〔二〕幽閨句：原寫作「憂圭賣坐録窗前」，校録校作「憂□獨坐緑窗前」，總編校作「幽閨猶坐緑窗前」。茲從饒編校改。

〔三〕戰袍句：校録校作「戰袍緣何不領□」。

〔四〕愁君句：原寫作「愁君肥疉惢」，缺末二字。伯三八一二卷作「愁君肥瘦恐嫌寬」，茲據校補。

其十二

十二月季冬冬極寒。晝夜愁君卧不安。枕函盋子無人見〔一〕，忽憶征君愁□□〔二〕。　以上十二首斯六二〇八卷

〔一〕枕函：原寫作「枕咸」，據總編校改。　盉子：原寫作「禄子」，總編校作「褥子」。兹從匡補校改。

〔二〕忽憶句：原寫作「忽億斯君愁」，末二字缺，校録、總編並校作「忽憶貞君□□」，饒編校「斯」爲「思」。案據前文，「斯君」當爲「貞君」，即「征君」。

【考辨】

此套「十二月歌」，詠四季之物態人情，按十二月順序遞轉，每月一首，每首皆爲七言四句。既題曰「歌」，當具歌辭性質，惟不知用何調歌唱，屬聲詩抑或爲曲子詞，尚難確定。饒編以爲乃南朝樂府《十二月折楊柳歌》之遺響，疑以《楊柳枝》調入唱。又伯三八一二卷抄「十二月詩」一套，内容、體式與此套「十二月歌」相同，語句亦多有雷同，惟原卷既題曰「詩」，當屬徒詩或聲詩性質。兹姑録此套「十二月歌」入副編，兼叙伯卷所抄「十二月詩」，以備參考。

汎龍舟詞〔一〕

春風細雨霑衣濕，何時恍忽憶揚州〔二〕。南至柳城新造口，北對蘭陵孤驛樓。迴望東西二湖水〔三〕，復見長江萬里流。白鶴雙飛出谿壑〔四〕，無數江鷗水上遊。

汎龍舟，遊江樂〔五〕。

〔一〕原題「龍州詞」，伯三二七一卷題「汎龍洲詞」。據《隋書·音樂志》記載，隋煬帝命樂正白明達造「新聲曲」，有《泛龍舟》一曲；又《教坊記》「曲名」表及「大曲名」表内均列《泛龍舟》曲名。兹據以定調。「汎」同「泛」；「州」、

「洲」當爲「舟」字音訛。

〔二〕時：原寫作「期」，據伯卷改。　恍：原寫作「晄」，據伯卷改。　忽：原殘損上部，據伯卷校補。　揚州：原寫作「陽州」。

〔三〕迴：原寫作「迵」。

〔四〕鶴：原寫作「露」，據伯卷改。　谿：原寫作「蹊」。

〔五〕汎龍舟二句：原寫作「汎龍州樂」，「樂」字右上側又補書「江」字。「州」即「舟」之訛字。兹據伯卷於「江」上補「遊」字，讀作二句。總編以此六字爲和聲辭。

【考辨】

《泛龍舟》創調於隋代，入唐又採製爲教坊曲，惟唐五代罕見此調之傳辭。《樂府詩集》「清商曲辭」内載隋煬帝《泛龍舟》一首，乃七言八句體。敦煌寫卷所載此首，亦爲七言八句體，惟篇末保留和聲辭二句。其性質如何，諸家之體認與校訂尚存分歧，任二北《唐聲詩》録作「聲詩」，王集、林編又録作「曲子詞」。兹録入副編，以俟考證。

水調詞〔一〕

李江揺曳大川冥〔二〕，天闕聲名發夢思〔三〕。孤帷北望呈心遠〔四〕，不及南山獻樹時〔五〕。爲言無谷還逢谷，將作無山更有山。馬困時時索鞍揭〔六〕，人乏往往投樹攀〔七〕。

〔一〕此首接前首抄寫。原卷七言八句，一氣連寫，不分首，伯三二七一卷亦然。惟後四句與前四句用韻不同，故總編分作七言四句二首。兹從原卷。

〔二〕李：總編校作「楚」。摇：原寫作「遥」，從校録校改。

〔三〕夢：伯三二七一卷作「動」。

〔四〕帷：原寫似「惟」，總編校作「雁」。兹從饒編校改。

〔五〕樹：總編校作「壽」。

〔六〕索：原寫作「埊」，據伯卷改。揭：王集、饒編校作「歇」。

〔七〕投：伯卷作「捉」。

【考辨】

此調起源於隋煬帝開汴河時河工之勞歌，入唐後又演變爲大曲和雜曲兩種，别名《水調歌》、《水調子》。然《教坊記》「曲名」表失載。《樂府詩集》載盛唐《水調》大曲辭一套，凡十一遍，其中兩遍爲五絶體，餘皆七絶體；又載吴融《水調》一首，亦爲七絶體。敦煌寫卷所載此首七言八句體，性質如何，尚難確定。王集、林編録作「曲子詞」，《唐聲詩》則録作「聲詩」。兹録入副編備考。

樂世詞〔一〕

失群孤鴈獨連翩〔二〕。半夜高飛在月邊。霜多雨濕飛難進，蹔借荒田一宿眠。以上三首斯六五三七卷

〔一〕此首原接《鬥百草詞》（見正編）後抄寫，七言八句，一氣連寫，不分首，惟後四句與前四句用韻不同，故總編分作二首。兹據《國秀集》卷上、《文苑英華》卷三〇三、《萬首唐人絶句》卷五五，訂後四句爲沈宇《武陽送別》詩，故予删除，僅録前四句爲一首。

〔二〕翩：原寫作「鶣」。

【考辨】

《樂世》創調於初盛唐之際，一名《六幺》，應即《教坊記》「大曲名」表内所載之《緑腰》。中唐流行《急樂世》，當由大曲摘遍而成。敦煌寫卷所載此調之作，王集、林編皆視爲「曲子詞」，惟王集僅録前四句，林編則八句並録，分作一首兩片。按後四句既考訂爲盛唐詩人沈宇所作《武陽送別》（《文苑英華》題作《塞外哭友人》）詩，其入《樂世》歌唱，當出於樂工歌妓選詩入樂之所爲；其前四句既失名無考，性質如何，尚難確定。兹録入副編俟考。

十二時〔一〕

〔夜半子。夜半子〕〔二〕（下闕）

〔一〕此套原題「維摩五更轉十二時」，惟所抄乃《十二時》辭，無《五更轉》辭。原殘存十時，缺子、丑二時之辭。內容乃詠維摩問疾之佛教故事。每時一首，爲「三、三、七、七七」句式之雙疊體。總編將每時分作單片二首。

〔二〕此首原缺，茲據十二時辰之一般順序及此套作品之句式定格，補子時首二句。

其二〔一〕

雞鳴丑。〔雞鳴丑〕〔二〕。寶積發心中夜後。啓問如來不獨行，五百之中爲上首。　天將曙，命无垢。與君今爲不請友。言談恐未成寶經〔三〕，所以相印傳金口。

〔一〕此首原缺，據斯二四五四卷補。總編於每時分爲主曲、輔曲二首，茲於每時録作雙疊體一首。

〔二〕雞鳴丑：原卷首句不重疊，據其它各時補。

〔三〕恐：原寫又似「想」，總編校作「尚」。

其三〔一〕

平旦寅。平旦寅〔二〕。毗耶長者半千人。俱持寶蓋來相詣〔三〕，維摩託疾有其因。從託疾，〔何所因〕〔四〕。將明佛土有靈真。料取世尊必問疾，從茲折伏大聲聞〔五〕。

〔一〕此首原抄於戌時後、亥時前，次序有誤，且與故事情節不合，茲從總編移置於丑時後。
〔二〕平旦寅：原卷於首句三字旁標注重文符號，以下各時皆然。茲據補一疊句，下同。
〔三〕持：原寫作「時」，據斯二四五四卷改。
〔四〕何所因：原脱，據斯二四五四卷補。
〔五〕折伏：原寫作「析伏」，據伯三一四一卷改。

其四

日出卯。日出卯。聲聞弟子如來告。汝往維摩問因緣〔一〕，出來皆説無詞報。有何遇，無詞報。舍利林間豈爲道〔二〕。含嗔元是大菩提〔三〕，何時宴坐除煩惱〔四〕。

〔一〕因緣：斯二四五四卷作「疾因」。
〔二〕豈：原寫作「起」，據斯二四五四卷改。

〔三〕含：斯二四五四卷作「貪」。

〔四〕何時句：斯二四五四卷作「何須宴除煩惱路」。

其五

食時辰。食時辰。迦葉頭陀偏乞貧。須菩提持鉢見居士，捨貧從富被呵嗔。一從富，一從貧。兩皆住著心不勻。但知取食無高下，自然即是法真身。

其六

隅中巳。隅中巳。文殊忽然承聖旨。往問維摩疾〔病〕因〔一〕，相逢皆不談真理。談真理，聞法喜。不來而來何屆此。二士法性元本同〔二〕，無所從來復無至。

〔一〕病：原脱，據伯三一四一卷補。

〔二〕士：總編校作「土」。

其七

正南午。正南午。文殊問疾維摩與。維摩問疾貪愛生〔一〕，衆生疾損我還愈〔二〕。妄有疾〔三〕，真無愈。不要尋思始覺悟。本性元來無損增〔四〕，祇爲迷途有言語。

〔一〕維摩句：伯三一四一卷作「誰人説疾貪愛生」。

〔二〕損：原寫作「指」，據伯卷改。

〔三〕妄：原寫作「忘」，據伯卷改。

〔四〕損：原寫作「復」，據伯卷改。

其八

日昳未。日昳未。居士室中天女侍。聲聞神變不知他，舍利懷慚花不墜。花不落，心有畏。无明相中妄生二〔一〕。將知未曉法性空，滯此空花便爲恥。

〔一〕妄：原寫作「忘」。

其九

晡時申。晡時申。光明童子到城門。借問道場何所是，維摩報到直心人。佛觀侍〔一〕，阿難云。如來有疾要醫身〔二〕。持鉢乞乳呵令去〔三〕，慎莫教他外道聞。

〔一〕觀：總編校作「親」。

〔二〕有：原草寫不清，姑從總編校訂。

〔三〕持：原寫作「侍」，兹從總編校改。

其十

日入酉。日入酉。須菩提解空不著有。尼乾是汝本來師，塵勞與魔共一手。不著空，不住有。不斷貪嗔不離垢。不見佛僧可取食，若能如此無諍咎。

其十一

黄昏戌。黄昏戌。問疾還到阿那律。稽首推辭我不任，天眼不真被呵叱。維摩詰〔一〕，問彌勒。一生受記何時得。未來未至不住今，正位之中無歇息。

〔一〕詰：原寫作「結」。

其十二

人定亥。人定亥。湍波澄澄清净海。更不迴流生死河，永别泥犂辭渴愛。辭渴愛，歸妙海〔一〕。取捨之心俱窒礙。不空不有不處中，若能如此真三昧。

以上十二首斯六六三一卷

〔一〕 歸：原寫作「淂」。

【考辨】

此套《十二時》原題「維摩五更轉十二時」，惟抄辭僅存《十二時》而缺《五更轉》，故今人或疑題中「五更轉」三字爲衍文。又斯二四五四卷題「維摩五更轉」，抄《五更轉》全套作品（見前録）、及《十二時》之丑、寅、卯三首，原卷二調之作同卷相續，連寫無間，内容亦同詠維摩問疾之佛教故事，其《十二時》寅、卯二首，正與此套「維摩十二時」之寅、卯二首辭文相同；又據伯三五五四卷背面書云：「謹上河西道節度公德政及祥瑞《五更轉》兼《十二時》，共一十七首，並序。勑授沙州釋門義學都法師兼攝京城臨壇供奉大德賜紫悟真謹□。」此十七首作品已佚，原卷原作之面貌及體式如何，已不得其詳，惟題記中之「五更轉兼十二時」一語頗堪注意。總編據此，將斯二四五四卷所抄「維摩五更轉」一套與此套「維摩十二時」合併，訂爲「《五更轉》兼《十二時》」之復合聯章體。案此二套作品内容相同，故原卷同卷抄録，且於題記中連類兼及，至於二調之關係及體用究竟如何，仍俟考證。

十二時　普勸四衆依教修行〔一〕

釋智嚴

鷄鳴丑。〔鷄鳴丑〕〔二〕。曙色纔能分户牖。富者高眠醉夢中，貧人已向塵埃走〔三〕。

〔一〕 此套原題「十二時普勸四衆依教修行」，卷背記「智嚴大師十二時一卷」。每時爲一段落，一時抄完，下一時則另行抄寫。每時皆由若干首組成，最少者八首，最多者十三首，末六首乃全套之總結。每首句式大致皆爲「三、三、七、七七」，惟每首三言二句或疊或不疊；全套皆叶仄韻，惟末尾一首叶平韻；每時若干首，或同韻，或換韻，無有定規。每時若干首，或單數，或奇數，難以訂爲雙疊體；每時字數少者在二百餘字，多者在三百餘字，亦難以訂一時爲一首。兹姑從總編按時分段，每時若干首，皆作單片體，凡一百三十四首。

〔二〕鷄鳴丑：原無疊句，總編依格調補，從之。

〔三〕貧人句：伯二七一四、三二八六卷作「貧者已向塵中走」。

其二

或城隍，或村藪。矻矻波波各營構。〔下〕床開眼是欺謾〔一〕，舉意用心皆過咎。

〔一〕下：原缺，從伯二七一四卷補。

其三

或刀尺，或秤㪷。增減那容誇眼手〔一〕。只知勞役有爲身，不曾戒約無厭口〔二〕。

〔一〕那容：原寫作「郍榕」。

〔二〕厭：原寫作「骸」，從總編校改。

其四

喫腥羶，飲醲酒。業障癡心難化誘〔一〕。也知寺裏講筵開，却趁尋春翫花柳。

〔一〕障：原寫作「壯」，從總編校改。　難化：伯二七一四、三三二八六卷作「化難」。

其五

命親鄰，屈朋友。撫掌高歌飲醲酎〔一〕。爲言恩愛永團圓〔二〕，將謂榮華不衰朽〔三〕。

〔一〕飲：伯二七一四、三三二八六卷作「醉」。

〔二〕永：伯二七一四卷作「求」。

〔三〕將謂榮華：原寫作「將爲容花」，從總編校改。

其六

妻子情〔一〕，終不久。只是生存乍親厚〔二〕。未容三日病纏綿〔三〕，限地憎嫌百般有〔四〕。

〔一〕妻子：伯二七一四、三三二八六卷作「夫妻」。

〔二〕乍：總編校作「詐」。

〔三〕 纏綿：伯二七一四、三三二八六卷作「纏身」。

〔四〕 憎嫌：伯二七一四、三三二八六卷作「增慊」。

其七

囑親情，託姑舅。房卧資財闇中袖〔一〕。更若夫妻氣不和，乞求得病誰相救〔二〕。

〔一〕 袖：原寫作「抽」，從總編校改。

〔二〕 乞求得病：校録、總編以爲乃「得病乞求」之倒文，匡補以爲原卷不誤，「乞求」即「巴不得」、「正欲若是」之意。

其八〔一〕

兄弟亡，男女幼。財物是他爲主首。每逢齋七尚推忙，更肯追修添福祐。

〔一〕 原卷丑時共九首，此首後接抄「大丈夫，自支料」一首，總編以叶韻不同，認爲乃原抄錯簡，故移置寅時中。兹從之。

其九

平旦寅，天漸曉。鐘鼓滿城驚宿鳥〔一〕。萬户千門悉喧喧〔二〕，九陌六街人浩浩。

〔一〕鐘：原寫作「鍾」。

〔二〕萬户千門：伯二七一四、三二八六卷作「千門萬户」。

其十

或公私，或營討。不揀高低皆擾擾〔一〕。一生多是聚眉愁〔二〕，百年少見開顔笑。

〔一〕揀：原寫作「楝」。擾：原寫作「橈」。

〔二〕聚眉愁：伯二七一四、三二八六卷作「聚愁眉」。

其十一

只知生，不知老。憂活憂家常苦惱。不信頭中白髮生，憑君自把青銅照。

其十二

火宅忙，何日了。朽樹臨崖看即倒。只憂閑事不憂身，蹉跎不覺無常到。

其十三

葬荒郊，安宅兆。古栢寒松蔭〔荒草〕〔一〕。津梁險路一無憑，合眼沉淪三惡道〔二〕。

〔一〕荒草：原缺，據伯二七一四卷補。

〔二〕惡：原寫作「悪」。三：總編作「二」。

其十四〔一〕

大丈夫，自支料。不用交人再三道。七十歲人猶自稀，何須更作千年調。

〔一〕此首原處於第九首位置，爲丑時最後一首，因用韻不合，故從總編移置寅時内。按以上寅時六首共叶一韻，以下六首换韻。

其十五

莫任運，要思忖。也須自覓些些穩。如今一向爲生涯，前程將甚爲支准。

其十六

要慈悲，莫慳吝。小小違情但含忍〔一〕。聽法聞經勉力爲〔二〕，持齋念佛加精進〔三〕。

〔一〕但：伯二七一四、三二八六卷寫作「且」。

〔二〕聞經：伯二七一四、三二八六卷寫作「持齋」。

〔三〕持齋：伯二七一四、三二八六卷寫作「持經」。

其十七

今日言，是衷懇。萬計頭頭相接引。就中孤露要安存，切是臨危莫相損〔一〕。

〔一〕是：伯二七一四、三二八六卷寫作「須」。

其十八

自知非，須識分。步步無常漸相近〔一〕。自家身事自家修，別人誰肯相哀憫〔二〕。

〔一〕步步：原寫作「一步」，據伯二七一四、三三二八六卷改。

〔二〕憫：原寫作「愍」，從總編校改。

其十九

抱忠貞，行孝順。無利之談休話論。但將好事讓他人〔一〕，早晚僂儸勝百鈍〔二〕。

〔一〕讓：伯二七一四、三三二八六卷寫作「向」。

〔二〕晚：伯二七一四、三三二八六卷寫作「曉」。儸：原寫作「羅」。勝：原寫作「滕」。

其二十

見師僧，要參問〔一〕。莫慢身心須戒慎〔二〕。信喻之人若到來，爲君雪出輪迴本〔三〕。

〔一〕參：伯二七一四、三三二八六卷寫作「恭」。

〔二〕莫：原寫作「我」，他卷同。從總編校改。

〔三〕信喻二句：伯二七一四、三二八六卷作「若能取勸早修行，終歸實是安身本」。

其二十一

日出卯。人浩浩〔一〕。丹焰金煙生浩渺〔二〕。纔將曙色襯三山，漸曉微明光八表〔三〕。

〔一〕人浩浩：伯二七一四、三二八六卷無此句。

〔二〕浩渺：原寫作「洞渺」，從總編校改。

〔三〕曉：總編校作「朏」。

其二十二

動行人，飛宿鳥。初爍峯巒漸溪沼。生成萬物力能深，開坼千花功不小〔一〕。

〔一〕坼：原寫作「圻」，據伯二七一四卷改。

其二十三

利雖多，害不少。說著門徒須痛惱。能令淥髮作蒼筤〔一〕，巧使紅顏成暮草〔二〕。

〔一〕筤：原寫作「狼」，據伯二七一四卷改。

〔三〕草：原寫「燥」，他卷同，從總編校改。

其二十四

孕者生，壽者夭。壯氣英雄被侵老〔一〕。古來美貌是潘安〔二〕，誰免無常闇侵耗。

〔一〕壯氣句：伯二七一四、三二八六卷作「壯者衰殘小者老」。侵老：原寫作「老侵」，旁注倒文符號。

〔二〕古來句：伯二七一四、三二八六卷作「古來美麗與英雄」。

其二十五

上三皇，下四皓。潘岳美容彭壽老〔一〕。八元八俊葬丘陵〔二〕，三傑三良掩荒草〔三〕。

〔一〕彭壽：總編校作「彭祖」。

〔二〕俊：原寫作「携」，從總編校改。

〔三〕三良：原寫作「三張」。掩：原寫作「壓」。從總編校改。

其二十六

鬪文才，逞詞藻。三篋五車何足討。盡推松栢有堅貞，也被消磨見枯槁〔一〕。

〔一〕磨：伯二七一四、三二八六卷寫作「摩」。　槁：原寫作「栲」，他卷同，從總編校改。

其二十七

實愁人，麽生好〔一〕。只有回心歸聖道。慈悲喜捨離慳貪，忍辱柔和除倨傲。

〔一〕麽生好：原寫作「摩生手」，伯二七一四、三二八六卷寫作「作生好」，總編校作「作甚好」。按「摩」當爲「麽」之訛，「麽生」乃唐人習語，「手」當爲「好」之訛。

其二十八

少誅求，莫奸巧。業報總由心所造。但斷貪嗔及癡慢〔一〕，便是如來無漏教〔二〕。

〔一〕但斷句：伯二七一四、三二八六卷寫作「但無疑慢及癡貪」。

〔二〕是：伯二七一四、三二八六卷寫作「合」。

其二十九

見善人，相倣効。利益之門須愛樂。貪財嗜色嶮巇人〔一〕，也莫嫌他莫嘲笑〔二〕。

〔一〕嶮巇：原寫作「嶮巇」，伯二七一四、三二八六卷寫作「巇嶮」。總編校作「險巇」。案「嶮」同「險」。

〔二〕 莫嘲笑：原寫作「莫交掉」，據伯二七一四、三二八六卷改。

其三十〔一〕

自恬和，捨〔喧〕鬧〔二〕。息意忘緣真要妙〔三〕。依前不改舊時心，萬劫輪迴何日了。

〔一〕 以上卯時共十首，通叶一韻。

〔二〕 喧：原殘缺，據伯二七一四、三二八六卷補。

〔三〕 忘：原寫作「妄」，從總編校改。

其三十一

食時辰，若時節。善女善男聽我説。不論店肆與人家，多是烹炮啗腥血〔一〕。

〔一〕 啗：伯二七一四、三二八六卷寫作「啜」。

其三十二

或猪羊，或魚鱉〔一〕。盡向此時遭剸割〔二〕。鰭鱗剉落口猶開〔三〕，肝肚携來氣全熱。

〔一〕 魚鱉：原寫作「鵜鴨」，因下文有「鰭鱗」云云，故從伯二七一四、三二八六卷改。

〔二〕向：伯二七一四、三二八六卷寫作「到」。
〔三〕鰭：伯二七一四、三二八六卷寫作「鬢」。

其三十三

或渾炮，或細切。盡逞無明恣餐啜。教他忍苦受刀砧，猶嫌不美情無悦。

其三十四

痛一般，命無別。争不教他抱冤結。業鏡無情下待君〔一〕，此時巧妙難分雪〔二〕。

〔一〕業鏡句：伯二七一四、三二八六卷寫作「專於業鏡待君來」。
〔二〕巧妙：總編校作「巧口」。

其三十五

閻魔王〔一〕，親斷决。一一招當敢抵揭〔二〕。不論銖兩總還他，如此相讎幾時歇。

〔一〕閻魔：原寫作「焰摩」。
〔二〕抵揭：原寫作「佤揭」，伯二七一四、三二八六卷寫作「佤遏」。兹從總編校改。

其三十六

縱爲人，神氣劣。知命多灾形困惙〔一〕。争如蔬素遣飢腸〔二〕，免被冤家隨後撮〔三〕。

〔一〕知命句：伯二七一四卷寫作「矩命多中灾刑困惙」，總編作「短命多灾形困惙」。

〔二〕遣飢腸：原寫作「遣飢瘡」，伯二七一四、三二八六卷寫作「學持齋」。從總編校改。

〔三〕免被冤家：原寫作「免被究家」，伯二七一四、三二八六卷寫作「免彼怨家」。從總編校改。

其三十七

况此身，如聚沫。終是無常歸壞滅〔一〕。暫時光膩與肥充，兩日不安瘦如刮〔二〕。

〔一〕壞：原寫作「懷」，從總編校改。

〔二〕瘦如：伯二七一四、三二八六卷寫作「如刀」。

其三十八〔一〕

中和年，閏三月。飢餓人民遞相殺〔二〕。或是父子相窺圖〔三〕，到此恩親皆斷絶〔四〕。

〔一〕此首及下首原無，伯二七一四、三二八六、三〇八七卷載，兹據伯二七一四卷補。王重民《説十二時》文云：

「伯卷二〇五四號是同光二年寫本，却没有『中和年』這一首，想因後來與時事没有關係了，演唱的人便把那一首删去。」總編則認爲：「甲本（伯二〇五四）雖寫於同光二年，若其祖本之寫，必然甚早，原無此二辭；乃到中和光啓間，講唱人欲借時事以警四衆，始臨場插入二辭耳。」

〔二〕殺：原寫作「煞」，從總編校改。

〔三〕或是句：原寫作「或持父子相規圖」，從總編校改。　父子：伯三〇八七卷寫作「子父」。

〔四〕親：伯三〇八七卷寫作「情」。

其三十九

飢火侵，難制遏。道俗僧尼無揀别。若非尖刃陌心穿〔一〕，即是長槍胸上劉〔二〕。

〔一〕若：伯三〇八七卷寫作「莫」。

〔二〕胸上劉：原寫作「心上掇」，伯三〇八七卷寫作「胸上惙」。玆從總編校改。

其四十

熱油澆〔一〕，沸湯潑。號訴求其誰睬聒〔二〕。貪饕之意若豺狼〔三〕，惡毒之心似羅刹。

〔一〕澆：原寫作「燒」，據伯三〇八七卷改。

〔二〕其：原卷以小字添補於旁，總編校作「他」。　睬：原寫作「採」，從總編校改。

〔三〕饕：原寫作「飡」，從總編校改。

其四十一

我此言〔一〕，真實勸〔二〕。只要人聞心改徹〔三〕。自茲直到佛涅槃〔四〕，洗滌身心交淨潔。

〔一〕我此言：伯二七一四、三三八六卷寫作「此時言」。

〔二〕真實勸：伯二七一四、三三八六卷寫作「雖磣糲」。

〔三〕只要句：伯二七一四、三三八六卷寫作「只要人間生改轍」。

〔四〕自茲句：伯二七一四、三三八六卷寫作「因飡值佛得菩提」。

其四十二〔一〕

罪誰無，要猛烈〔二〕。一懺直教如沃雪。求生淨土禮彌陀，九品花中常快活。

〔一〕以上辰時十二首，通叶仄韻。

〔二〕烈：總編校作「決」。

其四十三

隅中巳〔一〕，時最善。勝事皆從此時辦〔二〕。一是如來持鉢時〔三〕，二當大衆經行散〔四〕。

〔一〕隅：原寫作「喁」。

〔二〕勝：原寫作「滕」，從總編校改。辦：伯二七一四卷寫作「辯」。

〔三〕是：原寫作「時」，據伯二七一四、三二八六卷改。

〔四〕大：總編校作「天」。

其四十四

純陀供，香積飵。法會齋筵陳供獻。州州梵刹扣金鐘，處處道場排玉饌。

其四十五

或平安，或追薦。肅肅高僧離竹院。起草蔟成鸞鳳臺〔一〕，霜牋鏤作蓮花椀。

〔一〕蔟：伯二七一四、三二八六卷寫作「聚」。

其四十六

備果花，懸蓋傘。玉像金容光煥爛。神祇之類沐珍羞〔一〕，鵄鳥已來皆飽滿。

〔一〕 沐：原寫作「咻」，從總編校改。

其四十七

利存亡，益家眷。凡是有求皆滿願〔一〕。不唯禳却萬般灾〔二〕，兼乃蠲除千户難〔三〕。

〔一〕 凡是句：伯二七一四、三三二八六卷寫作「凡是所求皆果願」。

〔二〕 禳却：原寫作「攘却」，伯二七一四卷寫作「禳鎮」。從總編校改。

〔三〕 千户難：伯二七一四、三三二八六卷寫作「千種患」。

其四十八

賓頭盧，大羅漢。應供此時天下遍。如斯施設益羣生〔一〕，總是如來巧方便。

〔一〕 施設：伯二七一四卷寫作「設福」，伯三〇八七卷寫作「設施」。

其四十九

彌陀國，兜率院。要去何人爲障難。十齋八戒有功勞，六道三途無繫絆。

其五十

佛法中，須用意。得此人身豈容易〔一〕。若落邊方下賤中〔二〕，佛道師僧永難值〔三〕。

〔一〕豈：伯二七一四卷寫作「起」。

〔二〕方：伯二七一四、三二八六卷寫作「東」。

〔三〕永：伯二七一四卷寫作「亦」。

其五十一

難後人〔一〕，須慶喜。百分之人無一二〔二〕。幸於亂世遇彌陀〔三〕，又喜殘年逢法會〔四〕。

〔一〕難後人：伯二七一四、三二八六卷寫作「後逢人」。

〔二〕人：總編校作「中」。

〔三〕亂世遇彌陀：伯二七一四、三二八六卷寫作「好世遇蓮經」。

〔四〕 法會：總編校作「舍利」。

其五十二

學持齋，究經義。親近大乘生惠智〔一〕。夜夜長燃照佛燈，朝朝勤换淹花水。

〔一〕 親近大乘：伯二七一四、三二八六卷寫作「親覲蓮花」。

其五十三

念觀音，持勢至。一串數珠安袖裏〔一〕。目前灾難不能侵，臨終又如眠相睡〔二〕。

〔一〕 串：伯二七一四、三二八六卷寫作「釧」。

〔二〕 相睡：原寫作「睡相」，旁注倒文符號，據改。

其五十四〔一〕

利益言，須切記〔二〕。功果教君不虚弃。若非淨土禮彌陀，定向天宫禮慈氏〔三〕。

〔一〕 以上巳時十二首，前七首、後五首，分叶二仄韻。

〔二〕 須切：伯二七一四、三二八六卷寫作「切須」。

〔三〕禮：總編校作「睹」。

其五十五

日南午。〔日南午〕〔一〕。赫赫紅輪當萬户〔二〕。晦明緣隔淺深雲，延促遊行南北路〔三〕。

〔一〕日南午：原卷無此疊句，據伯二七一四卷補。以下未時、酉時、亥時、子時同。

〔二〕輪：原寫作「蓮」，從總編校改。

〔三〕遊：原寫作「爲」，從總編校改。　南北路：伯二七一四、三二八六卷寫作「南贍部」。

其五十六

奮金烏，迅玉兔〔一〕。旋繞不離南贍部。潛移紅臉作桑榆，闇换青絲爲柳絮。

〔一〕迅：伯二七一四、三二八六卷寫作「馳」。

其五十七

立三才，經萬古。多少英雄似狼虎。〔咸〕隨落日影魂銷〔一〕，盡溺逝波無覓處〔二〕。

〔一〕咸：原脱，從總編校補。　隨：原寫作「隓」，從總編校改。

〔二〕 盡溺句：原卷「溺」下衍「况」字。

其五十八

潘岳容，石崇富。美媛西施並洛浦〔一〕。死王誰怕鏡前花，煞鬼徒勞掌中舞〔二〕。

〔一〕 媛：伯二七一四、三二八六卷寫作「孋」，總編校作「麗」。洛：原寫作「路」，從總編校改。

〔二〕 煞：原寫作「殺」，從總編校改。

其五十九

春復秋，旦復暮〔一〕。改變桑田易朝祚。三皇五帝總成空〔二〕，四皓七賢皆作土。

〔一〕 旦：伯二七一四、三二八六卷寫作「日」。

〔二〕 空：伯二七一四、三二八六卷寫作「塵」。

其六十

虚幻身，無正主。假託衆緣成蔭聚。一朝緣散氣歸空，又把形骸葬堆阜〔一〕。

〔一〕 把：原寫作「杷」，伯二七一四卷寫作「抱」。從總編校改。堆：原寫作「塠」，從總編校改。阜：伯二七一

四、三二八六卷寫作「埠」。

其六十一

母哭兒，兒哭母。相送松間幾千度〔一〕。昇沉瞥瞥似浮漚〔二〕，來往憧憧如鎮戍。

〔一〕松：總編校作「人」。

〔二〕瞥：原寫作「瞥」，伯二七一四卷寫作「瞥」。從總編校改。

其六十二

少顏回〔一〕，老彭祖。前後雖殊盡須去〔二〕。無常一件大家知，争那人心不驚悟。

〔一〕少顏回：伯三二八六卷寫作「小顏迴」。

〔二〕盡：伯二七一四、三二八六卷寫作「去」。

其六十三

減功夫，抛世務。勤聽彌陀親法宇〔一〕。看看四大逼來時〔二〕，何事安然不憂懼。

〔一〕勤聽句：原寫作「勤聽彌陀經一卷」，伯二七一四、三二八六卷寫作「懃聽蓮經親法宇」，據改。

〔二〕 逼來時：伯二七一四、三二八六卷寫作「逼身來」。

其六十四〔一〕

泡幻形，豈堅固。一失人身難再遇〔二〕。勸君取語早修行，前程免受波吒苦。

〔一〕 以上午時十首，通叶一韻。

〔二〕 難再：伯二七一四卷寫作「再難」。

其六十五

日昳未。〔日昳未〕。幻世浮生如夢寐〔一〕。紅顔潛去没人知，白髮闇來何處避。

〔一〕 幻世句：原寫作「幻世劫浮生如夢寐」，總編以「劫」爲衍字，據之删。

其六十六

貧窮人，若布施。實是教他力難置。若是生涯幸且充，不解用心修善事。

其六十七

設深機，竊小利。恨不剜挑人腦髓〔一〕。飽餐腥血飲盃觴〔二〕，恣長無明生意氣。

〔一〕剜：原寫作「椀」，從總編校改。
〔二〕飽：原寫作「餤」，伯三〇八七卷寫作「饋」。從總編校改。

其六十八

少謙和，没仁義〔一〕。兄弟何曾如手臂。親生父母似閑人〔二〕，未省晨昏略看侍。

〔一〕仁：原寫作「人」，從總編校改。
〔二〕親生：原寫作「生親」，從總編校改。

其六十九

恣荒唐，逞奢侈。一日光陰半朝醉。思量能得幾多時〔一〕，眼前便見成枯悴〔二〕。

〔一〕幾：原寫作「機」。
〔二〕便：原寫作「使」，從總編校改。

其七十

或腰疼，或冷痺。只道偶然乖攝理。尋求處士訪靈丹〔一〕，囑他往還迴藥餌〔二〕。

〔一〕訪：伯二七一四、三三二八六卷寫作「贖」。

〔二〕他：總編校作「託」。還：伯二七一四卷寫作「來」。

其七十一

年命衰〔一〕，灾禍至〔二〕。積漸纏綿難起止〔三〕。蹉跎不遇善親情，勸殺猪羊祭神鬼〔四〕。

〔一〕衰：原寫作「灾」，從總編校改。

〔二〕灾禍：原寫作「形禍」，從總編校改。

〔三〕漸：總編校作「善」。

〔四〕勸：伯二七一四、三三二八六卷寫作「教」。

其七十二

長寃家，招禍祟〔一〕。轉轉前程不如意。門庭寥落管絃休〔二〕，車馬稀疏往還弃。

〔一〕崇：原寫作「祟」。

〔二〕門庭寥落：原寫作「門渥牢落」，從總編校改。

其七十三

死魔來，相貌異。男女妻兒皆怖畏。七魄俄成北斗雲〔一〕，一身遽掩東流水〔二〕。

〔一〕北斗：伯二七一四、三三二八六卷寫作「南蚪」。

〔二〕遽掩：原寫似「處奄」，從總編校改。

其七十四〔一〕

漫搥胸，徒下淚。前路茫茫没依倚〔二〕。争如預自作津梁〔三〕，免向三途永沉墜。

〔一〕以上未時十首，通叶一韻。

〔二〕茫茫：原寫作「忙忙」。

〔三〕預：原寫似「願」字草書，據伯二七一四卷改。

其七十五

晡時申，日將晏。殘景難留如擊箭〔一〕。不論貧富與公私，盡爲生涯走疲倦。

〔一〕留：原寫作「流」。擊：總編校作「急」。

其七十六

役心神〔一〕，失茶飰〔二〕。溪壑之心何日滿。逢人只道没功夫，何處更曾修福善。

〔一〕心神：伯二七一四卷寫作「身心」。

〔二〕茶：原寫作「荼」，從總編校改。

其七十七

勸諸人，莫放慢。火宅驅忙無際限〔一〕。别人喫物自家飢〔二〕，功德直須自家辦。

〔一〕際：原寫似「劑」，伯二七一四卷寫作「濟」。從總編校改。

〔二〕别人句：伯二七一四卷寫作「别人喫飯親自飢」。

其七十八

莫多羅，覓閑散。廣置妻房多繫絆〔一〕。虚忙恰似採花蜂，自縛何殊蠶作繭〔二〕。

〔一〕房：伯二七一四卷寫作「兒」。　絆：原寫作「伴」，從總編校改。

〔二〕繭：原寫似「璽」，從總編校改。

其七十九

女若多，費綾絹。好物不可教覷見。紅羅帳上間銀泥，緋繡床幃鼊金鴈。

其八十

鳳凰篦〔一〕，〔鸚鵡〕盞〔二〕。枕盝粧函金花鈿〔三〕。搬將送向別人家〔四〕，任你耶孃賣家産。

〔一〕篦：伯二七一四卷寫作「釵」。

〔二〕鸚鵡：原脱，據伯二七一四卷補。

〔三〕枕盝句：原寫作「枕盝粧亟鏡陷金細花」，伯二七一四卷寫作「枕盝粧函銀鉻鈿」。兹從總編校改。

〔四〕搬：原寫作「般」。　家：伯二七一四卷寫作「莊」。

其八十一

拜別時，日將晚。欲去佯尋詐悲戀〔一〕。父邊螯咬覓零銀，母處含啼乞釵釧〔二〕。

〔一〕佯尋：伯三〇八七卷寫作「揚尋」。詐：原寫作「祚」，從總編校改。

〔二〕含：伯二七一四卷寫作「伴」。

其八十二

得即欣，阻即怨。歡喜冤家相惱亂。去後搜尋房卧中〔一〕，點檢生涯無一半〔二〕。

〔一〕房卧中：伯三〇八七卷寫作「房中卧」。

〔二〕無：伯二七一四卷寫作「没」。

其八十三

殺猪羊〔一〕，修品饌。聚集親情作光顯〔二〕。爲他男女受波吒，争似隨時謀嫁遣。

〔一〕殺：伯二七一四卷寫作「煞」。

〔二〕光：伯二七一四卷寫作「榮」。

其八十四

死到來，不相管。父母與他當苦難。思量眷屬暫同居〔一〕，畢竟於身成大患〔二〕。

〔一〕同居：伯二七一四卷寫作「時間」。

〔二〕於：伯三〇八七卷寫作「非」，總編校作「終」。成：伯三〇八七卷寫作「終」。

其八十五〔一〕

釋迦尊，巧方便。説出蓮花經八卷〔二〕。火宅門外設三車，欲使門徒登彼岸。

〔一〕此首及下首原無，據伯二七一四卷補。

〔二〕八：伯三〇八七卷寫作「十」。

其八十六

强聞經，勸發願。煞鬼任君錢巨萬〔一〕。直饒宅舍遍寰中，身謝得木頭三四片〔二〕。

〔一〕巨：原寫作「勾」，從伯三〇八七卷改。

〔二〕身謝句：伯三〇八七卷寫作「身榭木三四片」。

其八十七〔一〕

着綺羅，掛綾絹。殮入棺中虚壞爛〔二〕。分毫善事不曾修，實即令人哀憫見〔三〕。

〔一〕以上申時十三首，通叶一韻。

〔二〕壞：原寫作「懷」，從總編校改。

〔三〕憫：原寫作「慜」，從總編校改。

其八十八

日入酉。〔日入酉〕。落照殘霞不長久〔一〕。林間宿鳥亂分飛，路上歸人争步走〔二〕。

〔一〕照：伯二七一四卷寫作「日」。

〔二〕歸：伯二七一四卷寫作「行」。

其八十九

罷治生〔一〕，休運構〔二〕。凡是工人悉停手〔三〕。隨時飯了略跧頭，曉鼓纔明又依舊。

〔一〕治：伯二七一四卷寫作「營」。

〔二〕構：原寫作「偶」，從總編校改。

〔三〕工：原寫作「功」，從總編校改。

其九十

使府居〔一〕，食香糗〔二〕。須念樵農住山藪〔三〕。旱澇忍苦自耕耘〔四〕，美飯不曾沾一口。

〔一〕居：總編校作「君」。

〔二〕糗：原寫作「厨」，伯二七一四卷寫作「䊝」。從總編校改。

〔三〕農：伯二七一四卷寫作「夫」。山：伯二七一四卷寫作「村」。

〔四〕旱澇：原寫作「捍勞」。耕耘：原寫作「畓私」，從總編校改。

其九十一

體單寒，面塵垢。火焙煙熏形黑瘦〔一〕。你輩城隍聚落居〔二〕，人間苦事須知有。

〔一〕焙：伯二七一四卷寫作「炙」。熏：原寫作「勳」，從總編校改。

〔二〕你：伯二七一四卷寫作「我」。

其九十二

遇清平，永福祐〔一〕。要者運來皆得就〔二〕。不能知分感天恩，厭賤糧儲輕粟豆〔三〕。

〔一〕 永：伯二七一四卷寫作「亟」。

〔二〕 來：伯二七一四卷寫作「爲」。

〔三〕 粟豆：伯二七一四卷寫作「斛㪷」。

其九十三

養鷄鵝，餵猪狗。雀鼠穿窬圖囤漏〔一〕。撮來拋向糞堆頭〔二〕，日蒸雨爛成蛆臭。

〔一〕 窬：原寫作「偷」，從總編校改。

〔二〕 堆：原寫作「塠」，從總編校改。

其九十四

拋擲多，損君壽。現世令人福不厚。或時種作遇風霜，縱得成苗多稗莠。

其九十五

嫌善人，親惡友。習狎薰䕭行乖醜〔一〕。交關多使七成錢〔二〕，朶朵無非兩般㪷。

〔一〕習狎句：原寫作「習狎薰行乖醜差」，從總編校改。

〔二〕關：原寫作「閞」。

其九十六

年既秋，漸蒲柳。起坐呻吟力衰朽。聞經業重睡昏昏，買肉脚輕行起走〔一〕。

〔一〕買：原寫作「賣」，從總編校改。　起走：總編校作「走走」。

其九十七〔一〕

齒漸疏，皮漸皺。行動元來一依舊。不須目前騁傻儸〔二〕，波吒總在無常後。

〔一〕以上酉時十首，通叶一韻。

〔二〕前：伯二七一四卷寫作「下」。　儸：原寫作「羅」。

其九十八

黄昏戌，有可説〔一〕。鼓罷長街人不出，莫言遇夜得身閑，算錢徹曙猶啾唧〔二〕。

〔一〕有可説：伯二七一四卷寫作「黄昏戌」，爲疊句。

〔二〕算：原寫作「弄」，從總編校改。

其九十九

往還來，露妻室〔一〕。半夜烹炮餐未畢。臺盤脚下酒滂沲，經像面前多碎骨。

〔一〕露：原寫作「路」，從總編校改。

其一百

醉昏昏，迷兀兀。將爲長年保安吉。忽然福盡欲乖張，寒暑交成卧有疾〔一〕。

〔一〕寒暑句：總編校作「寒暑交侵成卧疾」。

其一百一

死王來，去倉卒〔一〕。前路茫茫黑如漆〔二〕。業繩牽人鐵城中〔三〕，萬櫃千箱阿誰物。

〔一〕倉：原寫作「蒼」。

〔二〕茫茫：原寫作「忙忙」。

〔三〕鐵城中：原寫作「鐵成中」，伯二七一四卷寫作「中鐵城」，據改。

其一百二

捨華堂〔一〕，埋土窟。一善不修身已卒。有親男女爲追齋，七分之中唯得一。

〔一〕華：原寫作「花」。

其一百三

若姑姨，或弟姪。一分之中也兼失。爭如少健自家修〔一〕，閑來更念彌陀佛。

〔一〕自家修：伯二七一四卷寫作「作支分」。

其一百四

清信男，清信女。聽我今朝相勸語。曩生曾早結緣來〔一〕，此時方得相逢遇〔二〕。

〔一〕曩生句：伯二七一四卷寫作「曩生早曾結緣求」。

〔二〕時：伯二七一四卷寫作「世」。

其一百五

戒身心，少嗔妒。遮莫身爲家長主。百般讒佞耳邊來〔一〕，冤恨且爲含容取〔二〕。

〔一〕讒佞：原寫作「纔佞」，從總編校改。

〔二〕冤恨：原寫作「實懷」，從總編校改。

其一百六

行無傷，言有據。凡事酌量須得所〔一〕。姿妝粉黛莫奢華〔二〕，衣服綾羅須儉素。

〔一〕酌：原寫作「約」，從總編校改。

〔二〕姿妝：原寫作「資裝」，從總編校改。

其一百七

或子孫，或兒婦。衣食恩怜須遍布。丈夫慈善性恬和〔一〕，兒女嬌癡輕誡諭〔二〕。

〔一〕慈善性：原寫作「惡性善」，從總編校改。

〔二〕兒女句：原寫作「兒子嬌癡輕誡槃」，從總編校改。

其一百八

藴賢和，作規矩。小大安存如子母。欲無口業免人嫌〔一〕，兒大鑰匙分付與。

〔一〕欲：伯二七一四卷寫作「又」。

其一百九〔一〕

自修行，辨前路〔二〕。喫着殘年能幾許〔三〕。更饒富似石崇家〔四〕，誰免身爲壙下土。

〔一〕以上戌時十二首，分叶二韻。

〔二〕辨：原寫作「辦」，伯二七一四卷寫作「辯」。

〔三〕能：伯二七一四卷寫作「經」。

〔四〕 更饒富似：伯二七一四卷寫作「直如富過」。

其一百十

人定亥。〔人定亥〕。盡日驅馳夜方外〔一〕。聚頭燈下飲盃觴〔二〕，促膝盤中啜纖鱠〔三〕。

〔一〕 外：總編校作「在」。

〔二〕 盃觴：原寫作「丕觴」，從總編校改。

〔三〕 促膝：原寫作「朱漆」，伯二七一四卷寫作「狹膝」。從總編校改。　盤：原寫作「槃」。

其一百十一

或公私，或買賣。陶染結交多聚會〔一〕。終年迷醉長無明，肯信佛門堪倚賴。

〔一〕 陶：原寫作「淘」。

其一百十二

縱發心，無忍耐〔一〕。揀點師僧論過非〔二〕。雖逢善境暫迴心，忽遇違緣還却退〔三〕。

〔一〕 忍：原寫作「志」，從總編校改。

〔二〕非：總編校作「罪」。

〔三〕緣：伯二七一四卷寫作「情」。　却：伯二七一四卷寫作「劫」。

其一百十三

少蹉跎，老追悔。縱强聞經筋力敗〔一〕。將錢布施男女嗔〔二〕，用物設齋妻子怪。

〔一〕筋：原寫作「葝」，從總編校改。

〔二〕男女：伯二七一四卷寫作「眷屬」。

其一百十四

勸莫忙，教且待。方便意圖爲窒礙〔一〕。何如少健自支分〔二〕，莫交直到年衰邁。

〔一〕圖：原寫作「徒」。　窒：原寫作「質」。皆從總編校改。

〔二〕分：伯二七一四卷寫作「持」。

其一百十五

眼目昏，耳沉聵。漸覺心神轉矇昧〔一〕。寢寐長逢過往人〔二〕，神魂已入幽冥界。

〔一〕 矇昧：原寫作「昏昧」，據伯二七一四卷改。

〔二〕 寢寐：原寫作「寢寢」，據伯二七一四卷改。 過往：伯二七一四卷寫作「往死」。

其一百十六

後生時，恣癡愛。終日留情聲色內。三科法上没堅牢〔一〕，五蔭形軀終破壞〔二〕。

〔一〕 上：總編校作「境」。

〔二〕 軀：伯二七一四卷寫作「骸」。

其一百十七

不聰明，少知解。噉食衆生結冤害〔一〕。涅槃正路此時迷〔二〕，生死病源何日瘥〔三〕。

〔一〕 噉食句：原寫作「食噉衆生結究害」，從總編校改。

〔二〕 涅槃：伯二七一四卷寫作「菩提」。

〔三〕 瘥：原寫似「差」，從總編校改。

其一百十八〔一〕

彌陀佛〔二〕，功力大。能爲勞生除障蓋〔三〕。猛抛家務且勤求〔四〕，看看被送荒郊外。

〔一〕以上亥時九首，通叶一韻。

〔二〕彌陀佛：伯二七一四卷寫作「法花經」。

〔三〕勞：伯二七一四卷寫作「衆」。

〔四〕求：原寫作「來」，從總編校改。

其一百十九

夜半子。〔夜半子〕。時刻循環有終始〔一〕。始終終始始還終，有世界來只如此〔二〕。

〔一〕循還：原寫作「巡還」，從伯二七一四卷改。

〔二〕始終二句：原與下首末二句同，與「時刻」句意不貫，從伯二七一四卷改。

其一百二十〔一〕

〔死又生，生又死。出没憧憧何日已〕。或前或後即差殊〔二〕，一例無常歸大地。

〔一〕此首原殘，僅末二句見於前首，據伯二七一四卷補足。

〔二〕殊：伯二七一四卷寫作「殘」。

其一百二十一

夜既闌〔一〕，天似水。斗轉河迴人整睡〔二〕。有時却坐草堂中，悲見人間無限事〔三〕。

〔一〕闌：原寫作「蘭」。

〔二〕河：原寫作「何」。整：伯二七一四卷寫作「盡」。

〔三〕人：伯二七一四卷寫作「世」。

其一百二十二

悲囚徒〔一〕，牢獄裏。夜静領來方拷捶〔二〕。杖鞭繩縛苦難任，皮肉瘦疼連骨髓。

〔一〕悲：伯二七一四卷寫作「愁」。

〔二〕方：總編校作「力」。

其一百二十三

悲病人，久尪悴。四體沉沉難起止。床頭一盞寂寥燈〔一〕，枕畔兩行瘦楚淚。

〔一〕寂寥：伯二七一四卷寫作「長明」。

其一百二十四

悲孕婦，日將至。停燭焚香告天地。性命惟憂頃刻間〔一〕，渾家大小專〔看〕侍〔二〕。

〔一〕頃：原寫作「湏」，從總編校改。

〔二〕看：原脱，從總編校補。　侍：原寫作「待」，失韻，從總編校改。

其一百二十五

悲孤孀，没依倚。髮鬢茸茸雪相似〔一〕。霜天寒夜自嗟吁〔二〕，骨冷衣單多怨懟。

〔一〕髮鬢：伯二七一四卷寫作「鬢髮」。

〔二〕霜天句：伯二七一四卷寫作「霜天霜夜自吁嗟」。

其一百二十六

悲行人，抛幼累。恨别愁明啼不寐。少妻燈下坐支頤，老母堂前愁嚙指〔一〕。

〔一〕嚙：原寫作「噬」，從伯二七一四卷改。

其一百二十七

或富豪〔一〕，或貧匱。各自前生緣果異〔二〕。或藏草舍避驚憂〔三〕，或卧紅樓整沉醉〔四〕。

〔一〕豪：原寫作「毫」。

〔二〕各自前生：伯二七一四卷寫作「各各生前」。

〔三〕草舍：伯二七一四卷寫作「清草」。

〔四〕樓：原寫作「羅」，從總編校改。沉：伯二七一四卷寫作「酒」。

其一百二十八〔一〕

或佳期〔二〕，或失意。聚散悲歡事難紀。思量一夜百千家，幾户憂愁幾家喜〔三〕。

〔一〕以上子時十首，通叶一韻。

〔二〕佳：原寫作「往」，伯二七一四卷寫作「嘉」。

〔三〕憂愁：原寫作「愁憂」，從伯二七一四卷改。　幾家：伯二七一四卷寫作「幾户」。

其一百二十九

晝屬人，夜屬鬼。〔睡是人間之小死。身即冥冥枕上眠，魂魄悠悠何處去〕〔一〕。

〔一〕睡是三句：原缺，據伯二七一四卷補。

其一百三十

〔夜復曉，曉復夜〕〔一〕。晝夕遞遷何日罷〔二〕。鏡中霜髮逐時添〔三〕，頰上桃花隨日謝。

〔一〕夜復二句：原缺，從伯二七一四卷補。

〔二〕晝夕：伯二七一四卷寫作「夕晝」。　晝：原訛作「畫」。

〔三〕鏡：原寫作「鬢」，從總編校改。

其一百三十一

足軒車，多宅舍。蘭室屏幃純繡畫。一朝福盡死王來〔一〕，生事落然難顧藉。

〔一〕 福：總編校作「禄」。

其一百三十二

善修心，惡要怕〔一〕。不是虚言相誑謼。閻王未肯受分疏，煞鬼豈能容諂詐〔二〕。

〔一〕 善修心二句：伯二七一四卷寫作「善要修，罪須怕」。

〔二〕 煞：原寫作「殺」，從總編校改。

其一百三十三

火宅忙，須割捨。自古無常誰免者。暫寄浮生白日中，終歸永卧黄泉下。

其一百三十四〔一〕

更擬講〔二〕，日將西。計想門徒總待歸〔三〕。念佛一時歸舍去，明日依時莫教遲。 以上一百三十四首伯二五〇四卷

〔一〕 此首原缺，據伯二七一四卷補。按以上六首，原接於子時十首後抄寫，總編認爲非屬子時所有，乃全套之總結。六首凡兩次换韻，尤以此末首獨叶平韻，乃全套之例外者。

〔二〕　更擬講：原寫作「敬疑講」，從總編校改。

〔三〕　待：原寫作「火」，乃「大」之形訛，「大」音「待」。從總編校改。

五更轉　太子五更轉〔一〕

一更初。太子欲發坐尋思〔二〕。奈知耶娘防守到〔三〕，何時度得雪山川。

〔一〕　此套五首，原題「太子五更轉」，伯三〇八三卷題「太子五更轉本」，内容乃詠太子成佛故事。每更一首，單片，句式爲「三、七、七七」，四句三韻，或平或仄。

〔二〕　尋思：原寫作「心思」，從總編校改。

〔三〕　奈：原寫作「頪」，從校録校改。

其二

二更深。五百箇力士睡昏沉。遮取黄羊及車匿，朱鬃白馬同一心〔一〕。

〔一〕　朱鬃：總編校作「朱騣」。

其三

三更滿。太子騰空無人見。宮裏傳聲悉達無〔一〕，耶娘腸肝寸寸斷。

〔一〕聲：總編校作「聞」。

其四

四更長。太子苦行萬里香。一樂菩提修佛道，不藉你世上作公王。

其五

五更曉。大地上衆行道了〔一〕。忽見城頭白馬蹤〔二〕，則知太子成佛了。　以上五首伯二四八三卷

〔一〕上：原寫作「下」，從校録、總編校改。

〔二〕蹤：原寫作「騌」，據伯三〇八三卷改。

五更轉　南宗定邪正五更轉〔一〕

一更初。妄想真如不異居〔二〕。迷則真如是妄想，悟即妄想是真如。　念不起，更无餘。見本性，等空虛。有作有求非解脱，无作无求是功夫。

〔一〕此套五首，原抄於《南陽和尚頓悟解脱禪門直了性壇語》之後，《壇語》乃神會所作，則此套《五更轉》或亦同出神會之手。　此套作品又載其它寫卷，斯二六七九卷題「南宗訂邪正五更轉」，斯四六三四卷題「大乘五更轉」，斯四六五四卷題「南宗定邪五更轉」，伯二二七〇卷題「五更轉頌」。　從內容看，乃宣揚南宗頓悟思想。從形式看，每更一首，兩片，上片句式爲「三、七、七七」，下片句式爲「三三、三三、七七」，與前套「荷澤和尚五更轉」相同。

〔二〕想：原寫作「相」。

其二

二更催。大圓寶鏡鎮安臺。衆生不了攀緣病，由斯障閉心不開〔一〕。　本自淨〔二〕，没塵埃。无染著，絶輪迴。諸行无常是生滅，但觀實相見如來。

〔一〕由斯：斯四六三四卷寫作「無思」。　心不：原寫作「不心」，從總編校改。

〔二〕 净：斯四六三四卷寫作「静」。

其三

三更侵〔一〕。如來智惠本幽深〔二〕。唯佛與佛乃能見〔三〕，聲聞緣覺不知音。處山谷，住禪林〔四〕。入空定，便凝心。一生還同八萬劫，只爲担麻不重金〔五〕。

〔一〕 侵：斯四六三四卷寫作「深」。

〔二〕 幽深：斯四六三四卷寫作「由心」。

〔三〕 唯佛與佛：斯四六三四卷寫作「以佛爲仏」，總編校作「唯佛與法」。

〔四〕 住：斯四六三四卷寫作「坐」。

〔五〕 担：斯二六七九卷寫作「躭」，斯四六三四、六〇三八卷寫作「擔」。重金：斯四六三四卷寫作「贈禁」。

其四

四更闌〔一〕。法身體性不勞看。看則住心便作意〔二〕，作意還同妄想摶〔三〕。放四體，莫攢頑〔四〕。任本性〔五〕，自觀看〔六〕。善惡不思即无念〔七〕，无念无思是涅槃〔八〕。

〔一〕 闌：原訛作「蘭」。

〔二〕則：斯二六七九、四六三四卷寫作「即」。　便：斯二六七九卷寫作「還」。

〔三〕摶：原寫作「團」，從總編校改。

〔四〕頑：斯二六七九、四六三四卷寫作「抏」。

〔五〕任：斯四六三四卷寫作「認」。

〔六〕觀看：原寫作「公官」，從總編校改。

〔七〕即无念：斯二六七九卷寫作「則无念」，斯四六三四卷寫作「由不念」。

〔八〕无念无思：斯四六三四卷寫作「无思无念」。

其五

五更分。菩提无住復无根〔一〕。過去捨身求不得，吾師普示不忘恩〔二〕。　施法藥，大張門。去障膜，豁浮雲。頓與衆生開佛眼，皆令見性免沉淪〔三〕。　以上五首伯二五〇四卷

〔一〕復：斯四六三四卷寫作「本」。

〔二〕忘：原寫作「望」。

〔三〕淪：原寫作「輪」。

五更轉〔一〕

一更初夜坐調琴。欲奏相思傷妾心〔二〕。每恨狂夫薄行跡〔三〕，一過抛人年月深〔四〕。

〔一〕此首以下凡七首，原寫作八行，未題調名。其内容寫思婦情事，形式上則用五更遞轉之法組織成套，每更二首，皆七言四句，首各爲韻，惟三更以後多有殘缺。王重民《伯希和劫經録》稱作「五更曲」，劉復《敦煌掇瑣》目録稱作「五更調小唱」，饒編「聯章佛曲集目」則列於「嘆五更」名下。兹從校録、總編以《五更轉》爲調。

〔二〕奏：原寫似「秦」，從劉書校改。

〔三〕薄：原寫作「溥」，從校録校改。

〔四〕抛：原寫作「挽」，從校録校改。

其二

君自去來經幾春〔一〕。不傳書信絶知聞。願妾變作天邊鴈，萬里悲鳴尋訪君〔二〕。

〔一〕自：原寫作「白」，從劉書校改。

〔二〕鳴：原寫作「鳥」，從劉書校改。

其三

二更孤帳理秦筝〔一〕。若箇弦中無怨聲。忽憶征夫鎮沙漠〔二〕，遣妾煩怨雙淚盈。

〔一〕帳：原訛作「悵」。　筝：原訛作「笋」。

〔二〕征夫：校録、總編校作「狂夫」。

其四

當本只言今載歸。誰知一別音信稀。賤妾猶自姮娥月〔一〕，一片貞心獨守空閨。

〔一〕猶：原寫似「犾」，劉書校作「狀」。從校録校改。　姮娥：原寫作「恒娥」。

其五

〔三更〕寂寞取箜篌，嘆征□□□□。□□□□□，□□□□□□□〔一〕。

〔一〕此首與下首原卷連寫，接抄於「二更」第二首下，無「三更」標誌。首句原寫「寂索取箜篌嘆征」七字，校録、總編皆於句首補「三更」二字，校「寂索」爲「寂寞」，於「箜篌」斷句，改「征」爲「狂」，下補「夫」字，以「歎狂夫」三字領起次句，「夫」下補十九空。按此二首當有脱訛，姑從校録、總編校補。

其六

爾爲君王効忠節〔一〕，都緣名利覓〔封〕侯〔二〕。願君早登丞相位，妾亦能孤守百秋。

〔一〕爾爲句：原寫作「余真爲君王肪中節」，從校録、總編校改。

〔二〕緣：原寫難辨，從校録、總編校改。　封：原脱，從校録、總編校補。

其七

四更藜竹弄宫商〔一〕。每恨賢夫在漁陽〔二〕。池中比目魚游戲〔三〕，海鷗雙□□□□〔四〕。

以上七首伯二六四七卷

〔一〕宫：原寫作「弓」，從校録、總編校改。

〔二〕每恨：原卷殘損，校録校作「痛恨」，兹從總編校訂。　漁：原寫作「魚」。

〔三〕游：原寫作「斿」，從劉書校改。

〔四〕雙：原寫難辨，從總編校改。下缺，從總編校補四空圍。按此首以下缺三首。

皇帝感　新集孝經十八章〔一〕

新歌舊曲遍州鄉。未聞典籍入歌場。新合孝經皇帝感，聊談聖德奉賢良。

〔一〕原卷頂頭題「新集孝經十八章」，下空數格，題《皇帝感》調名，惟辭僅存十二首。又見伯三九一〇卷，題「新合孝經皇帝感辭一十一首」，惟辭僅存五首。茲據總編，從斯二八九卷、五七八〇卷所載「新合千文皇帝感辭」中輯出隱括《孝經》者六首，補入此組辭中。

其二

開元天寶親自注〔一〕，詞中句句有龍光。白鶴青鸞相間錯，連珠貫玉合成章。

〔一〕天寶：總編校作「天子」。

其三

歷代已來無此帝〔一〕，三教內外總宣揚〔二〕。先注孝經教天下，又注老子及金剛。

〔一〕代：原寫作「伐」。

〔二〕揚：原寫作「楊」。

其四

始皇無道焚燒盡〔一〕，賴得仙人壁裏藏。拾得故文多損壞，孔生賡續巧相當〔二〕。

〔一〕焚燒：總編校作「焚書」。

〔二〕孔生：原寫作「孔子」，從總編校改。　賡：原寫作「更」，從總編校改。

其五

立身行道德揚名〔一〕。君臣父子禮非輕。事君盡忠事父孝，感得萬國總歡情。

〔一〕德：匡補以爲乃「得」字之假借。

其六

愛親行道普温恭〔一〕。他親亦與〔己〕親同〔二〕。德孝流行遍天下，刑於四海悉皆通〔三〕。

〔一〕愛親句：原卷「愛」下衍「道」字，從總編校删之。　普温恭：斯五七八〇卷寫作「須從小」，伯三九一〇卷寫作「好須徒」。

〔二〕他親句：伯三九一〇卷寫作「他親共語亦須同」。　己：原缺，從總編據經文補。

〔三〕　刑：伯三九一〇卷寫作「形」。匡補以爲乃「行」字音誤。

其七

在上不驕何所危〔一〕。制節謹度莫行非。一國之財不奢泰，費用約儉有何虧。

〔一〕　在上句：原寫作「在上不橋何次色」，從總編校改。

其八

上下無怨國中安〔一〕。保其社稷鬼神歡〔二〕。爲作宫室四時祭，容止可法得人觀。

〔一〕　中：原寫作「忠」。

〔二〕　保其句：斯二八九卷寫作「將其宗廟鬼神歡」。

其九

〔日月〕星辰天子服〔一〕，藻火粉米度人衣〔二〕。言滿天下無怨惡，先王禮服總須知。

〔一〕　日月：原缺，從總編據經文補。

〔二〕　度人：校録校作「庶人」，總編校作「大夫」。

其十

〔資父事母〕而愛同〔一〕。夙興夜寐問温恭〔二〕。但能三者具備矣，聖人之教必流通〔三〕。

〔一〕資父事母：原缺，從總編據經文補。　而愛同：原殘損，各現一半，據總編校訂。

〔二〕夙：原寫作「宿」。

〔三〕教：劉書校作「道」。

其十一

□□□□□□□，□□□□□□通。皇帝親耕萬物熟〔一〕，嘉禾合穗至今豐〔二〕。

〔一〕熟：原寫作「煞」，從總編校改。

〔二〕嘉禾：原寫作「喜和」，從總編校改。

其十二

□□□□□□□，□□□□□□□。故能安親行孝道，揚名後世普天和〔一〕。　以上十二首伯二七二一卷

〔一〕普天和：原殘損，各現一半，據總編校訂。

其十三

上説明王行孝道〔一〕，下論庶俗事先親〔二〕。儒教之中是第一〔三〕，孝感天地動鬼神〔四〕。

〔一〕明王：伯三九一〇卷寫作「名王」。

〔二〕親：伯三九一〇卷寫作「宗」。

〔三〕第一：原寫作「萬一」，據斯五七八〇、伯三九一〇卷改。

〔四〕孝感句：原寫作「孝感天地動鬼神通」，茲從總編以「通」爲衍字删之。

其十四

乾坤兩卦順陰陽。星辰日月耀三光〔一〕。萬聖之中有一主〔二〕，臣忠子孝在天王〔三〕。

〔一〕辰：伯三九一〇卷寫作「神」。　耀：伯三九一〇卷寫作「輝」。

〔二〕之：伯三九一〇卷寫作「諸」。

〔三〕臣忠子孝：原寫作「神宗三教」，伯三九一〇卷寫作「神中三教」，茲從總編校改。

其十五

九經皓汗論今古，書〔契〕文字發殷湯〔一〕。孔子曾參説五孝，講出開宗第一章〔二〕。

〔一〕書契：原缺「契」，斯五七八〇卷寫作「□書」，「書」上一字殘剩「石」旁。兹從總編校補。殷：原寫作「殿」，據伯三九一〇卷改。

〔二〕講：原寫似「長」，斯五七八〇、伯三九一〇卷寫作「義」。兹從總編校改。

其十六

孝經宗祖仲尼居〔一〕，孔子講説及諸〔徒〕〔二〕。〔子〕弟總有三千數〔三〕，達者唯有七十餘。

〔一〕宗：伯三九一〇卷寫作「曾」。

〔二〕講：原殘剩「才」旁，從總編校訂。及：伯三九一〇卷寫作「乃」。徒：原缺，從總編校補。

〔三〕子弟：原缺「子」，「弟」寫作「邑」，伯三九一〇卷寫作「都近」。兹從總編校補。

其十七

資於事父而愛君。先須孝養有一星。□□□□□□□，〔一〕夜五起莫生〔嗔〕〔一〕。

〔一〕一：原缺，姑從總編校補。嗔：原缺，伯三九一〇卷寫作「𢊍」。匡補以爲「𢊍」乃「庸」字別體，此處應作「慵」。兹從總編校補。

其十八

故以孝順而別□，□□□□□□□。〔保〕其禄位倉廩實〔一〕，居官起職□□□。　以上六首據斯二八九卷補

〔一〕保：原缺，從總編校補。

【考辨】

《皇帝感》一調載《教坊記》「曲名」表，唐五代向不見傳辭。敦煌寫卷所載者凡兩組，一組櫽括《孝經》，一組櫽括《千字文》（見後録）；皆七言四句體，叶二或三平韻，惟平仄不拘，多爲拗格，與七絶體有别。題記云「新合皇帝感辭」，辭中亦云「典籍入歌場」、「聊談聖德奉賢良」、「且聽歌舞説千文」，可見其具合樂、入歌、配舞、説唱之綜合功能。然究竟屬聲詩或曲子詞，尚難確定。諸本不録；《唐聲詩》選録二首以備格調；總編作「歌辭」收録。兹録入副編俟考。

十二時　聖教十二時〔一〕

夜半子。摩耶夫人誕太子〔二〕。步步足下生蓮花〔三〕，九龍齊吐温和水〔四〕。

〔一〕此套原題「聖教十二時」，詠悉達太子之本生經歷。每時一首，句式爲「三、七、七七」，四句三韻。

〔二〕誕：伯二九一八卷寫作「生」。

〔三〕步步足下：伯二九一八卷寫作「行得七步」。

〔四〕九龍句：伯二九一八卷寫作「感得九龍吐惠水」。

其二

鷄鳴丑。昔日諸親本自有〔一〕。黄羊車匿圈東西，不那千人自心有〔二〕。

〔一〕本：伯二九一八卷寫作「緣」。

〔二〕有：伯二九一八卷寫作「守」。

其三

平旦寅。太子因中是佛身〔一〕。本有三十二相好〔二〕，神通智惠異諸人〔三〕。

〔一〕太子因：原寫作「太人因」，伯二九一八卷寫作「太子圜」，旁注「因」。據改。

〔二〕本：伯二九一八卷寫作「但」。

〔三〕異：伯二九一八卷寫作「殊」。

其四

日出卯。出門忽逢病死老。即知此戒正堪修，便是迴心求佛道〔一〕。

〔一〕是：伯二九一八卷寫作「即」。

其五

食時辰。本性持戒斷貪嗔〔一〕。不羨世間爲國主〔二〕，爲求涅槃成佛因。

〔一〕本性持戒：伯二九一八卷寫作「太子本性」。

〔二〕世：伯二九一八卷寫作「人」。

其六

隅中巳。庫藏金銀盡布施。怜貧恤老及慈悲，每有苦哉今日是〔一〕。

〔一〕 每有句：伯二九一八卷寫作「姊妹苦哉是今日」。 哉：總編校作「灾」。

其七

正南午。太子修行實辛苦。每日持齋一麻麥，捨却慳貪及父母。

其八

日昳未。太子神通實智惠。眉間放光照十方〔一〕，救拔衆生出五趣〔二〕。

〔一〕 放：伯二九一八卷寫作「豪」。

〔二〕 出：原寫作「及」，從總編校改。 趣：伯二九一八卷寫作「礼」。

其九

晡時申〔一〕。太子廣開妙法門。降得魔王及外道，莎羅林裏見世尊〔二〕。

〔一〕 晡：原寫作「甫」。

〔二〕 莎：伯二九一八卷寫作「娑」。

其十

日入酉。閻浮提衆生難化誘〔一〕。願求世尊陀羅尼〔二〕，若有人聞誦持受〔三〕。

〔一〕難化誘：伯二九一八卷寫作「悉墮落」。
〔二〕願求句：伯二九一八卷寫作「樂求佛説世尊陀羅尼」。
〔三〕誦：伯二九一八卷寫作「頌」。

其十一

黄昏戌。佛聞雙林無有失〔一〕。阿難合掌白佛言〔二〕，文殊來問維摩詰。

〔一〕無：伯二九一八卷寫作「唯」，旁注「爲」。
〔二〕阿：原寫作「何」，據伯二九一八卷改。

其十二

人定亥。十大弟子來懺悔〔一〕。佛説西方浄土國，見聞自消一切罪〔二〕。　以上十二首伯二七三四卷

〔一〕大：原寫作「代」，據伯二九一八卷改。

〔三〕見聞句：伯二九一八卷寫作「一切人聞自滅罪」。

十二時　孝道十二時〔一〕

夜半子。陰中真如止。觀心超有無，寂然俱空理。

〔一〕此套原題「孝道十二時」。每時一首，句式爲「三、五、五五」，四句三韻。與他卷所載「三、七、七七」體式者不同。

其二

鷄鳴丑。實相離空有。但作不住觀，薰成無量壽〔一〕。

〔一〕薰：原寫似「董」，從總編校改。

其三

平旦寅。孝道事須貧。了無卓錐地，會合涅槃因。

其四

日出卯。佛性處煩惱〔一〕。正念知色空，可得菩提道。

〔一〕處煩惱：原寫作「處炍惱」，總編校作「除煩惱」。

其五

食時辰。勤息除我人。善了平等性，當證法王身。

其六

隅中巳。伏折内魔使。外境自然除，圓成調御士。

其七

正南午。身中有浄土。澄心離斷常，佛性自然睹。

其八

日昳未〔一〕。識性如鼎沸〔二〕。定惠圓三空，當成四無畏。

〔一〕 昳：原寫作「迭」。

〔二〕 鼎：原寫作「鍚」。

其九

晡時申。法性契於塵。善作無住相，生滅體爲真。

其十

日入酉。色心應非久。内外若不安，覺道中爲首。

其十一

黄昏戌。須詮能所律。與般若相應，湛然離入出。

其十二

人定亥。蘊中真如在。但悟八識源，自成七覺海。

以上十二首伯二九四三卷

十二時〔一〕

〔平旦寅〕。□□□□未安身。奉勸有男須入斈，莫言推道我家貧〔二〕。從小父〔娘〕□□□〔三〕，到大僂儸必越人〔四〕。縱然未得一官職，筆下方圓養二親〔五〕。

〔一〕此套八首，起寅時，止酉時，字句多有殘缺。原卷與後四首連抄，後四首起戌時，止丑時，恰好構成十二時之整套。然此套八首句式爲「三、七、七七、七七、七七」，八句五韻，兩片，後四首句式爲「三、七、七七」，四句三韻，單片，總編據此認爲原抄錯簡，故分爲兩套殘文。兹從之。

〔二〕莫言推道：總編校作「莫推言道」。

〔三〕娘：原缺，從總編校補。

〔四〕僂儸：原寫作「獿玀」。

〔五〕筆下：原寫作「筆子」，從總編校改。

其二

〔日出卯〕。□□□□□衣巧。不言官職作曹司〔一〕，天下相欽酒飰飽〔二〕。　村坊每每人□□，□□□□□□□。人夫蓑裏得輕行，紙筆在身當役了。

〔一〕曹司：原寫作「曹同」，總編疑爲「同曹」之訛。兹據匡補校改。

〔二〕飽：原寫似「滿」，失韻，從總編校改。

其三

〔食時辰〕。□□□□□□□。□□□寧心莫慢〔一〕，逢人禮則切須存〔二〕。　□□□□□□□，□□□□用勝人〔三〕。會得先賢經典義〔四〕，何愁到處不安身。

〔一〕慢：原寫作「漫」，從總編校改。

〔二〕則：總編校作「節」。

〔三〕人：原寫作「己」，失韻，從總編校改。

〔四〕典義：原寫作「曲議」，從總編校改。

其四

〔隅中巳〕。有子須交識文字。共人兩遞定英雄，把筆思惟獲道理。遠近稱傳到姓名，遥聞談説人皆美。世人不敢苦欺陵〔一〕，都爲文章有綱紀。

〔一〕陵：總編校作「凌」。

其五

〔正南午〕。讀書便是在身寶〔一〕。高官卿相在朝廷，幼時入斈曾辛苦。□□□□□□□，□□□□□□□。假如未遇在中間〔二〕，時人豈敢來輕侮。

〔一〕在：總編校作「隨」。

〔二〕間：原寫作「問」，從總編校改。

其六

〔日昳未〕。□□□□□莫辭廢。然知日下涉劬勞〔一〕，成名還有凌雲智〔二〕。□□□□□□□，□□□□□□□。他身若得高官職〔三〕，百里之成作偉器〔四〕。

〔一〕知：總編校作「如」。

〔二〕智：總編校作「志」。

〔三〕身：總編校作「時」。

〔四〕偉器：原寫作「限氣」，從總編校改。

其七

〔晡時申〕。勸君交子勝留銀。不見昔時勤孝仕，衣錦還鄉朱買臣〔一〕。　名播其傳天下説，揚名父母不及親〔二〕。　但交十年冬夏讀〔三〕，不摟變作一貧人〔四〕。

〔一〕衣：原寫作「意」。

〔二〕揚名：總編校作二空圍。

〔三〕冬：原寫作「東」。

〔四〕摟：疑有誤。　貧：原寫作「穸」，從總編校改。

其八

日入酉。常行好事勸朋友。東舍遥呼去喫茶，西舍周流去飲酒。〔一〕。　□□□□□□□，

□□□□□□□。羡他德義美三端，遐方四海相知友〔二〕。

〔一〕周流：原寫作「用流」，總編校作「用留」。兹從匡補校改。

〔二〕友：總編校作「久」。

又〔一〕

黄昏戌。官職比來從此出。文章争不多心孶，有智勿令生愧悔〔二〕。

〔一〕此套四首，原接前套酉時後抄寫，似屬一套，惟因句式格調不同，姑從總編分列，仍俟考校。

〔二〕愧悔：原寫作「悔悔」，兹從總編校改。

其二

人定亥。先王典籍合敬愛。若能讀得百家書，萬劫千生名價在〔一〕。

〔一〕價：原寫作「櫝」，從總編校改。

其三

夜半子。春榜即寫才文字。朝廷以下聘詞章〔一〕，萬個之中無有二一。

〔一〕廷：原寫作「庴」，從總編校改。　以：總編校作「上」。

其四

雞鳴丑。權隱在塵非長久。一朝肥馬衣輕裘〔一〕，富貴榮華萬物有。　以上十二首伯二九五二卷

〔一〕衣：原寫作「意」。

五更轉　南宗讚〔一〕

一更長。〔一更長〕〔二〕。如來智惠化中藏〔三〕。不知自身本是佛，无明障蔽自慌忙。　了五蘊，體皆亡。滅六識，不相當。行住坐卧常注意〔四〕，則知四大是佛堂。

〔一〕此套五首，原題「南宗讚一本」，抄於釋法照作《浄土念佛誦經觀行儀》卷下之背面，與前録釋神會所作兩套《五更轉》體式大致相同，唯自二更起，首句皆加疊前更起句之三字，自成一格，劉書目録謂「此爲别體五更調」，校録名之爲「轉格」。此套亦見諸多種寫卷，北京圖書館藏「周」字七〇號無疊句轉格，列一三六三號題「五更歌」；斯四一七三卷題「南宗讚」。

〔二〕一更長二句：原無疊句，諸卷皆無，僅列一三六三號作「一更長，二更長」，與下首開頭二句重復。茲從總編校補疊句。

〔三〕化：斯四一七三、五五二九卷皆寫作「心」。

〔四〕注意：斯四一七三、五五二九卷皆寫作「作意」。

其二

一更長。二更長。有爲功德盡无常。世間造作應不及〔一〕，无爲法會體皆亡〔二〕。入聖位〔三〕，坐金剛。諳佛國〔四〕，遍十方。但諳世界原貫一〔五〕，決定得入於佛行。

〔一〕不及：總編校作「不久」。

〔二〕無爲法會：斯四六五四卷作「無明法海」。體：原寫作「聽」，從總編校改。

〔三〕聖位：原寫作「聖使」，斯四六五四卷寫作「世口」。茲從總編校改。

〔四〕諳：斯四六五四卷作「之」，斯四一七三卷寫作「諸」。

〔五〕但諳句：斯四一七三卷寫作「但諸十方願實一」，斯五五二九卷寫作「但諸十方願一實」。總編校作「但知十萬原貫一」。

其三

二更長，三更嚴。坐禪執定苦能甜〔一〕。不信諸天甘露蜜〔二〕，魔軍眷屬出來看〔三〕。諸佛教，實福田。持齋戒，得生天。生天終歸還墮落〔四〕，努〔力〕迴心趣涅槃〔五〕。

〔一〕執：原寫作「扏」，總編校作「習」。茲據斯四一七三、四六五四卷改。　苦：斯四一七三卷作「甚」。

〔二〕信：原寫作「宣」，據「周」字七〇號改。

〔三〕魔軍：原寫作「願君」，「周」字七〇號寫作「摩君」。據總編校改。

〔四〕終：原寫作「中」。

〔五〕力：原脱，據斯四一七三卷補。　趣：總編校作「取」。

其四

三更嚴。四更闌〔一〕。法身體性本來禪。凡夫不念生分別〔二〕，輪迴六趣心不安〔三〕。求佛性，向裏看。了佛意〔四〕，不覺寒。廣大劫來常不悟，今生作意斷慳貪。

〔一〕闌：原寫作「蘭」。

〔二〕夫：原訛作「天」。

〔三〕趣：「周」字七〇號作「住」。

〔四〕了佛意：「周」字七〇號作「有佛衣」。

其五

四更闌。五更延。菩提種子坐紅蓮。煩惱泥中常不染，恒將浄土共金顔。　佛在世，八十年。般若意，不在言。夜夜朝朝恒念經，當初求覓一言詮〔一〕。　以上五首伯二九六三卷

〔一〕　一言詮：原寫作「一年川」，「周」字七〇號寫作「一年全」，斯四一七三卷寫作「一年詮」。兹據列一三六三號改。

五更轉〔一〕

一更初。少年光景蹔時無。一世之間何足度〔二〕，誰知四大是空虚。人皆恒作千年調，謂將不死鎮安居。有錢不解修功德，沽酒買肉事兇粗〔三〕。終日貪生不覺老，鬢邊白髮實難除。面上紅顔千道皺，腰疼脊曲項筋□。眼暗耳聾見不辨〔四〕，頭風腦轉手專遇〔五〕。口中牙齒並落盡〔六〕，皮肉瘦損□身枯。出門入户着弱杖，坐卧欲起覓人扶。村舍追隨不能去，親情故舊往還疏。丈夫一朝身如此，與死無别有何殊〔七〕。

〔一〕　此套原題《五更轉》，僅殘存一更、二更二首。一更於三言句下接七言廿一句，二更於三言句下接七言十二句，下缺。每更皆一韻到底，無可章解。惟不知二更以下是否皆如一更於三言句下接七言廿一句，然從殘存

二首看，已能見出其篇制格調之特徵，有異於其他同調之作。

〔二〕度：原寫作「庻」，從饒編、總編校改。

〔三〕肉：原寫作「宍」，下同。

〔四〕見：總編校作空圍。

〔五〕風：總編校作「昏」。　遇：總編校作空圍。茲從饒編校訂。

〔六〕口中：原寫作「中口」，總編校作「□中」。茲從饒編校改。

〔七〕別：原寫作「列」，從饒編、總編校改。

其二

二更分。閻浮衆生不可論。終日匆匆望富貴，誰先□業受飢貧〔一〕。當時梳頭鏡裏照〔二〕，如今一攏永無因〔三〕。被他將衣面上蓋，合眼瞑瞑不解嗔〔四〕。從你男女頭前哭，千呼萬喚耳不聞。脚着紙靴常不脱，眼索衣裳遮莫嗔。終歸不免深埋却〔五〕。（下缺）　以上二首伯二九七六卷

〔一〕□業：原卷無空缺，饒編校謂「業」字前後當脱一字，茲從總編於「業」上補空。

〔二〕梳：原寫作「疏」，從饒編、總編校改。

〔三〕攏：原寫作「隴」，從總編校改。

〔四〕嗔：總編校作「睁」。

〔五〕終歸句：原卷抄至此，其後接寫「温泉賦一首，進士劉瑕」一行，及賦之第一行曰「開元改爲天寶年十月後兮」。饒編逕以此句爲結句，無校記説明；總編於此句下補七空圍作結句，另行頂頭注「下闕三首」。按「却」字非韻脚，可知此句非結句，原卷未抄完，然其下闕文如何，尚難確定，姑注「下缺」，以俟考補。

五更轉　太子入山修道讚〔一〕

一更夜月凉〔二〕。東宫見道場〔三〕。幡花傘蓋日争光〔四〕。燒寶香。

〔一〕此套十五首，原卷於篇末題「太子入山修道讚一本」，而以「五更轉」形式組成。每更三首，句式爲「五五、七、三」，末句間或襯二字作五言句。校録云：「三首中，第一首爲主曲，叶四平韻；餘二首爲輔曲，叶三平韻。每更三首，必同在一韻。」與前録各套《五更轉》形式比較，自成一格。

〔二〕凉：原寫作「良」，校録謂猶「亮」。兹從總編校改。

〔三〕見：總編校作「建」。

〔四〕傘：伯三〇六一卷作「寶」。　日：校録改作「月」。

其二

共奏天仙樂〔一〕，龜兹弄宫商〔二〕。美人無那手頭忙〔三〕。聲遶梁。

〔一〕 奏：原寫作「走」，從校録校改。

〔二〕 龜兹：原寫作「皈資」，伯三〇六一卷寫作「歸子」。兹從校録校改。 弄：原寫作「用」，據伯三〇六一卷改。

總編校作「韻」。 商：原訛作「傷」。

〔三〕 那：原寫作「拿」，即「拿」，當爲「那」之音訛。 頭：校録校作「頤」。

其三

太子无心戀〔一〕，閉目不形相〔二〕。將身不作轉輪王。只是怕无常。

〔一〕 戀：伯三〇六一卷作「揀」，下同，或爲「練」之訛。

〔二〕 閉目句：伯三〇六一卷寫作「卑穆不形樣」。

其四

二更夜月明。音樂堪人聽。美人纖手弄秦箏〔一〕。貌輕盈〔二〕。

〔一〕等：原寫作「争」。

〔二〕貌輕盈：原寫作「貟監溪」，兹從總編校改。

其五

姨母專承事〔一〕，耶輸相逐行〔二〕。太子無心戀色聲。豈能聽。

〔一〕姨母句：伯三〇六一卷寫作「餘母專乘使」。

〔二〕耶輸：伯三〇六一卷寫作「那須」。

其六

輪迴三惡道，六趣在死生〔一〕。從來改却這般名〔二〕。只是换身形。

〔一〕趣：伯三〇六一卷寫作「取」。

〔二〕這般：原寫作「既般」，伯三〇六一卷寫作「音般」。

其七

三更夜已停〔一〕。嬪妃睡不醒〔二〕。美人夢裏作音聲。往往迎〔三〕。

〔一〕已停：原寫作「亦停」，伯三〇六一卷寫作「以停」。總編校作「月亭」。兹從匡補校改。

〔二〕嬪妃句：原寫作「鬢肥睡不酰」，伯三〇六一卷寫作「貧飛樹不醒」。從總編校改。

〔三〕往往迎：伯三〇六一卷寫作「往往經」。總編校作「往相迎」。

其八

出家時欲至，天王號作瓶〔一〕。宮中聞喚太子聲。甚叮嚀〔二〕。

〔一〕天王句：伯三〇六一卷寫作「公王號作平」。

〔二〕叮嚀：原寫作「丁寧」，伯三〇六一卷寫作「堤寧」。從總編校改。

其九

我是四天王〔一〕，故來遠自迎。朱鬉便躡紫雲騰〔二〕。夜逾城〔三〕。

〔一〕王：原寫作「主」，從校録、總編校改。

〔二〕朱鬉：原寫作「珠鬃」，伯三〇六一卷寫作「珠宗」，總編校作「朱騣」。兹從校録校改。　騰：原寫作「章」，從校録、總編校改。

〔三〕夜逾城：伯三〇六一卷寫作「其氣夜爲城」。總編校作「共去夜逾城」。

其十

四更夜已偏〔一〕。乘雲到雪山。端身正坐向欲前〔二〕。坐禪延〔三〕。

〔一〕已：原寫作「亦」，伯三〇六一卷寫作「以」。總編校作「月」。兹從匡補校改。

〔二〕向欲：總編校作「欲向」。

〔三〕延：原草寫，校録校作「邊」，兹從總編校訂。

其十一

尋思父王憶〔一〕，每常姨母憐〔二〕。耶輸憶我向門看〔三〕。眼應穿。

〔一〕尋思句：伯三〇六一卷寫作「父王甚思億」。

〔二〕每常句：原寫作「每常姨每隣」，伯三〇六一卷寫作「每想姨母連」。校録、總編校作「每當姨母憐」。

〔三〕我向：原寫作「向我」，從校録、總編校改。

其十二

便即唤車匿〔一〕，分付與衣冠〔二〕。將吾白馬却歸還〔三〕。傳我言。

〔一〕即：伯三〇六一卷寫作「走」。

〔二〕分付句：伯三〇六一卷寫作「分付與依官」。

〔三〕將：伯三〇六一卷寫作「相」。

其十三

五更夜已交〔一〕。帝釋度金刀。毁形落髮紺青毫〔二〕。鵲綿巢〔三〕。

〔一〕夜已交：原寫作「夜亦交」，伯三〇六一卷寫作「郍以交」。總編校作「夜月交」。兹從匡補校改。

〔二〕毁形句：伯三〇六一卷寫作「貴形步髮白清耗」。

〔三〕鵲綿：原寫作「鵲頂」，伯三〇六一卷寫作「雀帝」。總編改作「鵲蓂」。兹從匡補校改。

其十四

牧牛女獻乳〔一〕。長者奉香茅〔二〕。誓當作佛苦海嶠〔三〕。眉間放白毫。

〔一〕牧牛句：伯三〇六一卷寫作「木牛女顯淈」。總編校作「牧女獻牛乳」。

〔二〕長者句：伯三〇六一卷寫作「根者顯貎香」。

〔三〕嶠：原寫作「槗」，從校録、總編校改。

其十五

日食一麻麥，六載受懃勞。因充果滿自逍遥〔一〕。三界超。以上十五首伯三〇六五卷

〔一〕充：原寫作「中」，從校録、總編校改。　逍：原寫作「消」。

十二時　法體十二時〔一〕

平旦寅。洗足燒香礼世尊。胡跪虔誠齊發願〔二〕，努力修取未來因〔三〕。

〔一〕此套原題「法體十二時一本」，斯五五六七卷題「聖教十二時」。全套十二首，每時一首，句式作「三、七、七、七」，四句三韻。原卷以圈斷句。

〔二〕胡：原寫作「䠒」。　誠：原寫作「成」。皆據斯五五六七卷改。

〔三〕取：斯五五六七、伯四〇二八卷寫作「趣」。

其二

日出卯。憑案尋經傳聖教〔一〕。過去之佛捨輪王〔二〕，妻兒眷屬何須樂〔三〕。

〔一〕憑案：原寫繁複難辨，據斯五五六七、伯四〇二八卷改。　傳：斯五五六七卷寫作「專」。

〔二〕之：斯五五六七、伯四〇二八卷寫作「諸」。

〔三〕兒：斯五五六七、伯四〇二八卷寫作「男」。

其三

食時辰。縱然被駡莫生嗔〔一〕。遍體膿血流不盡〔二〕，總是皮囊虛壞身〔三〕。

〔一〕縱然句：伯四〇二八卷寫作「衆然駿馬莫生親」，斯五五六七卷寫作「蹤然被駡不生嗔」。被：原寫似「俻」，據斯卷改。

〔二〕遍體膿血：原寫作「變躰農血」，「農」旁注「膿」，伯二八一三卷寫作「變躰農裹」。據斯五五六七卷改。

〔三〕總是句：原寫作「惣是泿囊虛壞身」，斯五五六七卷寫作「惣是浮囊敗壞身」。總編校「泿」作「皮」，兹據改。

其四

隅中巳〔一〕。析時持齋莫貪利〔二〕。蹔時清浄能護持〔三〕，即獲彌陀珍寶器。

〔一〕隅：原寫作「遇」。

〔二〕析：原寫作「折」，從總編校改。

〔三〕蹔：原寫作「攙」，即「蹔」之纍增字。　時：斯五五六七卷寫作「則」。

其五

正南午。努力勤修存防護〔一〕。六根之際用功夫〔二〕，莫交外境來相誤〔三〕。

〔一〕存：斯五五六七卷寫作「好」。　防：原寫作「方」，據斯五五六七卷改。

〔二〕六根之際：原寫作「六振之殊」，斯五五六七卷寫作「六根之須」。從總編校改。

〔三〕外境：原寫作「匁鏡」，伯四〇二八卷寫作「幻竟」。從總編校改。　誤：原寫作「吾」，伯四〇二八卷寫作「午」，伯二八一三卷寫作「悟」。從斯五五六七卷改。

其六

日昳未。衆生須作出罪意〔一〕。莫言出家空剃頭，不得隨風波浪去〔二〕。

〔一〕衆生句：斯五五六七卷寫作「衆生作出意聖」，當脱一字。

〔二〕不得句：原寫作「不德隨風技浪去」，伯二八一三卷寫作「不德隨風波浪去」。總編校作「不得隨風逐浪去」。兹從伯二八一三卷改。

其七

晡時申〔一〕。若能觀行最爲珍〔二〕。一切善法從心起〔三〕，十方諸佛不離身〔四〕。

〔一〕晡：原寫作「雨」，旁注「甫」，又注「輔」。從總編校改。

〔二〕珍：斯五五六七、伯二八一三卷寫作「真」，伯四〇二八卷寫作「親」。

〔三〕起：原寫作「去」，旁注「起」，據改。

〔四〕諸：原寫作「之」，旁注「諸」，據改。

其八

日入酉。莫學渴鹿驅焰走〔一〕。空走功夫滿波波〔二〕，法水何時得入口〔三〕。

〔一〕鹿：原寫作「庇」，旁注「鹿」，據改。驅：原寫模糊，據斯五五六七卷改。焰：原寫潦草，旁注「焰」，據改。

〔二〕空走：總編校作「空□」。滿：斯五五六七卷寫作「慢」。波波：原寫作「汥汥」，從總編校改。

〔三〕得：原寫作「德」，據斯五五六七卷改。

其九

黄昏戌〔一〕。智惠明燈闇中出〔二〕。宫羅歸舍藏德建〔三〕，文殊方丈失銅鐘〔四〕。

〔一〕戌：原訛作「伐」。

〔二〕明燈：原寫模糊，據斯五五六七、伯二八一三卷改。

〔三〕宫羅句：原寫作「供羅歸捨𢧐德建」，「建」旁注「遠」，斯五五六七卷寫作「參羅歸舍藏得見」，伯四〇二八卷寫作「千羅萬綺傎舍者」，伯二八一三卷寫作「宫羅歸舍藏德建」，據改。

〔四〕文殊句：原寫作「天殊方丈朱同鍾」，伯二八一三卷寫作「文殊方丈失同錬」，斯五五六七卷寫作「文殊銅鍾方仗室」，伯四〇二八卷寫作「文殊師利方丈室」，據改。

其十

人定亥〔一〕。普勸衆生莫造罪。釋迦猶自入涅槃〔二〕，豈有凡夫得長在〔三〕。

〔一〕亥：原寫似「彦」，從總編校改。

〔二〕槃：原寫作「盤」。

〔三〕豈有：原寫作「氣向」，斯五五六七卷寫作「去向」，伯四〇二八卷寫作「起向」。從總編校改。　得：原寫作

「德」。

其十一

夜半子。鎮向凡夫即須去〔一〕。不如聞早學禪師〔二〕，一保之身莫空去〔三〕。

〔一〕鎮向句：斯五五六七卷寫作「振向凡夫即須走」，伯四〇二八卷寫作「銅鐘銘曉即須去」。

〔二〕禪師：斯五五六七卷寫作「修行」。

〔三〕一保句：斯五五六七卷寫作「一報之身莫空去」，伯四〇二八卷寫作「一根之身不空去」。

其十二

鷄鳴丑。四大之身應不久〔一〕。剎那造罪即无常〔二〕，三逢地獄没人救〔三〕。 以上十二首伯三一一三卷

〔一〕久：原寫作「救」，據斯五五六七卷改。

〔二〕剎那造罪：原寫作「叉郍诰罪」，從總編校改。

〔三〕逢：斯五五六七卷寫作「塗」，伯四〇二八卷寫作「徒」。 没：斯五五六七、伯四〇二八卷寫作「无」。

五更轉　禪師各作一更〔一〕

一更浄坐觀刹那〔二〕。生滅妄想遍娑婆〔三〕。客塵煩惱積成劫，以劫除劫轉更多〔四〕。

〔一〕此套接於六禪師偈後抄寫，原卷有題序云：「説偈已訖，即至夜，并贈《五更轉》，禪師各作一更。」斯五九九六卷載同套作品，亦有題記云：「更贈《五更轉》，禪師依次各轉一更。」凡十首，每更首數不等，一更一首，四更三首，餘皆二首。除五更第一首爲七言六句體外，餘皆七言四句體，叶韻或平或仄。斯五九九六卷與斯三〇一七卷原爲一卷，分裂爲二，斯五九九六卷載一更至四更次首末句「菩」字以上，斯三〇一七卷載「菩」字以下至五更次首完，二卷筆迹相同，裂痕正好綴合。兹取斯卷以參校。饒編以每更爲一首，共分五首。兹從總編。五禪師之名見原卷，分别爲遠塵、離垢、慶照、浄影、智積。

〔二〕浄：總編校作「静」，下同。　刹那：原寫作「刹舥」，即「刹那」之訛。下同。

〔三〕妄：原寫作「忘」。下同。

〔四〕以：原寫作「已」，據斯卷改。

其二

二更浄坐息心神。喻若日月去浮雲。未識心時除妄想，只此妄想本來真。

其三

真妄元來同一體〔一〕。一物兩名難合會。合會不二大丈夫，歷劫相隨今始解。

〔一〕元：總編作「本」。

其四

三更浄坐入禪林。息妄歸真達本心。本心清浄无箇物，只爲无物悉包融〔一〕。

〔一〕包融：原寫作「苞融」，據斯卷改。下同。

其五

包融一切含万境，色空不異何相得〔一〕。故知万法一心生〔二〕，却將法財施一切。

〔一〕得：原寫作「㝵」。

〔二〕生：斯卷寫作「如」。

其六

四更念定悟總持。无明海底取蓮藕絲。取絲出水花即死，不〔取〕絲時花即萎〔一〕。

〔一〕取：原脱，從斯卷補。

其七

二疑中間難啓會。勸君學道莫懈怠〔一〕。念念精進須向前，菩提煩惱難了解〔二〕。

〔一〕君：原寫作「今」，從總編校改。

〔二〕了解：原寫作「撩蕳」，斯卷寫作「摖簡」。兹從總編校改。下同。

其八

了解煩惱是癡人〔一〕。心心數法不識真〔二〕。一物不念始合道，説即得道是愚人。

〔一〕了解：匡補校爲「料簡」，揀擇、區别之意，爲佛書習語。

〔二〕數法：總編校作「法數」。

其九

五更隱在五陰山〔一〕。藔林斗闇侵半天〔二〕。无明道師結跏坐，入定虚凝證涅槃。涅槃生死皆是幻，无有此岸非彼岸。

〔一〕 陰：總編校作「蔭」。

〔二〕 斗：總編校作「陡」。

其十

三世共作一刹那，影現世間出三界。若人達此理真如，行住坐卧皆三昧。

以上十首伯三四〇九卷

破陣樂〔一〕

哥舒翰

西戎最沐恩深。犬羊違背生心。神將驅兵出塞，横行海畔生擒。石堡巖高萬丈，鵰窠霞外千尋〔二〕。一喝盡屬唐國〔三〕，將知應合天心。

伯三六一九卷

〔一〕 此首原題「《破陣樂》」，署名「哥舒翰」。内容乃寫天寶八載大破吐蕃於石堡巖之事，與題調原意相符。

〔二〕鵰：原寫似「鵬」，從總編校改。

〔三〕喝：總編校作「唱」。

【考辨】

《破陣樂》創調於唐初，源於軍中歌謡，後加工成大型樂舞曲，又演變爲雜曲，《教坊記》「曲名」表載録。唐五代傳辭有五言四句、七言四句、六言八句三體，均與宋代柳永所作長調詞之體式不同。敦煌寫卷所載此首爲六言八句體。惟唐代《破陣樂》諸體之作，爲徒詩，爲聲詩，抑或爲曲子詞，尚存歧議；又此首所載之原卷乃一詩抄專卷，此首即書於蘇乩《遊苑》和崔希逸《燕支行營》二首之間，諸本多不録，惟林編録作「曲子詞」，總編則以「歌辭」收録。兹録入副編俟考。

十二時〔一〕

夜半子。干將造劍國無二〔二〕。臣劍安在木松間〔三〕，爲父報讎不惜死。

〔一〕此套原題「十二時行孝文一本」，然内容乃詠史，與題意不符，或爲書手誤題。全套十二首，每時一首，句式爲「三、七、七七」，四句三韻，或平或仄。

〔二〕干：原寫似「予」，從總編校改。

〔三〕木：總編校作「石」。

其二

雞鳴丑。子胥乃别梁王走〔一〕。會稽山中逢赤眉〔二〕，龍泉寶劍刀下吼〔三〕。

〔一〕梁：總編校作「平」。

〔二〕逢赤眉：總編校作「眉間赤」。

〔三〕刀：總編校作「腰」。

其三

平旦寅。昔日巢父堯時人。許由不羡九州長，臨河洗耳不許臣〔一〕。

〔一〕臣：原寫作「秦」，從總編校改。

其四

日出卯。五帝三皇元自巧〔一〕。神農爲人辨五穀〔二〕，涉歷山川嘗百草。

〔一〕五帝三皇：原寫作「武帝蕭梁」，從總編校改。　元自：總編校作「原智」。

〔二〕辨：原寫作「變」，從總編校改。

其五

食時辰。夫子東行厄在陳〔一〕。九曲明珠難可任，悔不桑間問女人。

〔一〕陳：原寫作「秦」，從總編校改。

其六

隅中巳。昔日秦王造地市。一心擬捉張子房〔一〕，人死爲名復爲利〔二〕。

〔一〕張子房：原寫作「常子皇」，從總編校改。

〔二〕復爲利：原寫作「改馬利」，蓋形近致訛，從總編校改。

其七

正南午。王莽殿前懸布鼓。路上行人皆來打，一心擬捉漢光武。

其八

日昳未。荆軻報讎燕太子。不殺秦王爲仁義〔一〕，如今反作秦地鬼〔二〕。

〔一〕殺：原寫作「煞」，從總編校改。　仁：原寫作「人」，從總編校改。

〔二〕反：原寫作「返」，從總編校改。

其九

晡時申。齊晏雖小大國臣〔一〕。二桃何爲殺三人〔二〕，田疆接冶喪其身〔三〕。

〔一〕齊晏句：原寫作「齊晏須小六國臣」，從總編校改。

〔二〕殺：原寫作「煞」，從總編校改。　人：總編校作「士」。

〔三〕田疆句：原寫作「田垝曠野亶其身」，從總編校改。

其十

日入酉。昔日秦坑能消酒〔一〕。項王不取范增言〔二〕，韓信投降漢王走。

〔一〕消：原寫作「造」，從總編校改。

〔二〕范增：原寫作「范曾」，從總編校改。

其十一

黄昏戌。蕭何相國能造律〔一〕。張良謀計無人過〔二〕，韓信管兵不輸失。

〔一〕「蕭何」句：原寫作「蕭河相谷能遇律」，從總編校改。

〔二〕過：原寫作「遇」，從總編校改。

其十二

人定亥。項伯投門都敬愛〔一〕。項莊儛劍殺漢王〔二〕，乃得張良救樊噲〔三〕。

〔一〕都：總編校作「多」。

〔二〕殺：原寫作「煞」。

〔三〕救：總編校作「教」。

十二時〔一〕

自從塞北起煙塵，禮樂詩書總不存。不見父兮子不子，不見君兮臣不臣。暮聞戰皷雷天動，曉看帶甲似魚鱗。只是偷生時暫過，誰知久後不成身。願得再逢堯舜日，聖朝偃武却修文。勤學不辭貧與賤，發憤長歌十二時辰。

平旦寅。少年勤孝莫辭貧。君不〔見〕朱買〔臣〕未得貴〔二〕，猶自行歌背負薪〔三〕。

〔一〕此套原亦題「十二時行孝文一本」，然内容乃詠發憤勤學，與題意不符。又見斯四一二九、伯二五六四、二六三三卷，鈔於《齖䶗書》内，然亦與《齖䶗書》内容無涉。辭前尚有引詩一首，七言十二句。每時辭一首，句式爲「三、七、七七」，四句三韻。

〔二〕君不句：原寫作「君不朱賣未得貴」，伯二五六四卷寫作「君不見買未得貴」，伯二六三三卷寫作「君不見朱買未得貴」，據改，補「臣」字。

〔三〕猶自句：原寫作「由自生歌負背薪」，伯二五六四卷寫作「由自行歌皆負薪」。從斯四一二九卷改。

其二

日出卯。人生在世須臾老。男兒不學讀詩書，恰似園中肥地草。

其三

食時辰。偷光鑿壁事殷勤。丈夫學問隨身寶，白玉黄金未是珍〔一〕。

〔一〕未是珍：總編校作「未足珍」。

其四

隅中巳。專心發憤尋詩史〔一〕。每憶賢人羊角哀〔二〕，求學山中併粮死。

〔一〕詩史：原寫作「疏書」，伯二五六四卷寫作「詩書」，伯二六三三卷寫作「書疏」，皆失韻。從總編校改。

〔二〕羊：伯二五六四卷寫作「陽」。

其五

正南午〔一〕。讀書不得辭辛苦〔二〕。如今聖主召賢才，用爾中華長去武〔三〕。

〔一〕正：伯二五六四、二六三三卷寫作「日」。

〔二〕書：斯四一二九卷寫作「詩」。　辛苦：原寫作「書疏」，據伯二六三三卷改。

〔三〕用爾句：原寫作「去耳中華長用武」，從總編校改。

其六

日昳未。暫時貧賤何羞恥。昔日相如未遇時〔一〕，栖惶賣卜於廛市〔二〕。

〔一〕遇：原寫作「愚」，從斯四一二九卷改。

〔三〕塵：原寫作「纏」。

其七

晡時申。懸頭刺股是蘇秦〔一〕。貧病即令妻嫂行〔二〕，衣錦還鄉争拜秦〔三〕。

〔一〕頭：原寫作「投」。　是：原寫作「士」。

〔二〕嫂：原寫作「娞」。　行：總編校作「棄」。

〔三〕衣：原寫作「意」。

其八

日入酉。金罇多瀉蒲桃酒。勸君莫弃失途人〔一〕，結交承仕須朋友〔二〕。

〔一〕勸：原寫作「歡」，伯二五六四卷寫作「喚」。　失途：原寫作「失徒」，伯二六三三卷寫作「出徒」。

〔二〕承仕：原寫作「丞己」，伯二五六四、二六三三卷寫作「丞巳」。從總編校改。

其九

黄昏戌。吟詩獨坐茅庵室〔一〕。天子不將印信迎〔二〕，誓隱山林終不出〔三〕。

〔一〕吟：原寫作「㖓」，同「吟」。總編校作「琴」。　詩：原寫作「時」，總編改作「書」。按「時」當爲「詩」之訛。　庵室：原寫作「掩失」，從二五六四卷改。

〔二〕印：原寫作「引」，從斯四一二九、伯二六三三卷改。

〔三〕終：原寫作「中」，從斯四一二九、伯二五六四卷改。

其十

人定亥。君子雖貧禮常在〔一〕。松栢縱然經歲寒，一片貞心常不改〔二〕。

〔一〕雖：原寫作「須」，從總編校改。　常：伯二五六四卷寫作「上」。

〔二〕片：原寫似「行」，從總編校改。

其十一

夜半子。莫言屈滯長如此。鴻鳥只思羽翼齊〔一〕，點翅飛騰千萬里〔二〕。

〔一〕齊：伯二六三三卷寫作「成」。

〔二〕翅：原寫似「舉」，從斯四一二九、伯二六三三卷改。

其十二

雞鳴丑。莫惜黄金結朋友。蓬蒿豈得久榮華〔一〕，飄飖萬里隨風走〔二〕。

〔一〕豈：原寫作「豊」，從總編校改。久：原寫作「九」，從斯四一二九、伯二六三三卷改。華：原寫作「莘」，伯二五六四卷寫作「花」。

〔二〕飄飖：伯二五六四卷寫作「飄飄」。

十二時　十二時行孝文〔一〕

平旦寅。早起堂前參二親。處分家中送菽水〔二〕，莫交父母喚聲頻〔三〕。

〔一〕此套原題「白侍郎作十二時行孝文」，末又題「十二時行孝文一本了」，題與内容相符。總編考訂「白侍郎」指白居易。全套十二首，每時一首，作「三、七、七七」，四句三韻，或平或仄。

〔二〕菽：原寫作「踈」，乃「疏」字，從總編校改。

〔三〕聲頻：原寫作「頻聲」，旁注倒文符號，據改。

其二

日出卯。立身之本須行孝。甘脆盤中莫使空，時時奉上知飢飽。

其三

食時辰。居家治務最須懃。無事等閑莫外宿，歸來勞費父孃嗔。

其四

隅中巳。忠孝之心不合二〔一〕。竭力懃酬乳哺恩，自得名高上史記。

〔一〕忠：原寫作「終」，從匡補校改。

其五

正南午。侍奉曾親莫辭訴。迴乾就濕長成人，如今豈合論辛苦〔一〕。

〔一〕豈：原寫作「去」，總編校作「未」。兹從匡補校改。

其六

日昳未。在家行孝兼行義。莫取妻言兄弟疏，却交父母流雙淚。

其七

晡時申。父母堂前莫動塵。縱有些些不稱意，向前小語善諮聞。

其八

日入酉。但願父母得長壽〔一〕。身如松栢色堅貞〔二〕，莫學愚人多飲酒。

〔一〕 壽：原寫作「受」。

〔二〕 堅貞：原寫作「坚政」。

其九

黄昏戌。下簾拂床早交畢。安置父母卧高堂，睡定然後抽身出〔一〕。

〔一〕 後：原寫作「乃」，從總編校改。

其十

人定亥。父母年高須報愛〔一〕。但能行孝向尊親，亦得揚名於後代〔二〕。

〔一〕報：總編校作「保」。

〔二〕亦：原寫作「忩」，總編校作「喜」，匡補校作「亦」，據改。　代：原寫作「廿」，乃「世」之缺筆。從總編校改。

其十一

夜半子。孝養父母存終始。百年恩愛暫時間，莫學愚人不歡喜。

其十二

鷄鳴丑。高樓大宅安得久〔一〕。常勸父母發慈心，孝傳題名終不朽。

〔一〕安得久：原寫作「得安久」，從總編校改。

十二時〔一〕

夜半子。減睡還須起〔二〕。端坐正觀心〔三〕，掣却无明被〔四〕。

〔一〕此套原題「十二時行孝文一本」，與内容不符。辭從子時起，至亥時終，與伯三一一六、三六〇四卷以寅時起至丑時終有别。《敦煌零拾》本題「禪門十二時」，不知爲原卷所有，抑爲羅氏所補。全套十二首，每時一首，句式爲「三、五、五五」，四句三韻，與「三、七、七七」體者不同。

〔二〕減：伯三一一六卷寫作「咸」，羅書校作「監」。起：羅書校作「去」。

〔三〕正觀心：伯三六〇四卷寫作「正君心」。

〔四〕掣：羅書校作「濟」。被：羅書校作「彼」，總編校作「蔽」。

其二

鷄鳴丑。側目看窗牖〔一〕。明來闇自除〔二〕，佛性心中有。

〔一〕側目：羅書校作「樀木」。

〔二〕明：原寫作「朋」，從總編校改。除：羅書校作「知」。

其三

平旦寅。發意斷貪嗔。莫令心散亂〔一〕，虚度壹生身。

〔一〕令：總編校作「交」。

其四

日出卯。取鏡當心照。情知内外空〔一〕，更莫生煩惱。

〔一〕情：伯三六〇四卷寫作「名」，總編校作「明」。

其五

食時辰。努力早出塵〔一〕。莫念時時苦〔二〕，會取涅槃因〔三〕。

〔一〕努力句：原寫作「努力早求嗔」，從羅書校改。

〔二〕莫念句：原寫作「念念時時苦」，伯三六〇四卷寫作「莫思慮時苦」，伯三一一六卷寫作「莫思□虛苦」。茲從羅書校改。

〔三〕會取：伯三六〇四、三一一六卷寫作「迴向」，羅書校作「早取」。槃：原寫作「盤」。

其六

隅中巳。火宅難居止〔一〕。恒將敗壞身〔二〕，漂流生死海〔三〕。

〔一〕難居止：原寫作「難俱植」，伯三一一六卷寫作「□難居」，羅書校作「難歸□」。

〔二〕恒將句：伯三一一六卷寫作「専修解脱身」，伯三六〇四卷寫作「専求解脱身」，羅書校作「恒在敗壞身」。

〔三〕漂流句：伯三六〇四卷寫作「貪著求名利」，總編校作「莫著求名利」。

其七

正南午。四大無櫟柱。誰知假合身〔一〕，万物皆無主〔二〕。

〔一〕誰知句：原寫作「垂知假合身」，羅書校作「須知寡合身」，伯三六〇四卷寫作「誰知假合空」。案「垂」當爲「誰」之音訛，據改。

〔二〕万物句：伯三六〇四卷、羅書俱校作「萬佛皆爲主」。

其八

日昳未〔一〕。造罪相連累〔二〕。无常念念至〔三〕，徒勞滿破費〔四〕。

〔一〕昳：原寫作「昳」，羅書校作「昃」。

〔二〕罪：伯三六〇四卷寫作「惡」。

〔三〕无常句：伯三六〇四、三一一六卷寫作「恒將敗壞身」。

〔四〕徒勞句：伯三六〇四卷寫作「流浪生死地」，羅書校作「徒勞漫破費」。

其九

晡時申。須見未來因〔一〕。念身不久住〔二〕，終歸一微塵〔三〕。

〔一〕須：原寫作「傾」，據伯三六〇四卷改。
〔二〕念身句：伯三六〇四卷寫作「自軀知不實」，伯三一一六卷寫作「自知軀不實」，羅書校作「念身不救住」。
〔三〕微：原寫作「聚」，從羅書校改。

其十

日入酉。觀身知不久〔一〕。念念不離心〔二〕，須臾恒在手〔三〕。

〔一〕身：原寫作「心」，據伯三六〇四卷改。
〔二〕心：原寫作「身」，據伯三六〇四卷改。
〔三〕須臾：伯三六〇四卷寫作「數珠」。　手：原訛作「千」，據伯三六〇四卷改。

其十一

黄昏戌。須臾歸暗室〔一〕。每常在江中〔二〕，不收亦不失〔三〕。

〔一〕須臾句：原寫作「須臾歸暗失」，伯三六〇四卷寫作「酒臾歸闇室」，羅書校作「歸依須闇室」。

〔二〕每常句：伯三六〇四卷寫作「無名亦無除」，伯三一一六卷寫作「无名亦无際」，羅書校作「罪垢亦未知」。

〔三〕不收句：伯三一一六卷寫作「何時見慧日」，伯三六〇四卷寫作「何時逢惠日」。

其十二

人定亥。金烏早已改〔一〕。驅驅不暫停，萬物徒喪會〔二〕。以上四十八首伯三八二一卷

〔一〕金烏句：原寫作「金烏早餘改」，伯三六〇四卷寫作「吾今早已叚」，伯三一一六卷寫作「吾今早已改」，羅書校作「吾今早欲斷」。

〔二〕萬物句：伯三一一六卷寫作「萬一從翻悔」，伯三六〇四卷寫作「萬一生從悔」，羅書校作「萬物皆失壞」。

失調名〔一〕

當今皇帝聖明天。先倫面對玉階前〔二〕。百僚群臣呼万歲〔三〕，拜賀聖明天。旗旛隊伍〔四〕，共日争先。

〔一〕此首及下首原卷失調、無題，林編從饒補訂爲《感皇恩》。惟二首皆以七言句式爲主，彼此句式篇幅不同，且與前録伯三一二八卷、三八二一卷所載《感皇恩》四首頗異。兹作「失調名」。

〔二〕先：林編作「仙」。　倫：原寫作「佱」，從饒補、林編校訂。

〔三〕僚：原寫作「寮」。　呼：原寫作「乎」。

〔四〕旗旛隊伍：原寫作「其番隊五」，據饒補、林編校改。

失調名〔一〕

乾符蓋帝光明年。從此我□出聖賢〔二〕。福日百憑南山。滿口歌揚〔三〕，情唱快活年〔四〕。不管老少盡感歡〔五〕。得見君王遑礼拜，恰似卉遶含延。

以上二首伯三九〇六卷

〔一〕此首原無題調，接前首後抄寫，叶韻與前首同，内容與前首相關。茲同以「失調名」署之。

〔二〕□：原寫難辨，姑作空圍。　聖賢：原寫作「賢聖」，從饒補、林編校改。

〔三〕揚：原寫似「陽」，饒補校作「隔」，茲從林編校改。

〔四〕情：林編校作「齊」。　快：原寫作「決」。

〔五〕不管老少：原寫作「不諫老小」，從林編校改。

【考辨】

伯三九〇六卷所抄多爲詩篇，以上所録二首，即接抄於題爲「白侍郎寄盧協律」等詩後，失調，無題，究竟爲徒詩、聲詩或曲子詞，性質難以確定。諸本未録，惟饒補、林編考補調名作《感皇恩》，録作「曲子詞」。然二首篇制句式既彼此不同，又與敦煌寫卷所載《感皇恩》四首相異，故未可確信爲同調之作。姑録入副編俟考。

皇帝感　新合千文皇帝感辭〔一〕

帝詔四海贊諸賓〔二〕。黄金滿屋未爲珍。難煞某乙無才學〔三〕，且聽歌舞説千文〔四〕。

〔一〕原題「新合千文皇帝感辭壹拾壹首」，惟抄辭僅九首。又見斯二八九卷、五七八〇卷，亦題「新合孝經皇帝感辭」。

〔二〕帝詔：原寫作「言諮」，據斯五七八〇卷改。　贊：原寫作「貴」，從斯五七八〇卷改。

〔三〕難煞：原寫作「雖煞」，總編校作「雖然」。兹據斯五七八〇卷改。　某乙：原合寫作「厶乙」，總編作「某某」。才：原寫作「財」，據斯二八九卷改。

〔四〕舞：原寫作「裹」，據斯二八九卷改。

其二

天寶聖主明三教〔一〕，追尋隱士訪才人。金聲玉管恒常妙，近來歌舞轉加新〔二〕。

〔一〕明：原寫作「名」，從總編校改。

〔二〕新：原寫作「親」，從總編校改。

其三

御注孝經先□唱〔一〕，又談千文獻明君〔二〕。一一總依書上説〔三〕，不是歌裏滿座聽〔四〕。

〔一〕□：原寫似「少」，難以確認，姑作空圍。

〔二〕又：斯二八九卷寫作「只」。　明：原寫作「名」。

〔三〕一一句：斯二八九、五七八〇卷均寫作「一一總於書上讀」。

〔四〕滿座聽：原寫作「慢虛全」，斯五七八〇卷寫作「滿座禱」。兹從總編校改。

其四

天地玄黄辨清濁〔一〕，籠羅万歲合乾坤〔二〕。日月本來有盈昃，二十八宿共參辰〔三〕。

〔一〕辨：原寫作「便」，斯五七八〇卷寫作「辯」。從總編校改。

〔二〕籠羅：原寫作「綾羅」，斯五七八〇卷寫作「籠絡」。從總編校改。

〔三〕共：斯五七八〇卷寫作「合」。

其五

宇宙洪流不可測〔一〕，節氣相推秋復春〔二〕。四時迴轉如流電，鶩去鴻來愁煞人。

〔一〕測：原寫作「則」，斯二八九、五七八〇卷均寫作「側」。從總編校改。

〔二〕節氣：斯二八九、五七八〇卷寫作「朔風」。推：原寫作「崔」，從總編校改。復：原寫作「後」。

其六

三年一閏是尋常〔一〕。雲騰致雨有風涼〔二〕。暑往律移秋氣至〔三〕，寒來露結變成霜〔四〕。

〔一〕閏：原寫作「潤」。

〔二〕涼：原寫作「梟」，從總編校訂。

〔三〕氣：原寫作「去」。

〔四〕露：原寫作「路」。成：原寫作「城」。

其七

形端表正自相身〔一〕。四海知識總相親〔二〕。禍因惡積行千里，福緣善慶滿鄉鄰。

〔一〕相：總編校作「將」。

〔二〕知識：原寫作「之識」，從總編校改。

其八

海水由來有鹹味〔一〕，河水分流入建章。龍魚帶鱗潛戲水〔二〕，鴛鴦刷羽遠遨翔〔三〕。

〔一〕由：原寫作「猶」。

〔二〕鱗：原寫作「鄰」。

〔三〕翔：原寫作「祥」。

其九

劍號巨闕七星文〔一〕。珠稱夜光虵報恩。菜重芥薑續所〔貴〕〔二〕，李柰甚珍獻聖君〔三〕。

以上九首伯三九一〇卷

〔一〕文：原寫作「聞」，從總編校改。

〔二〕貴：原缺，據斯二八八九、五七八〇卷補。

〔三〕李柰：斯二八八九、五七八〇卷寫作「柰李」。　獻：斯二八八九、五七八〇卷寫作「報」。

迴波樂〔一〕

迴波爾時大賊〔二〕，不如持心斷惑。縱使誦經千卷，眼裏見經不識。不解佛法大意，徒勞排文數黑。頭陀蘭若精進，希望後世功德。持心即是大患，聖道何由可剋。若悟生死之夢〔三〕，一切求心皆息。　列一四五六號

〔一〕原題「王梵志迴波樂」。

〔二〕爾：原寫作「來」，據初唐《迴波樂》辭起句定格改。　大：總編校作「六」。

〔三〕之：總編校作「如」。

【考辨】

《迴波樂》創調於北朝時期。《教坊記》「大曲名」表内載之，又記事中列爲「軟舞」曲。初唐中宗朝沈佺期、李景伯、楊廷玉及優人佚名者，皆曾依調撰辭歌舞，均爲六言四句體，以「回波爾時」起首爲定格。敦煌寫卷所載「王梵志迴波樂」，原出於前蘇聯科學院東方學研究所列寧格勒分所敦煌特藏部藏一四五六號王梵志詩卷内，原卷迄未公布。一九八七年，陳慶浩據友人抄本校録此卷，發表《法忍抄本殘卷王梵志詩初校》（簡稱陳校，載《敦煌學》第十二輯），後項楚又據友人惠贈原卷影本，著於《王梵志詩校注》（簡稱項注）。原卷於此首辭前標題「王梵志迴波樂」，辭爲六言十二句體，

以「迴波爾時」起句，雖具此調首句定格特徵，然與初唐此調傳辭皆爲六言四句體者大異。原卷此首後接抄六首，皆六言體，其中四首爲六言八句，二首爲六言十二句，陳校疑此六首亦爲「王梵志迴波樂」辭，總編將此六首一並收録；項注則認爲後六首不屬《迴波樂》辭，且考訂所題「王梵志迴波樂」此首，亦非真正《迴波樂》歌辭，乃是删改梁寶誌和尚《大乘讚》十首之九而成。按後六首雖皆爲六言體，然篇制長短不一，起句亦不用「迴波爾時」之定格，當不屬《迴波樂》之作；至於此首標題「王梵志迴波樂」者，其性質如何，諸家尚存分歧，姑録入副編備考。

三臺　十二月新詞〔一〕

正月年首初春。□□改故迎新〔二〕。李玄附靈求斈，樹下乃逢〔子〕珍〔三〕。項託柒歲知事，甘羅十二相秦〔四〕。〔若〕無良妻解夢〔五〕，馮唐寧得忠臣〔六〕。

〔一〕此首及下首殘句，原題「十二月三臺詞新」，當爲「十二月三臺新詞」之誤。「三臺」指調，「十二月新詞」爲題。

〔二〕□□：郭沫若《卜天壽論語鈔本後的詩詞雜録》校補作「萬户」。

〔三〕下：原寫作「夏」，從郭録校改。　子：原缺，從總編校補。

〔四〕相：原寫作「想」，從郭録、總編校改。

〔五〕若：原缺，從郭録、總編校補。

〔六〕 臣：原寫作「辰」，從郭録、總編校改。

其二

二月遥望梅林，青條吐葉（下缺）〔一〕　以上二首卜天壽寫卷，據《吐魯番出土文書》

〔一〕 原卷「葉」字以下殘缺，總編依前首句式補空。按原作當爲十二首，每月一首，惟二月以下每首句式如何，尚難確定。

【考辨】

《三臺》一調，載《教坊記》「曲名」表。《尊前集》載韋應物《三臺》、王建《宫中三臺》、《江南三臺》諸作，皆六言四句體；又《尊前集》載韋應物《調笑》、王建《宫中調笑》、馮延巳《陽春集》載《三臺令》，皆爲「二、二、六、六、六、二、二、六」句式之雜言體。卜天壽寫卷所載「十二月三臺新詞」殘篇，原出土於吐魯番阿斯塔那三六三號唐墓，抄寫於《論語》鄭玄註長卷之後，題記曰「景龍四年三月一日，私學生卜天壽」。惟原卷所抄殘缺頗甚，僅正月一首完整，乃六言八句體，至於全套體式如何，尚難確定。郭沫若《卜天壽論語鈔本後的詩詞雜録》最早予以校録。任二北《唐聲詩》録正月一首，蓋視爲「聲詩」體；諸本多不録，屬聲詩抑或曲子詞，難以考定。兹附於敦煌寫卷之後，録入副編俟考。

五更轉〔一〕

一更初。自恨長養枉生軀〔二〕。耶孃小來不教授，如今爭識文與書。

〔一〕此套五首，亦用五更轉唱之形式，句式作「三、七、七七」，每更一首。羅書最早校録，以「歎五更」爲調，稱爲「俚曲」。兹從校録、總編以《五更轉》爲調名。

〔二〕生：總編校作「身」。

其二

二更深。孝經一卷不曾尋。之乎者也都不識，如今嗟嘆始悲吟。

其三

三更半。到處被他筆頭算。縱然身達得官職，公事文書爭處斷。

其四

四更長。晝夜常如面向墻。男兒到此屈折地，悔不孝經讀一行。

其五

五更曉。作人已來教未了。東西南北被驅使，恰如盲人不見道。

十二時〔一〕

平旦寅。叉手堂前諮二親〔二〕。耶孃約束須領受，檢校好惡莫生嗔〔三〕。

〔一〕此套十二首，每時一首，作「三、七、七七」，四句三韻，或平或仄。羅書題「天下傳孝十二時」，不知是否原寫卷如此。

〔二〕諮：總編校作「咨」。

〔三〕惡：原寫作「要」，從總編校改。

其二

日出卯。情知耶孃漸覺老。子父恩深没多時〔一〕，遞户相勸須行孝。

〔一〕深：總編校作「憐」。

其三

食時辰。尊重耶孃生爾身〔一〕。未曾孝養歸泉路，來報生中不可論。

〔一〕爾：原寫作「而」，從總編校改。

其四

隅中巳〔一〕。耶孃漸覺無牙齒。起坐力弱須人扶〔二〕，飲食喫得些些子。

〔一〕隅：原寫作「起」，從總編校改。

〔二〕起：原寫作「隅」，從總編校改。

其五

正南午。董永賣身葬父母。天下流傳孝順名，感得織女來相助。

其六

日昃未〔一〕。入門莫取外壻意。六親破却不須論，兄弟惜他斷却義。

〔一〕 昃：原寫作「晷」，從總編校改。

其七

晡時申。孝養父母莫生嗔。第一温言不可得，處分小語過於珍。

其八

日入酉。父母在堂少飲酒。阿闍世王不是人，殺父害母生禽獸。

其九

黄昏戌。五樀之人何處出〔一〕。空裏喚向百街頭，惡業牽將不揀足。

〔一〕 樀：原寫作「擿」，從總編校改。

其十

人定亥。世間父子相憐愛。憐愛亦得没多時〔一〕，不保明朝阿誰在。

〔一〕 得没：總編校作「没得」。

其十一

夜半子。獨坐思維一段事。縱然妻子三五房，無常到來不免死。

其十二

雞鳴丑。敗壞之身應不久。縱然子孫滿山河〔一〕，但是恩愛非前後。

以上十七首《敦煌零拾》本

〔一〕山河：總編校作「堂前」。

全唐五代詞副編卷三　宋元人依托唐五代人物鬼仙詞

江采蘋

江采蘋，唐開元中被選入宮，大見寵倖。性喜梅，玄宗名之曰「梅妃」。會楊玉環入宮，寵愛日奪。安史亂起，不知所終。見無名氏《梅妃傳》。

江采蘋詞一首，據明刻本《唐詞紀》附録入。

一斛珠

柳葉雙眉久不描。殘妝和淚污紅綃。長門盡日無梳洗，何必珍珠慰寂寥。　明刻本《唐詞紀》卷四

【本事】

梅妃，姓江氏，莆田人。父仲孫，世爲醫，妃年九歲，能誦《二南》，語父曰：「我雖女子，期以此爲志。」父奇之，名之曰采蘋。開元中，高力士使閩、粤，妃笄矣。見其少麗，選歸。侍明皇，大見寵幸。長安大内、大明、興慶三宫，東都大内、上陽兩宫，幾四萬人，自得妃，視如塵土。宫中亦自以爲不及。妃善屬文，自比謝女。淡妝雅服，而姿態明秀，筆不可描畫。性喜梅，所居闌檻，悉植數株，上榜曰「梅亭」。梅開賦賞，至夜分尚顧戀花下不能去。上以其所好，戲名曰「梅妃」（中略）。會太真楊氏入侍，寵愛日奪（中略）。會嶺表使歸，妃問左右：「何處驛使來，非梅使耶？」對曰：「庶邦貢楊妃果實使來。」妃悲咽泣下。上在花萼樓，會夷使至，命封珍珠一斛密賜妃，妃不受，以詩付使者，曰：「爲我進御前也。」曰：「柳葉雙眉久不描（略）」。上覽詩，悵然不樂，令樂府以新聲度之，號《一斛珠》，曲名始此也（下略）。（無名氏《梅妃傳》）

【考辨】

此首始見於無名氏傳奇小説《梅妃傳》，乃小説作者所擬作。《萬首唐人絶句》卷六九信以爲實，收作梅妃江采蘋詩，題《謝賜珍珠》，其後《唐詩紀》（盛唐）卷一一〇、《名媛詩歸》卷一〇、《歷代名媛詩詞》卷四、《全唐詩》卷五因之。《唐詞紀》則收作《一斛珠》詞，非。江采蘋其人其事，不見史傳，唐人野史筆記亦未稱引，當爲小説作者所虚構。《梅妃傳》之作者時代，亦未詳。傳後有跋云：「此傳得自萬卷朱遵度家，大中二年七月所書。」似是唐人作，然《太平廣記》未予稱引。跋又云：「惟葉少蕴與余得之」，「略加修潤而曲循舊語。」葉少蕴，即葉夢得（一〇七七——一一四八），故魯迅《中國小説史略》以爲是宋「南渡前後之作」。按洪邁《萬首唐人絶句》已徵引此書，亦證魯迅之説較合情實，兹從之作宋人撰。又明《唐人説薈》本《梅妃傳》題唐人曹鄴著，而涵芬樓《説郛》本、《顧氏文房小説》本不著撰人，故魯迅以爲是「明人妄增之」，不足據。

崔懷寶

崔懷寶，玄宗天寶十三載（七五四）路遇教坊第一等手薛瓊瓊，一見傾心。因樂供奉楊羔引見，瓊瓊隨其私奔。後懷寶調補荆南司録。事發，被收赴闕。因楊貴妃求情獲赦，制賜瓊瓊與懷寶爲妻。見《歲時廣記》卷一七引《麗情集》。

崔懷寶詞一首，據陸本《歲時廣記》附録入。

憶江南〔一〕

平生無所願，願作樂中箏。得近玉人纖手子，研羅君上放嬌聲。便死也爲榮。　陸本《歲時廣記》卷一七引《麗情集》

〔一〕《麗情集》原無調名，據《全唐詩》卷八九一補。《古今詞統》卷一調作《望江南》。

【本事】

明皇時，樂供奉楊羔以貴妃同姓，寵倖殊常，或謂之羔舅。天寶十三載，節屆清明，敕諸宫娥嬿出東門恣游賞踏青。有狂生崔懷寶，佯以避道不及，映身樹下，睹車中一宫嬪，斂容端坐，流眄於生。忽見一人重戴黄緣（疑當作「緑」）衫，乃羔舅也。斥生曰：「何人在此？」生惶駭，告以竊窺之罪。羔笑曰：「爾是大憨漢，識此女否？乃教坊第一箏手。爾實有心，當爲爾作狂計，今晚可來永康坊東，問楊將軍宅。」生拜謝而去。晚詣之，羔曰：「君能作小詞，方得相見。」生吟曰（下略）。（《歲時廣記》卷一七引《麗情集》）

【考辨】

此首《歲時廣記》卷一七、《類説》卷二九、《緑窗新話》卷下、《説郛》卷七八引宋張君房《麗情集》作崔懷寶詞。案，崔懷寶其人其事，不見於史傳，唐人野史筆記亦未見稱引，當爲北宋張君房所虚構之小説人物。小説中有「作小詞」云云，盛唐時代罕有稱曲子詞爲「小詞」者，而北宋人習稱之。又《憶江南》詞自白居易、劉禹錫後始爲之，中唐以前文人未有填此調者。此詞當爲張君房所依托。《全唐詩》卷八九一、《詞綜補遺》卷一屬崔懷寶，兹附録入。此首又别作五代黄損詞，見《古今詞統》卷一、《本事詞》卷上、《粤東詞鈔》、《古今圖書集成·明倫彙編閨媛典》卷三五九引《北窗志異》。案《北窗志異》叙黄損與裴玉娥離合故事，而謂薛瓊瓊爲黄損「素所狎昵者」，又云瓊瓊「爲當時第一〔箏〕手」，顯係從《麗情集》增入；所載黄損作此詞，亦是從《麗情集》附會而來，不可信據。《古今詞統》收作黄損詞，乃出自《北窗志異》，蓋詞末注云：「賈人女裴玉娥善箏，與損有婚姻約，後爲吕用之劫歸第，賴胡僧神術尋復歸損。」所述與《北窗志異》所載之主要情節相同。《本事詞》則又據《古今詞統》録入。

張果老

張果老，原名張果。武則天時隱於中條山，往來汾、晉間。時人傳其有長年祕術，自云年已數百歲。玄宗開元二十一年(七三三)，應召入東都。玄宗欲以玉真公主降之，爲其所拒。賜號通玄先生。後歸恒山。後世列爲八仙之一，稱張果老。《舊唐書》卷一九一、《新唐書》卷二〇四有傳。另參《浦江清文録·八仙考》。

張果老詞一首，乃元人依托。兹據道藏本《鳴鶴餘音》附録入。

水仙子

駝腰曲脊六旬高。皓首蒼髯年紀老。雲遊走遍紅塵道。駕白雲驢馱高。向越州城，壓倒石橋柱一條。斑竹杖，穿一領粗布袍。也曾醉赴蟠桃。　道藏本《鳴鶴餘音》卷八

韓湘子

韓湘子，傳説中八仙之一。傳説即韓愈侄孫韓湘（七九五——？）。湘字北渚，一字清夫，河南河陽（今河南孟縣）人。穆宗長慶三年（八二三）登進士第。授校書郎。爲江西從事。官至大理丞。後得道成仙，稱韓湘子。見韓若雲《韓仙傳》。另參《唐才子傳校箋》卷六、《浦江清文録·八仙考》。韓湘子詞一首，乃元人依托。兹據道藏本《鳴鶴餘音》附録入。

水仙子

藥爐經卷作生涯。不戀王侯宰相家。亂紛紛瑞雪藍關下。凍傷韓相馬。半空中亂糁長沙。黑騰騰，彤雲布，冷颼颼。風又括，山頂上開花。

道藏本《鳴鶴餘音》卷八

藍采和

藍采和，傳説中八仙之一。常衣破藍衫，一脚着靴，一脚跣行，手持大拍板行歌於城市乞索。周游天下，數十年顔狀如故。後踏歌於濠梁間酒樓，乘醉升空而去。見沈汾《續仙傳》卷上。藍采和詞一首，乃元人依托，兹據道藏本《鳴鶴餘音》附録入。

水仙子

西風寬舞緑羅袍。每日階前沈醉倒。頭邊歪裹烏紗帽。金錢手内抛。鬬争奪忙殺兒曹。狂歌唱、檀板敲。子是待、要樂樂淘淘。道藏本《鳴鶴餘音》卷八

鍾離權

鍾離權，號雲房先生。傳説中八仙之一。傳説其初仕五代石晋朝中郎將，統兵出戰西北吐蕃，因兵潰逃入山谷，遇異人得道成仙。後度吕洞賓於終南山。見明黄魯曾《鍾吕二仙傳》。另參《唐詩紀事》卷七〇、《唐才子傳》卷一〇、《浦江清文録·八仙考》

鍾離權詞一首，乃元人依托。兹據道藏本《鳴鶴餘音》附録入。

水仙子

超凡入聖漢鍾離。沈醉誰扶下玉梯。扇圈一部胡鬚力。絳雲般紅肉皮。做伴的是茶藥琴棋。頭綰著雙髽髻。身穿著百衲衣。曾赴閬苑瑶池。道藏本《鳴鶴餘音》卷八

呂巖

呂巖，字洞賓，號純陽子，世稱回仙，傳説中八仙之一。京兆（今陝西西安）人，一説爲河中（今山西永濟）人。唐德宗時湖南觀察使呂渭孫、海州刺史呂讓子。唐末累舉進士不第，因遊華山（一説隱於終南山），得道成仙。其人其事乃宋人依托。見《苕溪漁隱叢話》後集卷三八、《詩話總龜》前集卷四六。另參《浦江清文録・八仙考》。

呂巖詞，皆爲宋以後人依托。本編主要附録宋元人依托之呂巖詞。其中有作者姓氏可考而被誤收誤題作呂巖之詞，則只列考辨説明，而不沿正編之例先列存目再附録原作。兹從道書本《純陽呂真人文集》録四十九首、寶顔本《金丹詩訣》録三首、道藏本《鳴鶴餘音》録九十七首、道藏本《三極至命筌蹄》録一首、道藏本《純陽帝君神化妙通紀》録三首、涵芬樓本《夷堅丁志》録一首、適園本《湖海新聞夷堅續志》録一首、成化本《揚州瓊華集》録一首、萬曆本《花草粹編》録一首、明刻本《唐詞紀》録一首、康熙本《全唐詩》録三首，計一六一首。

漁父詞十八首

入定

閉目藏真神思凝，杳冥中裏見吾宗。無邊畔，迥朦朧。玄景觀來覺静空。

初九

大道從來屬自然。空堂寂坐守機關。三田寶，鎮長存。赤帝分明坐廣寒。

玄用

日月交加曉夜奔。崑崙頂上定乾坤。真鏡裏，實堪論。靉靉紅霞曉寂門。

神效

恍惚擒來得自然。偷他造化在其間。神鼎内，火烹煎。盡歷陰陽結作丹。

沐浴

卯酉門中作用時。赤龍時蘸玉清池。雲薄薄，雨微微。看取嬌容露雪肌。

延壽

子午常餐日月精，玄關門户啓還扃。長如此，過平生。且把陰陽仔細烹。

【本事】

後周末，汴京民石氏，開茶肆。有丐者索飲，其幼女敬而與之。如是月餘，父怒笞女，女供奉益謹。丐者謂女曰：「汝能啜我殘茶否？」女頗嫌之。少覆於地，即聞異香，亟飲之，便覺神體精健。丐者曰：「我吕仙也，汝雖無緣盡飲吾茶，亦可隨汝所願。」女只求長壽，不乏財物。吕仙遺詞一首（按即此詞），遂不復見。（《古今詞統》卷一　又見《詞苑萃編》卷一二）

瑞鼎

會合都從戊己家。金鉛水汞莫須誇。只此物，結丹砂。反覆陰陽色轉華。

活得

位立三才屬五行。陰陽合處便相生。龍飛踴，虎狂獰。吐箇神珠各戰爭。

燦爛

四象分明八卦周。乾坤男女論綢繆。交會處，更嬌羞。轉覺情深玉體柔。

鍊質

運本還元於此尋。周流金鼎虎龍吟。身不老，俗難侵。貌返童顏骨變金。

神異

還返初成立變童。瑞蓮開處色輝紅。金鼎內，迴朦朧。换骨添筋處處同。

知路

那箇仙經述此方。參同大易顯陰陽。須窮取，莫顛狂。會者名高道自昌。

朝帝

九轉功成數盡乾，丹爐撥鼎見金丹。餐餌了，別塵寰。足躡青雲突上天。

方契理

舉世人生何所依，不求自己更求誰。絶嗜慾，斷貪癡。莫把神明暗裏欺。

自無憂

學道初從此處修，斷除貪愛別嬌柔。長守静，處深幽。服氣餐霞飽即休。

作甚物

貪貴貪榮逐利名。追遊醉後戀歡情。年不永，代君驚。一報身終那裏生。

疾瞥地

萬劫千生得箇人。須知先世種來因。速覺悟，出迷津。莫使輪迴受苦辛。

常自在

閉目尋真真自歸。玄珠一顆出輝輝。終日翫，莫抛離。莫使閻王遣使追。

夢江南詞十一首

淮南法。淮南法。秋石最堪誇。位應乾坤白露節，象移寅卯紫河車。子午結朝霞。

又

王陽術，王陽術，得祕是黃芽。萬蘂初生將此類，黃鐘應律始歸家。十月定君誇。

又

黃帝術，黃帝術，玄妙美金華。玉液初凝紅粉見，乾坤覆載暗交加。龍虎變成砂。

又

長生術，長生術，玄要補泥丸。彭祖得之年八百，世人因此轉傷殘。誰是識陰丹。

又

陰丹訣，陰丹訣，三五合玄圖。三八應機堪采運，玉瓊回首免榮枯。顔貌勝凡姝。

又

長生術，長生術，初九祕潛龍。慎勿從高宜作客，丹田流注氣交通。耆老反嬰童。

又

修身客，修身客，莫誤入迷津。氣術金丹傳在世，象天象地象人身。不用問東鄰。

又

還丹訣，還丹訣，九九最幽玄。三性本同一體内，要燒靈藥切尋鉛。尋得是神仙。

又

長生藥，長生藥，不用問他人。八卦九宫看掌上，五行四象在人身。明了自通神。

又

學道客，學道客，修養莫遲遲。光景斯須如夢裏，還丹粟粒變金姿。死去莫回歸。

又

治生客，治生客，審細察微言。百歲夢中看即過，勸君修煉保尊年。不久是神仙。以上二十九首道書本《純陽吕真人文集》卷七

西江月

著意黄庭歲久，留心金碧年深。爲憂白髮鬢相侵。仙訣朝朝討尋。祕要俱皆覽過，神仙奧旨重吟。至人親指水中金。不負平生至（心）〔性〕。

又

任是聰明志士，常迷東竈黄庭。參同大易事分明。不曉如醉難醒。若遇高人指引，都來不費功程。北方坎子是金精。認得黄芽方盛。

又

世有學人無數，愚癡妄意如麻。鉛汞錯認結爲砂。運火如覓黄芽。千日虚勞心力，人人盡破其家。真鉛似火本無瑕。將鳳欲比狂鴉。

又

至道不煩不遠，至人只在目前。淮王煉石得冲天。漢世已經千年。全在低心下人，事該緣分偶然。安爐致數盡周圓。須得汞去投鉛。

又

聽説金公兩字，何物唤作金孫。尋枝尋葉必知根。無智便乃心昏。若用凡鉛爲體，都來少魄無魂。水銀漸結必難存。祕訣要處誰論。

又

真假兩般玄字，金公所料重遺。凡鉛縱與岳山齊。不肯假與金妻。聽説真鉛住處，他家跳在深溪。兩情恩愛事因媒。義重争敢東西。

又

水火運來周歲，四六勿錯如初。水多火少失功夫。勝地方始安爐。直須認鼎與藥，却如鷄子無殊。内黄外白結凝酥。一顆圓明汞珠。

又

彼此離于生處，火遭水破驚忙。分身各自擬深藏。半路再遣蕭郎。夫爲無衣裹體，妻因水浸衣黄。丙丁甲乙有形相。剛遣令合陰陽。

【考辨】

以上六首《純陽吕真人文集》卷八作吕巖詞，《吕帝詩集》卷下、《古今圖書集成·神異典》卷三〇二《静功部》因之。《全金元詞》一三一〇頁據《純陽吕真人文集》收作無名氏「依托吕洞賓」詞。案，《純陽吕真人文集》附明萬曆十一年楊良弼後序謂此集「自宋乾道間已刊佈」，則所載諸詞應爲宋人所依托。《全宋詞》當收而未收。《全唐詩續補遺》卷一七從《古今圖書集成》亦録作吕巖詞。

沁園春

七返還丹，在我先須，煉己待時。正一陽初動，中宵漏永，温温鉛鼎，光透簾幃。造化争馳，虎龍交媾，進火工夫猶鬭危。曲江上，看月華瑩静，有箇烏飛。　當時。自飲刀圭。又誰信無中養就兒。辨水源清濁，木金間隔，不因師指，此事難知。道要玄微，天機深遠，下手忙修猶太遲。蓬萊路，待三千行滿，動步雲歸。

【本事】

崔中舉進士，有學問，春間泛汴水東下，迤邐至湖北，遊岳陽，謁故人李郎中時李知彼州。方至，未見太守，寓宿市邸，聞前客肆中唱曲子《沁園春》。肆内有補鞋人傾聽甚久，顧中曰：「此何曲也？其聲甚清美。」「乃都下新聲也。」其人曰：「吾不解書，子能爲吾書，吾於此調間作一詞，可乎？」中愕然，因見其眉目清秀，乃勉取紙筆爲寫。其人略不思慮，若宿搆者，及唱，又諧和聲調。中觀其意，皆深入至道。（中略）仙翁所作之詞，此乃今之所傳道《沁園春》也。（《青瑣高議》前集卷八《續記·吕仙翁作〈沁園春〉》）

【考辨】

此首始見於北宋劉斧《青瑣高議》（有本事而未録原詞），當爲北宋人所依托。《純陽吕真人文集》卷

八、《苕溪漁隱叢話》後集卷三八、《金丹詩訣》卷下、《鳴鶴餘音》卷八、《全唐詩》卷九〇〇、《吕帝詩集》卷下俱收之（各本異文頗多）。《全宋詞》三八五九頁已録作「宋人依托神仙鬼怪詞」。

卜算子

心空道亦空，風静林還静。卷盡浮雲月自明。中有山河影。　供養及修行。舊話成重省。豆爆生蓮火裏時，痛撥寒灰冷。

【考辨】

此首本宋徐俯詞（係次蘇軾《卜算子·黄州定惠院寓居作》詞韻），見宋曾慥編《樂府雅詞》卷中（成書於紹興十六年，較乾道間刻本《純陽吕真人文集》早二十餘年）。《全宋詞》七四二頁已録歸徐俯，是。《純陽吕真人文集》卷八、《全唐詩》卷九〇〇、《吕帝詩集》卷下收作吕巖詞，非。

步蟾宫

坎離乾兑逢子午。須認取自家根祖。地雷震動山頭雨，要洗濯黄牙土。　捉得金精牢閉錮。煉甲庚要生龍虎。待他問汝甚人傳，但説道、先生姓吕。

【本事】

張珍奴者，不知其所自來，或云吴興官妓，而未審也。雖落風塵中，而性頗淡素，每夕盥濯，更衣燒香，扣天祈脱去甚切。某士人過其家，珍出迎，見其風神秀異，敬待之，置酒盡歡而去。明日又至，凡往來幾月，然終不及亂。（中略）累月告去，珍開宴餞之，臨歧，出文字一封曰：「我去後開閲之。」及啓緘，乃小詞一首，皆言修煉之事，云：「坎離乾兑分子午。但認取自家宗祖。（原注：此下失一句）煉甲庚更降龍虎。地雷震動山頭雨。要澆灌黄牙出土。有人若問是誰傳，但説先生姓呂。」始悟其洞賓也。遂齋戒謝賓客，繪其像，嚴奉事，修其説。行之踰年，尸解而去。（《夷堅丁志》卷一八。案《古今詞統》卷一、《詞苑萃編》卷一二載「宣和中呂仙又遺吴興倡女張珍奴一詞」云云，即本此）

【考辨】

此首《純陽呂真人文集》卷八、《夷堅丁志》卷一八、《金丹詩訣》卷下、《鳴鶴餘音》卷五、《全唐詩》卷九〇〇、《呂帝詩集》卷下俱收作呂洞賓詞（各本異文頗多）。《全宋詞》三八五九頁已録作宋人依托，是。

滿庭芳

大道淵源，高真隱祕，風流豈可知聞。先天一氣，清濁自然分。不識坎離顛倒，誰能辨金木浮沈。幽微處，無中産有，澗畔虎龍吟。　壺中真造化，天精地髓，陰魂陽魄，運周天水火，變理寒温。十月脱胎丹就，除此外皆是傍門。君知否，塵寰走遍，端的少知音。

酹江月

仙風道骨，顛倒乾坤，平分時節。金木相交坎離位，一粒刀圭凝結。水虎潛形，火龍伏體，萬丈毫光烈。仙花朵秀，聖男靈女扳折。　霄漢此夜中秋，銀蟾離海，浪卷千層雪。此是天關地軸，誰解推窮圓缺。片晌功夫，霎時丹聚，到此憑何訣。倚天長嘯，洞中無限風月。

水龍吟

目前咫尺長生路。多少愚人不悟。愛河浪闊，洪波風緊，舟船難渡。略聽仙師語。到彼岸只消一句。煉金丹、換了凡胎濁骨，免輪迴，三塗苦。　萬事澄心定意，聚真陽都歸一處。分明認得，靈光真趣。本來面目，此箇微道理，莫容易等閑分付。知蓬萊自有神仙侶。同攜手，朝天去。

沁園春

火宅牽纏，夜去明來，早晚無憂。奈今日不知明事，波波劫劫，有甚來由。人世風燈，草頭珠露，我見傷心眼淚流。不堅久，似石中迸火，水上浮漚。　休休。聞早回頭。把往日風流一筆鈎。但麤衣淡飯，隨緣度日，任人笑我，我又何求。限到頭來，不論貧富，著甚干忙日夜憂。勸年少，把家緣棄了，海上來遊。

浪淘沙

我有屋三椽。住在靈源。無遮四壁任蕭然。萬象森羅爲斗拱，瓦蓋青天。　無漏得多年。結就因緣。修成功行滿三千。降得火龍伏得虎，陸路神仙。

【本事】

趙縮手者，不知其名，本普州士人也。少年時，父母與錢，令買書於成都，及半塗，有方外之遇，遂棄家出遊。至紹興末，蓋百餘歲矣。喜來彭、漢間，行則縮兩手於胸次，以是得名。（中略）綿竹人袁仲舉久病，起，遇趙過門，邀入，飲以酒，問曰：「吾疾狀如此，先生將奈何？」趙不答，但歌詞一闋曰：「我有屋三間。柱用八山。周回四壁海遮闌。萬象森羅爲斗拱，瓦蓋青天。無漏得多年。結就因緣。修成功行滿三千。降得火龍伏得虎，陸地通仙。」云：此呂洞賓所作也（下略）。（《夷堅丙志》卷二）

【考辨】

此首《純陽吕真人文集》卷八、《夷堅丙志》卷二、《全唐詩》卷九〇〇、《吕帝詩集》卷下皆作吕巖詞。《全宋詞》三八五九頁録作宋人依托，是。《鳴鶴餘音》卷四作金丘處機詞，疑非，《全金元詞》亦未收作丘詞。

沁園春

詩曲文章，任汝空留，數千萬篇。奈日推一日，月推一月，今年不了，又待來年。有限光陰，無涯火院，只恐蹉跎老却賢。貪癡漢，望成家學道，兩事雙全。　凡夫只戀塵緣。又誰信壺中別有天。這道本無情，不親富貴，不疏貧賤，只要心堅。不在勞神，不須苦行，息慮忘機合自然。長生事，待明公放下，方可相傳。

蘇幕遮

天不高，地不大，惟有真心，物物俱含載。不用之時全體在。用即拈來，萬象周沙界。　虚無中，塵色内，盡是還丹，歷歷堪收采。這箇鼎鑪解不解。養就靈烏，飛出光明海。

雨中花　題岳陽樓

三百年間，功標青史，幾多俱委埃塵。悟黄粱、棄儒事，厭世藏身。將我一枝丹桂，换他千載青春。岳陽樓上，綸巾羽扇，誰識天人。　蓬萊願應仙舉，誰知會合仙賓。遥想望吹笙玉殿，奏舞鸞裀。風馭雲軿不散，碧桃紫李長新。願逢一粒，九霞光裏，相繼朝真。

【考辨】

此首《純陽吕真人文集》卷八、《全唐詩》卷九〇〇、《吕帝詩集》卷下俱作吕巖詞。《詩淵》四五五一頁作宋陸凝之詞，《全宋詞補輯》三一頁因之。此首原爲宋人依托，然是否確爲陸凝之詞，則難斷定。

促拍滿路花　題長安酒樓柱

西風吹渭水，落葉滿長安。茫茫塵世裏，獨清閑。自然鑪鼎，虎繞與龍盤。九轉丹砂就，一粒刀圭，便成陸地神仙。　從他富貴擁華軒，到了亦徒然。黄粱猶未熟，夢驚殘。是非海裏，終久立身難。袖手江南去，白蘋紅蓼，再遊溢浦廬山。　以上二十首道學本《純陽吕真人文集》卷八

【本事】

山谷云：「（詞略）有人書此曲於州東茶園酒肆之柱間，或愛其文旨趣，而不能歌也。中間樂工，或按而歌之，輒以俚語竄入，睟然有市井氣，不類神仙中人語也。十年前，有醉道士歌此曲廣陵市上，童兒和之，乃合其故時語。此道士去後，乃以物色迹逐之，知其爲吕洞賓也。」（耘經樓本《苕溪漁隱叢話》前集卷五八）

【考辨】

此首《純陽吕真人文集》卷八、《苕溪漁隱叢話》前集卷五八、《全唐詩》卷九〇〇、《歷代詩餘》卷五三、《吕帝詩集》卷下俱收作吕巖詞（各本異文頗多）。《全宋詞》三八五八頁收作宋人依托詞，是。《鳴鶴餘音》卷四作金丘處機詞，非，蓋此詞黄庭堅已見之，當爲北宋人依托。《塡詞圖譜》卷四又作黄庭堅詞，非，蓋《苕溪漁隱叢話》已明載「山谷云」此首「爲吕洞賓」作也。

虞美人

金丹百數人難曉。今日都明了。只將日月定浮沉。一往一來，消息水中金。　雲蓋鼎三家照，温養玄珠小。一聲虎嘯與龍吟。最好是滿園白雪晃瓊林。

西江月

道在虛無一炁，生天生地生人。都來些子氣精神。總是玄門捷徑。　龍唒南山汞髓，虎吞北海鉛精。依時交媾大丹成，火候全憑藥鏡。

六幺令

東與西。眼與眉。偃月爐中運坎離。靈砂且上飛。最幽微。是天機。你休癡，休不知。

以上三首寶顔本《金丹詩訣》卷下

【考辨】

《金丹詩訣》爲宋末道士夏元鼎所編，其中所録詩詞，或即夏氏杜撰依托（參《四庫全書總目》卷一四七《金丹詩訣提要》）。以上三首《全宋詞》似應收録而未收。

解紅

洞天深處。道非遠，咫尺人難悟。浮沉内景。須憑匠手工夫。專候曉來，一點陽生通玄路。盡藏在碧波深深處，恁時主。地雷震動山頭雨。漸澆灌黄芽，乍離土。嬰兒採得攜籃去。向真霞六陽，鼎内烹煮。　搬運轉，東西與南北，鋪八卦九宮，要知宗祖。十干數内分左右，要顯龍虎。玄武後隨，朱雀當先，祥雲布。曲江上，萬神都來聚，夫與婦。癸母跨赤龍，歸洞府。要尋覓金翁，問憑據。陰陽會合三千數。指天地海山，同壽堅固。

【考辨】

此首見於元彭致中編《鳴鶴餘音》卷一，作吕洞賓詞。《全金元詞》一三〇九頁收作無名氏詞，是。《詞品》卷二即云：「曲名有《解紅》者，今俗傳爲吕洞賓作，見《物外清音》，其名未曉。近閲和凝集，有《解紅歌》云：『百戲罷，五音清。解紅一曲新教成。兩個瑶池小仙子，此時奪却柘枝名。』《樂書》云：『優童解紅舞，衣紫緋綉襦，銀帶花鳳冠。』蓋五代時人也。焉有吕洞賓在唐世預填此腔邪？」（又見《升庵詩話》卷一〇）

吴音子

欲要神仙做，抱元炁，胎息綿綿。一回炁滿一回煎。陰陽媾，赤龍蟠。地户牢封玄門啓，滚丹砂、透入泥丸。崑崙上，明珠晃朗，瑪瑙珊珊。　一爐火滅一爐丹。灰心顯、五色光鮮。雙闕路上氣連連。擁真花，上丹田。姹女嬰兒交歡笑，駕河車、地火雷遷。醴泉酒，時時飲罷，醉卧桃源。

無愁可解

返照人間，忙忙劫劫。晝夜苦辛無歇。大都能幾許，這百年、又如春雪。可惜天真逐愛慾，似傀儡、被他牽拽。暗悲嗟，苦海浮生，改頭换殼，看何時徹。　聽説古往今來名利客。今只有兔蹤狐穴。六朝并五霸，盡輸他雲水英傑。一味真慵爲伴侣，養浩然、歲寒清節。這些兒冷淡生涯，與誰共賞，有松窗月。

無俗念

全真大道理無窮，妙得至人端的。説破先天玄妙處，默悟其中消息。體物全彰，應機獨露，悟了生前畢。雖明此理，工夫最要綿密。　低頭泄漏天機，不因師指，此事如何識。萬類三才誰主運，建立乾坤無一。變化無窮，包含不盡，運用無蹤跡。虚空打破，光明遍週無極。

以上四首道藏本《鳴鶴餘音》卷一

【考辨】

以上三首《鳴鶴餘音》卷一作吕巖詞，《全金元詞》一二六七頁收作無名氏詞，是。

沁園春

世事紛紛，似水東傾，甚時了期。歎利名千古，争馳虎豹，丘原一旦，總伴狐狸。荆棘叢中，桑榆影裏，亂塚堆堆誰是誰。君知否，謾徒勞百載，空皺雙眉。　争如歸去來兮。放四大、優游無所爲。歸碧巖洞，完性命，臨風對月，笑傲希夷。一曲絃歌，千鍾美酒，日月循環不老伊。童顔在，鎮龜齡鶴壽，罷唱黄雞。

【考辨】

此首《磻溪詞》作金丘處機詞，題爲《示衆》。《全金元詞》四五五頁已收作丘詞。《鳴鶴餘音》卷三作吕洞賓詞，非。

又

不喜輕裘，布衣芒履，任春與秋。傍人笑我生涯拙，塵寰碌碌，畢竟何求。物外蓬瀛，壺中方寸，論此宗風没價酬。誰知道，無爲快樂，不羨王侯。　多謀轉使多愁。恰似吞他名利鈎。看日前些子昇沉事，把天機喪盡，不肯抽頭。蜂爲花忙，蛾因燈逝，只恁迷前忘後憂。嗟身事，莊周蝶夢，蝶夢莊周。

又

大道無名，大音希聲，大器晚成。笑迷人管見，不言便了，似鑽冰取火，紐石爲繩。使盡精神，虚勞神用，緣木求魚甚日烹。愚癡輩，磨磚作鏡，怎睹光明。　何須百計經營。守朴朴淳淳絶愛憎。澄虚心實腹，谷神不死，深根固蒂，久視長生。湛湛澄澄，先天先地，一炁寥寥混杳冥。希夷理，這一輪皎月，無缺無盈。

又

瑞雪翻雲，長風舞浪，仙家畫圖。問城南老樹，如今在否，洛中强客，還再來無。獨上君山，渺觀磊石，八百里清波漾巨區。何曾錯，有茶中上竈，酒裏仙姑。　終須度了肩吾。却稽首終南衆老夫。自太平寺裏，題詩去後，東林沈宅，大醉歸歟。天上巡多，人間到少，更不向廬山索鱠魚。相憐否，好借君黄鶴，上我清都。

又

黄鶴樓前，吹笛之時，先生朗吟。想劍光飛過，朝游北海，墨籃放下，夜醉東林。鐺煮山川，粟藏世界，有明月清風知此心。呵呵笑，釀成白酒，散盡黄金。　知音。自有相尋。休踏破葫蘆斫斷琴。唱白蘋紅蓼，廬山日暮，西風落葉，渭水秋深。三入岳陽，再游湓浦，一自優游直至今。桃源路，不妨來往，同與登臨。

【考辨】

此首《玉蟾先生詩餘》作宋葛長庚詞，題爲《題桃源萬壽宫》。《全宋詞》二五六四頁已收作葛詞。《鳴鶴餘音》卷三作吕巖詞，非。

又

切勸學人，悟取靈臺，休得外求。這天機玄妙，非容易，與君今日，細説根由。没口婆婆，偏能言語，没脚童兒，擅蹴戲毬。真消息，見雲埋玉洞，月照金樓。　有誰似我能修。把獅子擒來變作牛。向黄河浪裏翻筋斗。太陽宫裏，捉住獼猴。白雪花開，青雲子結，占得玄關第一籌。仙宫舍，跨驪龍歸去，永翫瀛洲。

又

昨夜南京，今朝北嶽，倏焉忽然。遇洞中有酒，渴來好飲，君山作枕，醉後高眠。出入無迹，往來不定，半似癡呆半似顛。隨身處，有一襟風月，兩袖雲煙。　人間漂蕩多年。又排辦東華第二筵。把玉樓推倒，種吾琪樹，黄河放淺，栽我金蓮。擊碎珊瑚，翻身蓬島，稽首虚皇御座前。無難事，功成八百，行滿三千。

又

打破疑團，謝了空花，飲啄隨緣。有蒲團禪版，消磨白日，臨風對月，可度流年。携箇山童，拖條藜杖，閑趁松風影裏眠。從今後，袖金針玉線，頓鎖爲煙。　何須祖祖相傳。被渭水松風泄盡禪。昔年會向，水中撈月，如今却解，火裏生蓮。向上宗乘，别無玄妙，十百元來是一千。翻身處，見漚停巨海，雲散長天。

又

瑞雪長空，布滿周天，色似銀。況此物不論貧富，應無深遠，觸處皆均。片片不教塵污，落處冥冥不聽聲。江天静，見天華宇宙，景物皆新。　教人驀地歡欣。似一派銀河徹底清。聚時節如鋪玉，散來後，無跡無影無形。此是天機真造化，不比尋常假造成。陰消盡，待三陽數足，别换新春。

又

自古賢愚，日月輪催，盡沉下泉。漢張陳義，斷因名利，恣奢華後，破壞家園。墳廟江邊，漢陵原畔，勢盡還空皆亦然。英雄輩，盡道傍壞塚，衰草綿綿。　嗚呼往事堪憐。染虛幻浮花逐逝川。又争如省悟塵勞，愛趣貧閑。居素保煉丹田。越過輪迴，超昇苦海，直上清凉般若船。逍遥岸，會玄妙雲路，同訪桃源。

又

好無來由，名利區區，幾時盡頭。算榮華富貴，名高位顯，妻兒艶女，肯做持修。冷淡玄門，清虛妙道，苦澀難行孰意留。修行路，悟輪迴生死，有分仙流。　除身外盡是閑愁。猛割斷冤情去便休。頂幘巾布素，隨緣度日，逍遥雲水，物外遨遊。閑裏尋閑，損之又損，火滅煙消絶外求。將歸去，這酆都路變，蓬島瀛洲。

又

絶品龍團，製造幽微，建溪路賒。向南山採的，蟾酥烏血，和合北海，七寶靈芽。時遇陽春，收歸璚室，碾磨擣，香塵膩水加。玉甌内，仗仙童手巧，烹出金花。奇茶堪獻仙家。但啜罷香生兩腋，僥倖趙州難遇，盧仝不見，苦中甘味，意與誰誇。滌盡凡心，洗開道眼，返老還童鬢似鴉。真奇瑞，願人人解飲，同赴煙霞。

又

自古神仙，隱跡終南，萬代流傳。説經臺上，針活枯柏，鍊丹爐下，化女石泉。四皓商山，十老古洞，尹喜親聞道德篇。結庵處，有青牛繫柏，白鹿昇天。翊聖古跡依然。雪椽三朝畫得全。有元真文潤，松陰一夢，鍾離悟道，跨鶴金仙。二祖披氈，甘河引度，傳受重陽七朵蓮。全真教，洞天福地，象帝之先。

【考辨】以上八首見於《鳴鶴餘音》卷三，作吕洞賓詞。《全金元詞》一二八〇——一二八一頁已收作無名氏詞，是。其中「昨夜南京」一首，又見隆慶《岳州府志》卷一八，《全唐詩續補遺》卷一七據之録入。

又

真一長存，太虚同體，妙門自開。既混元初判，兩儀布景，歸根復命，全藉靈臺。浩氣衝開，谷神混化，一點靈光空際來。凝神處，聽龍吟虎嘯，殺地風雷。　奇哉妙道難猜。解點化愚迷成大材。與君説破，分明狀似，蚌含淵月，秋兔懷胎。壯志男兒，當年高士，莫把身心惹世埃。功成後，便登紫府，位列仙階。

又

要做神仙，煉丹功夫，亦有何難。向雷聲震處，玉爐火熾，土釜煙寒。奼女乘龍，金翁跨虎，片餉之間結大還。丹田裏，有白鵶一個，飛入泥丸。　河車運上崑山，全不動纖毫過此關。把龜蛇烏兔，生擒活捉，霎時雲雨，一點成丹。白雪漫天，黄芽滿地，服此刀圭永駐顔。常温養，使脱胎换骨，身在雲端。

又

大智閑閑，放曠無拘，任其自然。寄雅懷幽興，松間石上，高歌沉醉，月下風前。玉女吹笙，金童舞袖，送我炁炁入太玄。玄中理，盡浮沉浩浩，來去綿綿。　奇哉異景難言。算别是、人間一洞天。立身敦厚，銷磨歲月，從他輕薄，海變桑田。神炁沖和，陰陽昇降，已占逍遥陸地仙。無煩惱，任開懷縱筆，注寫書篇。

【考辨】

此首《磻溪詞》作金丘處機詞，題爲《心通》。《鳴鶴餘音》卷三收作吕巖詞，非。《全金元詞》四五六頁已收作丘詞。

鶯啼序

三峯路險，雪滿空崖，瑞祥煙霧起。澗畔聽、龍吟虎嘯，電閃星輝，迸出紅光，鬼神驚避。鉛凝汞結，爐中養就丹點，瓦礫成至寶，愚人餐一粒，延年紀。那堪更有，神珠萬顆，流霞晃耀，遍穿宫裏。

以上十七首道藏本《鳴鶴餘音》卷三

【考辨】

此首見於《鳴鶴餘音》卷三，作吕巖詞，《全金元詞》一三〇九頁已收作無名氏詞，是。

江神子

人生七十古來稀。嘆愚迷。不修持。光陰有限，成敗是和非。蓋世功名都占取，空贏得，業相隨。　暫時花酒氣財迷。得便宜。落便宜。暗裏朱顔，漸改氣神虧。陽少陰多染患，命盡也，更推誰。

曲江秋

如何是道。這一點、古今尋求顛倒。人人有分，箇箇不虧少。皆因動念錯，染着處、便生煩惱。若也般般放下，有何微奧。　隨分隨緣且過，究本來面目，直須分曉。寒爐冷竈。對虎龍吟嘯。目前便是了。更不向、外邊尋討。不問神仙與佛，共同覺照。　以上二首道藏本《鳴鶴餘音》卷五

【考辨】　以上二首見於《鳴鶴餘音》卷五，作呂巖詞。《全金元詞》一三〇九、一二八八頁收作無名氏詞，是。

梧桐樹

一更裏，調神氣。意馬心猿盡拘繫。莫放閑遊戲。昏昏默默煉胎息。開却天門地户閉。果然通玄理。

其二

二更裏，傳宇宙。一點靈光漸通透。虎龍初交嚴抵備，三尸莫教走。慧劍空中報冤讎。斬

却羣魔首。

其三

三更裏，一陽動。金鼎熬煎玉爐烹。煉就真鉛汞。匠手鑿開玉蓮蓬。兩道霞光照崑頂。萬顆珍珠迸。

其四

四更裏，雲收徹。海底星軀弄明月。處處瓊花結。火候抽添按時節。子午氤氲降紅屑。猛把天機泄。

其五

五更裏，朦朧定。心養浩月一輪鏡。照破貪嗔病。這回須要鬼神驚。只要真清爲真静。功滿朝上聖。

步步高

一更裏，澄心披襟坐。猿馬牢擒鎖。慧劍磨。六賊三尸盡奔波。退羣魔。困也和衣卧。醒覺朦朧清風送。悟入桃源洞。閬苑中。閑訪三茅興無窮。透窗風。驚覺遊仙夢。

其二

二更裏，白牛溪邊睡。牧童醺醺醉。蓑笠堆。月下方堪把笛吹。樂然後，歸去華胥國。得到華胥寬懷抱。閑把瑶琴操。聲韻高。火裏烏龜産，白鶴弄雲簫。紫霧紅光照。

其三

三更裏，銀漢星移淡。出户將身探。月正南。二八嬌娥配童男。煉三三。手把天關撼。五明宫裏元辰聚。七寶山頭去。禱玉虚。元始高懸黍米珠。演金書。國泰民安富。

其四

四更裏，玄圃清風細。來往無凝滯。解垢衣。心月高懸照雲溪。上天梯。獨折蟾宫桂。

三界十方惟獨步。認得曹溪路。一物無。真歡真樂飲醍醐。不須沽。高唱無聲曲。

其五

五更裏，架上金雞叫。路上行人俏。方欲曉。没底籃兒杖頭挑。跨風飈。同赴蓬萊島。

此箇家風誰知道。得也無衰老。琅板敲。碧波深處釣鯨鰲。出波濤。採就長生藥。

【考辨】以上十首見於《鳴鶴餘音》卷七，作吕巖詞。《全金元詞》一三〇九——一三一〇頁、一三〇〇頁已收作無名氏「依托吕洞賓」詞，是。

南鄉子

真汞與真鉛，産在先天與後天。大要知時勤採取，玄玄。得穴何愁不作仙。　進火要精專。審究前弦與後弦。屯卦抽添蒙卦止，難傳。毫髮差殊不結丹。

又

兩手擘鴻濛。慧劍飛來第一峯。外道修羅驚縮項，神通。造化元來在掌中。　煅煉玉爐紅。槖籥吹噓藉巽風。十月脱胎吞入腹，坤宮。立見三清太上翁。

又

温養象周天。須要微微火力全。愛護嬰兒惟藉母，三年。運用抽添象缺圓。　牛斗會河邊。捨取玄珠種玉田。定意如如行火候，精專。剖腹分明説與賢。

又

生甲更生庚。此是丹頭切要明。藥嫩採來歸土釜，煎烹。文武剛柔次第行。　片餉結丹成。沐浴防危更守城。到此不須行火候，持盈。火若加臨必定傾。

又

木兔與金雞。刑德臨門有偶奇。爐内丹砂宜沐浴，防危。神水溶溶滿玉池。　年月日并時。刻裏工夫一例推。着意研窮丹造次，毫釐。十月殷勤自保持。

又

鼎器法乾坤。上是天元下地元。若也更能顛倒運，交番。闔闢循環在八門。　搬運上崑崙。龜與蛇兒自吐吞。百尺竿頭牢把線，掀騰。從此元神命永存。

又

闢鎖自周天。昇降循環三寸田。不在噓呵并數息，天然。九轉無虧火力全。　胎息謾流傳。要在陰陽不可偏。呼吸吹噓皆賴巽，風綿。妙在前弦與後弦。

又

復卦起潛龍。戊己微調未可攻。九二見龍臨卦主，神通。從此爐中次第紅。　泰卦却相逢。猛火燒乾藉巽風。煉就黄芽並白雪，奇功。還返歸坤道始窮。

又

識得水中金。煅煉烹煎理更深。進退抽添須九轉，浮沈。温養潛龍復與臨。　妙運自天心。託杖黄婆是丙壬。醞就醍醐山頂降，頻斟。慢撥無絃一曲琴。

又

長子到西方，少女歸乾變六陽。便好下功修二八，隄防。至九方知道自昌。牛斗共商量。巧奪天工妙莫揚。離坎夫妻交媾後，難忘。始覺壺中日月長。

又

白雪與黄芽。兩味晶華共一家。摘採辯時衰與旺，堪誇。火候毫釐不可差。頂上結三花。駕動羊車與鹿車。烏兔往來南北面，交加。從此天河穩泛槎。

又

淨盡露天機。只恐時人自執迷。頷下藏珠當猛取，休遲。道在身中更問誰。塵網急拋離。百歲年華七十稀。莫待老來鉛汞少，堪悲。業報前途難自欺。

【考辨】 以上十二首，《修真十書金丹大成集》卷一二作宋蕭廷之詞，《全宋詞》二七七九——二七八一頁據以收作蕭詞。《鳴鶴餘音》卷七作吕洞賓詞,《全金元詞》一三〇一——一三〇二頁據之收作無名氏詞。案《金丹大成集》爲南宋蕭廷之撰,所收詞作應屬蕭廷之。《鳴鶴餘音》收作吕巖詞,非。《全金元詞》不應收入。

一寸金

堪嘆羣迷,夢空花幾人悟。更假饒錦帳銅山,朱履玉簪,畢竟於身何故。未若紅塵外,幽隱竹籬蓬户。青松下,一曲高歌,笑傲年華换古今。紫府。春光清都雅會時,妙有真趣。看自然天樂,星樓月殿,鸞飛鳳舞。白雲深處。壺内神仙景,誰肯少年迴顧。逍遥界,獨我歸來,復入寥陽去。

又

暮鴻嘹唳。更晚來地籟,陰風齊起。造作嚴凝,同雲黯黯,四海玉龍呈瑞。粧點萬家清景,普綻瓊花鮮麗。最好是,命詩朋,紙帳圍爐沈醉。吟綴。搜佳製,竹外清香,金蕾噴新蕊。似糝銀沙,或爲粉蝶,高下亂飛空裏。慶知太平,先兆陰陽和矣。這玄理,遇子猷,同賞江天真味。　以上二十四首《鳴鶴餘音》卷七

【考辨】

以上二首《鳴鶴餘音》卷七作吕洞賓詞，《全金元詞》一三〇二——一三〇三頁已收作無名氏詞，是。

西江月

内藥還同外藥，内通外亦須通。丹頭和合類相同。温養兩般作用。　内有天然真火，爐中赫赫長紅。外爐增減要勤功。妙絶無過真種。

又

此道至神至聖，憂君分薄難消。調和鉛汞不終朝。早睹玄珠形兆。　志士若能修煉，何妨在市居朝。工夫容易藥非遥。説破人須失笑。

又

白虎首經至寶，華池神水真金。故知上善利源深。不比尋常藥品。　若要修成九轉，先須煉己持心。依時採取定浮沈。進火須防危甚。

又

七返朱砂返本，九還金液還真。休將寅子數坤申。但看五行成準。本是水銀一味，周流經歷諸辰。陰陽氣足自然靈。出入豈離玄牝。

又

若要真鉛留汞，親中不離家臣。木金間隔會無因。須假黄婆媒娉。木性愛金順義，金情戀木慈仁。相吞相啖却相親。始覺男兒有孕。

又

二八誰家奼女，九三何處郎君。自稱木液與金精。遇土方成三姓。更假丁公煅煉，夫妻始結歡情。河車不敢暫留停。運入崑崙峯頂。

又

牛女情緣道合，龜蛇類秉天然。蟾烏遇朔合嬋娟。二氣相資運轉。總是乾坤妙用，誰能達此深淵。陽陰否隔却成愆。怎得天長地遠。

又

雄裏內含雌質，負陰抱却陽精。兩般和合藥方成。點化魄纖魂勝。信道金丹一粒，蛇吞立化龍形。雞餐亦乃變鸞鵬。飛入青陽真境。

又

天地纔經否泰，朝昏好識屯蒙。輻來凑轂水朝宗。妙在抽添運用。得一萬般皆畢，休分南北西東。損之又損慎前功。命寶不宜輕弄。

又

冬至一陽來復，三旬增一陽爻。月中復卦朔晨超。望罷乾終姤兆。日又別爲寒暑，陽生復起中宵。午時姤象一陰朝。煉藥須知昏曉。

又

德行修逾八百，陰功積滿三千。均齊物我與親冤。始合神仙志願。　虎兕刀兵不害，無常火宅難牽。寶符降後去朝天。穩駕鸞車鳳輦。

又

不辨五行四象，那分朱汞鉛銀。修丹火候未曾聞。早便稱呼居隱。　不背自思已錯，更將錯路教人。誤他永劫在迷津。似恁欺心安忍。

又

丹是色身至寶，鍊成變化無窮。更能性上究真宗。決了死生妙用。　不待他身後世，見前立獲神通。自從龍女著斯功。爾後誰能繼踵。

【考辨】

以上十三首，《紫陽真人悟真篇三注》卷五、《紫陽真人悟真篇注疏》卷七作宋張伯端詞，《全宋詞》一九一——一九二頁已收作張詞，是。《鳴鶴餘音》卷八作呂巖詞，非。

又

兩手擘開混沌，坦然真露丹宗。日魂月魄自西東，牢捉莫輕放縱。　外道邪魔縮項，相將結寶中宮。九還七返片時功。皆賴黄婆相送。

又

默運乾坤否泰，抽添妙在屯蒙。起於復卦剥於終。温養兩般作用。　沐浴要防危險，吹嘘全藉離風。工夫還返入坤宫。火足不宜輕弄。

又

要識真鉛真汞，都來只一根源。烹煎火候妙中玄。不是知音難辯。　採取莫差時日，仍分弦後弦前。玉鑪一霎火燒天。無位真人出現。

又

莫問九三二八，無過陰偶陽奇。大都離坎結夫妻。要識屯蒙既未。　若過一陽起後，便堪進火無遲。只因差失在毫釐。野戰更宜仔細。

又

鼎器法天象地，坎離運用無差。夫妻相會入黄家。共説無生妙話。雨意雲情了當，嶺頭駕動河車。搬歸頂上結三花。牢閉玉關金鎖。

又

撥動頂門關捩，自然虎嘯龍吟。九還七返義幽深。出入不離玄牝。運用玉鑪火候，鼎中煉就真金。强兵戰勝便收心。妙在無傷無損。

又

一二復臨養火，兔雞沐浴潛藏。分明變化在中央。結就玄珠片餉。還返歸根脱體，守城抱一隄防。黄庭來往是尋常。恍惚之中縱放。

又

夾脊雙關透頂，此爲大道玄門。金丹只是此宗根。大要知時搬運。温養守城野戰，華池玉液頻吞。玉鑪常使火温温。採藥審他老嫩。

又

調燮火工非小，差殊只在毫釐。鼎鑪汞走黑鉛飛。從此恐君喪志。須共真師細論，無令妄動輕爲。幽微玄妙最深機。言語仍須避忌。

又

九曲江頭逆浪，霎時衝過天心。崑崙頂上水澄澄。醖就瓊漿自飲。便向此時採取，河車搬運無停。陰陽一炁自浮沈。鎖閉玉關牢穩。

又

藥産西南坤地，金丹只此根宗。學人著意細推窮。妙絶無過真種。了一萬般皆畢，休分南北西東。執文泥象豈能通。恰似啞人談夢。

又

金液還丹大道，古人萬劫一傳。傾心剖腹露諸篇。接引直超道岸。莫怪天機泄盡，此玄玄外無玄。留傳後代與名賢。有目分明覿見。

【考辨】以上十二首《修真十書金丹大成集》卷一二作宋蕭廷之詞，《全宋詞》二七七七——二七七九頁已收作蕭詞。《鳴鶴餘音》卷八作吕巖詞，非。參前《南鄉子》十二首【考辨】。

又

食飽傷心損氣，睡多夢裏迷真。眼觀心動喪元神。耳聽靈臺昧盡。要見元初面目，慧刀割斷紅塵。無情應物本來真。此是修行捷徑。

又

頓悟修行道理，除情戰睡敵魔。不貪名利少風波。懶散隨緣且過。飢後尋街乞飯，飽時信步蹉跎。閑來古廟唱哩囉。逍遥誰人似我。

又

富貴又争入我，貧窮更待如何。有緣有分是非多。無福無灾無禍。教他一任奢侈，簞瓢也是存活。勸君休要苦張羅。大限臨頭怎躲。

又

一不輕師慢法，二誦清浄仙經。三存真氣養神靈。四把塵勞拂盡。五斷無明業火，六除俗裹人情。七擒猿馬永安寧。八味璚漿得飲。

【考辨】以上四首見於《鳴鶴餘音》卷八，作吕巖詞。《全金元詞》一三〇三頁已收作無名氏詞，是。

永遇樂

箇箇修行，人人嗻納，誰悟真道。曲徑多歧，旁門小法，誤了人多少。容成豈是神仙，究竟採藥，謾多爐竈。忽一朝、脱却桶底，性根壞倒。争如内觀，無爲清静，學取本來莊老。四配陰陽，抽添鉛汞，八卦爲端表。人生如夢，流年似箭，回首也須聞早。貪迷戀，春花秋月甚時了。

又

萬法由心，應觀法界，一切心造。瞿曇同歸，去揆不離，即心是道。自從識得坎離，交際煉藥，粗知昏曉。看雞飛蟾宫，兔走丹闕，更無煩惱。　氣中真液，液中真氣，和合不多不少。種得黄芽，煉成赤水，龍虎交圍繞。九還七返，工夫到後，還我舊時年少。待三千，功圓行滿，恁時是了。

又

學道修心，存神煉性，直要輕舉。補腦還精，流水不腐，户樞終不蠹。日魂月魄，摶歸爐鼎，真氣自然留聚。把心猿縛繫，意馬追回，迴無塵慮。　定中明有，陽龍陰虎。水火透時爲度。八段奇文，千口活法，向上有一路。吕公高尚，不離人世，有分也須相遇。約十洲三島，驂鸞跨鶴，大家同去。

又

養水養精，養神養血，先須養氣。日月陰陽，六爻八卦，細看參同契。虛軀虛寶，千言萬語，不過坎離兩字。向崑崙頂上，返本還元，要明終始。一身雖小，如同天地。八萬四千餘里。玄牝之門，千生萬化，都在沖和內。此真真外，别無真諦。方信道一而已。異時見鍾呂，如有未明，請師指示。

漁家傲

至道不遥只在邇。毫釐差失如千里。道是難求元却易。如相契。一超直入如來地。水火交時爲既濟。三尸六賊都迴避。只此長生仍久視。身口意。化成一點沖和氣。

又

神是氣兮氣是命。神不外馳心自定。幸有崔公入藥鏡。如究竟。全真固蒂歸根静。主客内明方外應。靈臺粲發天光瑩。兩箇壺中一片景。急修省。莫待臨渴去掘井。

又

精養靈根神守氣。天然子母何曾離。晝夜六時長在意。三田内。温温天地中和水。十二樓前白雪膩。九宫臺畔黄芽遂。日月山頭朝上帝。神光起。騰身直上煙霄外。

又

我有光珠無買價。光明常照芝田下。更無之乎并者也。知音寡。世間誰是能行者。一萬精光神守舍。四百四病都齊罷。透出火龍歸造化。迴仙駕。更無一點塵隨馬。

【考辨】

以上八首《修真十書雜著捷徑》卷二三作宋何鉏翁詞，《全宋詞》三九〇三——三九〇五頁據之收作無名氏詞。案，當作何鉏翁詞。《鳴鶴餘音》卷八作吕巖詞，非，《永遇樂》詞有「吕公高尚」、「異時見鍾吕」云云，亦非（依托）吕巖口吻。《全金元詞》一三〇三——一三〇五據《鳴鶴餘音》收作無名氏詞，失考。

促拍滿路花

抱元能守一，四大自輕安。心中須返照，幾曾閑。金烏銜耀，飛入爛銀盤。心心心是道，只在心心，更於何處求丹。

又

又何須衣冕，燕處欲超然。榮華能有幾日，便凋殘。修真甚易，積行累功難。勸君強爲善，五濁三途，變爲雲島神山。

又

人能常清静，天地悉皆歸。一真含衆妙，入希夷。昭文不會，氣候有成虧。妄心寂滅盡，困睡飢餐，更無作用施爲。

又

自然爐鼎就，光彩透簾幃。玉池神水湧，上生肥。如魚飲水，冷暖自家知。自家性命事，自家了得，自家性命便宜。

又

若論修養事，知有幾多門。諦當歸宿處，是虚源。至真至道，簡易合乾坤。坎離并水火，止是筌蹄，萃然一點長存。

又

箇中如薦得，悟了五千言。金晶飛肘後，透崑崙。清江九曲，一棹破煙昏。水擊三千里，九萬鵬程，化成元是冥鯤。

【考辨】

以上六首，《修真十書雜著捷徑》卷二三作宋何鉏翁詞，並作雙調三首。《全宋詞》三九〇五頁據之收作宋無名氏詞，亦作三首。案，當作何鉏翁詞。《鳴鶴餘音》卷八作單調六首，屬吕巖。《全金元詞》一三〇五——一三〇六頁據《鳴鶴餘音》作單調六首，歸無名氏。案，應屬宋何鉏翁詞。

江神子

林泉養素拙。放落魄、慵居世緣絶。志如鐵。翛然處、一味真懽雜説。日逍遥，野鶴巖畔爲道侶，松軒下、沉煙猶未歇。夜深獨聽狐猿，高峯上叫明月。　他年功成行滿，駕祥雲、直至瑶池仙闕。箇時節。神遊自有鸞鶴迎接。舞空碧。仙仗飄飄來迎謁。桃源會、瓊林方信别。到此無限逍遥，作蓬萊客。

春從天上來

樂道安貧。嘆自古英雄，林下無人。滿堂金玉，謂授兒孫。畢竟與屬親。問當初無物，被貪愛、引入迷津。早抽身。向槐安宮内，剛恁勞神。　朝菌蟪蛄短景，又豈信壺中，别有長春。暫遊萬里，少别千年，歸去跨鳳驂麟。念浮生一瞬，幾度見、滄浪揚塵。莫因循。彼空華揚艷，輕喪天真。

玉抱肚

若論玄妙，聽周風一訣。把嬰兒奼女，木金間隔。從頭分别。先擒六賊三尸滅。後捉玉兔飲烏血。仗劍鋒，麾魔障，蕩祆邪。全憑志猛烈。那些箇手段最奇絶。　龍奔虎走，來往放乖劣。兩獸擒來吾怎捨。爐烹鼎煉無暫歇。乾坤至寶，陰陽造化，斡運龜蛇。東雞叫出西江月。會入黄庭賞白雪。上丹温，中丹暖，下丹熱。三田寶結。衆仙舉我赴金闕。寥陽勝境，教我怎生説。

水調歌頭

五行不到處，一氣未生前。清光赫赫，無何鄉裏獨超然。日月豈能照鑑，天地不能包裹，晃朗妙無邊。賴有竹澗水，却向世人傳。　杳兮冥，恍兮惚，湛兮然。這些消息，渾身是口也難詮。截斷千差歧路，屏除萬般機巧，纜住釣魚船。往事都休問，静坐一爐煙。

【考辨】　以上四首《鳴鶴餘音》卷八作吕巖詞，《全金元詞》一三〇六頁收作無名氏詞，是。

蘇幕遮

水中金，衡牛斗。玉鎖金關，護法靈童守。赤水丹基龍虎走。萬象森羅，勃勃投珠口。　飲靈液，明火候。太乙爐開，丹熟神光透。浮名浮利終不久。下手速將，窮取無中有。

【本事】

紹興間，宜春城南魏安撫家多陰隲。一日，有異人直入書齋中，呼安撫可來就語，時魏晝寢，左右不敢以白。乃題一詞於壁而去，名《蘇幕遮》。魏起，見而悔甚，使人尋覓，竟不可得。詞曰：「水中金（略）。」（《玉谿子丹經指要》卷下）

【考辨】

此首宋李簡易纂集《玉谿子丹經指要》卷下謂是南宋紹興間一「異人」所題，應是宋無名氏詞，或爲李簡易依托。《全宋詞》應收而未收。《鳴鶴餘音》卷八作吕巖詞，非；《全金元詞》一三〇七頁據之收作無名氏詞，亦失考。

解佩令

修行之士，功勤不小。識五行、逆順顛倒。妙理玄玄，玉爐中、龍蟠虎繞。金鼎内、煉成至寶。陽神離體，杳杳冥冥，刹那間、遊遍三島。出入純熟按捺住，别尋玄妙。合真空、太虛是了。

【考辨】

此首《玉谿子丹經指要》卷下謂是宋張伯端詞，《全宋詞·訂補續記》一四頁據之收作張伯端詞，是。《鳴鶴餘音》卷八作吕巖詞，非；《全金元詞》一三〇七頁據之録作無名氏詞，亦失考。

水仙子

醉魂别後廣寒宫。飛下瑶臺十二峰。只因一枕黄粱夢，得神仙造化功。　左右列，玉女金童。採仙藥，千年壽，煉丹砂，九轉功。每日價，伏虎降龍。　以上五十首道藏本《鳴鶴餘音》卷八

霜天曉角

乾坤未裂。有物如何别。解把鴻濛擘破，説不知、知不説。　妙訣。真難徹。知音世所絶。要識陰陽顛倒，月中日、日中月。　道藏本《三極至命筌蹄》

失調名〔一〕

鼎裏坎離，壺中天地，滿懷風月，一吸虚空。塵寰裏，何人識我，開口問鴻濛。　雲中。三弄笛，岳陽樓外，天遠霞紅。笑騎黄鶴，暫過海陵東。拂袖呵呵歸去，鑾和玉珮，風響喬松。君若要，知吾蹤跡，試與問仙翁。

〔一〕《全宋詞》注：「案此首原無調名，亦不分段，似是《滿庭芳》而有訛奪，姑依之分片。」

西江月

葆鍊中分相火，行持外借方鞋。清虚爽徹御□□。□□□□□□□。□□□□□□，□□靈寶爲胎。十方无極至真來。恍惚芝輧羽蓋。

又

一日清歡何往，十年舊事重拈。細風斜日到江南。春滿平湖瀲灧。黄簡手題龍篆，緑輿前控鸞驂。玉清真籙署仙銜。列職靈臺書監。以上三首道藏本《純陽帝君神化妙通紀》卷四

【考辨】

以上四首《全宋詞》三九〇六頁《訂補附記》據《三極至命筌蹄》、《純陽帝君神化妙通紀》録作「吕巖」詞。案，《三極至命筌蹄》爲宋王慶升述，所載《霜天曉角》應爲宋人依托。《純陽帝君神化妙通紀》爲元苗時善輯，所録《失調名》等三首是宋人抑或金元人依托，難定。又《西江月》二首原無調名，乃《全宋詞》據律補。

失調名

別無巧妙，與你方兒一箇。子後午前定息坐。夾脊雙門崑崙過。恁時得氣力思量我。涵芬樓本《夷堅丁志》卷一八

【本事】

張珍奴者，（中略謂某士人即吕洞賓過其家，珍奴拜之爲師。詳參前《步蟾宫》本事引）方獨處，漫自書云：「逢師許多時，不説些兒過。及至如今悶損我。」援毫之際，客忽來，見所書，笑曰：「何爲者？」珍不答而匿之。客曰：「示我何害？」示之，即續其後云：「別無巧妙（略）。」珍大喜，再三致謝，自是豁然若有悟。（《夷堅丁志》卷一八）

【考辨】

此首見《夷堅丁志》卷一八，原未言是詞，亦無調名。近人童養年《全唐詩續補遺》卷一七據之録作吕巖詞。《全宋詞》三八五九頁則録作宋人依托吕巖詞，是。兹從之以詞録入。

西江月

落日數聲啼鳥，香風滿路吹花。道人邀我煮新茶。盪滌胸中瀟灑。　世事不堪回首，夢

魂猶遶天涯。鳳停橋畔即吾家，管甚月明今夜。　適園本《湖海新聞夷堅續志》後集卷一

【本事】

鳳停橋，在安成之北三十里。一日，吕仙坐其上，守橋道人煎佳茗供之。仙索紙筆書一詞云（略）。字畫飛舞，今不知所在。（《湖海新聞夷堅續志》後集卷一）

【考辨】

此首見於元無名氏《湖海新聞夷堅志》，原無調名，據律補。《全唐詩續補遺》卷一七據以録作吕巖詞；《全宋詞》三八五九頁則據之録作宋人依托吕巖詞。案，此首是宋人抑或元人依托，難以斷定。

沁園春

琳館清標，瓊臺麗質，何年天上飛來。揚州暫倚，后土爲深栽。獨立乾坤一樹，春風占、萬朵齊開。天然巧，蕊珠圓簇，玉瓣輕裁。　見一花九朶，類玲瓏玉斝，錯落瓊盃。得滿盛香露，洗蕩塵埃。是真元孕育，有仙風道骨，豈是凡胎。問真宰，難留下土，攜爾上蓬萊。　成化本《揚州瓊華集》

【考辨】

此首見明楊端《揚州瓊華集》，作呂巖詞。《全唐詩續補遺》卷一七據之録作呂巖，《全宋詞》三八五九頁則録作宋人依托呂巖詞。

明月斜

明月斜，秋風冷。今夜故人來不來，教人立盡梧桐影。萬曆本《花草粹編》卷一

【本事】

大梁景德寺峨眉院，壁間有呂洞賓題字。寺僧相傳，以爲頃時有蜀僧號峨眉道者，戒律甚嚴，不下席者二十年。一日，有布衣青裘，昂然一偉人來，與語良久，期以明年是日復相見於此，願少見待也。明年是日，日方午，道者沐浴端坐而逝。至暮，偉人果來，問道者安在，曰：「亡矣。」偉人嘆息良久，忽復不見。明日書數語於堂壁間絶高處，其語云：「落日斜，西風冷。幽人今夜來不來，教人立盡梧桐影。」字畫飛動，如翔鸞舞鳳，非世間筆也。宣和間，余遊京師，猶及見之。（《竹坡老人詩話》）

【考辨】

此首始見於宋周紫芝《竹坡老人詩話》，未言是詩或詞，僅謂「題字」、「書數語」。陳巖肖《庚溪詩話》卷下録此首，亦僅謂「京師景德寺東廊三學院壁間題曰」，「皆傳呂先生洞賓所題也」。《苕溪漁隱叢話》後集卷三八則謂是詩：「回仙於京師景德寺僧房壁上題詩云。」《詩話總龜》後集卷三八引文相

同。《純陽帝君神化妙通紀》卷四所載本事與《竹坡詩話》同，亦謂所題「乃詩一章」。《花草粹編》卷一始録作詞（注出《詩話總龜》），並加調名《明月斜》，《唐詞紀》卷一一因之。其後《詞綜》卷一、《全唐詩》卷九〇〇、《歷代詩餘》卷一、《詞譜》卷一俱收録，調作《梧桐影》。《全宋詞》三八五八頁據《竹坡老人詩話》録作宋人依托吕巖詞（調名從《詞綜》）。玆從《花草粹編》附録入。

洞仙歌

飛梁欹水，虹影澄清曉。橘里漁鄉半煙草。嘆來今往古，物是人非，天地裏，惟有江山不老。雨巾風帽，四海誰知道。一劍横空幾番到。按玉龍嘶未斷，月冷波寒光去也，琳宇洞闕無鏁。認雲屏，煙障是吾廬，任滿地蒼苔，年年不掃。明刻本《唐詞紀》卷一五

【本事】

苕溪漁隱曰：「近時吴江長橋垂虹亭屋山壁上草書一詞，人亦爲吕仙作，其果然邪？詞曰（略）。」（《苕溪漁隱叢話》前集卷五八　又見《詩話總龜》後集卷四〇引）

紹興間，有題《洞仙歌》於垂虹者，不系其姓名，龍蛇飛動，真若不煙火食者。時皆喧傳，以爲洞賓所爲書。寖達於高宗，天顔龭然而笑曰：「是福州秀才云爾。」左右請聖諭所以然，上曰：「以其用韻，蓋閩音云。」其詞曰（略）。久而知爲閩士林外所爲，聖見異矣。蓋林以巨舟仰而書於橋梁，水天渺

然，旁無來迹，故世人益神之。（《四朝聞見録》丙集）

【考辨】

此首始見於胡仔《苕溪漁隱叢話》前集卷五八，時人傳爲吕洞賓作，然胡仔未信其實，故謂「其果然邪」？其後葉紹翁《四朝聞見録》丙集辨明乃宋林外所作，《全宋詞》一七六七頁遂據之録作林詞，是。《唐詞紀》卷一五録作吕巖詞，當未見《四朝聞見録》。又此首《新編事文類聚翰墨大全》後乙集卷一三誤作蘇軾詞，《全宋詞》三三五頁蘇軾「存目詞」已訂正。《爐餘録》乙編別又誤作宋李山民詞，《全宋詞》三八六九頁亦已訂正。兹從《唐詞紀》附録入。

望江南

瑶池上，瑞霧靄羣仙。素練金童鏘鳳板，青衣玉女嘯鸞弦。身在大羅天。　沈醉處，縹緲玉京山。唱徹步虚清燕罷，不知今夕是何年。海水又桑田。

【考辨】

此首《全唐詩》卷九〇〇録作吕巖詞，《歷代詩餘》卷二五、《吕帝詩集》卷下因之。未知原據何書。《全宋詞》三八五八頁録作宋人依托吕巖詞，注出「《詩話總龜》後集卷三九引《回仙録》」。案今檢各本《詩話總龜》此則未見該詞。又此則引《回仙録》乃出自《苕溪漁隱叢話》後集卷三八，而《苕溪漁隱叢話》所載亦無此詞。未知究竟出自何書。

漢宮春

橫笛聲沈，倚危樓紅日，江轉天斜。黃塵邊火澒洞，何處吾家。胎禽怨，夜來乘風、玄露丹霞。先生笑，飛空一劍，東風猶自天涯。　情知道山中好，早翠嚻含隱，瑶草新芽。青溪故人信斷，夢〔逐〕飆車。乾坤星火，歸來兮、煮石煎砂。迴首處、幅巾蒲帳，雲邊是笑桃花。

【本事】

武昌瀕江有吕公磯，上有黃鶴樓。一日有題《漢宮春》於其上云：「橫吹聲沈（略）。」不知爲何人作，或言洞賓語也。後三年己未，大元渡江外舅制集辜公説。（《庶齋老學叢談》卷中）

【考辨】

此首始見於元盛如梓《庶齋老學叢談》卷中，原謂「不知爲何人作，或言洞賓語也」，並未肯定是吕洞賓（依托）詞。《全唐詩》卷九〇〇徑録作吕巖詞，非。《全宋詞》三八三四頁録作宋無名氏詞，是。蓋此詞作於宋理宗開慶元年己未（一二五九）之前三年。案，此詞本事謂「己未大元渡江」，與史實合。是年九月，忽必烈率軍渡江進圍鄂州（即今湖北武漢市武昌）。參《宋史紀事本末》卷一〇二。

減蘭

暫遊大庾。白鶴飛來誰共語。嶺畔人家。曾見寒梅幾度花。　春來春去。人在落花流水處。花滿前溪。藏盡神仙人不知。以上三首康熙本《全唐詩》卷九〇〇

【本事】

横浦大庾嶺，有富家子慕道建庵，接雲水士多年。一日衆建黄籙大齋方罷，忽有一襤縷道人至求齋，衆不之恤，或加凌辱。道人題一詞曰：「暫遊大庾（略）。」末書云：「無心昌老來。」五字作三樣筆勢。題畢，竟入雲堂，良久不出，跡之已不見。徐視其字，深透壁後矣。始知昌字無心乃吕公也。衆共嘆惋。（明鈔本《詩話總龜》前集卷四六　又見《純陽帝君神化妙通紀》卷四）

【考辨】

此首始見於明鈔本《詩話總龜》前集卷四六（月窗本未載），謂是「吕公」作，原無調名。《全唐詩》卷九〇〇據之録作吕巖詞並加調名《減蘭》（中華書局排印本《全唐詩》列伊用昌後，題爲「句」，非）。《詞徵》卷五因之，亦謂調爲《減字木蘭花》。《吕帝詩集》卷下亦録作《減字木蘭花》。《全宋詞》三八五八頁據《詩話總龜》前集（注出卷一八，誤）録作宋人依托吕巖詞（調作《減字木蘭花》），是。

另案，明清載籍所載明清人依托之吕巖詞尚夥。如明田藝蘅《留青日札摘鈔》卷三載有田氏假托吕

巖《踏莎行》（輕揮羽扇）一首（又見《五代詩話》卷九引）；清程國仁輯《呂帝詩集》卷下「詩餘」類録《全唐詩》所載詞外尚録有《天仙子》（流水百歲憑誰）一首、《臨江仙》（春去夏過秋又到）、（跨鶴臨江觀萬象）二首、《西江月》（憔悴名壇國色）一首、《雙聲子》（洞庭春）一首、《瀟湘神》（新月盧）一首、《憶江南》（仙何處）七首等，皆爲明清人所依托，兹附存目録於此，而不録原作。

琴精

琴精，吴越王時嘉興守曹珪家女，後得仙術。宋理宗嘉熙丁酉（一二三七）贈金鶴雲以百金。見《花草粹編》卷七引《江湖紀聞》。

琴精詞一首，據明刻本《唐詞紀》附録入。

千金意

音音音。音音你負心。你真負心。孤負我到如今。記得年時，低低唱，淺淺斟。一曲值千金。　如今寂寞古墻陰。秋風荒草白雲深。斷橋流水何處尋。凄凄切切，冷冷清清，教奴怎禁。　明刻本《唐詞紀》卷三

【本事】

曹珪仕吴越，守嘉興，後爲蘇州刺史。光啓中捨宅爲招提寺。宋嘉熙丁酉，鄧州金鶴雲以琴書寓嘉興富家，居近寺側，每夜聞歌云云，甚習。一夕歌聲甚近，窺之，乃一女子也。明夜，推户至榻，惜别以百金爲意。女子潸然曰：「妾曹刺史家女也，遇異人得仙術，但凡心未除，累遭降謫。今方别後，未卜會期。君前程甚遠，夾山之會，君其慎之。」金異之，明以告主人，皆不曉其故。後修寺墻，得石匣，藏一古琴，係有百金焉。珪（疑當作「金」，蓋指金鶴雲）後爲縣令，卒於峽州。（《花草粹編》卷七引《江湖紀聞》）

【考辨】

此首始見於《花草粹編》卷七，署名「琴精」，無時代。案此詞出自宋佚名撰《江湖紀聞》，乃宋人依托。《全宋詞》三八六六頁收入「宋人依托神仙鬼怪詞」類，是。《唐詞紀》卷三録作唐詞，非，兹從之附録入。

妙香

妙香，狐所化女子。見《詩話總龜》前集卷四六引《洞微志》。

妙香作品一首，據明刻本《唐詞紀》附録入。

北邙月

勸君酒莫辭。花落抛舊枝。只有北邙山下月，清光到死也相隨。　明刻本《唐詞紀》卷五

【本事】

鄭繼超，廣州人，赴官鳳翔，道逢田參軍同行，家累千餘人，言是東川替罷入西京。繼超與款，自言洛下有庄在北邙山下。因問鞍乘極多何也，曰：「亡室人來多年，皆蜀中孤寡家子息，亦欲旋旋與人。」繼超曰：「願得一人。」乃令妙香與之，是夕歸繼超家。數年，繼超卜居西洛，一日忽謂繼超曰：「妙香非人也，今將歸北邙山舊穴，願乞同乘至北邙。」因問田參軍何人，曰：「狐也。」是夕作別，妙香歌以送酒曰（略）。翌日同至北邙山下老君廟後，妙香佯墮馬，化爲一狐迅走而去。（《詩話總龜》前集卷四六引《洞微志》）

鄭繼超遇田參軍，贈妓曰妙香。數年告别，歌此詞送酒。翌日，同至北邙下，化狐而去。（《花草粹編》卷一引《洞微志》　案此則乃據《詩話總龜》節改）

【考辨】

此首始見於《詩話總龜》引《洞微志》，本無題之歌詩。《花草粹編》始改作詞，並名其調爲《北邙月》，署名「妙香」，而未言時代。《唐詞紀》卷五則收作唐詞，其後《填詞名解》卷四、《古今詞話·詞辨》上卷、《詞苑叢談》卷七、《歷代詩餘》卷一一二、《詞苑萃編》卷二四俱因之，非。《全唐詩》卷八六七即

收作詩。案,《洞微志》乃北宋錢易(?——一〇二六)撰,此首乃錢易所依托,非唐人作。

鬼仙

鬼仙詞一首,據明刻本《古今詞統》録入。

柳梢青

曉星明滅。白露點、秋風落葉。故址頹垣,冷煙衰草,前朝宮闕。　長安道上行客。依舊名深利切。改變容顏,消磨今古,隴頭殘月。　明刻本《古今詞統》卷六

【本事】

己未歲,虜人入我河南故地,大將張中孚、中彦兄弟自陝右來朝行在所,道出雒陽建昌宮故基之側,與二三將士張燭夜飲於郵亭。忽有婦人,衣服奇古,而姿色絶妙,執役來歌於尊前,曰:「曉星明滅。白露點,秋風落葉。故址頹垣,荒煙衰草,谿前宮闕。長安道上行客。念依舊、名深利切。改變容顏,銷磨古今,隴頭殘月。」中孚兄弟大驚異,詰其所自,不應而去。張仲益所云。(《投轄録》)

【考辨】

此首始見於宋王明清《投轄録》(原無調名),其本事既發生於宋紹興九年己未(一一三九),其詞自

應爲宋無名氏作,《詞鵠初編》卷二即署「宋無名氏鬼仙」(調作《隴頭月》),《全宋詞》三六六四頁亦據《投轄録》録歸宋無名氏,是。《花草粹編》卷四據楊湜《古今詞話》録入,調作《柳梢青》,題曰「蜀州王守門下客遇紅梅花作祟贈此」,無撰人姓氏,《詞譜》卷七因之録入,署「無名氏」,無時代。明楊慎《詞品》卷二録此詞,而謂「此《五代新説》載鬼仙詞也。非太白、長吉之流,豈能及此?」《古今詞統》卷六遂據之録作唐五代鬼仙詞(調名則從《花草粹編》),《詞苑叢談》卷一二、《詞苑萃編》卷二四俱因之。《全唐詩》卷八九九亦從之録入(調作《賀聖朝》)。案,《五代新説》題徐鉉撰,今傳兩種《説郛》本皆無此詞,且是書乃載南朝宋齊梁陳隋五代事,非唐末之五代事,亦不可能載此詞。楊慎謂出《五代新説》當屬誤記,不可信。《古今詞統》以訛傳訛作唐五代鬼仙詞,亦非。此首《鳴鶴餘音》卷六又録作何仙姑詞,亦誤。姑從《古今詞統》附録入。

誤收誤題唐五代人詞存目

誤收誤題之撰人姓名	調名	首句	出處	附注
楊玉環	阿那曲	羅袖動香香不已	《古今詞統》卷一	乃裴鉶假托,詳副編裴鉶《阿那曲》考辨。

關盼盼	惜花容	少年看花雙鬢緑	金繩武本《花草粹編》卷一	乃宋瀘南妓盼盼所唱詞，見《緑窗新話》上卷引楊湜《古今詞話》、萬曆本《花草粹編》卷六、《全宋詞》四一八頁。原詞並本事附後。
裴度	桃源憶故人	玉樓深鎖薄情種	《古今別腸詞選》卷一	乃宋秦觀詞，見宋本《淮海居士長短句》中、《全宋詞》四六四頁。附録於後。
薛濤	阿那曲	玉漏聲長燈耿耿	《古今詞統》卷一	乃唐無名氏假托。詳副編無名氏《阿那曲》考辨。

誤收誤題之撰人姓名	調名	首句	出處	附注
杜秋娘	金縷曲	勸君莫惜金縷衣	《詞林紀事》卷一	乃唐無名氏作。詳副編無名氏《金縷曲》考辨。
劉採春	望夫歌六首	不喜秦淮水	《花草粹編》卷一等	乃唐無名氏作。詳副編無名氏《望夫歌》六首考辨。
周德華	楊柳枝	清江一曲柳千條	《名媛詩歸》卷一五等	乃劉禹錫詞。詳正編劉禹錫《楊柳枝》考辨。

盛小叢	突厥三臺	雁門山上雁初飛	《升庵詩話》卷九、《古今詞話·詞辨》上卷	乃唐無名氏作。別又作韋應物詩。詳副編無名氏《三臺詞》考辨。
顧　雲	楊柳枝	灞岸晴來送別頻	《花草粹編》卷一	乃羅隱作。詳副編羅隱《柳枝詞》考辨。
黄　損	望江南	平生願	《古今詞統》卷一等	乃宋人依托。詳宋元人依托唐五代人物鬼仙詞崔懷寶《憶江南》考辨。
耿玉真	菩薩蠻	玉京人去秋蕭索	《古今詞統》卷五等。	五代盧絳詞。詳正編盧絳《菩薩蠻》考辨。

誤收誤題之撰人姓名	調名	首句	出處	附注
韓文璞	南鄉子	泊雁小汀洲	《唐詞紀》卷一一	乃宋蔣捷詞，見《竹山詞》、《全宋詞》三四四四頁。附録於後。
韓文璞	浪淘沙	還了酒家錢	《唐詞紀》卷一四	乃宋周文璞詞，見元張雨《貞居詞・浪淘沙並序》、《全宋詞》二四七九頁。附録於後。
無名氏	擷芳詞	風摇蕩	《唐詞紀》卷一二、《全唐詩》卷八九九	乃宋無名氏詞，見《花草粹編》卷六引楊湜《古今詞話》、《全宋詞》三八四〇頁。原詞並本事附後。

無名氏	傷春曲	芳菲時節	《詞鵠初編》卷一	乃宋人依托詩，見洪邁《夷堅志》三志己卷《吴女盈盈》。附録於後。
無名氏	小秦王	柳條金嫩不勝鴉	《詞品》卷一、《古今詞統》卷一、《詞鵠初編》卷一、《歷代詩餘》卷一、《詞律》卷一	乃宋人依托詩，見周密《齊東野語》卷十六《降仙》。附録於後。
無名氏	竹枝	盤塘江口是奴家	《詞鵠初編》卷一	乃元張雨作《湖州竹枝詞》，見《勾曲外史集》補遺卷上、陶宗儀《南村輟耕録》卷四《奇遇》。附録於後。

慕容嚴卿妻	浣溪沙	滿目江山憶舊遊	《唐詞紀》卷三	慕容氏乃宋人，見《竹坡詩話》、《全宋詞》八七〇頁。附録於後。
妓劉燕哥	太常引	故人別我出陽關	《唐詞紀》卷六、《花間集補》卷下	劉燕哥乃元人，見《青樓集》、《全金元詞》九三五頁。附録於後。

惜花容

少年看花雙鬢緑。走馬章臺管絃逐。而今老更惜花深，終日看花看不足。　座中美女顔如玉。爲我一曲金縷曲。歸時壓得帽簷攲，頭上春風紅簌簌。

【本事】

涪翁過瀘南，瀘帥留府。會有官妓盼盼，性頗聰慧，帥嘗寵之。涪翁贈《浣溪沙》曰：「脚上鞋兒四寸羅。脣邊朱麝一櫻多。見人無語但回波。　料得有心憐宋玉，只應無奈楚襄何。今生有分向伊么。」盼盼拜謝。涪翁令唱詞侑觴，盼盼唱《惜花容》曰：「少年看花雙鬢緑（略）。」涪翁大喜。（《緑窗新話》上卷《盼盼陳詞媚涪翁》引楊湜《古今詞話》）

桃源憶故人

玉樓深鎖薄情種。清夜悠悠誰共。羞見枕衾鴛鳳。悶即和衣擁。　無端畫角嚴城動。驚破一番新夢。窗外月華霜重。聽徹梅花弄。

南鄉子

泊雁小汀洲。冷淡湘裙水漫秋。裙上唾花無覓處，重遊。隔柳惟存半月鈎。　準擬架層樓。望得伊家見始休。還怕粉雲天凍起，悠悠。化作相思一片愁。

浪淘沙

還了酒家錢。便好安眠。大槐宮裏著貂蟬。行到江南知是夢，雪壓漁船。　磐薄古梅邊。也是前緣。鵝黄雪白又醒然。一事最奇君記取，明日新年。

擷芳詞

風摇蕩，雨濛茸，翠條柔弱花頭重。春衫窄，香肌濕。記得年時，共伊曾摘。　都如夢。何曾共。可怜孤似釵頭鳳。關山隔。晚雲碧。燕兒來也，又無消息。

【本事】

政和間，京師妓之姥曾嫁伶官，常入内教舞，傳禁中《擷芳詞》以教其妓。人皆愛其聲，又愛其詞，類唐人所作也。張尚書帥成都，蜀中傳此詞，競唱之，却於前段下添「憶憶憶」三字，後段下添「得得得」三字。又名《摘紅英》，其所添字，又皆鄙俚，豈傳之者誤耶？「擅芳英」之名，非擅爲之，蓋禁中有擷芳園、擷景園也。（《花草粹編》卷六引宋楊湜《古今詞話》）

傷春曲

芳菲時節。花壓枝折。蜂蝶撩亂，闌檻光發。一旦碎花魄。葬花骨，蜂兮蝶兮何不知，空使雕闌對明月。

小秦王

柳條金嫩不勝鴉。青粉墻頭道韞家。燕子不來春寂寞，小窗和雨夢梨花。

竹枝

盤塘江口是奴家。郎若閒時來吃茶。黄土築墻茆蓋屋，門前一樹紫荆花。

浣溪沙

滿目江山憶舊遊。汀洲花草爲春柔。長亭艤住木蘭舟。　好夢憶、隨流水去，芳心猶逐曉雲愁。行人莫上望京樓。

太常引

故人送我出陽關。無計鎖雕鞍。今古别離難。兀誰畫、峨眉遠山。　一尊别酒、一聲杜宇，寂寞又春殘。明月小樓間。第一夜、相思淚彈。

後　記

歷經六度寒暑,《全唐五代詞》終於完成。付梓之際,想就本書的編纂過程作點説明。

一九九〇年六月,傅璇琮先生到南京參加我們幾位同門的博士論文答辯,乘便代表中華書局約請曹濟平先生、同門蕭鵬和我共同編纂《全唐五代詞》,並請唐師圭璋先生任顧問。我們接受編纂任務後,即由蕭鵬執筆寫出編纂凡例和校勘細則的初稿,並分頭着手文獻的調研工作。此後不久,先師唐圭璋不幸逝世,曹濟平先生和蕭鵬也先後離開原工作單位,我也回到湖北大學工作,三人分處三地,編纂工作一度停頓。

一九九二年六月,《全唐五代詞》被列入《中國古籍整理出版十年規劃和「八五」計劃》的重點項目,這對我們是極大的鼓勵和鞭策。嗣後,爲按期完成編纂任務,徵得國家古籍整理出版規劃小組和中華書局編輯部的同意,我們調整、補充了編纂力量,改由曾師昭岷、曹師濟平、劉尊明和我四人共同編纂,工作中心也相應移至我們湖北大學中文系。一九九三年,本項目又申請得到湖北省教育委員會社會科學研究基金的資助,編纂工作也隨之全面展開。

次年夏,本書部份樣稿和編纂凡例、校勘細則由中華書局排印出,以徵求學術界的意見,先後得到華東師範大學施蟄存先生、中華書局程毅中先生、揚州師範學院黄進德先生、四川省社會科學院謝桃坊先生、上海師範大學王小盾先生、復旦大學陳尚君先生、廣西師範大學沈家莊先生、中國社會科學院楊成凱先生等專家學者的書面指教，他們就凡例、細則和樣稿中存在的問題提出了許多具體而中肯的修改意見。同年十月，在湖北襄樊舉行的詞學研討會上，我們又約請有關專家進行座談，徵詢對樣稿和編纂凡例的意見。在充分吸取專家們的意見的基礎上，我們又經過反復討論，對編纂凡例和校勘細則先後進行過四次修訂。

專家們在來信和座談中争議最大的是本書設立正、副編的問題，亦即詩詞界限的區分、詩詞的取捨標準問題。對本書設立正、副編，有的專家表示贊同，有的則持保留意見。我們對此也猶豫再三。對那些可以考定爲詩之作（當然只是我們的體認和看法），收入副編，也許問題不大。而有些作品屬詩屬詞，殊難斷定區分。這些疑似之作與有争議之作，是入正編還是入副編，頗爲躊躇。而且一人之作，分别見於正、副編，閲讀時亦有不便。《全宋詞》也存在詩詞之辨的問題，其處理方式是，凡有「正式」詞作傳世的作者，其被誤收詩爲詞之作列入存目詞中；無詞傳世者，則其誤收之作統編於附録，次於全書之末。我們也曾想遵循此例，但宋代這類詩詞難分、誤詩爲詞的作品畢竟不多，如果《全唐五代詞》也循此例，那麽，因可考爲詩之「詞」和詩詞難辨之作甚多，附録的篇幅必然很大，而使内容的主次失衡，而且若誤收之作僅以存目詞的方式出現，則無法對之詳加考辨，儻僅出結論，又缺乏説服力。另外，屬詩屬詞難以判定之作是入存目還是以詞收入正文，也難以處理。經反復權衡討論，並多次與中華書局編輯部協商，最終還是決定分設正、副編。

本書分正、副編，很可能是費力不討好。我們深知，書中所考定的屬詩非詞之作，不可能獲得普遍的認同。如果不分正、副編，將歷代詞籍所收唐五代詞彙編在一起，自然要省事得多。但把詩詞混編在一起，必然給研究者、閱讀者帶來不便，他們還要對書中所收的作品進行甄别，將非詞之作排除於詞史的研究範圍之外。而且事實上，多年來的唐五代詞研究，也主要是以本書正編所收諸詞爲研究對象，副編所收的作品很少進入唐五代詞研究的視野、範圍之内。

我們最終確定分正、副編，是想給研究者、讀者提供些便利，將我們考察的初步結果和搜輯到的有關資料有區别地奉獻給學界。如果研究者不同意我們的結論和看法，可自行抉擇判斷，既可以在副編中選擇若干自認爲屬詞之作進行研究，也可以在正編中剔除若干自認爲非詞之作。我們的看法，只是「一家之言」，並非最終的定論。同時，對詩詞的甄别考辨，雖然我們主觀上力求堅持一致的標準原則，不自相矛盾，但在具體操作、編纂的過程中，恐難避免失誤，有些矛盾、齟齬之處，我們還未察覺，再次真誠地希望學術界給予批評、指教，以使本書不斷完善。

本書能够完成，除得益於上述專家、學者們的指教之外，還得力於前輩時賢的有關著作對我們的啓示。特别是任半塘先生的《唐聲詩》、任半塘和王昆吾先生的《隋唐五代燕樂雜言歌辭集》、陳尚君先生的《全唐詩補編》、王仲聞先生的《南唐二主詞校訂》等，爲我們的輯佚、考辨提供了許多材料綫索；傅璇琮先生主編的《唐才子傳校箋》、周祖譔先生主編的《中國文學家大辭典·唐五代卷》則爲我們撰寫作者小傳提供了便利，使我們按圖索驥，查核史料，節省了不少翻檢文獻的時間。此外，河南大學佟培基先生、臺北中央研究院林玫儀女士、湘潭師範學院陶敏先生、吉林大學沈文凡先生、廣州日報社戴武軍先生以及陳尚君先生、楊成凱先生等，也提供了不少資料和幫助。

中華書局的傅璇琮先生、徐俊先生和責任編輯孫通海先生也爲本書花費了大量心血和勞動。傅先生對本書的編纂凡例和校勘細則作過多次批示，徐俊先生則自始至終幫助、指導我們的編纂工作，孫先生認真審閲了全稿，並改正了不少訛誤。湖北大學科研處、湖北大學圖書館的有關領導和老師，對我們的編纂工作也給予了大量的支持。謹在此一並致以誠摯的謝意。同門師兄蕭鵬因工作性質的變化，未能參與全書的編纂工作，但他在編纂凡例、校勘細則方面的草創之功，我們是不會忘記的。

王兆鵬　一九九五年十二月

全唐五代詞作者及詞調索引

謝 惠 平 編

全唐五代詞作者及詞調索引

作者索引

一、作者按首字筆畫數分別排列;畫數相同則按起筆的横、竪、撇、點、折順序排列。無名氏列於最後。

二、列於副編的作者,頁碼前加〔副〕字,以示區别。

八　畫

九　畫

十　畫

十一畫

十二畫

十三畫

十四畫

十五畫

十六畫

十七畫

十八畫

十九畫

二十畫

二十一畫

詞調索引

一、調名悉依原編原題。爲便於檢索,同調異名的不予合併。失調名的列於最後。

二、調名按首字畫數分别排列;畫數相同則按起筆的横、竪、撇、點、折順序排列;同字則按下一字的畫數排列。調名後臚列該詞首句;同一調名而含多首詞的,其排列順序依其首字畫數多少决定。

三、首字殘缺經校出加〔〕的字,仍依該字畫數排列。其不能出校作□的,則列在該調最後。

四、存目詞及其附録的非唐五代人作品分别於頁碼前加〔存〕、〔附〕字,以示區别。

五、字形筆畫、起筆部位一般以辭書新字形爲準。惟敦煌作品中個别保留了異體、俗體字形則仍其舊。

三　畫

四　畫

五　畫

六 畫

七　畫

八　畫

十畫

十二畫

十 三 畫

十 五 畫

十 六 畫

十 七 畫